JANE GRAVES

Küss mich, Frosch

Buch

Die Zeiten, als Darcy McDaniel die Nachmittage in ausgedehnten Kosmetiksalon-Sessions herumgebracht hat, sind ein für alle Mal vorbei – ihr Mann hat sich in einer Nacht- und Nebelaktion aus dem Staub gemacht. Hab und Gut und Luxusleben gehören der Vergangenheit an. Wenn nicht schnell ein neuer Kerl in ihr Leben tritt, wird Darcy sich – Gott bewahre! – um einen Job bemühen müssen … Doch der Kerl, den das Schicksal ihr vor die Füße wirft, stellt alles andere als eine sichere Einkommensquelle dar. Ex-Cop und Automechaniker John Stark weiß überdies genau, was er von der Dame auf High Heels, die da so verführerisch ihre Kehrseite vor ihm hin- und herschwenkt, zu halten hat …

Autorin

Schreiben war schon immer Jane Graves' größte Leidenschaft. Aber erst 1999 fand sie die Zeit für ihren ersten Frauenroman: Das Ergebnis war »Ein Kuss und Schluss«, der auf Anhieb Leser und Kritiker gleichermaßen überzeugte und in den USA zum besten »Debütroman des Jahres 2001« gewählt wurde. Jane Graves lebt mit ihrem Mann und ihrem Sohn in Richardson, Texas.

Von Jane Graves ist bei Blanvalet bereits erschienen

Ein Kuss und Schluss (35853)
Chaos auf Pumps (36073)

Jane Graves

Küss mich, Frosch

Roman

Deutsch von Andreas Heckmann

blanvalet

Die Originalausgabe erschien 2007 unter dem Titel
»Hot Wheels and High Heels« bei Warner Forever,
an imprint of Warner Books.

FSC
Mix
Produktgruppe aus vorbildlich
bewirtschafteten Wäldern und
anderen kontrollierten Herkünften

Zert.-Nr. SGS-COC-1940
www.fsc.org
© 1996 Forest Stewardship Council

Verlagsgruppe Random House FSC-DEU-0100
Das für dieses Buch verwendete FSC-zertifizierte Papier
Holmen Book Cream liefert Holmen Paper, Hallstavik, Schweden.

2. Auflage
Deutsche Erstausgabe Februar 2009 bei Blanvalet Verlag, München,
einem Unternehmen der Verlagsgruppe Random House GmbH

Dieses Werk wurde vermittelt durch die Literarische Agentur
Thomas Schlück GmbH, 30827 Garbsen.
Redaktion: Michaela Jürgs
Umschlaggestaltung: HildenDesign, München
Umschlagbild: © Andrea Barth unter Verwendung
eines Motivs von iofoto / Shutterstock
lf · Herstellung: RF
Satz: DTP Service Apel, Hannover
Druck und Einband: GGP Media GmbH, Pößneck
Printed in Germany
ISBN: 978-3-442-37143-3

www.blanvalet.de

1

Am 25. Juli verlor Darcy McDaniel ihr Haus, ihren Mann und ihre Selbstachtung. Und dann ging es wirklich bergab.

Im Nachhinein betrachtet, hätte sie etwas ahnen müssen. Schließlich bunkerte ihr Mann Warren Geld wie ein Überlebenskämpfer Munition, und doch hatte er zwei Plätze in einer Fünf-Sterne-Ferienanlage in Cancún für sie gebucht, ihr zwei Flugtickets in die Hand gedrückt und ihr gesagt, sie solle es sich eine Woche lang mit ihrer Freundin Carolyn gut gehen lassen. Als er sie aus der Haustür schob, dachte Darcy noch, für Senilität sei er mit seinen siebenundfünfzig Jahren eigentlich etwas früh dran. Leider nahm sie seine plötzliche Großzügigkeit als feine Sache hin, ohne weitere Gedanken daran zu verschwenden. Mit Carolyn verbrachte sie eine wunderbare Woche in Cancún. Spärlich bekleidete Kellner brachten ihnen krügeweise Margaritas, während sich die Freundinnen in ihren Liegestühlen räkelten und die Zehen durch den Sand zogen. Die beiden aßen die besten Feinschmeckergerichte, ließen im Wellness-Bereich heiße Steine und kalte Kompressen über sich ergehen, sich von Alonzos magischen Händen verwöhnen und tankten Sonne genug, um einen appetitlichen Teint, aber keine Runzeln zu bekommen.

Wieder in Dallas gelandet, umarmten sie sich zum Abschied strahlend auf dem Flughafen und schworen einander, von nun an jährlich eine Reise nach Mexiko zu machen. Darcy sprang in ihren Mercedes Roadster, öffnete das Verdeck und verließ in hohem Tempo das Langzeitparkhaus des Flughafens. Sie schaltete das Radio ein und genoss die letzten Minuten ihrer Ferien, ehe sie zu Warren nach Hause zurückkehren würde.

Nachmittags um halb fünf brannte ihr die Sonne von Texas wie eine Lötlampe auf die Schultern, doch sie genoss den Wind, der ihr durchs Haar fuhr, und das anerkennende Lächeln der Fahrer, an denen sie vorbeischoss und von denen so mancher ihr … jüngerer Bruder hätte sein können. Sie lächelte zurück und wusste, dass diese Männer sie für allenfalls dreißig hielten. Tatsächlich war sie neununddreißig und würde schon in wenigen Wochen grausige vierzig werden. Sie war selbst erstaunt, dass ihr das nichts ausmachte. Dank ihres persönlichen Fitnesstrainers, ihres Friseurs und des Wunders namens Botox war ihr Alter ein Geheimnis, das niemand je erfahren musste.

Sie hielt bei einer Hundepension an, um Pepé abzuholen. Der war begeistert, sie wiederzusehen. Als sie seine winzigen Zehennägel hörte und ihn mit seinen verrückten kleinen Augen bewundernd zu ihr hochblicken sah, schmolz ihr Herz. Sie hob ihn hoch, strich ihm mit der Wange über das seidige Haar und atmete den Vanillegeruch seines Hundeshampoos tief ein. Langhaarige Chihuahuas waren so neurotisch wie kurzhaarige, aber wenigstens dämpfte ihre Mähne das hektische Schlagen des kleinen Herzens. Dennoch pochte Pepés Herz stärker als sonst, denn es machte ihn immer etwas nervös, nicht daheim zu sein. Aber da Warren mit Tieren Verständnisprobleme hatte, war es für alle Beteiligten besser, Pepé in die Obhut von Menschen zu geben, die die Hundesprache – zumal die mit mexikanischem Akzent – beherrschten.

Als Darcy nach Plano kam, war es schon fast fünf Uhr. Sie fuhr die Preston Road mit ihren prächtigen Einkaufszentren, Restaurants und Kinos entlang. Alles in Plano war brandneu und blitzblank – solange man nicht den Central Expressway querte, denn dann kam man ins alte Plano-Ost, wo es aussah wie damals, als die Stadt noch nicht Sitz einiger amerikanischer Großunternehmen war. Jenseits der Autobahn empfahl es sich, die Brieftasche in beide Hände zu nehmen und nur mit erstklassiger Alarmanlage zu parken. Darcy war in Plano-Ost aufgewachsen und heilfroh, dieser Gegend entronnen zu sein.

Kurz darauf fuhr sie die Briarwood Lane hinunter, um ihr Haus an der nächsten Kreuzung zu erreichen. Links und rechts der Straße zeugten große zweistöckige Ziegelbauten von gesellschaftlichem Aufstieg: massive Türen mit eingesetztem Ätzglas, Bogenfenster, tadellos gepflegte Gärten und hinter jedem Haus ein Pool. Nach einer Woche reinster Verwöhnung in ihr geliebtes Heim zurückzukehren, versetzte Darcy in so blendende Laune, dass sie beschloss, Warren bei seiner Rückkehr ein Glas Wasser und eine kleine blaue Pille in die Hand zu drücken und ihm zu zeigen, wie sehr sie ihn mochte. Sie bog in die Nebenstraße, fuhr in ihre

Einfahrt, drückte die Fernbedienung des Garagentors und erschrak.

In der Garage standen zwei unbekannte Autos.

Zuerst dachte sie, Warren habe in ihrer Abwesenheit ein paar kleine Neuanschaffungen gemacht – schließlich war er ein Autonarr. Diese Erklärung wäre plausibel gewesen, hätte es sich nicht um eine Buick-Limousine und einen Ford Explorer gehandelt: Warren hätte nie so quälend gewöhnliche Wagen gekauft.

Gäste? In ihrer Abwesenheit?

Sie nahm Pepé und stieg aus. Auf dem Weg durch die Garage zur Hintertür sah sie auf der Rückbank des Komfort-Geländewagens einen Kindersitz.

Gäste mit *Kindern*?

Sie betrat das Haus und setzte Pepé auf den Boden. Er lief mit klimpernden Hundemarken davon. Als sie um die Ecke in die Küche kam, erwartete sie eine weitere Überraschung: Vier Fremde saßen an ihrem Frühstückstisch.

Und Warren war nirgendwo zu sehen.

Ein seltsames Frösteln kroch ihr Rückgrat hinauf. Sie legte die Handtasche auf den Küchentresen. An der Wand standen ein paar teils geöffnete Kisten. Sie hatte keine Ahnung, was hier los war.

Dennoch zwang sie sich ein freundliches Lächeln ab. »Äh … hallo?«

Ein Mittdreißiger in knittrigem Polohemd hielt eine Gabel mit Nudeln, als habe er sie eben in den Mund stecken wollen, dann aber jemanden hereinkommen hören. Die unscheinbare Frau neben ihm wirkte genauso perplex, was die Falten um ihre Mundwinkel noch unübersehbarer hatte werden lassen. Das Pferdeschwanz tragende Mädchen im Vorschulalter wippte mit den Beinen vor und zurück und blinzelte neugierig. Das Baby im Kinderstuhl zerdrückte einen Kräcker und verteilte die Krümel weiträumig auf Darcys marmorgefliestem Boden. Der Mann stand auf, und seine Brauen rückten zusammen wie zum Duell entschlossene Tausendfüßler. »Wer sind Sie?«

Darcy machte einen Schritt zurück und fühlte sich etwas in die Defensive gedrängt. Hätte nicht sie diese Frage stellen sollen?

»Sie sind sicher Freunde von Warren«, erwiderte sie.

»Warren?«, fragte der Mann. »Warren McDaniel?«

»Ja. Ich bin Darcy, seine Frau.«

»Seine *Frau*?«

Zunächst glaubte Darcy, er sei deshalb überrascht, weil er sich nicht vorstellen konnte, dass eine junge Frau wie sie – eine Frau von, na ja, kaum dreißig Jahren – mit einem so alten Mann wie Warren verheiratet war. Die meisten Menschen dachten das, sogar sie selbst. Doch hinter der Verwirrung ihres Gegenübers lauerte etwas anderes.

»Ja«, sagte sie vorsichtig, »seine Frau. Hat er Ihnen nicht erzählt, dass er verheiratet ist?«

Nachdem der Mann und seine Frau einen weiteren perplexen Blick getauscht hatten, räusperte er sich. »Offen gesagt hat er …«

»Was hat er?«

Der Mann schluckte vernehmlich, und sein Adamsapfel hüpfte heftig auf und ab. »Er hat uns gesagt, Sie wären … äh …«

»Äh – *was?*«

»Tot.«

Darcy erstarrte. Sie brauchte volle zehn Sekunden, um nur das Wort wirklich zu verstehen, und weitere fünf Sekunden, um ihre Stimme wiederzufinden. »Warren hat Ihnen erzählt, ich sei *tot*?«

»Ja. Er hat gesagt, in Cancún habe es einen Autounfall gegeben. Diese mexikanischen Taxifahrer, nicht? Es sei sehr, äh … tragisch gewesen.«

Tragisch? *Tragisch?* Die einzige *Tragödie* war der Wahn dieser Leute. Oder war Warren etwa verrückt geworden?

Oder …

Oder war sie vielleicht tatsächlich tot?

Darcy überlegte einen Augenblick lang, ob der Film *The Sixth Sense* mehr als nur wirklichkeitsferne Unterhaltung gewesen sein könnte. Doch sie war sich ziemlich gewiss, nicht vom Rücksitz eines mexikanischen Taxis in den Himmel gefahren zu sein. Zwar war sie beim Wasserski baden gegangen und hatte bei dieser Gelegenheit ein wenig Meerwasser geschluckt, doch sie hatte es heil an den Strand geschafft. Außerdem war sie doch wohl vom Flughafen nach Hause gefahren, oder? Jedem Kind war doch klar, was passiert, wenn ein Toter Auto fahren will: Seine Hände greifen durchs Lenkrad und können es nicht halten. Sie hatte schließlich *Ghost – Nachricht von Sam* gesehen und wusste, wie schwer es Geistern fiel, sich stark genug zu konzentrieren, um in die reale Welt eingreifen zu können.

Nein, das Problem war nicht ihr Tod oder ihr Untotsein – das Problem war, dass sie nicht wusste, wer diese Leute waren; und dass ihr Mann nirgendwo auftauchte.

»Wo ist Warren?«, fragte sie.

Als die beiden die Achseln zuckten, spürte Darcy ihre Verwirrung in Enttäuschung, dann in Verärgerung übergehen. Schließlich ließ sie ihrem Verdruss freien Lauf.

»Verzeihung, aber … wer sind Sie beide eigentlich?«

Sie sprach etwas lauter als beabsichtigt, und die zwei schraken zurück, als hätte sie sie geschubst. Das Baby hörte auf, die Krümel auf ihrem Küchenboden zu verteilen, und verzog das Gesicht, als wolle es zu weinen beginnen. Pepés verrückte kleine Augen blickten noch etwas verrückter drein. Die Frau nestelte an ihrem silbernen Armband und wandte sich an ihren Mann. Als der ihr einen hilflosen Blick zuwarf, drehte sie sich mit einem schwachen Achselzucken wieder Darcy zu.

»Ich schätze, da Sie … für tot galten, hat Ihr Mann Ihnen wohl nicht gesagt, dass er …«

»Dass er *was*?«

»Dass er das Haus verkauft hat.«

Schwindel überkam sie. *Warren hat das Haus verkauft.* Die Worte schlugen auf ihren Schädel ein und wollten verzweifelt in ihr Hirn gelangen, doch sie verwehrte ihnen den Eintritt.

»Wir mussten uns schnell entscheiden«, sagte der Mann, »aber wir hatten Bargeld und waren zum Kauf entschlossen. Und es war wirklich fast geschenkt – vor allem, da wir die ganze Einrichtung übernehmen konnten. Dieses große Haus zu einem so niedrigen Preis zu erwerben … tja, Sie verstehen sicher, dass wir da nicht Nein sagen konnten.«

Darcy begann ein wenig zu zittern und hatte das Gefühl, sich gleich übergeben zu müssen. Doch sie brachte es fertig, die Hände zu heben und heiser zu lachen, wie man es tut, wenn man weiß, dass es sich nur um ein Missverständnis handeln kann. »Es muss sich um ein Missverständnis handeln«, sagte sie, denn vielleicht hatten die beiden ihr Lachen ja überhört.

»Nein«, erklärte der Mann. »Das ist kein Missverständnis. Ich kann Ihnen den Vertrag zeigen.«

Er stöberte in einer Küchenschublade, zog einen Stoß Papiere hervor und schob ihn ihr zu. Bevor ihr alles vor den Augen verschwamm, sah sie eins deutlich: Warrens Unterschrift.

Er hatte es tatsächlich getan.

Sie wollte schreien. *Das ist auch mein Haus! Wie hat er es ohne meine Unterschrift verkaufen können?*

Dann erinnerte sie sich daran, welche Unterlagen *sie* vor vierzehn Jahren vor der Heirat unterschrieben hatte: Papiere, die das Gütergemeinschaftsrecht des Staates Texas umgingen. Warren konnte mit diesem Haus tun, was er wollte, und sie vermochte nichts dagegen zu unternehmen.

Ihr wurde etwas schummerig, und sie fühlte sich verwirrt. Dann riss sie ein furchtbarer Gedanke in die Wirklichkeit zurück.

»Wo sind meine Sachen?«, fragte sie in schriller Panik. »Meine Kleider? Meine Schuhe? Mein Schmuck?«

Die Frau und der Mann wechselten wieder diesen Blick.

»Jetzt sagen Sie schon!«

»Ihren Schmuck hat er mitgenommen«, erwiderte die Frau, »aber den Rest hat er dagelassen. Deshalb haben wir heute früh bei der Wohlfahrt angerufen –«

Darcy kreischte oder glaubte doch zu kreischen, aber das war schwer zu sagen, da die Welt sich in Zeitlupe bewegte und sie das Gefühl hatte, mit dem Kopf unter Wasser zu sein und alle Stimmen nur gedämpft wahrzunehmen.

Sie hetzte zur Vordertür und die Treppe hinauf und hatte dabei Bilder von Obdachlosen vor Augen. Sie sah sie in ihren Emilio-Pucci-Hosen in Hauseingängen kauern und filterlose Camel rauchen, auf Parkbänken liegen und ihre Gucci-Jacken als Kissen benutzen oder Spritzbesteck in ihrer Fendi-Tasche spazieren tragen. Und alles, wofür sie gerade keine Verwendung hatten, war in verrostete Einkaufswagen gestopft und erstickte unter blumigen Polyestertextilien aus zahllosen Ramschläden.

Darcy lief ins Schlafzimmer und riss die Türen des Wandschranks auf. Als habe sie direkt in die Sonne gesehen, war sie von den denkbar fadesten Kleidungsstücken geblendet: von Baumwoll-T-Shirts, Freizeitschuhen, Gummilatschen und so viel Jeansstoff, dass Levi Strauss einen Engpass befürchten mochte. All das war Kleidung, die nur einer Mutter gefallen konnte: der Mutter, die unten mit ihrem Mann und den beiden Kindern saß – und mit dem Vertrag, durch den sie zur Eigentümerin des Hauses geworden war.

Darcy rannte zur Schmuckschatulle auf der Frisierkommode und klappte sie auf: leer. Bilder von Pfandhäusern, in deren schmutzigen Vitrinen ihr goldenes Lacroix-Armband, ihre Diamantenohrringe, ihre Cartier-Uhr zum Verkauf lagen, tanzten ihr im Kopf herum. Als sie dastand, so panisch wie hastig Luft holte und das schwarze Nichts betrachtete, an dem sich ihr Schmuck hätte befinden sollen, begriff sie endlich, was geschehen war.

Es war weg. Alles war weg. Was, zum Teufel, hatte Warren ihr angetan?

Seltsamerweise war es ihr bisher nicht eingefallen, nach dem Warum der Lage zu fragen. Sie beschäftigte sich noch immer damit, was eigentlich wann, wo und wie geschehen war. Sie rannte die Treppe wieder hinunter und ins Wohnzimmer, wo sie die französische Art-Deco-Vase entdeckte, die sie bei Moonsong in der McKinney Street gekauft hatte. Egal, was Warren beabsichtigte – in seinen Plänen kam seine Frau offensichtlich nicht vor. Nachdem Darcy begriffen hatte, dass sie von einem Menschen, der alles besaß, zu einem Menschen geworden war, der nichts mehr hatte, war sie entschlossen, das Haus nicht ohne *irgend*etwas zu verlassen.

Sie nahm die Vase, schob sie sich unter den Arm, pflückte die silbernen Kerzenleuchter vom Kaminsims und versenkte sie in der Vase und nahm die Waterford-Uhr vom Beistelltisch. Dann sah sie das Weinregal im Esszimmer und ging darauf zu, um die Flasche 1996er Penfolds Grange Shiraz einzusacken, die diese Leute nur über ihre Leiche köpfen würden.

Eines musste sie den neuen Eigentümern lassen: Sie erkannten kurzzeitige Geistesverwirrung und waren klug genug, sich nicht mit ihr anzulegen, sondern die Polizei zu rufen. Aber das brachte Darcy nicht zur Besinnung. Sie wusste, dass sie unüberlegt handelte, aber sie war gerade in einer dieser seltsamen Erfahrungen gefangen, in denen man sich außerhalb seines Körpers befindet und sich dabei zusieht, etwas Dummes zu tun, ohne es verhindern zu können. Sie sagte den beiden, es sei ihr egal, was Warren getan habe. Von ihr aus könnten sie Ordner voller Kaufverträge besitzen. Es sei ihr gleichgültig, welchen heimtückischen Ehevertrag sie vor der Heirat unterschrieben habe. Alles in diesem Haus gehöre ihr, und sie würde ihnen diese Dinge nicht kampflos überlassen.

Als sie sich gerade eine dritte Hand wünschte, um den Siebdruck von Itzchak Tarkay von der Wand zu nehmen, hörte sie ein schnellfeuergewehrartiges Klopfen an der Haustür.

Planos Freunde und Helfer waren angelangt.

Polizist Eins war ein älterer Typ, der einem Jagdhund ohne Schlappohren glich. Polizist Zwei war ein süßer junger Kerl, der ein paarmal aufgetaucht war, als ihre Alarmanlage versehentlich losgegangen war. Damals war er sehr nett gewesen und hatte sie trotz seines Eherings mehrmals zweideutig angelächelt. Jetzt allerdings sah er sie an, als sei sie aus der Irrenanstalt geflohen. Aber das war nur gerecht, denn sie beurteilte ihn inzwischen ebenfalls etwas anders. Früher war ihr aufgefallen, wie entzückend seine Beine in den Sommershorts der Polizei aussahen und wie seine grünen Augen im Licht des Dielenkronleuchters funkelten. Jetzt sah sie in ihm einen Vertreter der Gestapo, die gekommen war, um sie tretend und schreiend aus ihrem Haus zu zerren.

Nachdem sie die Lage erfasst hatten, gelang es den Polizisten, ihr alles abzunehmen – nur nicht den Wein, den sie wie ein Schraubstock in den Händen hielt. Die neuen Eigentümer schoben ihr nur die Handtasche zu und gaben den Polizisten mit rudernden Armen zu verstehen, sie sollten sie mitnehmen. Offenbar war es ihnen wichtiger, diese Verrückte loszuwerden, als einen schönen Rotwein zu trinken.

Auf dem Weg zur Tür hob sie Pepé vom Boden auf. Der junge Polizist brachte sie zu ihrem Wagen, während der ältere mit den neuen Eigentümern sprach. Kurz darauf kam er zu ihr und sagte, die Hausbewohner würden sie trotz ihres Verhaltens nicht anzeigen, sofern sie schwöre, das Haus nie wieder zu betreten. Sie antwortete darauf, der Ehevertrag, den sie vor der Hochzeit unterschrieben habe, beziehe sich nicht auf die Haushaltsgegenstände, die sie und Warren seit der Hochzeit angeschafft hätten; deshalb habe er kein Recht gehabt, diese Dinge zu verkaufen. Der alte Polizist meinte, das sei gut und schön, müsse aber zwischen ihrem Anwalt und dem Anwalt ihres Mannes geklärt werden, und jetzt sei es das Beste, sie verlasse die Gegend.

Mit zitternden Händen ließ Darcy den Wagen an und setzte rückwärts aus der Einfahrt. Sie fuhr die Nebenstraße zurück und bog gerade noch rechtzeitig auf die Briarwood Lane, um die Polizisten nach links in die Thornberry Lane abbiegen zu sehen. Kaum waren sie außer Sicht, kehrte sie um und hielt am Straßenrand, um einen letzten Blick auf ihr Haus zu werfen.

Ihr Haus? Es war nicht ihr Haus.

Es war nie ihr Haus gewesen.

In diesem Moment wünschte sie sich, Mercedes Benz hätte den Luxus noch etwas weiter getrieben und einen Korkenzieher ins Armaturenbrett eingebaut. Aber vermutlich war es besser so, denn sonst hätte sie den Zweihundert-Dollar-Wein womöglich ausgetrunken wie eine Dose Old-Milwaukee-Bier.

Gut. Sie musste die Lage in den Griff bekommen, also mit Warren reden, um herauszufinden, warum er ihr das angetan hatte. Sie zog ihr Handy aus der Tasche und rief bei ihm im Büro an, um mit seiner Sekretärin zu sprechen. Wenn jemand wusste, wo er war, dann Lucy. Sie war eine bodenständige kleine Person, der jeder Sinn für Mode abging, doch das hatte in ihrem Hirn umso mehr Platz für Effizienz, Professionalität und organisatorische Fähigkeiten gelassen. Deshalb war Darcy erstaunt, als Lucy ein wenig durcheinander wirkte und ihr mitteilte, sie habe Warren seit zwei Tagen nicht gesehen, obwohl er am Nachmittag einem Kunden ein Projekt vorzustellen habe – ob sie nicht wisse, wo er stecke?

Fassungslos brach Darcy das Gespräch ab. Das durfte nicht wahr sein! Sollte Warren seinen Job wirklich an den Nagel gehängt und auf sein schönes, dickes Gehalt verzichtet haben?

Das brachte sie auf einen weiteren Gedanken, bei dem ihr noch weniger wohl wurde. Warren könnte lange Zeit von dem leben, was er für das Haus erlöst hatte – aber nicht auf dem gewohnten Lebensstandard. Sollte er allerdings noch einiges mehr auf die Seite geschafft haben …

Darcy rief die Auskunft an, ließ sich mit ihrer gemeinsamen Bank verbinden und wollte wissen, welche Beträge sich auf den gemeinsamen Girokonten befanden. Der muntere Sachbearbeiter am Telefon teilte ihr mit, alle drei Konten seien zwei Tage zuvor abgeräumt und aufgelöst worden.

Darcys Magen machte einen trägen, Übelkeit erregenden Satz, und sie schluckte heftig, um sich nicht übergeben zu müssen. Dann zog sie ihre Kreditkarten heraus, drehte eine davon um und wählte die 0800er Nummer auf der Rückseite. Der Mann vom Kundenservice sagte ihr, die Karte sei nach jüngst getätigten Großeinkäufen und einer erheblichen Barauszahlung bis zum Anschlag ausgereizt.

Nein. Bitte nicht die Kreditkarten. Bitte nicht meine Kreditkarten.

Sie wusste, dass es sinnlos war, doch sie telefonierte auch wegen der anderen Kreditkarten. Es war überall das Gleiche. Jetzt kannte sie die ganze hässliche, quälende Wahrheit: Warren war eine Abbruchkolonne auf zwei Beinen, die ihr Leben auf Biegen und Brechen zerstören wollte.

Darcy krallte sich so fest ans Lenkrad, dass ihre Finger schmerzten, und atmete tief durch, um wieder Sauerstoff ins Gehirn zu bekommen und nicht auf den Beifahrersitz zu sinken. Sie hatte keinen Cent mehr und nirgendwo nur einen einzigen Dollar Kredit. Warren besaß alle möglichen Kapitalanlagen, doch sie hatte keinen Schimmer, worum es sich dabei handelte.

Wozu auch? Er hatte sicher nichts davon für sie übrig gelassen.

Als sie noch einmal ihr Haus betrachtete, sah sie durch ihre Tränen das verschwommene Bild der neuen Eigentümer, die durch die Fensterläden spähten und sich offenkundig fragten, ob sie nun endgültig verrückt werden und Geiseln nehmen würde. Das führte sie zu einer weiteren Offenbarung: Diese Leute würden heute Nacht in ihrem Bett schlafen. Und sie selbst?

Ihre Verzweiflung ging in Panik über. Wo sollte sie jetzt hin?

Sie dachte an ihre Freunde, musste aber erkennen, dass die meisten von ihnen diesen Namen nicht verdienten. Es waren Frauen, mit denen sie zum Mittagessen oder zum Einkaufen ging – oder mit denen sie nach Cancún flog, während ihr Gatte sie ihres gesicherten Lebens beraubte. Doch es waren keine wahren Freunde, da sie sich aus Angst, ins Gerede zu kommen, an sie zu wenden scheute. Carolyn war die Einzige, bei der sie vielleicht hätte übernachten können, doch Carolyns Mann mochte es schon nicht, wenn ihre Freundinnen zum Kaffee vorbeikamen. Wie hätte Darcy also zu den beiden ziehen sollen?

Schließlich begriff sie, dass es – vom Obdachlosenheim abgesehen – nur einen Ort gab, an dem sie kostenlos wohnen konnte und kein unnützes Gerede in den Kreisen verursachen würde, in denen Warren und sie sich bewegten. Und der Gedanke daran jagte ihr einen eisigen Schauer über den Rücken.

Du hast keine Wahl, Darcy – es sei denn, du willst das Bad mit vierzig Frauen teilen.

Sie rieb sich die Augen weit genug trocken, um losfahren zu können, ließ den Wagen an, verließ die Gegend und fuhr die Preston Road entlang. Als sie den Park Boulevard erreichte, biss sie die Zähne zusammen, bog links ab und fuhr Richtung Plano-Ost.

Zehn Minuten später bog sie in den Wingate Trailerpark ein. Ihre Augen waren noch immer so tränennass, dass es dort beinahe wohnlich aussah. Sie hielt vor dem vinylverkleideten Trailer auf Grundstück 38 G mit seinen Plastikfensterläden und einem windschief herunterhängenden Vordach aus Metall. In einem Topf neben der Haustür darbten rosafarbene Geranien in der Hitze, und eine weihnachtliche Lichterkette hing über dem Panoramafenster im Wohnzimmer. *»Clayton, nimm die verdammten Lichter ab«*, sagte ihre Mutter immer wieder, und ihr Vater erwiderte jedes Mal: *»Nicht, wenn ich sie nächstes Jahr wieder aufhängen muss.«*

Darcy saß lange im Wagen und konnte sich nicht aufraffen, hineinzugehen, denn das furchtbare Gefühl, einmal im Kreis gegangen zu sein, hatte von ihr Besitz ergriffen – dabei hatte sie doch nie etwas anderes gewollt, als sich genau auf dem gegenüberliegenden Punkt des Kreises zu halten.

2

Als John Stark von seinem Schreibtisch aufblickte und feststellte, dass er direkt in einen Pistolenlauf sah, war er nicht gerade überrascht. Seit der Junge in sein Büro gekommen war, hatten sein angeberischer Gang und seine verächtliche Miene gezeigt, dass er mehr Wagemut als Hirn besaß – und das war stets Grund genug, einen Zweikampf zu suchen.

Johns Intuition hatte sich wieder mal bewährt.

»Na, was denkst du jetzt, Repo-Mann?«, fragte der Junge und hielt die Waffe mit rechtwinklig vorspringendem und am Ellbogen an den Körper gepresstem Unterarm, wie es das in drittklassigen Krimis seit eh und je zu sehen gab. »Meinst du noch immer, dass ich die ausstehenden Raten zahlen muss? Oder gibst du mir jetzt mein Auto zurück?«

John seufzte leise. Wenn noch jemand im Büro gewesen wäre, hätte der Junge sich diesen Mist vielleicht noch mal überlegt. Aber Tony war unterwegs, um einen Wagen, mit dessen Ratenzahlung der Käufer in Verzug geraten war, für den Verkäufer wieder in Besitz zu nehmen, Amy war zum Unterricht gegangen, und das Flittchen von einer Sachbearbeiterin, das John vor ein paar Tagen eingestellt hatte, wäre ihm selbst dann kaum eine Hilfe gewesen, wenn er sie nicht sowieso am Nachmittag an die Luft gesetzt hätte. Immerhin hätte sie den Jungen vielleicht mit einer Dose Haarspray ersticken, mit einer Nagelfeile erstechen oder ihn wenigstens ins Koma labern können. Bei ihr jedenfalls hätte jedes dieser Mittel eine tödliche Wirkung zu entfalten vermocht.

John überlegte, ob er den Jungen schon mal gesehen, ihn vielleicht wegen eines verbotenen Beschleunigungsrennens hinter Schloss und Riegel gebracht oder wegen Ladendiebstahls verhaftet hatte, konnte sich aber auf nichts dergleichen besinnen. Der Knabe war etwa neunzehn, zwanzig Jahre alt und so aggressiv wie ein ausgehungerter Pitbull. Auf seinem Oberarm war ein Todesengel tätowiert, und die krumme Nase hatte er sich vermutlich bei Straßenkämpfen geholt. Mit seinen eins neunzig und seinen hundertzehn Kilo sorgte schon Johns äußere Erscheinung dafür, dass die meisten Menschen es sich zweimal überlegten, ob sie mit ihm Streit anfingen, und wenn er diesen Jungen mit bloßen Händen hätte fertigmachen können, hätte er ihn mit Leichtigkeit erledigt. Doch Pistolen hatten die Eigenschaft, körperliche Schwächen zu kompensieren.

John erhob sich vorsichtig und kam hinterm Schreibtisch hervor. »Ich werde Ihnen Ihren Wagen zurückgeben. Aber wie gesagt: Sie müssen die ausstehenden Raten begleichen, die Abschleppgebühr bezahlen –«

»Quatsch! Ich muss keine Raten nicht begleichen!«

John zuckte zusammen. Schimpfworte aller Art konnte er ertragen – genau wie jede Art von Akzent. Aber musste der Knabe wirklich eine doppelte Verneinung gebrauchen?

»Ohne entsprechende Unterlagen darf ich das Auto nicht herausgeben«, sagte er. »Sie müssen sich also zunächst mit Ihrem Kreditunternehmen auseinandersetzen.«

»Ich setz mich mit *dir* auseinander.«

Der Junge fuchtelte mit der Waffe herum, und wachsendes Unbehagen sagte John, dass er behutsam vorgehen sollte. Der Knabe war aufgebrachter als viele andere, deren Wagen verschwunden war. Also hatte er vermutlich Crack im Blut – und das machte die Lage unberechenbar genug, um besser keinen Ärger zu riskieren.

John wog seine Möglichkeiten ab. Ein einzelner Wagen war es kaum wert, eine Kugel zu kassieren. Wenn er es sich jedoch zur Gewohnheit machte, Autos, die er zeitaufwändig und mühsam auf gesetzlich gedeckte Weise gestohlen hatte, einfach wieder herauszurücken, hätte er bald jede Menge bewaffnete Versager im Büro, die ihren Wagen wiederhaben wollten.

»He, Repo-Mann, ich *rede* mit dir!«

John hob beschwichtigend die Hände. »Immer mit der Ruhe.« Er öffnete langsam eine Schublade und nahm einen Schlüsselring heraus. »Das ist der Schlüssel zu dem Grundstück, auf dem die abgeschleppten Wagen stehen. Nehmen Sie sich Ihren Wagen und verschwinden Sie.«

Er warf ihm den Schlüssel zu, zielte aber schlecht.

Sehr schlecht.

Der Junge streckte die Hand aus, erwischte ihn aber nicht, und der Schlüssel landete auf dem Fliesenboden. Der Moment, den er seinem Flug nachsah, reichte

John, um zwei Schritte vorwärts zu machen, den Jungen am Handgelenk zu packen und ihn an die Wand zu drängen. Er schlug ihm die Waffe aus den Fingern, stieß ihn mit dem Gesicht voran zu Boden und setzte ihm das Knie auf den Rücken. Mit einer Hand hielt er den Kopf des Jungen gegen die Fliesen, mit der anderen zog er sein Handy aus der Tasche.

Während er noch mit der Polizei telefonierte, ging die Eingangstür auf, und Tony kam herein. Er warf einen Blick in Johns Büro, hielt unvermittelt inne und musterte den Jungen. »Mist, kaum bin ich eine Stunde weg, entgeht mir jedes Vergnügen.«

John klappte sein Handy zu und sah Tony an. »Hol die Handschellen aus meiner Schreibtischschublade.«

Tony gab ihm die Handschellen, und binnen Sekunden hatte John den Jungen unschädlich gemacht. Dann stand er auf, wobei ihn ein dumpfer Schmerz im Knie zusammenfahren ließ.

»Was war los?«, fragte Tony. »Hast du ihn verhaftet, um eine Reise in die Vergangenheit zu unternehmen?«

»Er hat sein Auto wiederhaben wollen und eine Pistole gezogen.«

»Schlechte Idee, Junge«, sagte Tony. »Vermutlich hast du nicht gewusst, mit wem du dich eingelassen hast. Denk nächstes Mal lieber noch mal nach, ehe du mit der Waffe auf einen Repo-Mann losgehst.«

Das ließ den Jungen eine Schimpfkanonade abfeuern, die auf alles zielte: auf Tonys Eltern, seinen Verstand, seinen Glauben. Mochte das Englisch des Jungen auch nicht lupenrein sein – sein sprachlicher Erfindungsreichtum war beeindruckend.

Kurz darauf trafen zwei Ordnungshüter ein, die John noch nie gesehen hatte und die so jung waren, dass er sich fragte, ob die Polizei von Plano ihren Nachwuchs inzwischen direkt von der Highschool rekrutierte. Er berichtete den beiden, was geschehen war, und kündigte an, später aufs Revier zu kommen, um seine Aussage zu Protokoll zu geben. Sie steckten den Jungen auf die Rückbank ihres Streifenwagens und fuhren davon.

John ließ sich mit einem schweren Seufzer auf seinen Schreibtischstuhl fallen. *Ich hätte auf meine Familie hören und Franchisenehmer bei Subway werden sollen*, dachte er. Leider hatte er in den acht Jahren, in denen er sich bei der Polizei von Plano um Autodiebstähle gekümmert hatte, mehr über das Aufspüren von Wagen als über das Zubereiten von Sandwichs gelernt. Wer wusste schon besser über das Klauen von Autos Bescheid als ein Polizist, der solche Diebstähle aufgeklärt hatte?

Tony warf ein paar Unterlagen auf Johns Schreibtisch. »Ich hab den Chrysler Viper eingesackt.«

»Hat es Probleme gegeben?«

»Nein. Der Besitzer hätte sich fast in die Hose gemacht, als ich sagte, ich hole den Wagen im Auftrag des Gläubigers ab. Er wollte nur, dass die Nachbarn mich nicht sehen.«

Das war nichts Neues. John musste meist die teuren Karossen von Ärzten, Rechtsanwälten und anderen hohen Tieren aus Plano-West einsammeln, deren Schicksal an die Fährnisse der Börse und die Launen verschwenderischer Ehefrauen gekettet war. Solche Leute machten ihm selten Schwierigkeiten, wie er sie mit einfachen Leuten bekam, die ihr Geld im Drogenhandel verdient hatten.

Tony sah sich um. »He, wo ist das Mädchen? Äh … wie hieß sie noch mal?«

»Rona? Die hab ich heute Nachmittag an die Luft gesetzt.«

Tony blinzelte. »Warum das denn?«

»Sie hatte das Hirn einer Amöbe.«

»Hirn? Wen interessiert denn ihr Hirn?« Tony warf ein Pfefferminzdragee ein. »Endlich hat hier eine Frau gearbeitet, die anständig aussieht, und du beurteilst sie nach ihren beruflichen Fähigkeiten! Was ist bloß los mit dir?«

»Ich hab ein Geschäft zu führen.«

»Und ich hab die Frau *heiraten* wollen! Bis dass der Tod uns scheide. Ich war *verliebt*!«

»In ihre Oberweite.«

»Nein – wir hatten eine kosmische Verbindung. Das hab ich gespürt.«

»Wie hieß sie noch mal?«

Tony blinzelte und lächelte John süffisant an. »Rhonda. Du dachtest, das wüsste ich nicht mehr, stimmt's?«

»Nicht doch, Kumpel. Du bist schließlich immer im Bilde.«

»Warum hast du sie eigentlich rausgeworfen? Es muss doch einen Anlass gegeben haben.«

»Sie hat sich am Schreibtisch die Fingernägel lackiert – das hat höllisch gestunken, aber ich hab nichts dazu gesagt. Dann hat sie eine Stunde lang telefoniert, und auch darüber habe ich hinweggesehen. Dann hat sie angefangen, Ablage zu machen.«

»Das ist doch prima!«

»Das war es auch. Bis ich sie das Alphabet singen hörte.«

Tony zuckte zusammen. »Na ja, wenn sie sich so bis Z hat durchhangeln können …«

»Bei der nächsten Präsidentschaftswahl wähle ich einen Schimpansen, sofern er nur verspricht, das Schulsystem zu verbessern – das schwör ich dir.«

»Hat sie geweint, als du sie rausgeworfen hast?«, wollte Tony wissen.

»Natürlich – das hat die Sache ja erst schön gemacht.«

»Dann fühlt sie sich jetzt bestimmt reichlich mies, was?«

»Wahrscheinlich.«

Tony hob die Brauen. »Du hast sicher ihre Telefonnummer?«

John schüttelte den Kopf und fragte sich, ob er mit achtundzwanzig Jahren wie Tony gewesen war und ebenfalls an jeder Ecke Sex gesucht hatte. Vermutlich ja. Aber spätabendliche Affären mit frühmorgendlichen Abschieden waren einfach nichts mehr für ihn, und er war nie einer Frau begegnet, mit der er sich dauerhaft hätte einlassen mögen.

Ein Versager in puncto Ehe zu sein, hatte ihn zu einem Außenseiter in einer Familie werden lassen, die eigentlich nur aus … *Familien* bestand. Bei ihrer letzten Begegnung in Tyler hatten die weiblichen Verwandten aus ganz Texas in gedämpftem Flüsterton über ihn geredet und darüber spekuliert, wie ein so gut aussehender Mann zweiundvierzig Jahre alt hatte werden können, ohne es auch nur einmal zum Altar zu schaffen.

»Wie der den Jack Daniel's kippt – er hat bestimmt ein Alkoholproblem.«

»Vielleicht sitzt das Problem weiter unten. Die Größe mag nicht so wichtig sein – Hauptsache, das Gewehr geht los.«

»Womöglich spielt er uns den Macho auch nur vor? Onkel Raymond, der Maurer, ist ja unter die Schwulen gegangen – wer hätte das damals gedacht?«

Nach diesem Wochenende hatte John »Gott segne dich« für seinen Nachnamen gehalten.

Hätte er ein paar Jahrhunderte früher gelebt, dann hätten alle nur gesagt: »Er hat's eben nicht so mit dem Heiraten.« Heute dagegen überlegten sie, welcher Teil von ihm einen Defekt aufwies, und dankten Gott, dass die mutierten Stränge seiner DNA nicht auch ihren Familienzweig in Mitleidenschaft gezogen hatten.

Tatsächlich hatte es in seinem Leben eine Menge Frauen gegeben, ohne dass ihm in den Sinn gekommen wäre zu heiraten – vielleicht, weil er praktisch jeden seiner Bekannten erst vor den Traualtar, dann vor den Scheidungsrichter hatte treten sehen. Manche brauchten zwei oder drei Anläufe, um diesen Mechanismus zu durchschauen. Das kam ihm immer vor, als würden sie sich mit dem Hammer an den Kopf schlagen und sich fragen, woher der Schmerz komme.

»Nur zu«, sagte er zu Tony, öffnete eine Akte und schrieb ihre Nummer auf. »Ruf *Rhonda* an. Sie wird sicher entzückt sein, von dir zu hören.«

»Ja – solange ich ihr sage, wie mies es von dir war, sie an die Luft zu setzen.«

Es klingelte, und John ging an den Apparat. Nach einem kurzen Gespräch hängte er den Hörer mit einem zufriedenen Lächeln ein.

»Was gibt's?«, fragte Tony.

»Ich soll ein Auto einsacken. Es dürfte aber nicht lange dort bleiben, wo es gerade steht. Kannst du mich in der Nähe absetzen, damit ich es holen kann?«

»Kein Problem.«

John nahm einen Schlüssel aus der Schreibtischschublade. Er war froh, gerade für dieses Auto den passenden Schlüssel zu haben. Die Zündung kurzzuschließen, konnte die Lenksäule kaputtmachen, und ein Auto mit dem Abschleppwagen zu holen, barg stets die Gefahr, es zu beschädigen. Normalerweise hatte er nur diese zwei Möglichkeiten. Aber mitunter arbeitete er für Firmen, die bei jedem von ihnen finanzierten Auto einen Schlüssel behielten, falls jemand mit den Raten in Verzug kam. In so einem Fall brauchte er den Wagen nur aufzuschließen und damit wegzufahren – leichter ließen sich fünfhundert Dollar nicht verdienen.

Während er das Büro abschloss und mit Tony auf den Hof ging, fühlte John sich viel besser als noch Minuten zuvor. Ja, es war ein furchtbarer Tag gewesen, aber am Steuer eines süßen kleinen Mercedes Roadster zu sitzen, würde seine Laune zweifellos deutlich heben.

Darcy nahm Pepé, stieg die Stufen zur Haustür ihrer Eltern hoch und fuhr zusammen, als das Holz – von der unerbittlichen texanischen Sonne ausgedörrt – durchdringend knarrte. Sie klopfte, und kurz darauf kam ihre Mutter im rosafarbenen Bademantel und mit um den

Kopf gebundenem Handtuch an die Tür. Als sie die Verzweiflung ihrer Tochter sah, bekam sie große, erschrockene Augen, stieß die Mückenschutztür auf und zog Darcy ins Haus.

»Was ist los? Du siehst furchtbar aus. Hast du geweint? Was ist passiert?«

Es waren die rasch hintereinander gestellten Fragen einer Frau, die fest damit rechnet, schon hinter der nächsten Ecke lauere ein furchtbares Ereignis und warte nur darauf, sie in die feuchtkalten Fänge zu bekommen. Natürlich täuschte sie sich darin jedes Mal, und Darcys Vater sorgte regelmäßig dafür, dass ihr dies bewusst blieb.

Heute allerdings stand Lyla Dumphries' Rehabilitation an.

Darcy berichtete ihr das Wesentliche, und Lyla atmete so abrupt ein und griff sich dabei so unvermittelt an die Kehle, als habe sie der Schlag getroffen.

»Hast du das gehört, Clayton? Warren hat Darcy verlassen. Einfach so. Und nicht einen Cent hat er ihr gelassen.«

»Mhm – hab ich gehört.«

»Siehst du – ich hab dir doch gesagt, das kann nicht halten. Hab ich dir das nicht von vornherein gesagt?«

»Es hat immerhin … vierzehn Jahre gehalten, oder?« Er kehrte zu seinem Kunstlederthron im Wohnzimmer zurück und öffnete die Zeitung. »Ganz schön lange, wenn du mich fragst.«

»Fremde Leute wohnen nun in ihrem Haus!«

»Es ist doch groß genug. Sie wird ihnen nicht mal begegnen.«

Lyla schnaubte verächtlich und wandte sich wieder an Darcy. »Vergiss deinen Vater. Du weißt, wie nutzlos er in Krisenzeiten ist. Setz dich.«

Sie zog Darcy an den Küchentisch, ließ sich neben ihr auf den Stuhl sinken, kramte ihre Zigaretten hervor, zündete sich mit der Routine ihres dreißigjährigen Raucherlebens eine Kippe an und warf das Feuerzeug auf den Tisch. Ihre Brauen waren zusammengerückt, die Stirn war in Falten gelegt, und ihre Mundwinkel hingen in gespannter Besorgnis herab.

»Es ist also kein Geld mehr da? Gar keins? Er hat jeden Cent mitgenommen?«

O Gott. Es klang noch viel schlimmer, wenn jemand es aussprach. »Ja«, sagte Darcy mit zitternder Stimme. »Jeden Cent.«

»Ich kann es nicht glauben. Hast du denn nichts auf die Seite gelegt? Gar nichts?«

Darcy kam sich wie eine Idiotin vor. Natürlich – *jetzt* begriff sie, dass sie im Laufe der Zeit einen Plan B hätte entwickeln und beispielsweise Geld von den gemeinsamen Konten abzweigen und unter ihre Matratze hätte stecken müssen. Im Nachhinein klüger zu sein, war ein ätzendes Gefühl.

»Ich habe hundertdreiundachtzig Dollar im Portemonnaie«, sagte sie. »Und ein paar Pesos.«

Lyla ächzte, zog mehrmals kurz und rasch an ihrer Zigarette, blickte zwischendurch wild in der Küche herum und trommelte mit den Fingernägeln auf den Tisch. Sie hatte die Vorstellung längst aufgegeben, es gesellschaftlich ganz nach oben zu bringen, aber hier im Trailerpark gehörte sie zu den oberen Zehntausend.

Leider verdankte sie dies vor allem der Tatsache, dass ihre Tochter mit dem *Finanzvorstand* eines *großen Unternehmens* in *Plano-West* verheiratet war und in einer *geschlossenen Wohnanlage* lebte, in der jedes Haus *mehr als eine halbe Million Dollar* kostete. Solche klingenden Worte stießen bei Leuten, die *Glücksrad* sahen und vom Gewinn eines Plasmafernsehers träumten, auf reges Interesse.

»Und was hast du getan?«, fragte Lyla.

»Bis jetzt noch nichts«, erwiderte Darcy. »Ich hab es eben erst herausgefunden.«

»Nein, ich meine: Was hast du getan, dass er dich verlassen hat?«

Darcy schnellte zurück. »Ich habe gar nichts getan!«

»Natürlich hast du das. Es ist nicht schwer, mit einem Mann zusammenzubleiben, den man einmal an der Angel hat. Auch dann nicht, wenn er reich ist. Du musst etwas getan haben.«

»Und ich sage dir: Ich habe nichts getan! Als ich nach Mexiko reiste, war alles prima, und als ich zurückkam –«

»Oha. Es hat am Sex gelegen, stimmt's? Du hast ihn nicht mehr rangelassen.«

Darcy stöhnte. »Mom –«

»Hab ich dir nicht gesagt, wie riskant das ist? Wenn du einen Mann nicht ranlässt, ist er ruckzuck aus dem Haus. Hab ich dir das nicht immer wieder gesagt?«

»Wenn es so riskant ist«, brummte Clayton vom Wohnzimmer herüber, »warum lässt du mich dann nic ran?«

Lyla schoss ihm über die Schulter einen empörten

Blick zu. »Weil ich *hoffe*, dass du eines Tages verschwindest.«

Darcy schloss die Augen und wünschte, sie wäre vorausschauend genug gewesen, sich die Finger in die Ohren zu stopfen und *lalala* zu singen. Warum mussten bei jedem Besuch daheim derart grässliche Konflikte wohlig ausgewalzt werden?

Sie dachte daran, wie sie ihrer Mutter erstmals Warrens Haus gezeigt hatte. Lyla war bei der Haustür stehen geblieben und hatte sich umgesehen, als habe sie das Himmelstor passiert und sonne sich im Paradies. Dann hatte sie Darcy auf die Seite gezogen und ihr einen einfachen Dreipunkteplan verraten, mit dem es ihr gelingen würde, den reichen Mann zu halten, den sie sich hatte angeln können: *Bleib dünn, lass nicht eine Strähne graues Haar sehen, und hüte dich davor, Migräne zu haben, wenn er mit dir schlafen will.*

»Vielleicht ist er aus einem anderen Grund verschwunden«, sagte Lyla. »Womöglich ist es überhaupt nicht seine Schuld. Vielleicht hat er einen Hirntumor. Hast du daran mal gedacht? Hirntumore lassen Menschen seltsame Dinge tun.«

Darcy sah ihre Mutter mit ausdruckslosem Gesicht an. »Glaubst du tatsächlich, er hat einen Hirntumor?«

»Schwer zu sagen. Als wir letztes Jahr zu Weihnachten bei euch waren, schien er ein wenig abgelenkt. Aber wenn er damals schon einen Hirntumor gehabt hätte, wäre er jetzt vermutlich tot.« Sie drückte ihre Zigarette aus und nahm sich eine neue. »Weißt du, ich habe im *Star* von einem Mann gelesen, der von Außerirdischen entführt wurde. Er war einfach weg.«

»Mhm«, meldete sich Clayton zu Wort. »Warren wurde von Außerirdischen entführt. Und der Anführer sagte: ›Nimm dir ruhig ein paar Tage Zeit, um das Haus zu verkaufen, bevor wir dich hochbeamen.‹«

»Als ob du wüsstest, was im Weltraum vorgeht«, fuhr Lyla ihn an und wandte sich wieder an Darcy. »Jedenfalls hat seine Frau gedacht, er sei mit einer anderen abgehauen. Und das ist er auch irgendwie, denn es stellte sich heraus, dass er Sex mit einer kleinen grünen Frau mit riesigen Augäpfeln hatte.«

Im Laufe der Jahre hatte Darcy sich angewöhnt, sich nicht vorzustellen, Warren würde mit einer anderen schlafen, denn sie hatte ein paarmal den Eindruck gehabt, er habe genau das getan. Aber niemals hatte sie sich vorgestellt, diese Frau könnte … nun ja, aus einer anderen Welt gekommen sein.

»Er wurde nicht von Außerirdischen entführt«, stellte sie fest, als müsste das mal gesagt werden.

»Wie erklärst du es dir dann? Denkst du, es gibt wirklich eine andere?«

»Ich weiß es nicht.«

»Ist sie jünger als du?«

Darcy sah ihre Mutter fassungslos an. »Wenn ich nicht einmal weiß, ob es sie gibt – wie soll ich dann wissen, ob sie jünger ist?«

»Oh, sie ist jünger, glaub mir. Sie sind *immer* jünger.« Sie blickte rasch auf die Sonnenblumenuhr an der Küchenwand. »Clayton! Geh duschen. Wir müssen in einer Dreiviertelstunde im Clubhaus sein.«

»Ihr geht?«, fragte Darcy.

»Wir haben unser monatliches Treffen, bei dem alle

Essen für alle mitbringen. Ich würde ja bleiben, aber ich bin dieses Jahr Ausschussvorsitzende. Wenn ich fehle, übernimmt Roxanne den Posten und heimst mein ganzes Renommee ein.«

Roxanne LaCroix war Lylas Nachbarin von gegenüber und angeblich ihre beste Freundin, doch die beiden hatten die Kunst des Dolchstoßes zu olympischer Perfektion entwickelt.

»Du kannst mitkommen, wenn du magst«, schlug Lyla vor.

Darcy dachte an das Clubhaus, das eigentlich nur aus einem Colaautomaten, einem gammeligen Billardtisch, einer Kombüse mit gelblich verfärbtem Linoleum und vielen Klappstühlen für den Bingoabend bestand.

»Äh … nein, danke«, sagte sie.

Der Ruhesessel quietschte, als Clayton aufstand und mit der Zeitung an den Küchentisch kam. »Du kannst im Gästezimmer wohnen«, sagte er. »Deine Mutter wird dich ernähren. Hier sind dreißig Dollar zum Tanken.«

»Zum Tanken?«

»Nachdem du dir die hier angesehen hast.« Er warf die Zeitung auf den Tisch und schlenderte den Flur entlang.

Lyla vergewisserte sich rasch, welchen Teil der Zeitung er Darcy gegeben hatte, fuhr dann herum und rief: »Du willst, dass sie sich *Arbeit* sucht?«

Doch Clayton war bereits verschwunden. Wenn er eine Bombe warf, dann so, dass er nichts davon abbekam.

Lyla schnaubte vor Ärger. »Hab ich dir nicht gesagt, dass er in Krisensituationen nicht zu gebrauchen ist?«

Ausnahmsweise hatte ihre Mutter recht. Schließlich war Darcy mal Empfangssekretärin einer großen Firma gewesen, und das hatte ihr gar nicht behagt. Zu unchristlich früher Stunde hatte sie an ihrem Schreibtisch sein müssen und nur eine Stunde für das Mittagessen gehabt. Und so gern sie auch telefonierte, hatte das ewige Klingeln sie nach einer Weile geradezu wahnsinnig gemacht. Wenn Warren nicht Leiter der dortigen Buchhaltung gewesen wäre und sie schließlich von alldem befreit hätte, hätte sie ihre Beschäftigung als ein Mittel begreifen müssen, ihren Lebensunterhalt zu verdienen.

Heirate reich, Darcy – das ist deine einzige Hoffnung.

Diesen Satz hatte sie von dem Moment an, da ihr klar geworden war, dass Jungs keine Läuse hatten, bis zu dem Tag gehört, an dem sie Warren das Ja-Wort gab. Ihre Mutter war der Überzeugung, jede Frau brauche einen Mann, der sich um sie kümmere, und je reicher er war, desto besser. Und wenn man keinen reichen Mann finden konnte, musste man sich mit dem behelfen, was zu kriegen war, und für den Rest des Lebens über die ständige Flaute am Monatsende meckern und versuchen, ihn in jemanden zu verwandeln, der er nicht war.

Lyla drückte ihre Zigarette aus und stand auf. »Ich muss mich frisieren. Du führst unterdessen ein paar Telefonate und versuchst, deinen Mann zu finden. Und wenn dir das gelingt, sag ihm, dass du bedauerst, was immer du getan hast. Und dann tust du, als sei nichts geschehen.«

»Bedauern? Was soll ich denn *bedauern*?«

»Das, was ihn dazu gebracht hat, dich zu verlassen.«

»Hast du mir gar nicht zugehört? Ich habe nichts *getan*!«

Lyla schwang den Zeigefinger wie ein wild gewordener Schulmeister. »Magst du hübsche Sachen? Und ein schönes Haus zum Leben? Und Abendessen in schicken Restaurants? Du bist nicht mehr fünfundzwanzig, Herzchen. Glaubst du etwa, du hast noch immer, was eine Frau braucht, um sich einen Mann zu angeln, der ihr einen solchen Lebensstil bieten kann?«

Darcy spürte, dass die Wirklichkeit ihr einen Schlag ins Gesicht versetzte. Ihr bevorstehender Geburtstag war ihr vor zwei Stunden noch gleichgültig gewesen, denn da hatte sie noch das Geld gehabt, um wie dreißig zu wirken. Nun aber stellte sie sich vor, wie ihr Haaransatz sichtbar würde; wie die Wirkung des Botox nachließe; was für einen schlaffen Körper sie bekäme, wenn sie Vlad nicht mehr dafür würde bezahlen können, sie zum Sporttreiben zu animieren.

Als ihr diese furchtbaren Gedanken durch den Kopf rasten, zitterte sie vor Angst. Sie wollte nur eines: Warren sollte mit einer irgendwie nachvollziehbaren oder wenigstens halbwegs glaubhaften Erklärung wieder auftauchen, damit sie ihr Leben zurückbekäme und tun könnte, als sei das alles nicht passiert.

Lyla ging in ihr Schlafzimmer, um sich so ansehnlich wie möglich herzurichten. Darcy entdeckte im Kühlschrank Hähnchenreste für Pepé und machte sich mit den einzigen Zutaten, die sie finden konnte, einen Drink: mit Cola Light und Wild Turkey. Nachdem ihre Eltern das Haus verlassen hatten, kippte sie das Glas auf einen Zug herunter, schenkte sich ein zweites ein, nahm das Telefon und rief bei Warrens Freunden an, bei seinen Golfkameraden, bei seinem Leibwächter. Niemand hatte ihn auch nur von Ferne gesehen. Und falls es anders gewesen sein sollte, so sagten sie es ihr nicht.

Sie legte auf und zog Bilanz. Es sah nicht gut aus. Sie hatte hundertdreiundachtzig Dollar, ein paar Koffer voller Sachen, die wunderbar wären, wenn sie sich bis ans Lebensende in einer mexikanischen Ferienanlage aufhielte, und einen Hund, den sie herzlich liebte, der aber in einer Krise so hilfreich war wie Flusen im Wäschetrockner.

Aber ihren Mercedes, den hatte sie noch. Gott sei Dank – wenigstens den.

Sie sah aus dem Fenster, bewunderte ihr Auto einen Moment lang und dachte an seine Türtäfelung aus Walnussholz, an die beheizbaren Sitze, an die Klimaanlage mit programmierbarem Thermostat (vom berauschenden Duft der schwarzen Ledersitze gar nicht zu reden). Mochte auch alles andere in ihrem Leben zur Hölle gefahren sein: Niemand würde ihr ihren Wagen nehmen.

Bis auf die beiden Kerle vielleicht, die gerade dabei waren, ihn zu stehlen.

3

Als John den Mercedes Roadster aufschloss, empfand er die Erregung, die er stets in der Nähe außergewöhnlicher Fahrzeuge verspürte. Er konnte es kaum erwarten, das Lenkrad mit seiner Walnussholzeinlage in Händen zu haben, das Leder zu riechen und den satten Sound von dreihundert Pferdestärken unter der Motorhaube zu hören. Dass es sich um ein Cabrio handelte, machte die Sache noch besser, ein feuerrotes Cabrio mit schwarzem Innenraum – also genau in den Farben, die er sich aussuchen würde, wenn das Schicksal ihm 50.000 Dollar zur freien Verfügung in den Schoß fallen ließe. Es dämmerte schon, doch er war gewiss, dass dieses Schätzchen im Dunkeln glühen würde.

Hinter dem Roadster war ein 91er Toyota Corolla geparkt. Sein blauer Lack war von Rost übersät, auf der Antenne steckte der Ball einer Schnellrestaurantkette, und am Rückspiegel hing ein violetter Rosenkranz. Da so ein Auto für die Bewohner des Wingate-Trailerparks typisch war, stach der Mercedes Roadster von den übrigen Wagen ab wie ein preisgekrönter Vorzeigehund von einer Meute räudiger Köter.

Tony pfiff leise durch die Zähne und strich mit größter Wertschätzung über den Kotflügel. »Mann, eines Tages kauf ich mir so eine Karosse, statt sie anderen Leuten zu stehlen.«

»Ja«, sagte John. »Hübscher Wagen. Jetzt behalt das Haus im Auge, bis ich ihn wegfahren kann.«

Er öffnete die Fahrertür, um die Fahrzeugnummern zu vergleichen, wie er es stets sorgfältig tat. Nichts auf Erden führte zu größerem Ärger, als den falschen Wagen einzusacken.

»Die Fahrzeugnummer stimmt«, sagte er.

»Na fein«, erwiderte Tony. »Ich fahr dann mal – es gibt da eine tieftraurige Frau, die mich heute Abend braucht. Ich ruf sie nur eben noch an …« Er hielt inne. »Oh, oh – es gibt Ärger.«

John hörte eine Tür ins Schloss krachen, blickte über die Schulter und sah eine Frau die Eingangsstufen des Hauses hinuntereilen und auf lächerlich hohen Absätzen über den verunkrauteten Rasen stolpern. Gute Güte – in solchen Schuhen konnte man sich die Knöchel brechen.

»He, ihr da!«, schrie sie. »Weg von meinem Wagen!«

John richtete sich auf. Sie blieb vor ihm stehen, ballte die perfekt manikürten Hände zu Fäusten und stemmte sie in die Hüften. Er konnte nicht umhin, die weißen Shorts zu bemerken, die sich ihren Hüften anschmiegten. Ebenso wenig entging ihm ihr hellgrünes, schulterfreies Shirt, das gerade kurz genug war, um darunter einen schmalen Streifen Haut sehen zu lassen – glatte, sonnengebräunte Haut, die sie als eine Frau auswies, die sich gern am Pool aalte und sich mit Sonnenschutzfaktoren bestens auskannte. Und ihr langes, dunkles Seidenhaar erweckte den Eindruck, sie sei gerade einer Shampoowerbung entsprungen.

Obwohl sie schön anzuschauen war, hatte er schon vor langer Zeit entdeckt, dass verwöhnte Frauen ihm das Leben nur zur Hölle machten – und zu dieser Sorte gehörte sie offenkundig. Wenn ihm so eine Frau begegnete, pflegte er stets das Weite zu suchen.

Sie strich sich eine dunkle, glänzende Strähne über die Schulter und durchbohrte ihn mit wütendem Blick. »Was machen Sie mit meinem Wagen?«

»Ich bringe ihn dem Eigentümer zurück.«

»Ich *bin* die Eigentümerin.«

»Nein. Dieses Auto gehört dem Kreditunternehmen Atlas.«

»Was soll das heißen?«

»Dass ich den Wagen für den Eigentümer wieder in Besitz nehme.«

Sie wich mit erstaunter Miene zurück. »Sie nehmen ihn *für den Eigentümer* wieder in Besitz?«

»So ist das, wenn die Raten ausbleiben.«

»Moment. Warten Sie. Raten? Was meinen Sie mit Raten?« Sie war nicht nur verwöhnt, sondern auch strunzdumm – eine gefährliche Kombination, denn sie bedeutete, dass diese Frau zwar einkaufen gehen konnte, aber nicht Intelligenz genug besaß, um zu wissen, wann Schluss war.

»Das Auto wurde auf Raten gekauft«, erwiderte er langsam, damit sie verstand, was er sagte. »Von Ihrem Mann.«

»Nein, da gibt's keine Raten. Mein Mann hat jede Menge Geld. Er bezahlt alles sofort.«

»Vielleicht bezahlt er alles andere sofort – diesen Wagen jedenfalls hat er auf Raten gekauft.«

»Sie hören mir wohl nicht zu«, erklärte sie in scharfem Ton. »Sie haben eindeutig den falschen Wagen.«

»Nein – die Fahrzeugnummer stimmt.«

»Womöglich hat Ihnen jemand eine falsche Nummer gegeben.«

»Und diese falsche Nummer stimmt mit Ihrer Fahrzeugnummer überein? Halten Sie das für wahrscheinlich?«

Er wandte sich ab, um sich ans Lenkrad zu setzen, doch sie packte ihn am Arm. »He! Ich sage Ihnen, dass Sie einen Fehler gemacht haben!«

John schnaubte verärgert. Er hielt sich selten damit auf, sein Handeln zu erklären, aber da genau dies womöglich der schnellste Weg war, hier wegzukommen, zog er das Papier hervor, das ihn zum Mitnehmen ihres Wagens berechtigte.

»Warren McDaniel«, las er vor. »Ist das der Name Ihres Mannes?«

»Ja, aber Sie haben sicher den falschen Warren McDaniel.«

John leierte eine Sozialversicherungsnummer herunter. »Ist das die Nummer Ihres Mannes?«

»Ja, aber –«

»Ist das ein Mercedes SLK 350 Roadster?«

»Natürlich, aber –«

»Die Fahrzeugnummern stimmen überein.«

»Gut, aber –«

»Und die Raten sind seit sechzig Tagen überfällig.«

»Na, das *sagen* Sie, aber –«

»Und nun sagen Sie mir bitte, inwiefern ich mich irren kann, wenn ich diesen Wagen dem Eigentümer zurückbringe.«

Sie zerrte ihm das Papier aus der Hand, zerriss es und warf die Fetzen in die Luft, auf dass der Abendwind sie davontrage. Dann stemmte sie erneut die Fäuste in die Hüften.

Tony bekam große Augen. »Oha«, sagte er. »Böser Fehler. John ist sehr penibel, was seine Unterlagen angeht.«

»Mund halten«, fuhr John ihn an. »Ich erledige das.«

Tony hob ergeben die Hände, ging zu seinem allradgetriebenen Wagen, lehnte sich an einen Kotflügel, warf ein Pfefferminzdragee ein und bemühte sich gar nicht erst, sein amüsiertes Grinsen zu verbergen. John dagegen war ganz und gar nicht erheitert.

»Das nützt Ihnen nicht das Geringste«, sagte er zu ihr. »Ich brauche keine Unterlagen, um den Wagen mitzunehmen.« Er setzte sich ans Lenkrad und steckte den Schlüssel in die Zündung.

»Moment – woher haben Sie einen Schlüssel?«

»Manche Kreditunternehmen behalten einen Zweitschlüssel – das erleichtert es, wenn Autos eingesackt werden müssen.«

»Das können die doch nicht machen!«

»Solange der Wagen nicht voll bezahlt ist, können sie das sehr wohl tun.« Er schloss die Tür.

»Nein! Sie werden mir meinen Wagen *nicht* wegnehmen.«

Und zwar auf gar keinen Fall.

Er machte den Motor an und ließ ihn ein wenig aufheulen. Doch als er zum Schalthebel griff, ging sie vor den Wagen, wandte ihm den Rücken zu und lehnte sich an die Motorhaube.

»He!«, rief er. »Aus dem Weg!«

Da sie sich nicht rührte, drückte er die Hupe. Sie schrak ein wenig zusammen, bewegte sich aber nicht vom Fleck.

Mist. Was nun? Er konnte nicht weiterhupen, denn dann würden sich sehr schnell Zuschauer einfinden, und in seinem Beruf führte das nur zu einer Katastrophe.

Er blickte über die Schulter. Leider wollte der lausige Corolla, der hinter dem Mercedes parkte, sich nicht von allein bewegen. Und da seine Stoßstange die des Roadsters beinahe berührte, konnte John nicht zurücksetzen.

Jetzt reichte es aber!

Er stieß die Tür auf, stieg aus und pflanzte sich vor ihr auf. »Weg vom Wagen!«

Sie musterte die rechte Hand, als habe sie unvermittelt das dringende Bedürfnis gepackt, ihre Fünfzig-Dollar-Maniküre zu begutachten.

Gut. Er konnte sie nehmen und wegtragen. Mein Gott, er konnte drei von ihrem Kaliber stemmen, ohne ins Schwitzen zu geraten. Doch wenn er das täte, würde sie schreien, und die Nachbarn kämen angerannt, und er würde eine Anzeige wegen Körperverletzung kassieren, und mit alldem wollte er sich auf keinen Fall herumschlagen.

»Weg vom Wagen, hab ich gesagt«, wiederholte er mit möglichst hasserfüllter Stimme. Einschüchterung war seine starke Seite. Diese Miene und diese Stimme hatten so manchen Schwerverbrecher in die Knie gezwungen. Sie hingegen warf ihm bloß einen nonchalanten Blick zu, als wollte sie sagen: *Sie langweilen mich zu Tode.* Dann musterte sie erneut ihre makellos polierten Nägel.

»Ich warne Sie«, sagte er. »Ich bin ein ausgesprochen sturer Mann.«

»Und ich bin eine sture Frau.«

»Notfalls bleibe ich die ganze Nacht hier stehen.«

»Wie nett. Dann können wir ja zusammen den Sonnenaufgang betrachten.«

»Es soll Regen geben.«

Sie sah kurz zum Himmel auf. Die strahlende Sonne von Texas war gerade am Horizont versunken. »Ich glaube, dafür bräuchten wir ein paar Wolken.«

Er sah kurz auf den Schlauch, der unaufgerollt neben den Eingangsstufen des fahrbaren Hauses lag. »Nicht, wenn ich einen Gartenschlauch hole.«

Sie fuhr herum. »Das würden Sie nicht *wagen.*«

»Und ob.«

»Sie sind ein furchtbarer, ein *entsetzlicher* Kerl.«

»Warum? Weil es mein Beruf ist, Autos einzusammeln, deren Raten nicht bezahlt worden sind?«

»Nein – weil Sie ein Unternehmen haben, das aus dem Unglück anderer Kapital schlägt.«

»Meinen Sie die unglücklichen Menschen, die sich weigern, ihren Verbindlichkeiten nachzukommen und ihre Rechnungen zu begleichen?«

»Manche Menschen hatten einfach Pech. Haben Sie sich das je überlegt?«

»Stimmt, solche Menschen gibt es. Die meisten allerdings verschwenden ihr Geld, und das ist kein Unglück, sondern Misswirtschaft.«

»Ich habe keine *Misswirtschaft* betrieben! Mein Mann ist es gewesen, der die Raten nicht bezahlt hat – nicht ich!«

»Es ist mir egal, wer das versäumt hat. Die Abzahlung des Wagens ist überfällig, und darum ist es meine Aufgabe, ihn dem Eigentümer zurückzubringen.«

»Sie verstehen mich nicht! Mein Mann hat mich verlassen und alles mitgenommen. Dieses Auto ist das Letzte, was ich habe!«

John knurrte verächtlich und wollte ihr gerade sagen, sie solle das lieber einem Scheidungsanwalt erzählen, doch plötzlich verschwand ihre herausfordernde Miene, und ihr Gesicht verzerrte sich. Er erstarrte, und eine furchtbare Ahnung ergriff ihn.

O Gott. Sie würde weinen. Tatsächlich begannen ihre Augen zu glitzern, und ihre Lippen wurden schmal.

»Nein«, sagte er und hob die Hand. »Um Himmels willen – nicht weinen.«

»Ich kann nicht anders.«

John warf Tony einen Blick zu, doch der hatte seine Aufmerksamkeit praktischerweise auf den Vorgarten nebenan gerichtet, in dem ein streunender Hund an einer traurigen Myrte das Bein hob.

»O doch«, sagte John. »Das können Sie. Lassen Sie es einfach …«

Doch schon rann ihr erst eine, dann eine zweite Träne über die Wange, und er wusste, dass sich nun eine Flutwelle über ihn ergießen würde.

»Sie ahnen nicht, was ich durchmachen musste«, schluchzte sie. »Sie haben nicht die leiseste Ahnung.«

»Das stimmt. Und ich glaube wirklich nicht, dass Sie mir erzählen sollten –«

»Ich bin heute aus dem Urlaub zurückgekommen und habe erfahren, dass mein Mann mich verlassen hat.«

John schloss entnervt die Augen. Da kam sie also – die ganze verdammte Geschichte.

»Er hat alles mitgenommen und unser Haus verkauft. Dort lebt bereits eine andere Familie. Als ich hereinkam, hat *eine andere Familie in meinem Haus gewohnt.* Können Sie sich das vorstellen? Und er hat unsere Konten geplündert und alle unsere Kreditkarten ausgereizt. Jetzt habe ich nur noch meinen Hund und …« – sie strich mit der Hand über die Motorhaube, und Tränen strömten ihr nun über die Wangen – »… und mein wunder-*wunder*schönes Auto.«

Sie vergrub das Gesicht in den Händen, und schon weinte sie so sehr, dass ihre Schultern zitterten. John wünschte von Herzen, woanders zu sein. Immerhin fragte er sich kurz, welcher Typ Mann ein Haus unter dem Hintern seiner Frau verkaufen würde. Die Wahrheit war natürlich, dass es diesen Typ Mann nicht gab. Es musste eine Lüge sein. Bei ihrer Rückkehr sollen andere Leute in ihrem Haus gewohnt haben? *Bitte!* Sie spielte nur mit ihm, und es war Zeit, dem ein Ende zu bereiten – Tränen hin oder her.

Hart bleiben. Festbleiben. Du kannst es.

»Es kommt nicht auf Ihre Geschichte an«, sagte er. »Ich habe keine Wahl. Die juristischen Voraussetzungen sind erfüllt – sonst hätte ich den Auftrag zur Wiederinbesitznahme des Fahrzeugs nicht bekommen –«

»Warren hat mir das Auto letztes Jahr zum Hochzeitstag geschenkt«, fuhr sie fort, als habe John kein Wort gesagt. »Es war von einer riesigen roten Schleife umhüllt, wie man das in der Fernsehwerbung sieht.«

John senkte den Kopf.

»Der Wagen war so wunderschön, und ich war so begeistert, aber jetzt zahlt er die Raten nicht mehr, und ich verliere das Auto.« Sie sah zum Haus ihrer Eltern hinüber und rollte die nassen Augen. »Und sehen Sie, wo ich gelandet bin. Mein wunderschönes Haus ist futsch, und ich muss wieder bei meinen Eltern wohnen. Und das ist nicht einfach, sage ich Ihnen.«

Ein kurzer Blick auf den Trailer zeigte John, dass diese Bemerkung – so viel sie auch sonst gelogen haben mochte – vermutlich nicht gelogen war.

Sie schniefte. »Meinen Sie nicht …«

»Was?«

»Meinen Sie nicht, Sie könnten eine Ausnahme machen? Sie könnten mir den Wagen doch lassen, bis ich die ausstehenden Raten bezahlt habe.«

»Nein, das geht wirklich nicht –«

»Bitte. Wenn Sie ihn mir einfach lassen, bekomme ich das Geld zusammen – das schwöre ich. Wie viel ist es denn?«

»Sie verstehen mich nicht. Ich muss das Auto mitnehmen.«

»Wie *viel*?«

Er seufzte. »Zweitausendvierhundert Dollar.«

Ihre Kinnlade klappte herunter. »Zweitausendvierhundert? Es sind doch nur zwei Raten?«

»Zuzüglich Abschleppgebühr.«

Und schon ging die Heulerei wieder los.

Gut. Das reichte. Gleich morgen früh würde er bei Subway wegen eines Franchisevertrags anrufen. Von nun an würde er sich nur noch mit sich selbst, kaltem Fleisch in Scheiben und Mayonnaisespendern befassen.

»Hören Sie«, sagte er, »wenn Sie mir versprechen, mir keine Schwierigkeiten mehr zu machen, erlasse ich Ihnen die Abschleppgebühr.« Er zog eine Visitenkarte aus der Tasche und gab sie ihr. »Der Wagen wird dreißig Tage auf meinem Hof stehen. Wenn Sie die fälligen Raten bis dahin bezahlt haben, verzichte ich auf meine Gebühr, und Sie können ihn mitnehmen.«

»Die Abschleppgebühr ist völlig belanglos, wenn ich die Raten nicht zahlen kann.«

»Mehr kann ich nicht tun.«

Sie vergrub den Kopf erneut in den Händen, und John kam sich wie ein Volltrottel vor, während er dastand und ihr beim Weinen zuhörte. Es war ihm ganz gleich, ob sie log oder nicht. Er wollte nur, dass es aufhörte.

Dann hob sie langsam den Kopf und wischte sich die Augen. Wollte sie sich womöglich zusammenreißen?

»Gut«, sagte sie und schob Johns Karte in die Tasche. »Verstehe. Wenn Sie sagen, Warren hat die Raten nicht bezahlt, dann stimmt das vermutlich. Und das bedeutet, dass Sie vollauf berechtigt sind, mir mein Auto wegzunehmen.«

Gott sei Dank – endlich kam sie zur Vernunft …

»Auch wenn es das Einzige ist, was ich auf der Welt noch besitze.«

… und sorgte bei dieser Gelegenheit dafür, dass er sich hundsmiserabel fühlte.

»Ich hätte gern ein Auge zugedrückt«, sagte er und gab sich Mühe, verständnisvoll zu klingen, was ihm nicht leichtfiel. »Aber das kann ich nicht. So ist das nun mal.«

Sie nickte erneut. »Ich weiß. Sie machen nur Ihre Arbeit. Und mir tut es leid, dass ich die Beherrschung verloren habe. Mit so etwas sollten Sie sich nicht herumschlagen müssen.«

Sie entfernte sich vom Wagen. Die Träne, die gerade eine Wimperntuschenspur auf ihrem Gesicht hinterließ, radierte das Bild aus, das er von ihr hatte – das Bild einer eiskalten, stets aus dem Ei gepellten Frau, die auf das Auto zugeschossen war. Ihre großen braunen, tränennassen Augen ließen sie eher wie Bambi nach dem Verlust der Mutter wirken – und er war der große böse Jäger, der die Ricke auf dem Gewissen hatte.

»Nehmen Sie mir meinen Wagen ruhig weg«, sagte sie. »Er gehört Ihnen. Ich verspreche, Ihnen keine Schwierigkeiten mehr zu machen.«

Wider Erwarten begann er zu glauben, sie habe ihm tatsächlich die Wahrheit gesagt. Doch das änderte nichts. Er musste seine Arbeit erledigen, und es war nun wirklich Zeit dafür. Er drehte sich um und wollte sich in den Wagen setzen.

»Warten Sie.«

Was ist denn jetzt schon wieder?

Sie winkte ab. »Ach nichts – nur so eine blöde Idee –«

»Was denn?«

»Ich dachte bloß …«

»Was?«

Sie atmete zitternd aus. »Würde es Ihnen etwas ausmachen, wenn ich … wenn ich mich ein letztes Mal in den Wagen setzen würde? Nur, um mich von ihm zu verabschieden?«

John verzog das Gesicht. »Verabschieden?«

»Bitte.«

Das war doch wohl nicht wahr? Er sah erneut rasch zu Tony hinüber, der nur die Augen rollte und ihm die Handflächen zeigte, was ja wohl heißen sollte: *Tut mir leid, Kumpel – damit musst du allein fertig werden.*

Mit einem resignierten Seufzer öffnete John ihr die Tür, und sie glitt auf den Fahrersitz. Dort saß sie einen Moment lang still und ließ den Blick durch den Innenraum wandern. Dann tat sie einen tiefen, reinigenden Atemzug, hob die Hand, berührte das Armaturenbrett und strich mit den Fingerspitzen behutsam über das Leder. Trotz der falschen Nägel kam John nicht umhin, ihre schönen Hände zu bemerken – klein waren sie und perfekt geformt, und dabei sahen sie so weich aus wie das teure Leder, das sie berührten.

Und so, als steckten normalerweise funkelnde Edelsteine daran. *Verwöhnt ist sie – schon vergessen?*

Er war sich gewiss, dass jeder Streit mit einer Frau wie ihr einen Mann ein Vermögen kostete. Selbst Modeschmuck war ja nicht billig. Doch obwohl er nicht gerade begeistert von der Psyche war, die er ihr zuschrieb, hielt ihn das nicht davon ab, ihr Äußeres zu bewundern – und das, obwohl sie ihrem Aussehen offensichtlich kosmetisch nachgeholfen hatte.

Er sah zu, wie ihre Hand zum CD-Wechsler wanderte, und ließ sich davon in Bann schlagen, wie ihre Fingerspitzen leichthin über die Knöpfe des Geräts glitten, als könnten sie es durch das Elektrisierende ihrer Berührung zum Klingen bringen. Er zweifelte nicht daran, dass sie und der CD-Player jedes Mal, wenn sie ihn einschaltete, herrliche Musik miteinander machten.

Er ließ seinen Blick kurz auf ihrer Schulterlinie ruhen und sah dann ihren Arm hinab, dessen leicht gebräunte Haut so golden und vollkommen war, dass die Sonnengöttinnen dieser Welt bei seinem Anblick sicher vor Neid platzen würden.

Schau weg.

Aber das war fast unmöglich, als sie ihre Aufmerksamkeit dem Beifahrersitz zuwandte und ihn mit langsamen, glutvollen Bewegungen streichelte, wobei ihre silbernen Armreife klirrten. John stellte sich vor, wie ihre Hand über den Körper eines Mannes glitt und dabei eine Spur lodernder Nerven-Enden zurückließ.

Vor allem auf seinem Körper.

Nein. Lass dich nicht auf so was ein. Spiel nicht einmal mit dem Gedanken daran!

Doch bevor er diese Vorstellung hatte loswerden können, glitt ihre Hand zum Schalthebel. Erneut atmete sie tief durch, ließ die Handfläche auf dem Knauf kreisen und die Finger tänzeln. Dann strich ihre Hand langsam und wohlig träge den Hebel hinab, und Johns Mund wurde staubtrocken.

Das Ganze gab ihm das Gefühl, durch eine Jalousie in ihr Schlafzimmer zu spähen, doch er vermochte nicht wegzuschauen. Und als er gerade glaubte, seine Fantasie könne ihn nicht auf noch schlimmere Abwege bringen, legte sie die andere Hand ans Lenkrad, beugte sich vor und küsste es.

Heiliges Kanonenrohr.

Obwohl die Sonne untergegangen war, rann ihm ein heißer Schweißtropfen über die Brust ins Hemd. Kirschrote Lippen auf poliertem Walnussholz – großer Gott, er hätte nie gedacht, dass dieser Anblick so erotisch war. Aber er hatte sich beim Aufstehen ja auch nicht vorstellen können, dass er heute noch auf ein Lenkrad eifersüchtig werden würde. Es gab nur ein Problem dabei: Nun, da sie sich vorgebeugt hatte, um das Steuer zu küssen, konnte er nicht mehr sehen, welche faszinierenden Dinge sie mit der anderen Hand trieb.

Tief durchatmen. Gleich ist alles vorbei.

Sie blieb einen Augenblick in dieser Stellung und glitt mit liebkosenden Lippen über die glatte Walnussholzeinlage. Schließlich richtete sie sich auf und legte die Hände in den Schoß, woraus John schloss, die Show sei vorbei. Wenn es ihm jetzt gelänge, sie aus dem Auto zu bekommen, ehe sie zwei Zigaretten anzündete und die eine dem Wagen gab, könnte er den Mercedes endlich auf den Abschlepphof fahren und Feierabend machen.

Er öffnete die Tür und reichte ihr unwillkürlich

die Hand, um ihr beim Aussteigen zu helfen. Nun lag eine der Hände, die sich eben noch voll Hingabe dem Roadster gewidmet hatten, in seiner Rechten und war genauso warm und weich, wie er es sich vorgestellt hatte. Sein Daumen berührte ihren Ehering – ein hochkarätiges Ungetüm, das ihre Hand zwergenhaft erscheinen ließ –, und er fragte sich unvermittelt, ob sie es wirklich auf eine Scheidung abgesehen hatte.

Dann fragte er sich, warum er sich das fragte.

Als sie vor ihm stand, wollte er sie loslassen, doch sie verstärkte ihren Händedruck und blickte ihm gefühlvoll in die Augen.

»Fahren Sie ihn vorsichtig, ja?«

Mist. Das war wohl das Aus für seinen Plan, die kleine Sportkarosse mit durchgetretenem Gaspedal über kleine Landstraßen zu jagen, um zu sehen, was in ihr steckte.

Während sie zum Trailer zurückging, plumpste er auf den Fahrersitz. Diesen Tag würde er sich im Kalender anstreichen – erst ein Junge mit Pistole, dann eine schluchzende Autofetischistin.

Als ob er so viel besser war! Vielleicht waren Autos ihr Fetisch, aber sein Fetischismus war es offenbar, ihr bei der Befriedigung ihres Autofetischismus zuzusehen.

Subway, ich komme – kein Scherz!

Dann wollte er den Wagen anlassen und erschrak.

Der Schlüssel war verschwunden.

Sprachlos betrachtete er das Zündschloss. *Wo ist er?*

Er fuhr herum. Die Frau schaute über die Schulter zurück, und als sich ihre Blicke trafen, begann sie zu laufen.

In Windeseile sprang John aus dem Wagen und rannte durch den Vorgarten, doch sie hatte einen großen Vorsprung, erreichte die Eingangsstufen, hetzte hinauf und flitzte ins Haus. Als John die oberste Stufe erreichte, schlug sie die Tür zu und schob den Riegel vor.

Er packte den Türknauf und rüttelte daran.

Mist!

Er trommelte mit den Fäusten an die Tür und fluchte dabei so heftig, dass seine Worte die zerzausten Sträucher neben dem Eingang noch ein wenig mehr welken ließen. Er konnte es nicht fassen. Er konnte es einfach nicht fassen. Er hatte ihr alles abgekauft – die Geschichte, die Tränen, den liebevollen Abschied, der in einen billigen Porno gehört hätte. Alles! Was war er bloß? Ein Vollidiot?

Er hörte ein Klopfen, wandte sich zum Fenster und sah die Frau durch die Jalousie schauen. Sie hielt den Schlüssel hoch und wackelte damit, und ein verschmitztes Siegeslächeln breitete sich auf ihrem Gesicht aus.

Mochte John schon stocksauer gewesen sein – nun war er fuchsteufelswild. Und als sie ihm einen Handkuss zuwarf, schaffte er es nur mit knapper Not, nicht durchs Fenster zu springen und ihr an die Gurgel zu gehen.

Er drehte sich mit einem Ruck um, stieg die Treppe hinunter und ging zu Tonys Auto zurück.

»Sie hat sich also den Schlüssel geangelt?«, fragte Tony.

»Deine Intuition möchte ich haben«, erwiderte John und riss die Beifahrertür auf. »Steig ein.«

Tony setzte sich ans Steuer. »Der Roadster ist wirklich hübsch, aber ich an deiner Stelle würde mich eher an die tolle Frau halten.«

John sah Tony ungläubig an. »Machst du dich über mich lustig?«

»Aber nein. Die ist scharf.«

»Verrückt ist die.«

»Superfigur.«

»Nur Stroh im Hirn.«

»Das ist wieder typisch: du und dein Hirngerede. Apropos – ich muss Rhonda anrufen. Schließlich will ich sichergehen, dass sie sich in Zeiten der Not an *meine* Schulter lehnt.«

»Rona«, stieß John hervor.

»Was?«

»Sie heißt *Rona*.«

Tony blinzelte. »Warum hast du mir dann gesagt, sie heiße Rhonda?«

»Jetzt fahr endlich los.«

Scharf oder nicht – John wollte nichts mit Frauen zu tun haben, die hinterhältig waren. Falsch. Manipulativ. Schamlos. Vor allem, wenn sie Lügen auftischten, sich Tränen abzwangen, Lenkräder küssten und Schlüssel versteckten.

Aber es war noch nicht vorbei. So oder so – er würde sich den Roadster schnappen. Und wenn er ihn hätte, würde er dafür sorgen, dass sie nie wieder einen Fuß hineinsetzen würde.

Darcy spähte durch die Jalousie, sah den allradgetriebenen Wagen verschwinden und stieß einen mächtigen

Seufzer der Erleichterung aus. Doch ihr Herz pochte noch immer wie verrückt. Einen Mann zu überlisten, war ihr nie besonders schwergefallen, aber sie hatte auch noch nie versucht, einen Mann von der Größe eines Redwoodbaums unterzukriegen. Sie hatte Glück gehabt, dass er sie nicht geschnappt hatte, denn sonst hätte er sie wie ein Stück Anmachholz zerbrochen.

Als er mit seinen eins neunzig neben ihrem Auto gestanden hatte, wäre sie fast erstickt. Seine Brust war wie Granit, und seine Schultern waren so breit, dass sie die sinkende Sonne verdeckten. Sein volles, dunkles Haar war peinlich akkurat geschnitten; sein konzentrierter, aufmerksamer Blick war beherrscht und fasste die Gegenstände seines Interesses mit geradezu militärischer Präzision ins Auge. Sein unmutiges und einschüchterndes Antlitz verriet ihr, dass Lächeln nicht zu seinem Repertoire gehörte – nicht mal nach ihrer rührenden Heulgeschichte. Manche Frauen hätten ihn als gut aussehend bezeichnet, aber diese Frauen mochten eben Männer, die einen Sack Nägel kleinkauen konnten.

Sie zog seine Visitenkarte heraus. *John Stark. Texas Repossessions.* Weißes Papier. Schwarze Schrift. Kein schickes Logo. Noch ein Beweis mehr dafür, dass er einer von der schlichten Sorte war, die kam, sah und siegte. Doch nun hatte sie ihn überlistet, und das bedeutete, dass sie zweifellos ganz oben auf der Liste derer stand, mit denen er ein Hühnchen zu rupfen hatte.

Zum Glück war schon Feierabend – er würde heute also keinen neuen Schlüssel von dem Kreditunternehmen bekommen. Bis morgen früh allerdings musste sie ihr Auto an einen Ort geschafft haben, an dem er es nicht finden würde.

Oha! Wie niederschmetternd! Sie war erst wenige Stunden pleite und dachte bereits wie eine totale Versagerin.

Sie kehrte an den Küchentisch zurück, steckte die Visitenkarte ins Portemonnaie, nahm ihr halb ausgetrunkenes Glas und leerte es in einem Zug. Sie konnte nicht fassen, dass Warren ihren Wagen ratenweise bezahlt hatte. Sie hatte sich immer vorgestellt, er schreibe einfach einen Scheck aus und fertig. Was ihre Lage betraf, ging ihr nun ein so helles Licht auf, dass es sie geradezu blendete.

Sie ging ins Wohnzimmer, setzte sich in den Ruhesessel ihres Vaters, nahm die Fernbedienung und zappte herum. Eine Dauerwerbesendung. Ein Country-Konzert aus der Konserve. Eine Wiederholung der Sitcom *Friends*. Als sie an Jerry Springers bodenlose Talkshow geriet, legte sie die Fernbedienung weg, lehnte sich zurück und sah zu. Es war nicht gerade ihr Programm, aber vorderhand die einzige Möglichkeit, sich eine Zeit lang am Unglück anderer zu freuen und das eigene Unglück zu vergessen.

Kaum hatte Jerry sich verabschiedet, wurden Darcy die Lider schwer. Pepé war in ihren Schoß gesprungen und tief eingeschlafen. Auch sie selbst war kurz vorm Einnicken – betäubt vom Geschwätz der Flimmerkiste, vom Bourbon, den sie sich gegönnt hatte, und von der das Denken lähmenden Misere, in die sich ihr Leben verwandelt hatte. Dann aber hörte sie ein lautes Geräusch.

Sie öffnete die Augen und lauschte. War das ein Motor gewesen?

Ja, ein *mächtiger* Motor. Übergroße Fahrzeuge gab es jede Menge in den Trailerparks von Texas, aber dieses machte mehr Krach als üblich. Sie scheuchte Pepé vom Schoß und ging ans Fenster. Als sie durch die Jalousie spähte, erschrak sie heftig.

Der Repo-Mann war zurück.

4

Am Straßenrand parkte ein großer Tieflader, auf dem – bereits vertäut – Darcys Auto stand. Sie hatte keine Ahnung, wie der Repo-Mann das geschafft hatte. Gerade setzte er sich ans Steuer des Transporters und wollte losfahren.

Darcy ließ die Jalousie zurückschnellen, riss die Tür auf, rannte die Eingangsstufen hinunter und durch den Vorgarten und murmelte jedes Mal einen Fluch in sich hinein, wenn ihre Absätze in der Fingerhirse stecken blieben und sie sich fast den Fuß vertrat.

»He, Sie! Aufhören!« Sie erreichte die Straße und hetzte zur Fahrertür, deren Scheibe heruntergelassen war. Sie musste den Hals recken, um ihn im Führerhaus sehen zu können, und trommelte gegen die Tür. »Was bilden Sie sich eigentlich ein?«

Er sah auf sie herunter. »Müssen wir das wirklich noch mal durchkauen?«

»Wie haben Sie meinen Wagen auf den Lkw bekommen?«

»Zauberei.«

Sie schlug erneut mit der Faust an die Tür. »Ich kann gar nicht fassen, was Sie da tun!«

»Natürlich können Sie das. Was Sie nicht fassen können, ist, dass ich so schnell zurückgekommen bin.«

Ins Schwarze getroffen! Sie hatte sich vorgenommen, ihre Gegner nie zu unterschätzen, aber diesen hatte sie mächtig unterschätzt.

Darcy hörte eifriges Bellen und sah Pepé durchs Gras geflitzt kommen und – obwohl er ein ausgewachsener Hund war – jeder Löwenzahnblüte ausweichen. Er hielt neben ihr an, sah zu dem Hünen in dem riesigen Transporter auf und kläffte empört.

»Tja«, sagte der. »Wenn Sie mich vor Ihrem gefährlichen Wachhund gewarnt hätten, hätte ich nie gewagt, noch mal einen Fuß in diese Gegend zu setzen.«

Darcy hob Pepé vom Boden auf, drückte ihn an die Brust und legte ihm schließlich die Finger ums Maul, um dem Gebell endlich Einhalt zu gebieten. »Hunde wissen immer, mit welcher Art Mensch sie es zu tun haben, und er mag Sie nicht. Was schließen Sie daraus?«

»Dass ich auf der Abschussliste eines Zwergköters stehe?«

Darcy hätte beinahe selbst zu knurren begonnen. »Sie sind *so* jämmerlich.«

»*Ich* bin jämmerlich?«

»Ja. Schauen Sie sich doch mal Ihren Transporter an. Also wirklich.«

»Na gut – was ist daran verkehrt?«

»Wissen Sie nicht, was man über Männer sagt, die große Laster fahren?«

»Dass Sie viele Autos auf Abschlepphöfe bringen können?«

»Nein – dass sie etwas zu kompensieren haben.«

»Ach ja?« Er hob eine Braue. »Ich an Ihrer Stelle würde das nicht für bare Münze nehmen.«

Seine leise, raue Stimme überrumpelte Darcy. Große, eigensinnige Männer waren ihr nie weiter reizvoll erschienen – sie waren viel zu schwer unter Kontrolle zu halten –, doch dann glitt ihr Blick auf seine Hände, die das Steuer hielten, große, starke Hände, die aussahen, als könnten sie einen tobenden Stier bei den Hörnern packen und wie einen Pfannkuchen wenden. Dem großen Lastwagen zum Trotz hieß es ja, Männer mit großen Händen hätten auch einen –

»Sie haben meine Karte«, sagte er und legte den Gang ein. »Und Sie wissen ja, wie's geht: zweitausendvierhundert Dollar plus Abschleppgebühr, und das Auto gehört wieder Ihnen.«

»Moment! Sie haben doch gesagt, Sie würden auf die Abschleppgebühr verzichten!«

»Und dann sind Sie mit dem Schlüssel abgehauen und haben mir die Haustür vor der Nase zugeknallt.«

Und das bedauerte sie kein bisschen. Was sie allerdings bereute, war, nicht vorausschauend genug gewesen zu sein, den Wagen rechtzeitig zwei Straßen weiter zu parken.

Kaum war er losgefahren, trat er noch mal auf die Bremse. »Ach«, sagte er, »eins noch. Ich muss Ihnen etwas zurückgeben, das ich vorhin von Ihnen bekommen habe.«

»Nämlich?«

Er legte die Fingerspitzen an die Lippen und warf ihr eine Kusshand zu.

Als Darcy erstaunt den Mund aufsperrte, trat er aufs Gas und fuhr weg. Sie klappte den Mund wieder zu, und Mordgelüste aller Art stiegen in ihr auf.

Rasch aber wich ihr Ärger tiefer Hoffnungslosigkeit. Sie stand im kalten Licht der Straßenlaterne, lauschte dem Zirpen der Grillen und den schwach an ihr Ohr dringenden, aber aufgebrachten Stimmen der Nachbarn, die einen heftigen Streit hatten, und sah den Rücklichtern des Lastwagens nach, bis sie nur noch glitzernde Punkte in der Ferne waren.

Das war es also. Jetzt hatte sie wirklich alles verloren.

Eine Stunde später kamen ihre Eltern nach Hause. Zehn Minuten darauf wollte ihre Mutter noch immer nicht glauben, dass sie nicht länger das Privileg hatte, ihre Tochter mitunter in einem 50.000-Dollar-Sportwagen auf Spritztouren durch die Stadt zu begleiten.

»Ich hab es dir doch erklärt, Mom«, sagte Darcy zum dritten Mal. »Das Auto wurde für den Eigentümer in Gewahrsam genommen.«

Lyla zündete sich eine Zigarette an und nahm einen tiefen Zug. »Aber ergibt das denn Sinn? Irgendeinen Sinn wenigstens? Warum hat Warren Ratenzahlung vereinbart?«

Ihre Fragen kamen schnell, obwohl sie jedes zweite Wort undeutlich aussprach. Jemand musste der Bowle ziemlich viele Umdrehungen verpasst haben, und ihre Mutter hatte offenkundig gewissenhaft ihren Durst gestillt.

»Keine Ahnung«, sagte Darcy. »Vielleicht hatte er Geldprobleme, von denen ich nichts wusste.«

»Man kann dir doch nicht einfach dein Auto unterm Hintern wegnehmen«, sagte Lyla. »Dagegen muss es doch Gesetze geben.«

»Nein«, sagte Clayton vom Wohnzimmer her. »Aber es gibt Gesetze gegen Leute, die ihre Rechnungen nicht bezahlen.«

»Mein Gott!«, stieß Lyla hervor. »Es gibt doch mildernde Umstände!«

»Um die dürfte sich das Kreditunternehmen kaum scheren.«

»Du musst etwas tun! Hol Darcys Wagen zurück!«

»Dazu müsste ich die ausstehenden Raten bezahlen.«

»Sei nicht immer so ein Geizhals! Sie ist deine Tochter!« Lyla wandte sich wieder an Darcy. »Wie viel ist es denn?«

»Zweitausendvierhundert Dollar.«

Lyla erstarrte. »Oh«, sagte sie dann und griff nach der Flasche Wild Turkey in der kleinen Vitrine.

Na super. Dieses eine Mal, wo Darcy den Zorn ihrer Mutter hätte gebrauchen können, war er erloschen wie ein Streichholz in der Pfütze. *Vielen Dank, Mom. Cheers.*

Lyla schenkte sich einen kräftigen Schluck Bourbon ein. Im Wohnzimmer machte Clayton es sich im Ruhesessel gemütlich, zappte durchs Programm und blieb bei einem Monstertruck-Rennen hängen.

»Wir könnten dir Geld leihen«, sagte Lyla, »aber wir sind gerade aus Las Vegas zurück. Diese einarmigen Banditen! Glaub mir, es wird von Mal zu Mal schwieriger, sie zu knacken.«

Was sie ungefähr viermal im Jahr versuchten. Darcy war klar, dass ihre Mutter alles, was sie letzte Woche nicht beim Black Jack verloren hatte, garantiert diese

Woche in die texanische Staatslotterie gesteckt hatte. Sie kam einfach an keinem Dreiundachtzig-Millionen-Dollar-Jackpot vorbei.

Leider hatte Warren die Spielleidenschaft ihrer Mutter geteilt – und die Unfähigkeit, rechtzeitig aufzuhören. Das hatte ihn immer wieder jeden Cent verlieren lassen, mit dem er die Spielbank betreten hatte. »Es ist doch bloß zum Vergnügen«, hatte er stets gesagt, aber manchmal hatte sie das Gefühl gehabt, er sei munter dabei, sich direkt ins Armenhaus zu vergnügen.

»Hast du telefoniert, um Warren aufzutreiben?«, fragte Lyla.

»Ja. Niemand weiß, wo er steckt.«

»Versuch es morgen noch mal. Wenn ein Mann eine Affäre hat, kann er das nie für sich behalten. Irgendwer wird wissen, was er treibt.«

Darcy gelang es kaum, sich mit den furchtbaren Dingen auseinanderzusetzen, die Warren erwiesenermaßen getan hatte, und es fiel ihr noch weit schwerer, sich mit dem zu befassen, was bisher lediglich zu befürchten stand. Und sie wurde absolut nicht schlau aus alldem. Wenn er sie hätte verlassen wollen, hätte er doch bloß einen Scheidungsanwalt beauftragen müssen, und angesichts des Ehevertrags, den sie vor der Heirat unterschrieben hatte, hätte es nicht einmal ein besonders guter Anwalt zu sein brauchen – er hätte auf jeden Fall den Löwenanteil all dessen, was sie besaßen, behalten. Und doch hatte er alles zu Bargeld gemacht und war verschwunden. *Warum?*

Sie überlegte, ob sie ihn vermisst melden sollte, aber sie hatte genug Krimis gesehen, um zu wissen, dass die

Polizei nichts unternehmen würde, wenn es so aussah, als sei er aus freien Stücken gegangen. Das Haus zu verkaufen und alle Konten abzuräumen, deuteten gewiss auf freiwilliges Verschwinden hin.

»Sprich mit einem Anwalt«, sagte Lyla. »Eines Tages wirst du ihm schon noch einiges Geld abknöpfen können.«

»Vorausgesetzt, er taucht wieder auf«, sagte Clayton. »Und selbst wenn: Wie lange wird es dauern, ihn vor Gericht zu bringen?«

Ewig und drei Wochen natürlich. Jeder wusste doch, dass die amerikanische Justiz mit dem Tempo einer asthmatischen Schlange vorankam.

Lyla kippte ihren Schnaps herunter, stellte das Glas in die Spüle und erklärte, sie gehöre ins Bett. Als sie in den Flur schwankte, überkam Darcy das surreale Gefühl, ihr Leben mit Warren sei ein Traum gewesen und nun sei sie in der furchtbaren Wirklichkeit aufgewacht.

»Mom?«

Lyla blieb auf der Schwelle stehen. »Was denn?«

Darcys Stimme war nur ein ersticktes Flüstern. »Ich habe nichts mehr. Was soll ich nur tun?«

Sie weinte ein wenig und glaubte, in den Augen ihrer Mutter einen Schimmer von Mitleid zu erkennen. Schließlich machte Darcy die schlimmste Krise ihres Lebens durch. Natürlich würde ihre Mutter da Verständnis für sie haben. Trotz ihrer Vorwürfe, es sei alles die Schuld ihrer Tochter, wäre Blut am Ende dicker als –

»Hör endlich auf zu heulen«, herrschte Lyla sie an. »Damit verschmierst du nur deine Wimperntusche.

Keine Frau mit ruiniertem Make-up hat je einen Mann zurückgewonnen.«

Mit diesen Worten wandte sie sich ab, ging den Flur entlang und schwankte dabei wie eine Weide im Wind. Es ging doch nichts über ein paar warm empfundene Worte ihrer Mutter, um Darcy das Gefühl zu geben, alles werde wieder gut.

»Ich kann dir ein Auto leihen«, sagte ihr Vater, ohne den Blick vom Fernseher zu wenden.

»Was für ein Auto?«, fragte Darcy und wischte sich die Augen.

»Eins mit vier Reifen, das fährt. Komm morgen früh mit in die Werkstatt und hol es dir ab. Um halb acht geht's los.«

Clayton nahm die Fernbedienung und drehte den Ton laut, um alle denkbaren Einwände abzuwehren, die Darcy gegen diesen Aufbruch im Morgengrauen erheben mochte. Aber halb acht? Welcher halbwegs vernünftige Mensch stand zu so unchristlich früher Stunde auf?

Pepé stupste Darcy am Fußknöchel. Sie hob ihn hoch und drückte ihn an die Schulter. Er schnüffelte an ihrem Ohr, zitterte am ganzen Körper und stieß einen kleinen Hundeseufzer aus, der ganz und gar zu ihrer Verfassung passte.

»Ich weiß, Süßer«, murmelte sie und kraulte seine haarigen Ohren. »Aber sieh die Sache positiv: Wenn ich das Geld für den Mercedes nicht aufbringen kann, brauchen wir wenigstens den furchtbaren Repo-Mann nie mehr zu sehen.«

Dieser Gedanke besserte tatsächlich ihre Laune –

bis ihr einfiel, dass das Gepäck ihrer Mexikoreise noch im Kofferraum war und der Wagen nun auf dem Abschlepphof von Texas Repossessions stand.

Darcy war es immer schwergefallen, eine Beziehung zu ihrem Vater zu finden. Zu Schulzeiten hatte sie ihn vor allem als immer kahler werdenden Hinterkopf gekannt, der über die Lehne des kunstlederbezogenen Ruhesessels sah – und als leeren Platz am Küchentisch während der Jagdsaison für Rotwild. Er war ein Mann, der hartnäckig Schmierfett unter den Nägeln und Runzeln auf der Stirn hatte und dessen Leben seit dem schicksalhaften Tag im Jahre 67, an dem er Lyla Scarsdale auf der Rückbank seines Pontiac GTO geschwängert hatte, in vorgeprägten Bahnen verlief. Kurz nach ihrer Mussheirat und der Geburt ihrer Tochter sieben Monate später hatte ihr Vater entdeckt, dass sein Mechanikergehalt seiner Frau nie den Lebensstil würde bieten können, an den sie sich liebend gern gewöhnt hätte.

Und jetzt, da er Darcy die Schlüssel zu ihrem frisch geliehenen Wagen gab, der auf dem ölfleckigen Estrich seiner Autowerkstatt stand, sah sie, wie zutreffend er das Auto beschrieben hatte. Der Wagen hatte vier Reifen und fuhr. Er hatte überdies eine verblichene Lackierung, einen Hagelschaden und einen Himmel, der so schlaff herunterhing wie der Saum eines zwanzig Jahre alten Rocks. Schon als Neuwagen – vor fünfzehn Jahren also – war er nicht sonderlich schön gewesen, und das hatte sich im Lauf der Zeit nicht im Mindesten gebessert.

»Du kannst ihn haben, solange du ihn brauchst«, sagte ihr Vater.

»Warum? Weil niemand sonst ihm freiwillig nahetreten würde?«

»Er wird dich dahin bringen, wo du hinmusst. Nur darauf kommt es an.«

Darcy schauderte bei dem Gedanken, wohin sie heute zuerst zu fahren hatte. John Stark dachte, er habe gestern Abend zuletzt gelacht, doch wenn er sie heute in diesem Wagen sähe, würde er erneut in Gelächter ausbrechen.

»Die Reifen waren hinüber – darum hab ich letzte Woche neue aufgezogen«, sagte ihr Vater. »Dieser Teil des Wagens ist zumindest in Ordnung.«

»Gibt es denn Teile, die nicht in Ordnung sind?«

»Er zieht nicht besonders – sei also an verkehrsreichen Kreuzungen vorsichtig.«

Na großartig! »Die Reifen sind wahrscheinlich mehr wert als der ganze Wagen.«

Darcy seufzte, als ihr Vater dem nicht widersprach. So ein Gefährt hatte sie sich schon immer sehnlichst gewünscht: vier Reifen, deren Wert durch den Wagen gemindert wurde, an dem sie saßen.

Sie blickte aus der Tür auf den Pick-up ihres Vaters. Sie hatte sich nie gewünscht, am Steuer so eines Pritschenwagens gesehen zu werden, doch alles war besser als diese Blechkiste.

»Dad?«

»Ja?«

»Könnte ich nicht deinen Pick-up fahren – nur heute?«

»Nein.«

»Ich bring ihn in zwei Stunden zurück.«

»Nein.«

»In einer Stunde.«

»Nein.«

»Aber –«

»*Niemand* fährt meinen Pick-up.«

Darcy stemmte die Fäuste in die Hüften. »Du würdest also Dale Earnhardt in die Wüste schicken, falls er aus seinem Rennfahrergrab auferstünde und deinen Pick-up fahren wollte, ja?«

»Gottvater persönlich könnte mir für die Wagenschlüssel das ewige Leben auf einem Silbertablett anbieten, und ich würde ihn in die Wüste schicken.«

Darcy war nicht der Meinung, die alleinige Nutzung eines Ford Pick-up sei die ewige Verdammnis wert, aber so war ihr Vater nun mal. Und da ihre Mutter vor drei Jahren das Fahren aufgegeben hatte, waren sie eine Ein-Auto-Familie. Darcy hatte also nicht mal mehr die Möglichkeit, sich die Schlüssel ihrer Mutter zu schnappen und abzurauschen.

»Außerdem«, sagte ihr Vater, »weißt du nicht, wie man einen Wagen mit Gangschaltung fährt.«

Stimmt – daran hatte sie nicht gedacht.

Solange sie in Plano-Ost blieb, würde sie niemandem begegnen, den sie kannte. Und sie brauchte die alte Möhre ja nur zu fahren, bis sie Warren gefunden hatte und ihm an die Gurgel gehen konnte, um einiges von dem Geld, das er hatte mitgehen lassen, an Ort und Stelle aus ihm herauszupressen.

Warren. Wo mochte er bloß stecken?

Nein. Sie durfte jetzt nicht an ihn denken, sondern musste sich mit dem anstehenden Problem befassen, also damit, ihre wenigen Habseligkeiten zurückzubekommen, um sich endlich wieder ein bisschen normal fühlen zu können.

»Behalt die Druckanzeiger im Auge«, sagte ihr Vater. »Der Wagen verliert Öl.«

Darcy seufzte. »Sonst noch was?«

»Ja. Das Schloss auf der Fahrerseite ist kaputt. Du musst also über den Beifahrersitz einsteigen.«

Das durfte doch nicht wahr sein!

Ihr Vater öffnete ihr die Tür, und sie kletterte etwas unbeholfen in den Wagen, wobei sie ein Knie auf den Beifahrersitz stützte und sich dann umdrehte, um sich hinters Lenkrad fallen zu lassen. Sie startete den Motor. Er keuchte und spuckte und erinnerte sie an Großtante Gertie, die auch dann noch geraucht hatte, als ein Lungenemphysem sie ins Grab trieb. Ja, Gertie wäre der passende Name für diese Schrottlaube.

Darcy schloss die Augen. Jedes Mal, wenn sie dachte, sie habe den Nullpunkt erreicht, sank sie noch ein wenig tiefer.

»Die Aktienkurse fallen. Die Arbeitslosigkeit ist hoch. Die Zinsen steigen.« John warf den Wirtschaftsteil der *Dallas Morning News* auf seinen Schreibtisch. »Wenn das so bleibt, mache ich demnächst vielleicht wirklich mal anständig Gewinn.«

Tony lehnte mit seinem Morgenkaffee in der Tür. »Mit anderen Worten: Was für Amerika schlecht ist, ist gut für John Stark?«

»Es ist schwer, sich in diesem Geschäft zu behaupten, wenn die Leute ihre Kredite pünktlich bedienen.«

»Aber wir haben doch schon jede Menge zu tun. Jetzt hast du dir erst wieder diesen Mercedes geschnappt.«

»Endlich.«

»Hat sie dir Schwierigkeiten gemacht, als du mit dem Abschleppwagen angerückt kamst?«

Diese Frage ließ John lächeln. »Kein bisschen.«

»Ah – ein Lächeln! Hast du also endlich die richtigen Prioritäten gesetzt?«

»Was?«

»Konzentrierst du dich inzwischen auf das Auto *und* auf die Frau?«

John runzelte die Stirn. »Sie spinnt – das hab ich dir doch gesagt.«

»Also wirst du sie nicht wiedersehen?«

»Ich hab ihr Auto eingesackt. Was glaubst du wohl, wie liebenswürdig sie wäre, wenn ich sie fragen würde: ›Na, Puppe, gehen wir zusammen aus?‹« Als ob er das überhaupt in Betracht gezogen hätte!

»Tja«, sagte Tony, »das sind zugegebenermaßen keine ganz idealen Bedingungen, aber ich war schon mit Frauen aus, denen ich zuvor den Wagen abgenommen hatte.«

»Du würdest sogar Mittel und Wege finden, mit einer Frau zusammen zu sein, deren Mutter du erschossen hast.«

»Hmm. Auf diese Aufreißnummer war ich noch gar nicht gekommen, aber –«

In diesem Moment ging die Tür zum vorderen Büro

auf. Die beiden drehten die Köpfe, um zu sehen, wer das war.

»Na so was«, sagte Tony. »Wenn man vom Teufel spricht … Was macht die denn hier?«

Nachdem John am Vorabend ihren Wagen inspiziert hatte, hatte er sie erwartet. »Ihr Gepäck ist im Kofferraum. Ich schätze, sie ist hier, um es abzuholen.«

»Na dann – das ist doch die Gelegenheit, dir den Mercedes *und* das Mädchen zu sichern.«

John schüttelte nur den Kopf. Tonys ewige Beschäftigung mit dem anderen Geschlecht hatte etwas Faszinierendes. Wenn er nicht an Frauen dachte, trank, aß, duschte oder schlief er mit ihnen. Von so viel Östrogen umgeben zu sein, würde ihn eines Tages garantiert in Schwierigkeiten bringen.

Sie gingen ins Vorzimmer. Johns Blick glitt unwillkürlich auf die eng anliegende Hose ihrer Besucherin, die knapp unterm Knie endete, und dann aufwärts zu ihrem elastischen blauen Top. Als er ihre Kurven rauf, runter und rundherum musterte, wurde ihm bewusst, dass er schon eine ganze Weile lang keiner Frau mehr nähergetreten war, doch er hatte nicht vor, dies zugunsten eines weiblichen Wesens zu ändern, das mehr oder minder geisteskrank war.

Sie stand mit über die Schulter drapierter Handtasche da und klimperte mit den Schlüsseln, als ginge sie davon aus, ihr Besuch werde nur kurz dauern. Gut. Er wusste nicht, was ihm lieber wäre.

Tony strahlte sie an und streckte ihr die Hand entgegen. »Hallo. Wir hatten gestern Abend keine Gelegenheit, uns kennenzulernen. Ich bin Tony McCaffrey.«

Sie schüttelte ihm die Hand und lächelte zurück. »Darcy McDaniel.«

»Was führt Sie heute zu uns?«

»Hör schon auf, Tony«, sagte John. »Wir machen hier kein Plauderstündchen. Du weißt, warum sie hier ist. Sie bekommt ihr Gepäck, und dann verschwindet sie wieder.«

Darcy wandte sich an John, und ihr Lächeln löste sich in Luft auf. »Sie sind wirklich sehr gastfreundlich.«

»Stören Sie sich nicht an John«, sagte Tony. »Der denkt nur ans Geschäft.« Er beugte sich zu ihr vor und flüsterte: »Von Vergnügen hat der keine Ahnung.«

Sie sah John mit hochgezogener Braue an. »Stimmt das?«

John warf Tony einen verärgerten Blick zu. »Los, hilf mir, ihre Klamotten zu holen.«

Kurz darauf brachten sie ihre Sachen aus dem Hinterzimmer – alle fünf Gepäckstücke.

»Wie lange waren Sie im Urlaub?«, fragte John.

»Eine Woche.«

Er hielt unvermittelt inne. »Sie waren eine Woche im Urlaub und haben dieses ganze Zeug mitgenommen?«

»Warum nicht?«

»Das ist doch furchtbar viel zu schleppen.«

»Aber nicht für mich. Dafür gibt es schließlich Fahrer und Gepäckträger.«

Natürlich. Was hatte er denn gedacht?

Er gab ihr ein Formular, damit sie quittierte, ihre Sachen abgeholt und in gutem Zustand vorgefunden zu haben. Beim Unterschreiben hielt sie plötzlich inne und sah sich im Büro um.

»Moment. Wo ist mein Wein?«

»Wein?«, fragte John.

»Er lag auf dem Boden vor dem Beifahrersitz. Eine Flasche Shiraz.«

»Hab ich nicht gesehen.«

»Wahrscheinlich ist sie unter den Sitz gerollt. Ich will sie zurückhaben.«

John seufzte. »Wie wär's, wenn ich Ihnen einfach zehn Dollar gebe, und wir sind quitt.«

»Zehn Dollar?«, fragte Darcy. »Wollen Sie sich über mich lustig machen? Die Flasche kostet zweihundert Dollar!«

»Zweihundert Dollar? Welcher vernünftige Mensch zahlt denn so viel für eine Flasche Wein?«

»Jemand mit anspruchsvollem Gaumen.«

»Jemand, der sein Geld gern aus dem Fenster wirft.«

»Sie wissen wirklich nichts von den raffinierteren Dingen des Lebens.«

»Ich weiß, was ein Dollar wert ist. Das reicht mir an Raffinesse.«

»Keine Sorge«, sagte Tony. »Ich hole Ihnen den Wein.«

»Oh, danke«, sagte sie und lächelte ihn honigsüß an. »Sie sind wirklich einer der liebenswürdigsten Männer, die ich je getroffen habe.«

Tony grinste John an. »Hast du's gehört? Ich bin liebenswürdig.«

»Jetzt hol schon den Wein.«

Tony zwinkerte Darcy zu, nahm einen Schlüsselring und verließ das Büro. Sie drehte sich zu John um und warf ihm einen Blick zu, der Milch zum Gerinnen hätte bringen können. »Besitzen Sie überhaupt ein Fünkchen Ritterlichkeit?«

»Aber sicher. Und sie tritt sofort zutage, wenn mir eine Dame begegnet.«

»Sie sind noch immer sauer, weil ich Sie ausgetrickst und mir den Schlüssel geschnappt habe? Vielleicht sollten Sie darüber mal wegkommen.«

»Darüber war ich in dem Augenblick weg, als ich mit Ihrem Wagen davonfuhr und Sie auf der Straße stehen ließ.«

»Wie fühlt man sich dabei, einer Frau, die sonst nichts mehr besitzt, ihr Auto wegzunehmen?«

»Sie bleiben also bei dieser Geschichte, ja?«

»Es ist die Wahrheit.«

»Ihr Mann hat wirklich Ihr Haus verkauft, während Sie im Urlaub waren?«

»Ja.«

»Sie kamen nach Hause, und fremde Leute wohnten darin? Das klingt ziemlich unglaubwürdig.«

»Nicht, wenn er das Haus praktisch verschenkt hat.«

»Sie haben in Plano-West gelebt – teure Gegend. Und jetzt wohnen Sie bei Ihren Eltern in einem Trailerpark?«

»Was soll ich ohne Geld denn machen?«

»Also haben Sie keine Arbeit?«

Sie hob die Nase ein wenig. »Seit meiner Hochzeit *brauchte* ich nicht zu arbeiten.«

»Das wundert mich nicht.« Er nahm eine Kleiderhülle, schlang sie um den Griff des größten Koffers, nahm den Griff des zweitgrößten Koffers in die andere Hand und ging zur Tür. Darcy blieb einfach stehen.

»Worauf warten Sie noch?«, fragte er. »Gepäckträger und Fahrer vom Limousinenservice kommen nur selten hier vorbei, und ich trage Ihnen nicht zweimal etwas heraus.«

Sie warf ihm einen giftigen Blick zu, nahm ihr Handgepäck und den Trolley und folgte ihm zum Parkplatz. Das einzige Auto dort, das weder John noch Tony gehörte, sah aus, als könnte es jeden Moment auseinanderfallen.

»Hübscher Wagen«, sagte John.

Sie schloss den Kofferraum auf. »Sie sind schuld daran, dass ich ihn fahren muss.«

»Haben Sie den vom Schrottplatz gestohlen?«

»Fürs Stehlen sind *Sie* zuständig. Wenn Sie es unbedingt wissen wollen: Ich hab den Wagen von meinem Vater geliehen.«

»Und was haben Sie Ihrem Vater getan, um eine solche Strafe zu verdienen?«

»Tun Sie das Gepäck einfach in den Kofferraum, ja?«

John hatte gerade alles verstaut, als Tony um die Ecke kam und ihr die Weinflasche gab. »Bitte sehr, Süße.« Er warf einen Blick auf den Wagen und erschrak. »Ist das Ihrer?«

»Leider.«

»Wirklich, John, niemand sollte so eine Blechkiste fahren müssen. Gib ihr den Wagen doch zurück, hm?«

»Du möchtest also ihre ausstehenden Raten übernehmen?«

»Äh … nein.« Er wandte sich an Darcy. »Tut mir leid.«

Sie lächelte. »Sie sind dennoch sehr liebenswürdig.« Dann warf sie John einen vernichtenden Blick zu.

»Was Ihr Mann Ihnen angetan hat, tut mir wirklich leid«, sagte Tony. »Was haben Sie jetzt vor?«

»Ich weiß es noch nicht genau«, erwiderte sie. »Aber ich werde schon zurechtkommen.«

»Ohne eine Arbeit dürfte das schwer werden«, sagte John.

»Die einen arbeiten hart, die anderen smart«, antwortete sie süffisant.

»Ich staune, dass sie sich überhaupt fürs Arbeiten interessieren.«

»Wenn das so ist …«, begann Tony, »… wir haben eine Stelle frei.«

John fuhr herum. »Haben wir nicht.«

»Doch«, sagte Tony zu Darcy. »John hat gestern unsere Angestellte an die Luft gesetzt.«

»Vielen Dank, dass Sie an mich gedacht haben«, sagte Darcy und ließ ihr strahlendes Lächeln erneut auf Tony ruhen. Dann drehte sie sich zu John um, und das Strahlen verschwand. »Aber die hiesige Geschäftsleitung verhält sich für meinen Geschmack leider etwas anmaßend.«

»Davon bin ich überzeugt«, entgegnete John. »Außerdem wären Sie mit der Arbeit ohnehin überfordert.«

»Überfordert? Damit, den Hörer abzunehmen und ›Guten Tag‹ zu sagen oder einen Aktenschrank aufzuziehen und Unterlagen hineinzustopfen?« Sie schnaubte verächtlich. »Ich wüsste nicht, wer damit überfordert wäre.«

»Na, wenn das so ist«, sagte John, ohne mit der Wimper zu zucken, »haben Sie den Job.«

»Ich werde darauf zurückkommen – aber erst, wenn es in der Hölle friert«, entgegnete sie, ging um den Wagen herum, stieg von der Beifahrertür in die entsetzliche Karre ein und manövrierte sich auf den Fahrersitz. Die Umstände machten ihr einen anmutigen Abgang fast unmöglich, und John musste ihr lassen, dass sie ihn dennoch ziemlich gut hinbekam.

Tony grinste. »Die hat schon was Spezielles, hm?«

Das war die Untertreibung des Jahrhunderts.

John sah zu, wie sie hoch erhobenen Hauptes mit ihrer Rostlaube, die jeden Moment den Geist aufzugeben drohte, vom Parkplatz rumpelte. Sosehr sie ihn auch auf die Palme gebracht hatte: Er war doch neugierig, wie sie sich wieder aus dem Sumpf ziehen würde, in den ihr Mann sie geritten hatte. Das wäre sicher spannend zu beobachten. Jedenfalls von fern, kugelsicher ausgerüstet, in jeder Hand eine Waffe – und das Hirn auf Alarmstufe Rot.

So schön sie auch sein mochte: Sie war eine Frau, die das Leben eines jeden Mannes auf den Kopf stellen konnte, bevor er auch nur gemerkt hatte, was ihm widerfahren war.

Dieser Mann machte sie rasend.

Darcy kochte fast den ganzen Rückweg lang vor Wut und fragte sich, warum sie nicht allein das Pech gehabt hatte, von ihrem Mann ohne einen Cent verlassen worden zu sein, sondern obendrein noch an einen Kerl wie John geraten war, der ihr das Leben zur Hölle machte. Zum Glück hatte sie endlich ihr Gepäck zurück – Texas Repossessions würde von nun an also nur noch eine sehr schlechte Erinnerung sein.

Es war Zeit, sich mit anderen Dingen zu befassen – zum Beispiel damit, wo Warren sich aufhielt und wie sie einiges von dem Geld zurückerobern konnte, das er mitgenommen hatte. Sie konnte noch immer nicht verstehen, warum er sich so aus dem Staub gemacht hatte.

Zwar waren sie einander nicht allzu herzlich verbunden gewesen, doch feindselig waren sie sich nie begegnet, und mit allem zu verschwinden, was sie besaßen, war ein an Feindseligkeit kaum zu überbietendes Verhalten.

Sie hatte Warren kennengelernt, als sie in der großen Firma gearbeitet hatte, in deren Buchhaltung er beschäftigt gewesen war. Er war gerade ins höhere Management aufgestiegen und hatte sich zur gleichen Zeit nach zwanzigjähriger Ehe von seiner Frau scheiden lassen.

Doch erst, als sie einige Monate lang verheiratet gewesen waren, hatte Darcy das Ausmaß seiner Midlifecrisis erkannt. Manchmal, wenn er sich unbeobachtet glaubte, sah sie ihn in leiser Verzweiflung vor dem Spiegel den Haaransatz, die Falten und seine Rettungsringe um den Bauch prüfen. Warren schien stets den Eindruck zu haben, die Zeit schreite nicht einfach voran, sondern rase in zunehmend enger werdenden Kreisen um ihn herum, bis er nicht mehr würde fliehen können.

Ironischerweise empfand Darcy nun genauso.

Hatte er sie darum verlassen? Weil sie nicht mehr die knackige junge Frau war, die er geheiratet hatte? Weil sie kein überzeugender Ausgleich seiner düsteren Selbstwahrnehmung mehr war?

Und wenn es so wäre: Würde sich dann noch ein anderer Mann für sie interessieren?

Während diese widerliche Sorge sich bei ihr einnistete, erwog Darcy, ob nicht eine der Theorien ihrer Mutter wahr sein mochte. Vielleicht hatte Warren tatsächlich einen Gehirntumor, der ihn etwas verrückt hatte werden lassen. In ein paar Tagen aber würde er den Weg nach Hause finden, man würde ihm eine kleine Chemo verpassen, und alles wäre wieder in Ordnung. Doch als sie fünf Minuten später das Haus ihrer Eltern erreichte, überkam sie die Ahnung, der Untergang stehe direkt bevor.

Am Straßenrand stand ein Polizeiwagen.

Sie parkte Gertie dahinter, schaltete den Motor aus und ging ins Haus. Ihre Mutter sprach mit einem Kommissar vom Plano Police Department.

»Mom? Was ist los?«

Lyla packte Darcy am Arm. Ihr Gesicht war kreidebleich. »Du musst jetzt stark sein, Darcy – es ist etwas Furchtbares geschehen … Warren …«

Dann stimmt es also. Der Hirntumor hat ihn erledigt, und man hat seine Leiche gefunden.

Doch der Kommissar befreite sie rasch von dieser verrückten Vorstellung, indem er ihr eine noch verrücktere präsentierte: Warren hatte nicht nur alles zu Bargeld gemacht, was Darcy und er besaßen – eine Buchprüfung des Finanzamts bei Sybersense Systems hatte außerdem an den Tag gebracht, dass er wenige Tage vor Darcys Rückkehr aus Mexiko dreihunderttausend Dollar unterschlagen hatte.

Und nun hatte er sich ins Ausland abgesetzt.

5

Darcy wusste zwar bereits, dass ihr Mann – dieser nichtsnutzige Mistkerl – sie nicht bloß verlassen, sondern sich auch das gemeinsame Vermögen unter den Nagel gerissen hatte. Doch sie hatte ganz und gar nicht damit gerechnet, dass er sich als Krimineller erweisen würde.

Der Kommissar befragte sie ausführlich und wollte wissen, ob sie eine Ahnung hatte, wo Warren sich aufhielt, aber seine Fragen brachten sie nur durcheinander und ließen die Lage noch unwirklicher erscheinen. Es hatte sich herausgestellt, dass Warren erhebliche Spielschulden und damit gute Gründe für eine Unterschlagung hatte. Am schlimmsten aber war, dass er als Finanzvorstand eines Großkonzerns alles Geld, das nicht an Kredithaie gegangen war, erfolgreich zu verstecken gewusst hatte – also würde Darcy vermutlich nie mehr auch nur einen Cent davon sehen.

Wenigstens wusste sie jetzt, woran sie war: Warren war ein lausiger Spieler, der jede Menge Schulden angehäuft hatte und sich nicht die Knie zertrümmern lassen wollte. Aber sie hatte eine Neuigkeit für ihn: Falls sie ihm je wieder begegnen würde, wären seine Knie das Wenigste, was sie ihm zerschlüge.

Darcy verbrachte den Rest des Tages in ungläubiger

Verwirrung. Als der Abend heranrückte, war sie reif für einen Drink. Sie überlegte, die Flasche Shiraz zu öffnen, die Tony aus ihrem Auto gerettet hatte, doch inzwischen erschien ihr dieser Wein, den sie früher womöglich zu Fastfood vom Chinesen getrunken hätte, wertvoller als Gold.

Stattdessen genehmigte sie sich mit ihrer Mutter ein paar Gläschen Wild Turkey und saß dann mit ihrem Vater wie ein Zombie vor der Übertragung eines Autorennens, während Lyla das Kreuzworträtsel der Fernsehzeitschrift löste. Um zehn Uhr stolperte Darcy – vom trüben Alltag der Unterschicht benebelt – ins Bett.

Am nächsten Morgen weckte sie das Sonnenlicht, ließ ihre Pupillen auf Stecknadelkopfgröße schrumpfen und gab ihrem aus Tränen und Bourbon gestrickten Kopfschmerz erst Format. Pepé stand auf ihrem Bauch und musterte sie wie ein Kind, dessen trunksüchtige Mutter sich wieder schwer hatte gehen lassen. Sie nahm ihn, drehte sich auf die Seite und drückte ihn an sich.

Sie wünschte, ins Koma zu fallen, um dem Tag nicht ins Auge blicken zu müssen. Doch früher oder später musste sie aufstehen und etwas tun, obwohl sie nicht die leiseste Ahnung hatte, was. Der Impuls, sich ein heißes Bad einzulassen und die Rasierklingen zu nehmen, war vorüber. Stattdessen schien sich eine unheimliche Nervosität für alle Zeiten in ihrem Magen eingenistet zu haben.

Sie hatte weder Geld noch Möglichkeiten, sich welches zu verschaffen. Und nirgendwo am Horizont war ein Mann zu sehen, der Warrens Rolle zu übernehmen geneigt war. Was sollte sie tun?

Schließlich schob sie die Bettdecke beiseite und setzte sich auf. Die Adern hinter ihren Schläfen schienen platzen zu wollen. Sie schlurfte in die Küche und gab Pepé ein paar undefinierbare Fleischteile. Sie stammten aus einer vom Vater aufgetriebenen Dose, einem Überbleibsel aus der Zeit, als der geliebte Hund ihrer Eltern noch nicht zur großen, himmlischen Entenjagd aufgebrochen war. Pepé verschlang einen Teller davon, hob den Kopf und wollte mehr. Darcy seufzte. Ihr Hund war manchmal so anspruchslos, dass sie sich fragte, wie sie ihn hatte aussuchen können.

Darcy zog einen Stuhl unterm Tisch hervor, ließ sich darauf fallen und fühlte sich wie eine tief depressive Raggedy-Ann-Puppe. Und ihre Niedergeschlagenheit erreichte noch ganz andere Ausmaße, als ihre Mutter ihr den Wirtschaftsteil der *Dallas Morning News* zeigte.

SYBERSENSE-MANAGER UNTERSCHLÄGT 300.000 DOLLAR.

»Jetzt weiß es alle Welt«, sagte Lyla und zog an ihrer Zigarette, als habe das Gesundheitsministerium nie davon abgeraten. »Du hast einen Kriminellen geheiratet, Darcy. Wie konntest du das nur tun?«

Darcy hätte den Kopf auf die Tischplatte knallen mögen. »Als ich ihn geheiratet habe, war er nicht kriminell.«

»Vielleicht doch. Vielleicht hat er das all die Jahre nur sehr gut verborgen.«

»Mom –«

»Vergiss es. Das ist jetzt egal. Nicht egal dagegen ist, dass der Kommissar meint, du würdest nie wieder etwas von dem Geld sehen. Deshalb wird es Zeit, darüber nachzudenken, was nun geschehen soll.«

»Sie könnte sich überlegen, die Arbeit anzunehmen, über die wir gesprochen haben«, sagte ihr Vater.

»Clayton, halt den Mund. Jetzt, wo Warren über alle Berge ist, braucht sie mehr als nur ein geregeltes Einkommen. Sie braucht einen neuen Ehemann.«

»Sie kommt auch ohne einen Mann klar.«

»Da hast du recht – sofern es ihr nichts ausmacht, aus Müllcontainern zu leben.«

Danke, Mom. Es motiviert mich enorm, wenn mich solche schrecklichen Vorstellungen rund um die Uhr verfolgen.

»Das Wichtigste zuerst, Darcy. Richte dich anständig her, dann geht es dir gleich besser. Keine Frau fühlt sich gut, wenn sie furchtbar aussieht.«

Darcy bezweifelte, dass sie sich wohl fühlen würde, wenn sie *nicht* furchtbar aussähe, aber es war einen Versuch wert. Eine Dreiviertelstunde später kam sie geschminkt und geföhnt mit bunt bedrucktem Rock, Stricktop und Claudia-Ciuti-Sandalen in die Küche zurück. Ihre Mutter inspizierte ihr Aussehen.

»Dieser Rock steht dir farblich ganz und gar nicht.«

»Der Rock ist bunt – welche Farbe davon steht mir nicht?«

»Alle. Hast du Hunger?«

Darcy goss sich eine Tasse Kaffee ein. »Nein, danke.«

»Du solltest etwas essen.« Lyla öffnete die Speisekammer. »Moment … ich hab da ein paar Bagels nein, warte, die sind schon etwas grün.« Sie räumte einige Sachen um. »Ah, hier sind Pop Tarts. Und Instant-Haferbrei. Und ein Muffin-Mix mit getrockneten Erdbeeren.« Sie stöberte noch ein wenig in den Regalen herum. »Und Froot Loops.«

In Müllcontainern zu wühlen, hörte sich besser an. »Na gut, Pop Tarts.« Gummi mit Geschmacksstoffen zwischen zwei Stück Pappe. Sie konnte es kaum erwarten.

Lyla schob zwei Pop Tarts in den Toaster und ging an die Spüle, um Teller in die Geschirrspülmaschine zu stellen.

»Großer Gott!«

Darcy hätte beinahe ihren Kaffee verschüttet. »Was denn?«

»Sieh dir das an – eine Limousine!«

Darcy stand auf und blickte über die Spüle hinweg aus dem Fenster. Tatsächlich – am Straßenrand stand eine elegante schwarze Limousine.

»Was mag die hier wollen?«, fragte Lyla.

»Keine Ahnung, aber da steigt jemand aus.«

»Eine Frau«, sagte Lyla. »Jedenfalls sieht es so aus. Und sie kommt her!«

Es pochte dreimal laut an die Tür. Darcy öffnete und stand einer kleinen, kompakten Frau in schwarzem Hemd, schwarzen Jeans und schwarzen Stiefeln gegenüber. Ihr dunkles Haar war aus offenbar praktischen Gründen kurz geschoren, und sie trug weder Make-up noch Schmuck. Die Hände hatte sie in militärischer Habt-Acht-Stellung hinterm Rücken verschränkt, und sie sah Darcy mit grimmiger, fast tödlicher Miene an.

»Ja?«, fragte Darcy.

»Ich suche Darcy McDaniel.«

»Das bin ich.«

»Mr Bridges würde gern mit Ihnen sprechen.«

»Wie bitte?«

»Jeremy Bridges.«

Darcy blinzelte vor Staunen. Sie kannte den Namen. Diesem Mann gehörten Sybersense Systems – die Softwarefirma, für die Warren gearbeitet hatte – und ungefähr ein Dutzend weiterer Unternehmen. Er war eines jener Computer-Wunderkinder, die aus einer winzigen Softwareklitsche einen riesigen Konzern gemacht hatten und in sehr kurzer Zeit vom Normalverbraucher zum Multimillionär geworden waren. Sie hatte Warren mal gefragt, wie er sei, und zwei Worte zur Antwort bekommen: *jung* und *exzentrisch*. Das war keine besonders erschöpfende Auskunft gewesen, und deshalb wusste Darcy jetzt nicht recht, woran sie war. Doch da ihre Mutter sie beinahe aus der Haustür schob, würde sie es wohl bald herausfinden.

Darcy folgte der Frau die Stufen hinunter und durch den Vorgarten zur hinteren Tür des Wagens. Wegen der geschwärzten Scheiben nahm sie den Innenraum zuerst nur als schwarzes Loch wahr. Sie stieg ein und setzte sich. Als sie sich dem Mann auf dem Nebensitz zuwandte, bekam sie den Schreck ihres Lebens.

Das war Jeremy Bridges?

Mit auf die Rücklehne gelegtem Arm flegelte er sich an seine Tür, trug Khaki-Shorts, ein ausgeblichenes Hawaiihemd und Gummilatschen und drückte eine Flasche Corona-Bier ans Knie. Eine sandfarbene Locke hing ihm in die Stirn, und ein Bartschatten verdunkelte seine Wangen und sein Kinn. Er schien dringend einen Friseur, einen Kleidungs- und einen Weinberater zu brauchen.

Aber Moment – das konnte er nicht sein. Sie wusste, dass Bridges Ende dreißig war, und dieser Typ sah aus, als ginge er noch aufs College und hätte sich die Limousine nur mit seinen Kumpels für eine Spritztour geliehen.

»Hallo, Darcy«, sagte er. »Ich bin Jeremy Bridges.«

Darcy blinzelte. Einmal. Zweimal. *Unmöglich.* »Äh … hallo, Mr Bridges.«

»Jeremy. Sie haben doch nichts dagegen, kurz mit mir zu plaudern, oder?«

Er sprach auf texanische Weise langsam und gedehnt. Sein Lächeln war freundlich, seine Art entwaffnend. All das hätte ihr die Befangenheit nehmen sollen, doch dem war nicht so. Wenn die Wirklichkeit ihren Erwartungen nicht entsprach, war Darcy stets auf der Hut.

»Nein«, antwortete sie. »Gar nicht.«

Dann merkte sie, dass die Frau, die sie abgeholt hatte, nach ihr eingestiegen war und ihnen nun gegenübersaß. Jeremy wies mit dem Kopf auf sie.

»Darcy, das ist Bernadette Hogan.«

Darcy schluckte vernehmlich. »Hallo.«

Ein knappes Nicken war ihre einzige Erwiderung. Wer war diese Frau bloß? Eine Geschäftspartnerin? Eine Verwandte? Die Bewährungshelferin?

»Bernie ist meine Leibwächterin«, sagte Jeremy.

»Ihre Leibwächterin?«, echote Darcy erstaunt.

»Es hat ein paar Zwischenfälle gegeben. Zu viele Spinner da draußen glauben, einen Reichen zu entführen, sei eine tolle Möglichkeit, an Geld zu kommen.«

»Ah ja«, sagte Darcy bemüht höflich. »Ich höre zum ersten Mal von einer Frau, die als Bodyguard arbeitet.«

Bernie hob ihr Kinn ein klein wenig, und ihre dunklen Augen wurden schmaler.

»Aber Sie machen das sicher sehr gut«, fügte Darcy hinzu.

»Bernie war früher bei der Armee«, sagte Jeremy. »Und sie kennt sich bestens mit Kampfsport aus. Sie läuft jeden Tag acht Kilometer – bei Regen sogar sechzehn.« Er beugte sich zu Darcy vor und flüsterte: »Sie soll mal jemanden mit einem Eisstiel getötet haben.«

Darcy warf Bernie erneut einen Blick zu und schluckte. Mit einem Eisstiel? Diese Frau wäre vermutlich in der Lage, mit einem Wattebausch zu töten.

»Bernie«, sagte Jeremy, »warte doch bitte kurz draußen, solange ich mich mit Darcy unterhalte. Ich glaube, du machst sie nervös.«

Wortlos stieg Bernie aus, schloss die Tür, blieb mit verschränkten Armen daneben stehen und kontrollierte wachsamen Auges, ob es einem der Bewohner des Trailerparks in den Sinn kommen würde, einen Multimillionär zu entführen.

»Eine liebenswürdige Frau«, sagte Darcy, obwohl von Liebenswürdigkeit keine Rede sein konnte und längst nicht klar war, ob es sich tatsächlich um eine Frau handelte.

»Mhm.« Jeremy nahm einen Schluck Bier und setzte die Flasche wieder auf seinem Knie ab. »Sie starren mich an.«

Darcy erschrak. »Oh, Verzeihung. Es ist nur so, dass …«

»Ja, ich weiß – ich sehe nicht aus wie ein Millionär. Das denken Sie doch, oder?«

»Äh …«

»Wissen Sie, ich kann mir nicht vorstellen, dass Leute mit Geld es wichtig finden, reich auszusehen. Wenn jemand Geld genug hat, um nach niemandes Pfeife tanzen zu müssen, warum sollte er dann einen Anzug anziehen und eine Schlinge um den Hals tragen?«

Das erschien Darcy einleuchtend. Dennoch verband sich das Wort Millionär in ihrer Vorstellung weiterhin mit dem Wort Armani. »Aber immerhin haben Sie eine Limousine.«

»Der Verkehr in Dallas nervt. Es ist bequemer, sich fahren zu lassen und derweil fernzusehen und Bier zu trinken. Aber wo sind denn meine Manieren? Mögen Sie ein Bier?«

»Äh … nein, danke.«

»Vielleicht lieber was mit Koffein? Ich hab auch ein paar Dosen Cola im Kühlschrank.«

Bier? Cola? Was war das hier? Eine Parkplatz-Party beim Endspiel im American Football? »Nein, danke.«

»Also«, sagte er, »was denken Sie, wo Warren ist? Und was hat er mit meinen dreihunderttausend Dollar angestellt?«

Darcy schrak zurück und fühlte sich aufgrund ihrer Verbindung zu Warren mitschuldig, obwohl sie ebenso im Dunkeln tappte wie Jeremy. »Das weiß ich leider nicht.«

»Ja, das haben Sie der Polizei gesagt. Ich hatte gehofft, für mich hätten Sie eine andere Geschichte parat.«

»Eine andere Geschichte? Ich verstehe Sie nicht.«

»Decken Sie Warren?«

Darcy hätte sich beinahe verschluckt. »Ihn decken? Warum sollte ich? Er ist mit allem getürmt, was ich besitze!«

»Das hat mir die Polizei gesagt.«

»Ich kam aus dem Urlaub zurück, und er war verschwunden. Er hat das Haus verkauft, all unsere Konten abgeräumt und unsere Kreditkarten ausgereizt. Er hat mir *alles* genommen.«

»Ja, man sollte glauben, so was würde eine Frau echt sauer machen. Aber Frauen sind manchmal seltsam und decken sogar Typen, von denen sie wie Dreck behandelt worden sind.«

»Nein. Ich habe nicht die leiseste Ahnung, wo mein Mann ist – das versichere ich Ihnen. Und darüber kann er froh sein. Denn wenn ich ihm je wieder begegnen sollte, dann könnte ich ihm …«

Sie verstummte, und Jeremy fragte lächelnd: »… dann könnten Sie ihm das Knie dorthin stoßen, wo es am meisten wehtut?«

»So hätte ich es nicht formuliert, aber –«

»Aber dieser Gedanke ist Ihnen durch den Kopf gegangen.«

Sie wollte etwas sagen, schwieg dann aber.

»Gut, wir sind also auf gleicher Wellenlänge. Und Ihnen ist wirklich nichts aufgefallen, was darauf hingewiesen hätte, dass er sich aus dem Staub machen wollte?«

»Absolut nichts.«

»Kein seltsames Verhalten? Keine komischen Telefonate?«

»Nicht, dass ich wüsste.«

»Gibt es einen Ort im Ausland, an den er besonders gern reist?«

»Jeder Ort mit Spielkasino zieht ihn an, doch ich fürchte, das vereinfacht die Suche nicht gerade.«

Jeremy zog eine Visitenkarte aus der Tasche. »Unter dieser Nummer erreichen Sie mich direkt. Sollte Ihnen noch etwas einfallen, lassen Sie es mich wissen, ja?«

»Natürlich«, erwiderte sie und nahm die Karte. »Aber ich bin offen gesagt überrascht, dass Sie sich die Mühe machen, einem so winzigen Geldbetrag nachzujagen.« Sie warf ihm ein schmeichlerisches Lächeln zu. »Sie verdienen wahrscheinlich jeden Vormittag Ihre dreihunderttausend Dollar.«

»Mhm. Aber ich wäre nicht dort, wo ich bin, wenn ich anderen erlauben würde, mich zu bestehlen. Wenn einer meiner Angestellten die Hand in die Keksdose steckt …« – er beugte sich vor und betonte jedes Wort –, »… nehme ich das immer sehr persönlich.«

Seine sachliche Miene ließ bei Darcy die Alarmglocken schrillen und sagte ihr, dass sie diesen Mann niemals unterschätzen durfte. Er mochte wie ein großes Kind aussehen, doch er klang wie Tony Soprano.

Er wies mit dem Kopf auf das fahrbare Haus ihrer Eltern. »Sie nehmen es wahrscheinlich auch ein wenig persönlich.«

Wenn der wüsste … »Woher wissen Sie, wo ich wohne?«

»Ich kann herausfinden, was ich will – das ist einer der Vorteile, stinkreich zu sein.« Er lächelte. »Wie kommen Sie denn so klar, nachdem Ihr Mann Sie abserviert hat?«

Darcy seufzte. »Es geht.«

»Hoffentlich haben Sie ein paar Dollar unter der Matratze versteckt – falls es mal regnen sollte.«

Darcy war es langsam leid, diese Platte zu hören – erst von ihrer Mutter, dann von diesem Mann. War es wirklich so unglaublich, dass sie nicht vorhergesehen hatte, von ihrem Mann eines Tages ohne einen Cent sitzengelassen zu werden?

»Sagen wir einfach so: Meinen gewohnten Lebensstil beizubehalten, dürfte schwierig werden.«

»Haben Sie Arbeit?«

Jetzt hatte er sich in ihren Vater verwandelt, und auch das wollte sie nicht hören. Tatsächlich aber würde es ohne Arbeit schwer werden, *irgendeinen* Lebensstil beizubehalten.

»Nein.«

»Wie alt sind Sie?«

Musste er wirklich jeden ihrer wunden Punkte ansprechen? Sie lächelte nachsichtig und versuchte, sich nicht anmerken zu lassen, wie verletzt sie war. »Aber Jeremy, wissen Sie nicht, dass man diese Frage einer Dame nie stellen sollte?«

»Sagen wir so: Sie sind beträchtlich jünger als Warren.«

»Ja.«

»Wie lange sind Sie mit ihm verheiratet?«

»Seit vierzehn Jahren.«

»Wissen Sie, eins hab ich mich oft gefragt – vielleicht können Sie mir da weiterhelfen.« Er rieb sich nachdenklich das Kinn. »Was glauben Sie, warum schöne junge Frauen Männer heiraten, die alt genug sind, um ihre Väter zu sein?«

Darcy war fassungslos. Sie wusste, dass ihre Freunde und Bekannten sich das im Laufe der Jahre im Hinblick auf sie ebenfalls überlegt hatten, aber niemand hatte sie je direkt darauf angesprochen. Und sicher kein Fremder.

»Liebe ist unberechenbar«, sagte sie. »Wer weiß schon, wann sie zuschlägt?«

»Ah! Jetzt verstehe ich – es geht um *Liebe*! Ich hatte gedacht, Sie hätten Warren des Geldes wegen geheiratet.«

Ihr fiel die Kinnlade herunter. »Ich habe Warren *nicht* des Geldes wegen geheiratet!«

»Sie sind aber ganz schön sauer darüber, Ihren Wohlstand verloren zu haben. Setzt Ihnen der Verlust Ihres geliebten Mannes denn gar nicht zu?«

Darcy funkelte ihn wütend an. »Wenn eine Frau erfährt, dass ihr Mann kriminell ist, verblasst die Liebe erstaunlich schnell.«

»Wenn eine schöne junge Frau einen älteren Mann heiratet, hat das – wie ich glaube – wenig mit Liebe zu tun.«

»Sie wissen *nichts* über mein Verhältnis zu Warren!«

»He, immer mit der Ruhe, bitte! Sie nehmen an, ich hielte das für schlecht, nicht wahr?« Er zuckte lässig die Achseln. »Ich hatte auch kaum Glück in der Liebe. Sie verlangt wenigstens einen Funken Selbstlosigkeit, und ich hatte – unter uns gesagt – noch nie einen selbstlosen Tag.« Er lächelte. »Ich habe das Gefühl, wir sind uns sehr ähnlich. Wir haben beide stets im Auge, was unterm Strich steht.«

»Wenn ich im Auge habe, was unterm Strich steht«, sagte sie mit in die Höhe schnellender Stimme, »dann deshalb, weil Warren mir keinen Cent gelassen hat. Wissen Sie, wie man sich fühlt, wenn man bei seinen Eltern in einem fahrbaren Haus wohnt? Wenn man mit einer Klapperkiste unterwegs ist, die auf der Straße eine Ölspur hinterlässt? Wenn man an Starbucks vorbeifährt, weil man sich keinen *Kaffee* leisten kann?«

Jeremy schnellte zurück. »Kein Starbucks? Bitte sagen Sie mir, dass das nicht wahr ist.«

»Diese Unterhaltung ist vorbei.«

Darcy wandte sich ab und wollte aussteigen, um möglichst weit weg von diesem Geldsack zu kommen. Sie hasste nichts mehr, als die genaue Analyse ihrer Beweggründe, vor allem, wenn ein Mann sie betrieb – und wenn dieser Mann obendrein noch recht hatte.

»Moment«, sagte Jeremy.

Sie drehte sich langsam um und funkelte ihn zornig an. »Was denn?«

»Soll das heißen, dass Sie nicht nach einem Ersatz für Warren suchen?«

Bei diesen Worten schob er seine Hand die Rückenlehne entlang hinter ihren Kopf. Darcy erstarrte und sah seine Finger aus dem Augenwinkel näher kommen. Er nahm eine ihrer Haarsträhnen und zog die Hand dann langsam zurück, bis die Strähne wieder auf ihre Schulter fiel.

»Darcy, wissen Sie nicht, dass es Männer gibt, die Ihnen viel mehr bieten können, als Warren es je getan hat?«

Er blitzte sie weiter mit verheißungsvollen Augen an. Irgendwie hatte die Stimmung sich gewandelt, und Darcys Magen zitterte vor Erregung. Sie stellte sich vor, sich faul in Jeremys luxuriösem Haus zu räkeln, im Landhaus am Turtle Creek so oft zu essen, wie andere Leute sich Big Macs in den Mund schoben, und in dieser wunderbaren Limousine in der Stadt herumzufahren – schade nur, dass die Welt ringsum wegen der geschwärzten Scheiben nicht wissen würde, wer im Wagen saß.

Und sie stellte sich vor, einen Ehering zu tragen, der ihren Vierkaräter aussehen ließe, als habe sie ihn aus einem Spielzeugautomaten gezogen.

Jeremy Bridges konnte Warren hundertmal in die Tasche stecken und all ihre Probleme mit einer einzigen Unterschrift aus der Welt schaffen. War es möglich, dass das Schicksal sich wieder zu ihren Gunsten gewendet hatte? Dass sie vielleicht, nur *vielleicht* kurz davor stand, einen mit Gold gepflasterten Weg aus der Misere zu finden?

Sie musterte ihn geruhsam von oben bis unten, setzte eine weiche, sinnliche Miene auf und murmelte leise und verführerisch: »Wollen Sie diesen Posten etwa übernehmen?«

Seine Brauen hoben sich interessiert, und als sein Blick auf ihre Lippen fiel und auf ihnen verweilte, wusste Darcy genau, was er im Sinn hatte. Schon der Gedanke daran ließ ihren Mund austrocknen.

Dann wich er unerklärlicherweise zurück und lehnte sich mit wissendem Lächeln in seinen Sitz. »Nein, aber es ist gut zu wissen, dass bei Ihnen eine Stelle frei ist. Ich könnte beim nächsten Treffen des Millionärsclubs einen entsprechenden Zettel ans Schwarze Brett hängen.«

Darcy fühlte sich zutiefst erniedrigt, brachte es aber fertig, das Kinn oben zu behalten und ihn ungerührt anzusehen. Er hatte den Köder baumeln lassen, und sie hatte danach geschnappt wie ein hungriger Karpfen.

Tja, nun war die Katze aus dem Sack, und wenn sie ihre Absichten bestritte, würde sie sich noch lächerlicher machen.

»Vielleicht überlegen Sie es sich noch mal«, sagte sie. »Sie glauben kaum, welche Sozialleistungen mit diesem Posten verbunden sind.«

»Daran zweifle ich keine Sekunde lang.« Sein Blick glitt auf ihre Brust und hob sich langsam wieder. »Wenn Sie die Stelle auch kurzfristig vergeben, könnten wir darüber reden.«

»Tut mir leid, Bridges. Ich *heirate* reich. Auf One-Night-Stands lass ich mich nicht ein.«

Mit einem letzten, vernichtenden Blick öffnete sie die Wagentür, stieg aus und widerstand der Versuchung, die Tür ins Schloss zu werfen. Sie hätte nie gedacht, einmal froh darüber zu sein, dass Warren seinen Chef um dreihunderttausend Dollar erleichtert hatte. Nun aber jubilierte sie deswegen beinahe.

Nur schade, dass Warren keine drei Millionen beiseitegeschafft hatte.

Als der Fahrer den Wagen anließ, glitt Bernie wieder auf ihren Sitz und schloss die Tür.

»Weiß sie, wo ihr Mann steckt?«, fragte sie.

»Nein.«

»Sind Sie sich da sicher?«

»Er war ihr Versorger, und nun ist abgegessen. Wenn sie ihm noch mal begegnen sollte, wird sie ihm garantiert zwischen die Beine treten.«

Jeremy klopfte an die Plexiglasscheibe, die ihn vom Fahrer trennte, und der Wagen fuhr los. »Was hältst du von ihr?«, fragte er Bernie. »Auf einer Skala von eins bis zehn.«

»In welcher Hinsicht?«

»In puncto Aussehen.«

»Sieben – zu aufgetakelt.«

»Ich hab nichts gegen aufgetakelte Frauen, sofern es gut gemacht ist. Ich gebe ihr eine Neun.«

»Was würde ihr eine Zehn einbringen? Körbchengröße D statt C?«

Jeremy grinste. »Natürlich nicht – dann wäre ich ein sehr oberflächlicher Mensch.«

»Sie ist nur aufs Geld aus.«

»Sie sind alle nur aufs Geld aus.«

»Sie ist aufs Geld aus, und sie ist auf dem Tiefpunkt – eine gefährliche Kombination.«

»Ich war auch schon mal am Nullpunkt.«

»Dann haben Sie ja ihre Seelenfreundin gefunden. Soll ich in Vegas Zimmer reservieren?«

»Bernie, bitte! Du weißt doch, dass Heiraten nichts für mich ist. Bis meine Anwälte den Ehevertrag aufgesetzt hätten, wären wir längst tot und vergessen.«

»Eines Tages sind Sie sowieso tot und vergessen. Sie haben Geld wie Heu. Warum bringen Sie nicht einiges davon unter die Leute?«

»Im Teilen war ich noch nie gut.«

»Mit anderen Worten: Sie sind selbstsüchtig.«

Jeremy lächelte. »Du magst mich nicht besonders, Bernie, stimmt's?«

»Was sollte ich an Ihnen mögen? Ihr Geld ist mir egal.«

»Meine faszinierende Persönlichkeit vielleicht?«

»Sie sind ein sauflustiger Schürzenjäger. Sie halten *Big Brother* für Qualitätsfernsehen. Sie konsumieren Frauen wie ein Kettenraucher ein Päckchen Zigaretten. Das nächste Mal, wenn jemand Sie entführen will, werde ich einfach dabeistehen und zusehen. Die werden schon merken, was sie davon haben.«

»Unsinn – du würdest nie eine Gelegenheit zum Nahkampf verpassen.«

»Darauf würde ich mich nicht verlassen.«

»Das ist grobe Aufsässigkeit. Du bist gefeuert.«

»Gut. Viel Spaß dabei, jemand anderen zu finden, der sich von Ihnen schikanieren lässt.«

Sie verschränkte die Arme, sah aus dem Fenster und suchte die Gegend nach Übeltätern ab. Jeremy konnte sich ein Lächeln nicht verkneifen. Beinahe jeder kroch ihm andauernd in den Hintern – da war eine renitente Leibwächterin sehr erholsam.

Darcy McDaniel hatte auch so ihre Ecken und Kanten.

Tut mir leid, Bridges. Ich heirate *reich. Auf One-Night-Stands lass ich mich nicht ein.*

Das war eine unverhohlen undiplomatische Bemerkung gewesen, die er nicht erwartet hatte. Wenn er Leute erst in der Mangel hatte, kuschten sie im Allgemeinen, krochen zu Kreuze und entschuldigten sich. Diese Frau nicht. Obwohl sie keinen Cent besaß, ließ sie sich von ihm nicht einschüchtern, sondern sah ihn an, als sei er eine Nacktschnecke auf dem Gehsteig.

Er trank den letzten Schluck Bier, warf die Dose in den Müll und überlegte, was als Nächstes auf die Tagesordnung sollte. Im Laufe der Jahre hatte er gemerkt, dass er die alltäglichen Aufgaben, die mit der Führung einer ganzen Reihe von Firmen verbunden waren, nicht besonders mochte. Darum hatte er kluge Anzugträger eingestellt, die Kautabletten gegen Sodbrennen wie Bonbons einwarfen, und ließ sie tun, was sie am besten konnten. Er berief dann und wann Sitzungen ein, um auf dem Laufenden zu bleiben, und verbrachte täglich ein paar Stunden mit der Kontrolle verschiedener Firmenaktivitäten, aber mehr tat er nicht. In der Geschäftswelt den jungen, exzentrischen Millionär zu spielen, hatte ihm der Konkurrenz gegenüber stets Vorteile gebracht, weil die Mitbewerber ihn nie annähernd so ernst genommen hatten, wie sie es hätten tun sollen. Doch selbst das begann ihn zu langweilen.

Seine lockere Art, an die Dinge heranzugehen, beunruhigte die Leute mitunter, aber selbst wenn das Schlimmste geschehen würde und seine Firmen über Nacht zusammenbrechen sollten, hatte er so viel Geld angelegt, dass er bis an sein Lebensende ein gemachter Mann bliebe. Es war, als besäße er einen Haufen Monopoly-Geld und ein Hotel an der Schlossallee – warum sollte er sich da überschlagen, um noch mehr Geld anzuhäufen?

Darcy hingegen hatte gerade alles verloren, was sie besessen hatte, und das war ein fruchtbarer Boden für alle Arten von interessantem Verhalten. Warren hatte seine Frau wirklich in die Bredouille gebracht, und Jeremy konnte sich nichts Vergnüglicheres denken, als sie im Auge zu behalten, um zu sehen, wie sie mit ihrer Lage klarkommen würde.

6

Kaum war Darcy in den Trailer zurückgekehrt, zog ihre Mutter sie an den Küchentisch, drückte sie auf einen Stuhl und bestürmte sie mit Fragen, die alle darum kreisten, warum ein reicher und wichtiger Mann wie Jeremy Bridges sich Zeit genommen hatte, sie zu besuchen.

»Er dachte, ich wüsste, wo Warren ist«, sagte Darcy.

Lyla machte ein tieferschrockenes Gesicht. »Aber das weißt du doch nicht. Du hast nicht mal eine Ahnung. Er denkt doch wohl nicht, dass du mit Warrens Unterschlagung etwas zu tun hast?«

»Um ehrlich zu sein, Mom – es ist mir scheißegal, was Jeremy Bridges über irgendwas denkt.«

»O Gott. Das hast du ihm doch hoffentlich nicht gesagt?«

»Genau das hab ich ihm gesagt.«

Ihre Mutter schnappte nach Luft. »Aber er ist ein schwerreicher Mann!«

»Kann ein Mann etwa nicht reich *und* ein Trottel sein?«

»Du hast die Gelegenheit verstreichen lassen? Ich kann's nicht fassen!«

Ihre Mutter begriff nicht, dass es nur dann eine Gelegenheit gewesen wäre, wenn Darcy wenigstens eine kleine Chance gehabt hätte, ihr Opfer an den Haken zu bekommen. Aber bei Bridges war das ausgeschlossen. Warum sollte sie sich also mit ihm abgeben und sich erniedrigen lassen?

»Du bist pleite«, sagte Lyla. »Warren kehrt sicher nicht zurück. Ein Mann wie Jeremy Bridges kommt dich besuchen, und du weigerst dich, nur *etwas* Charme spielen zu lassen?«

Zum Glück klingelte mitten in diesem Verhör Darcys Handy. Auf dem Display stand »Carolyn«. Sie drückte die grüne Taste und wurde erneut mit Fragen bestürmt. Carolyn hatte am Morgen den Artikel über Warren gelesen, was die spannende Frage aufwarf, seit wann ihre Freundin in den Wirtschaftsteil sah.

»Ach, du Arme!«, rief Carolyn. »Warum hast du mir nicht gesagt, was passiert ist? Du musst mir alles erzählen!«

Darcy seufzte bei der Vorstellung, alles noch einmal herunterzubeten. Doch angesichts der Aussicht, andernfalls das ununterbrochene Gejammer ihrer Mutter ertragen zu müssen, war dies das kleinere Übel.

»Treffen wir uns doch in unserem Starbucks«, sagte sie zu Carolyn. »Dann erzähl ich dir alles.«

Ein paar Minuten später fuhr Darcy auf dem Park Boulevard Richtung Central Expressway, der Grenze zwischen Plano-Ost und Plano-West. Als sie die Autobahn querte, hatte sie das Gefühl, aus der Unterwelt zurückzukehren: Alles schien von Schwarzweiß auf Farbe zu wechseln.

Sie mochte im Osten der Stadt aufgewachsen sein, doch sie gehörte in den Westen. Das waren ihre Leute.

Hier gab es Einkaufszentren, blitzblanke neue Bürogebäude, Benzin saufende Komfort-Geländewagen und riesige Häuser mit verschwenderischen Gärten, aufwändig dekorierten Fenstern und hochauflösendem Fernsehen.

Und Starbucks. *Ahh.* Dieses kleine Stück Himmel, wo Adjektive den Kaffeepreis bestimmen und man königliches Gebäck vernascht. Darcy hatte fast keinen Cent mehr in der Tasche und wusste, dass es das Falscheste war, einen guten Teil dessen, was sie noch besaß, in einen Becher Kaffee zu investieren, doch jetzt brauchte sie ihren Tisch am sonnigen Fenster und den Duft von Kaffee, Brownies und Nusskeksen, um sich wenigstens für kurze Zeit wieder normal zu fühlen.

Als sie ankam, saß Carolyn schon da und nippte an ihrem üblichen Mocha Frappuccino. Sie war eine Frau, die liebend gern ausufernd plauderte, ihre Kreditkarten ausreizte und sich bei Wohltätigkeitsveranstaltungen engagierte, auf denen es jede Menge Tee, Gala-Diners und Listenauktionen gab. Und da fast jede Frau in Darcys Bekanntenkreis diese Eigenschaften besaß, konnte sie sich – wie sie fand – genauso gut mit derjenigen herumtreiben, die in puncto Mode den besten Geschmack hatte.

Darcy ging zum Tresen, bestellte einen Caramel Macchiato, nahm einen Schluck und schloss verzückt die Augen, als das gesüßte Koffein anschlug. War das herrlich! Für einen Moment ließ es sie fast vergessen, wie mittellos sie war.

»Gut«, sagte Carolyn, als Darcy sich setzte. »Du *musst* mir erzählen, was los ist.«

Darcy berichtete ihr die ganze Geschichte, und als sie von der Familie erzählte, die nun in ihrem Haus lebte, schien es, als würde Carolyn der Schlag treffen.

»Und jetzt wohne ich bei meinen Eltern«, schloss sie.

»O Gott – in ihrem Trailer?«

»Ja«, seufzte Darcy.

»Du weißt ja, dass ich dich bei mir wohnen ließe, wenn Ralph nicht so uneinsichtig wäre …«

Da hatte sie recht. Der Hausherr mochte es schon nicht, wenn Carolyns Freundinnen zu Besuch kamen. Also war es völlig ausgeschlossen, bei ihr einzuziehen.

»Und was wirst du jetzt tun?«, fragte Carolyn.

»Keine Ahnung.«

»Ich würde dir ja Geld leihen, aber …« Sie seufzte. »Ralph ist so uneinsichtig.«

Auch da hatte sie recht. Als er einmal der Meinung gewesen war, Carolyn gebe zu viel Geld aus, hatte er ihre Kreditkarten einen ganzen Monat lang sperren lassen. Würde sie einer Freundin Geld leihen, ließe er ihre Kreditkarten wahrscheinlich lebenslang sperren.

»Hast du nicht irgendwas Wertvolles behalten?«, fragte sie. »Etwas, das du verkaufen kannst?«

Darcy dachte an den Schmuck, den sie in Mexiko dabeigehabt hatte. Leider hatten sie in einer Ferienanlage am Strand gewohnt, und so hatte sie vor allem Modeschmuck mitgenommen. Dafür würde sie kaum etwas bekommen.

Dann fiel ihr Blick auf ihren Ehering aus Platin, dessen rechteckig geschliffener Vierkaräter von kleineren, ebenso außergewöhnlichen Steinen umgeben war.

»Nur meinen Ehering«, sagte sie.

Carolyn schnappte nach Luft. »Den darfst du nicht verkaufen!«

»Keine Sorge«, sagte Darcy. »Das tue ich auch nicht.«

Und das nicht etwa aus nostalgischer Sehnsucht nach ihrer schiefgegangenen Ehe. Gatte oder nicht – dieser Ring war für jeden Warenhausverkäufer, Wellness-Assistenten und Kellner der Stadt das Zeichen, eine vermögende Frau vor sich zu haben, die überaus zuvorkommend zu behandeln war. Nun, da sie mittellos war, brauchte sie dieses Zeichen nötiger als je. Niemals würde sie nur im Entferntesten erwägen, den Ring abzunehmen – es sei denn, sie fände einen Mann, der ihn durch einen noch prächtigeren Ring ersetzte.

Aber Ring hin oder her: Allein in ihrem geliebten Starbucks zu sitzen, gab ihr das Gefühl, eine Hochstaplerin zu sein – als könnte jeder hier sie durchschauen und ihre schlichte Herkunft erkennen.

»Ich frage mich, wer diesen Artikel sonst noch gelesen hat«, sagte Darcy.

»Warte mal«, erwiderte Carolyn, »Erst kam Gail Howard, dann Barbara Barrett, dann Colette Ward –«

»Was?«

»Die drei haben mich heute Morgen angerufen.«

»Sie haben dich angerufen? Warum das denn?«

»Weil ich deine beste Freundin bin und sie wissen wollten, was passiert ist.«

»Ach ja? Dann sag ihnen, das geht sie nichts an.«

»Ich denke nicht, dass sie gehässig sind«, sagte Carolyn. »Sie machen sich einfach Sorgen, schätze ich.«

»Falsch«, erwiderte Darcy, »denn dann hätten sie mich angerufen. Dass sie sich bei dir gemeldet haben, beweist, dass sie nur Munition für ihre Tratschereien sammeln.«

»Na ja, als Gail sich letztes Jahr von Larry scheiden ließ, weil sie herausgefunden hatte, dass er ein Faible für billige Nutten hat, haben wir bei Barbara angerufen, um zu hören, was los war, oder? Und als Barbaras Sohn letzten Monat wegen Kokainbesitz verhaftet wurde, haben wir uns bei Colette gemeldet. Und als –«

»Nein – diese Dinge haben ganz anders gelegen.«

»Inwiefern?«

Darcy dachte einen Augenblick nach. Tatsächlich hatten diese Dinge ganz und gar nicht anders gelegen. So lagen die Dinge in ihrer Welt nun mal. Oder in dem, was ihre Welt gewesen war. Jemanden anzulächeln bedeutete nicht, sich nicht heimlich daran zu freuen, sein Unglück nicht teilen zu müssen.

Nun, da das Unglück sie getroffen hatte, überdachte Darcy diese Vorgehensweise.

»Na gut – es ist eigentlich genau das Gleiche«, gab sie zu, nahm wieder einen Schluck Kaffee und genoss jeden Tropfen, als wäre es ihr letzter. Und wie die Dinge lagen, war das nicht ausgeschlossen. »Mein Vater meint, ich soll mir Arbeit suchen.«

Carolyn schüttelte sich. »Und zwar?«

»Keine Ahnung.«

»Hast du nicht mal als Empfangssekretärin gearbeitet?«

»Ja. Das ist lange her. So habe ich Warren kennengelernt.«

»Hmm.«

»Was?«

»Willst du wieder heiraten?«

»Ja, aber den Richtigen.« *Stinkreich soll er sein.*

»In der Cosmopolitan stand, vierzig Prozent der Menschen lernen ihren Ehepartner im Beruf kennen. Du hast Warren ebenfalls bei der Arbeit getroffen. Warum sollte dir das nicht noch mal gelingen?«

Darcy schwieg einen Moment lang und erwog diesen Vorschlag in jeder Hinsicht. Je länger sie darüber nachdachte, desto plausibler erschien er ihr. Hatte Carolyn wirklich mal eine vernünftige Idee gehabt?

Warren war sicher nicht der einzige reiche Mann auf Erden, der nach einer schönen Frau suchte, um sie mit den angenehmeren Dingen des Lebens zu überhäufen. Sich einen Mann wie Jeremy Bridges zu angeln, mochte nicht infrage kommen, aber eine andere hoch bezahlte Nase aus dem höheren Management zu finden, war gewiss nicht unmöglich. Darcy war nicht mit einem Überfluss an Begabungen gesegnet, doch sie hatte nie die leisesten Schwierigkeiten gehabt, Männer anzuziehen. Sie musste bei der Wahl des Arbeitsplatzes nur sorgfältig darauf achten, dass die männlichen Kollegen ringsum dicke Bankkonten hatten. Und solange sie Jagd auf ihren nächsten Mann machte, würde ein regelmäßiges Gehalt ihr erlauben, ein paar Dollar auf ein Konto einzuzahlen, das ihr allein gehörte.

Männer hatten jede erdenkliche Eigenheit und Schwäche. Sie musste nur herausfinden, wer geschieden war und unter einer netten kleinen Midlifecrisis litt, die kein Sportwagen und kein Haarimplantat zu heilen vermocht hatte. Sich so einen Mann zu angeln, wäre kinderleicht. Sie bräuchte nur ihre Stärken auszuspielen. War das nicht immer klug?

Erstmals seit ihrem Schiffbruch verspürte sie Hoffnung.

»Das ist gar keine so schlechte Idee«, lobte sie. »Eine Arbeit ist möglicherweise genau das, was ich brauche.«

»Na bitte – jetzt hast du einen Plan.« Carolyn sah auf ihre Armbanduhr. »Ich gehe jetzt besser. Ich wäre gern noch geblieben, aber ich muss nach Hause und Mittagessen kochen. Ralph arbeitet heute von daheim aus, und –«

»Ich weiß, ich weiß – er ist so uneinsichtig.«

Carolyn seufzte.

»Carolyn? Warum lässt du dich nicht von ihm scheiden?«

Sie zuckte schwach die Achseln. »Weil ich ihn liebe?«

Weil sie ihn *liebte*? Was war bloß mit manchen Frauen los? »Dann nimm wenigstens das ›Tritt mich‹-Schild vom Rücken ab.«

Carolyn zuckte erneut die Achseln. Gab es so etwas wie wirbellose Menschen?

»Ich muss auch los«, sagte Darcy. »Es wird Zeit, auf Jobjagd zu gehen.«

»Auf Männerfang meinst du wohl?«

Darcy lächelte. »Das ist ein und dasselbe.«

Am nächsten Morgen um neun saß Darcy im Vorzimmer der Arbeitsagentur A-1 und füllte ihre Anmeldung und einen Fragebogen zu ihren Qualifikationen aus.

Leider stellte sich heraus, dass in den vierzehn Jahren, die sie mit Warren verheiratet gewesen war, eine technologische Revolution an ihr vorbeigegangen war. Gut, dass sie sich einen Termin bei einem Mann hatte geben lassen, denn das war so ziemlich das Einzige, was vorteilhaft für sie war.

Ein paar Minuten später wurde Darcy ins Büro des Arbeitsberaters gerufen. Sie setzte ihre selbstsicherste und kompetenteste Miene auf und war darauf vorbereitet, all ihren Charme auf ihn loszulassen, falls das erforderlich sein sollte, um einen Bombenjob an Land zu ziehen. Doch ein Blick auf den Mann ließ sie diese Gedanken jäh vergessen.

Er war jung. Nein, nicht bloß jung. Jeder Barkeeper würde sich sofort seinen Ausweis zeigen lassen. Als er jungenhaft zu lächeln begann, war sie nur froh, keine Zahnspange zu sehen.

»Mrs McDaniel«, begann er und stand auf, als sie eintrat. »Kommen Sie herein. Plaudern wir ein wenig.«

Sie setzte sich auf den Stuhl vor seinem Schreibtisch und blickte auf sein Namensschild. Scott Connolly. Wahrscheinlich hatten sie ihn *Little Scott Connolly* genannt – letzte Woche, bei der Schulabschlussfeier.

»Okay«, sagte er und ließ sich in seinen Chefsessel aus Kunstleder fallen wie ein Kind vor ein Videospiel. »Schauen wir mal, was wir da haben.« Er lümmelte sich in den Sessel und drehte sich damit hin und her, während er ihre Anmeldung durchsah.

Seine Miene wurde ernst. »Ihre letzte Anstellung liegt fünfzehn Jahre zurück?«

»Ja.«

Er runzelte die Stirn. »Hmm. Hier steht kaum etwas zu PC-Erfahrungen. Kennen Sie noch andere Programme als Word? Power-Point vielleicht? Oder Excel? Haben Sie ein wenig Ahnung von Buchhaltungssoftware?«

Das klang für Darcy nur nach Blabla. »Davon weiß ich nicht viel.« Mit anderen Worten: gar nichts. »Aber ich lerne schnell.«

»Die meisten Firmen wollen, dass ihre Mitarbeiter sofort voll einsatzfähig sind. Wie sieht es mit Büromaschinen aus? Wie schnell tippen Sie?«

Sie setzte zu einer Antwort an, schwieg dann aber.

»Sie haben nicht gerade viele Fähigkeiten vorzuweisen.«

»Aber ich suche doch nur Arbeit als Empfangssekretärin – Telefondienst, Kaffeekochen, Leute begrüßen.« *Männer mit Geld wie Heu.*

»Sie waren eine ganze Weile lang nicht mehr arbeiten, was? Inzwischen wird von Empfangssekretärinnen mehr erwartet, als nur Guten Morgen zu sagen. Selbst Kopiergeräte sind heute so kompliziert, dass man fast ein Ingenieurdiplom braucht, um sie zu bedienen. Am Empfang sollen Leute arbeiten, die andere Kollegen unterstützen und aushelfen können, wenn Not am Mann ist. Alle Firmen schnallen den Gürtel enger und wollen deshalb jede Menge Leistung für ihr Geld.«

»Schicken Sie mich einfach zu einem Bewerbungsgespräch. Ich bekomme den Job dann schon.«

»Tut mir leid, das geht nicht.«

»Wie bitte?«

»Ich darf keine unqualifizierten Bewerber rausschicken. Sie sollten sich überlegen, ein paar Kurse an einer Fachschule zu machen. Viele ältere Frauen drücken wieder die Schulbank.«

Darcy riss die Augen vor Schreck weit auf. »Ältere Frauen? Für wie alt halten Sie mich denn?«

»Keine Ahnung. Vierzig?«

Vierzig? O Gott. War ihr Haaransatz schon zu sehen? »Ich bin keine vierzig.« *Und ich werde auch noch ein paar Wochen lang keine vierzig sein.*

Little Scotty zuckte nur die Achseln.

»Haben Sie denn nichts, wofür ich eventuell qualifiziert wäre?«, fragte sie.

»Eventuell könnten Sie als Kellnerin arbeiten?«

Es schauderte sie.

»Oder im Kaufhaus. Dort werden ständig Leute gesucht.«

Na, wäre es nicht großartig, Frauen, mit denen sie bisher einkaufen gegangen war, Kleidung und Kosmetika zu *ver*kaufen? Das wäre die schlimmste Demütigung. Und wie sollte sie dabei schwerreiche Männer treffen?

»Nein, danke.« Darcy stand auf. Dieser Junior ließ sich offensichtlich nicht erweichen, ihr zu helfen. Es war Zeit, direkt an die Quelle, also zu den Firmen selbst zu gehen und dem kleinen Trottel zu zeigen, wie rasch vermittelbar sie war.

Darcy hatte keine Vorstellung davon gehabt, wie unvermittelbar sie tatsächlich war.

Am Ende des Tages hatte sie die Personalabteilungen von sechs Großkonzernen besucht. Ihre Bewerbungsbögen hatten ihr nur zwei Gespräche eingetragen, denn in den anderen Firmen war sie gleich mit den Worten abgewimmelt worden, die sie nicht hören wollte: *Sie haben keine Berufserfahrung. Danke, aber nein, danke.*

Nach ihrer letzten Pleite setzte sie sich ans Steuer ihrer Gertie, saß da und fragte sich, was sie als Nächstes tun sollte. Little Scotty hatte richtiggelegen. Alle hatten von ihr erwartet, dass sie mit PCs umgehen konnte. Und nicht nur das – auch die Telefonanlagen, die sie gesehen hatte, glichen den Armaturenbrettern einer 747 und besaßen so komplizierte Anrufbeantworter, dass man ein Ablaufdiagramm brauchte, um sie zu durchschauen. Von Empfangssekretärinnen wurde erwartet, alle möglichen Dinge am Computer zu erledigen und außerdem gut auszusehen, Guten Tag zu sagen und Kaffee zu kochen. In den letzten fünfzehn Jahren mussten irgendwann dreihändige Empfangssekretärinnen aufgetaucht sein, die all diese Aufgaben gleichzeitig erledigen konnten.

Im Laufe des Tages war sie von der Gewissheit, problemlos an eine ruhige Arbeit zu kommen und dort dem Mann ihrer finanziellen Träume zu begegnen, zu der Sorge gelangt, ob sie überhaupt Arbeit fände. Schon die Vorstellung, womöglich nur dazu befähigt zu sein, eine Papiermütze aufzusetzen und Burger zu wenden, ängstigte sie zu Tode. Es war sogar denkbar, dass sie gegenüber einem Teenager, der sich um so einen Job bewarb, den Kürzeren zöge.

Sie legte die Stirn auf Gerties Lenkrad, bemühte sich, die Beherrschung nicht zu verlieren, und versuchte, einen Ausweg aus diesem furchtbaren Chaos zu finden.

Gut, dachte sie und hob langsam den Kopf, *vielleicht gibt es einen Ort, an dem ich Arbeit finden kann …*

Nein. Das war Wahnsinn. Obwohl sie sich der Möglichkeit lebenslanger Armut gegenübersah, hatte sie nach wie vor ein Quäntchen Stolz. Zum ekelhaftesten Kerl weit und breit zurückzukehren und ihn um Arbeit zu bitten, war das Letzte, was sie tun wollte.

Dann dachte sie über die Alternative nach, ihren Wohnsitz unter Versagern aufzuschlagen und keinen Ausweg zu haben. Wenigstens würde sie etwas Geld verdienen und ein wenig frische Berufserfahrung sammeln, um wieder auf die Beine zu kommen.

O Gott. Dachte sie ernstlich darüber nach?

Ja, das tat sie. Wenigstens handelte es sich um eine Arbeit, die sie gewiss meistern würde. Da dort nur ein paar Leute im Büro saßen, konnte die Telefonanlage nicht weiter kompliziert sein, und das Kopiergerät hatte ausgesehen, als stamme es noch aus den achtziger Jahren. Der Chef der Firma brauchte eindeutig eine Persönlichkeitstransplantation, aber eventuell war er ja die meiste Zeit außer Haus, um armen, unglückseligen Menschen wie ihr die Autos zu stehlen, und sie müsste ihn nicht sehr oft sehen.

Es war nicht einfach irgendeine Lösung ihres Problems – im Moment sah es danach aus, als wäre es ihre *einzige* Lösung. Morgen früh würde sie John Stark einen Besuch abstatten, und sie würde erst wieder gehen, wenn er ihr die Arbeit gegeben hatte.

7

Am nächsten Morgen um acht war John im Lagerraum des Büros und suchte nach einer Akte, die sich (wie er hätte schwören können) in Luft aufgelöst hatte. Er hatte praktisch alle Kartons durchsucht, sie aber nicht entdeckt. So viele Mitarbeiter – Aushilfen, aber auch Festangestellte, mit denen er bald nicht mehr zufrieden gewesen war – hatten hier herumgeräumt, dass die Aktenablage in völliger Unordnung war. Er schloss einen weiteren Karton und schob ihn mit einem angewiderten Seufzer beiseite. Jede Minute, die er mit solchem Mist verschwenden musste, war eine Minute, in der er sich keine Autos angeln, also auch kein Geld machen konnte.

Er nahm seinen Kaffeebecher, trat aus dem Lagerraum und staunte, im Vorzimmer eine Frau sitzen und mit Tony plaudern zu sehen. Kaum aber hatte er begriffen, wer die Frau war, spürte er, wie es mit seiner Laune rapide bergab ging.

Vor ein paar Tagen hatte er aus der Zeitung erfahren, dass der Mann, der Darcy McDaniel ohne einen Cent hatte sitzenlassen, auch seinen Arbeitgeber um eine erhebliche Summe erleichtert hatte und ins Ausland getürmt war. John fand es interessant, dass Darcy mit einem Mann verheiratet war, der zum Kriminellen geworden war – fast so interessant wie die Tatsache, dass dieser Mann siebenundfünfzig Jahre alt war. Dass sie jemanden geheiratet hatte, der ihr Vater hätte sein können, und seit vierzehn Jahren nicht arbeiten gegangen war, hatte ihm alles Mögliche über sie verraten – und nichts davon sprach für sie.

»Was machen Sie hier?«, fragte er.

Darcy wandte langsam den Kopf und blickte ihm in die Augen. »Ich hab es mir anders überlegt.«

»Was?«

»Ich nehme Ihr Jobangebot an.«

Er sah sie verblüfft an. »Ich habe Ihnen keine Arbeit angeboten.«

Tony drehte sich ihm zu. »Äh, doch – ich denke schon.«

»Nein.«

»Doch. Als sie meinte, sie sei mit der Arbeit hier nicht überfordert, sagtest du: ›Na, wenn das so ist, haben Sie den Job.‹«

»Und du glaubst, das war ernst gemeint? Das war *nicht* ernst gemeint!«

»Ich glaube, es gibt ein Gesetz, wonach man Jobzusagen nicht einfach widerrufen kann.«

»Blödsinn.«

Tony hob ergeben die Hände, als wollte er sagen: *Wenn du in den Knast gehen willst, ist das deine Entscheidung.*

John wandte sich an Darcy. »Sie werden hier nicht arbeiten.«

»Und warum nicht?«

»Darauf brauche ich Ihnen keine Antwort zu geben.«

»Willst du etwa die Frau nehmen, die sich gestern vorgestellt hat?«, fragte Tony. »Die würde jede Woche ein paar Stunden ausfallen, um ihren Bewährungshelfer aufzusuchen. Und erinnere dich an die Frau, die du einstellen wolltest, ehe dich ihre Zeugnisse stutzig gemacht haben.« Er wandte sich an Darcy. »Es stellte sich dann heraus, dass sie mal eine Pistole zur Arbeit mitgebracht und auf ein Kopiergerät geschossen hatte.«

»Ich habe keine schlechten Zeugnisse«, erklärte Darcy.

»Ich wette, Sie haben *gar keine* Zeugnisse«, sagte John.

Sie lächelte honigsüß. »Also können sie nicht schlecht sein.«

»Sie haben mir gesagt, dass Sie während Ihrer Ehe nicht arbeiten mussten. Waren Sie eigentlich irgendwann mal irgendwo beschäftigt?«

»Natürlich. Es ist halt nur ein paar Jahre her.«

»Ein paar? Wie viel ist das?«

»Aber John!«, sagte Tony. »Ist das denn so wichtig? Sieh dir den Aktenstapel da an. Wir finden nichts wieder. Und ich habe die Nase voll davon, ans Telefon zu gehen.«

»Du? Du hast die Nase voll davon, dich mit jeder Frau auseinandersetzen zu müssen, die morgens in deinem Bett aufwacht, weil niemand mehr diese Anrufe abwimmelt.«

»Äh, ja. Das auch.«

»Keine Sorge – das mach ich schon.« Darcy nahm einen Kugelschreiber und einen Haftnotizblock und sagte beim Schreiben: »Jeder Frau … die mit Tony sprechen will … sagen, dass er nach Guam gezogen ist und nicht … zurückkommt.« Sie zog den Zettel ab, klebte ihn ans Telefon, faltete die Hände auf dem Tisch und lächelte zu Tony hoch.

Er antwortete mit einem strahlenden Lächeln. »Das nenn ich lernfähig.«

»Ab in mein Büro«, befahl John.

Tony rollte die Augen, als er ihm folgte. Sie schlossen die Tür, und durch die Scheibe sah Darcy Johns Gesicht mürrisch und angespannt werden. Sie war sehr gut darin, Gespräche zu belauschen, konnte aber dennoch kaum die Hälfte dessen verstehen, was die beiden sagten. Sie hörte »tickende Zeitbombe«, »aggressiv« und »Spinner« sowie ein Wort, das wie »Refrain« klang, vermutlich aber »plemplem« gelautet hatte. Und dann war wieder Tony zu hören, der einmal mehr sagte, jemand müsse die Arbeit machen – warum also nicht sie?

Von John drangen Satzfetzen wie »bist wohl komplett übergeschnappt« und »ist doch alles Blabla« herüber. Dann sagte er: »Gut, schick sie rein.«

Tony kam aus Johns Büro. »Er will mit Ihnen sprechen.« Dann beugte er sich vor und flüsterte: »Versuchen Sie, ihn nicht auf die Palme zu bringen.«

Darcy trat ein. John saß hinter seinem Schreibtisch und blickte so böse drein wie eine Bulldogge ohne Knochen.

»Setzen«, sagte er.

Sie setzte sich.

»Ich habe gestern in der Zeitung gelesen«, sagte John, »dass Ihr Mann sie nicht nur hat sitzenlassen, sondern gleichzeitig dreihunderttausend Dollar aus der Firma, für die er arbeitete, mitgehen ließ. Wissen Sie zufällig etwas darüber?«

Gütiger Himmel! Gab es irgendwen im Großraum Dallas, der diesen Artikel *nicht* gelesen hatte?

»Für mich war es genauso ein Schock wie für seinen Arbeitgeber«, sagte Darcy. »Ich wusste nichts von dem, was mein Mann im Schilde führte.«

»Also haben Sie keine seiner schlechten Angewohnheiten übernommen? Ich sehe es nämlich nicht gern, wenn meine Angestellten mich bestehlen.«

»Seine Unterschlagungen sollten Spielschulden decken. Mich machen Glücksspiele nervös. Ich habe in meinem Leben nicht mal einen Lottoschein ausgefüllt.«

»Gut. Lotto ist Geldverschwendung. Rauchen Sie?«

»Nein.«

»Nehmen Sie Drogen?«

»Natürlich nicht.«

»Amy spürt Schuldner auf, die umgezogen sind, ohne ihre neue Adresse zu hinterlassen, pflegt die Datenbank und kümmert sich um die Buchhaltung. Ich brauche bloß jemanden, der sie unterstützt, also tippt, kopiert, Ablage macht, ans Telefon geht und meine Kundschaft auf dem Laufenden hält.«

»Ich habe gar keine andere Frau hier arbeiten sehen.«

»Sie ist teilzeitbeschäftigt. Ihre Arbeitszeiten richten sich nach ihrem Uni-Stundenplan. Glauben Sie, dass Sie das können, was ich von Ihnen erwarte?«

»Natürlich.«

»Sie müssen mit allen möglichen Leuten klarkommen – von stinkreich bis Abschaum. Denken Sie, Sie schaffen das?«

Stinkreich? Vielleicht würde sich ja sogar hier bisweilen eine Gelegenheit ergeben, auf Männerfang zu gehen? Nein, halt – er hatte wahrscheinlich »ehemals stinkreich« sagen wollen; sonst hätten diese Leute nämlich ihre Raten bezahlt. Also blieb nur der Abschaum übrig.

Welche Freude!

»Selbstverständlich«, sagte sie zu John. »Ich kann sehr gut mit Menschen umgehen.«

»Neulich kam ein Junge hier rein, hat mit einer Pistole herumgefuchtelt und wollte, dass ich ihm sein Auto zurückgebe. Was würden Sie in so einem Fall tun?«

»Was haben Sie getan?«

»Ihm die Waffe aus der Hand geschlagen, ihn mit dem Gesicht voran auf den Boden gestoßen und die Polizei gerufen.«

»Tja, ich müsste vermutlich versuchen, so viel Süßholz zu raspeln, dass er die Pistole freiwillig abgibt.«

»Viel Erfolg dabei.«

Sie warf ihm ein wissendes Lächeln zu. »Sie sollten die Waffen der Frau nicht unterschätzen.«

»Aha. Sagen Sie das Alphabet auf.«

»Wie bitte?«

»Und nicht singen dabei.«

Dieser Mann war verrückt. Sie leierte die Buchstaben von A bis Z herunter und sprach das L, das M, das N und das O sehr deutlich aus, damit es nicht wie »Elemeno« klang. John schien das zu gefallen. Man stelle sich das vor!

»Sie haben keine Fertigkeiten«, sagte er. »Und Sie haben keine Zeugnisse. Sie haben mich immer nur verärgert. Es gibt keinen Grund, Sie einzustellen. Sagen Sie mir, warum ich es trotzdem tun sollte.«

»Tony findet, Sie sollten es tun.«

»Tony würde eine Zombiefrau einstellen, wenn er sie scharf fände.«

Sie warf ihm ein verschmitztes Lächeln zu. »Aber für Sie käme das nicht infrage, was?«

»Ich habe ein Geschäft zu führen.«

»Dann hatte Tony also recht?« Sie verschränkte die Arme am Rand der Schreibtischplatte und warf John einen feurigen Blick zu. »Sie denken nur ans Geschäft und nie ans Vergnügen?«

»Mein größtes Vergnügen ist gegenwärtig, diesen Laden so reibungslos wie möglich am Laufen zu halten.«

»Wie schade«, sagte sie und lächelte verführerisch. »Sie ahnen gar nicht, was Sie versäumen.«

»Dann versäum ich es auch nicht, stimmt's?«

»Ich habe andere Befähigungen, wissen Sie? Solche, die nicht im Lebenslauf stehen.«

Er lehnte sich im Stuhl zurück und musterte sie genau. »Ach ja?«

Gut. Sie hatte ihn am Haken. Sie war sehr gut darin, einen Mann nur mit Worten zu erregen, ohne ihn je zu berühren, und diesmal würde es nicht anders sein.

»Ich weiß, dass unser Verhältnis bisher nicht völlig harmonisch war«, sagte sie, »aber ich denke, wir zwei könnten eigentlich *sehr* gut miteinander auskommen.«

»Ach wirklich?«

»Aber ja. Sehen Sie das etwa anders?«

Als sein Blick auf ihre Brust fiel, flammte in ihr die Hoffnung auf, ihr Mangel an Fertigkeiten werde unwichtig sein. Dann sah er ihr wieder in die Augen. »Sie bieten mir also an, mir zu zeigen, was ich versäume?«

Ihr Herz setzte kurz aus. Er hielt sich nicht an ihr Szenario! Sie hätten mit vielen versteckten Andeutungen im Kreis herumreden sollen, ohne je konkret zu werden.

Darcy wich seinem Blick nicht aus. »Tja, man weiß nie, was die Zukunft bringen wird, nicht wahr?«

»Sie sagen anscheinend, Sie könnten bereit sein, eines Tages mit mir zu schlafen, falls ich Ihnen jetzt diese Arbeit gebe. Stimmt das so?«

Darcy hätte fast ihre Zunge verschluckt. Genau das hatte er zwar denken sollen, aber sie hatte nicht gedacht, dass er es *aussprechen* würde. Und ganz sicher hatte sie nicht vor, ihren Andeutungen Taten folgen zu lassen.

»Äh … wie gesagt – in der Zukunft kann alles Mögliche geschehen.«

»Tut mir leid, ich gebe keinen Kredit. Wenn Sie mir etwas schulden, müssen Sie sofort bezahlen.«

Ihr kam plötzlich eine Befürchtung. »Soll das heißen, ich bekomme diese Arbeit nur, wenn ich mit Ihnen schlafe?«

»Und wenn es so wäre?«

»Dann schätze ich, dass Ihnen eine Klage droht.«

»Niemand wird verurteilt, wenn es Aussage gegen Aussage steht.«

»Kommt darauf an, wer aussagt.«

»Tut mir leid, Darcy, aber vor Gericht hätten Sie gegen mich keine Chance.«

»Ach nein? Was gibt Ihnen diese Sicherheit?«

»Die achtzehn Jahre Erfahrung, die ich mit Aussagen vor Gericht habe.«

»Was?«

»Ich war mal Polizist.«

Darcy schluckte vernehmlich. Polizist?

Langsam und bedächtig erhob er sich vom Stuhl. Seine Größe war einschüchternd wie stets, ja noch einschüchternder, weil sie nun wusste, dass er so lange Polizist gewesen war. Er trat an das Fenster, das sein Büro vom Vorzimmer trennte, ließ die Jalousie herunter, tat das Gleiche am Fenster zum Hof und drehte sich zu ihr um.

»Aufstehen.«

Langsam wurde sie unruhig. »Ich sitze gut, danke.«

»Wer für mich arbeitet, darf nie vergessen, wer der Boss ist.«

Sie hob das Kinn und war entschlossen, sich nicht von ihm anfassen zu lassen. Er konnte es unmöglich ernst meinen, und sie würde gewaltige Freude daran haben, seinem Rückzieher zuzusehen.

Sie setzte ihr übergeschlagenes Bein auf den Boden zurück, erhob sich, widerstand der Versuchung, die Arme vor der Brust zu verschränken, und zwang sich zu einem lässigen Lächeln. »Wird Tony sich nicht fragen, was hier passiert?«

»Nein – der weiß Bescheid.«

»Also gehört das bei Ihnen zum Einstellungsgespräch?«

»Nein. Aber da er vermutlich an der Tür horcht, dürfte ihm klar sein, was läuft.«

Er kam auf sie zu. Sie blickte ihm in die Augen und versuchte, nicht zurückzuweichen, doch im nächsten Moment ragte er mit seinem mächtigen Brustkorb, den breiten Schultern und einer äußerst begehrlichen Miene bedrohlich neben ihr auf. Sie wich unwillkürlich einen Schritt zurück und stieß an den Schreibtisch, saß also in der Falle. Er stand so nah vor ihr, dass sie seine Körperwärme spürte, und unvermittelt kam ihr der wüste, verschwitzte, hemmungslose Sex in den Sinn, von dem sie immer geträumt hatte, ohne ihn je erlebt zu haben. Und sie wusste intuitiv, dass John Stark der Mann dafür war.

Aber nicht hier. Und nicht jetzt. Und eigentlich *nie*. In ihren Fantasien taten die Männer, was ihnen gesagt wurde. Die Wirklichkeit war etwas ganz anderes.

»Die meisten Männer beginnen mit Blumen und Kerzenlicht«, sagte sie.

»Die meisten Frauen bieten sich auch nicht offen an, um eine Arbeit zu bekommen.«

»Vielleicht können wir ja ein andermal …«

»Nein – jetzt oder nie.«

Keine Sorge. Der blufft nur. Nicht einschüchtern lassen.

Er legte ihr eine Fingerspitze an die Kehle und fuhr damit den Hals bis zum ersten Blusenknopf hinunter. Sie schloss die Augen und begann, rascher zu atmen. Ein winziger Teil seines Körpers berührte einen winzigen Teil ihres Körpers – warum fühlte es sich dennoch an, als brenne sie lichterloh?

»Was gibt's?«, fragte er.

Sie schlug die Augen auf. »Nichts. Gar nichts.«

»Sie haben deutlich gemacht, dass Sie zu geben bereit sind, um etwas zu bekommen. Also ist es Zeit, mit dem Geben zu beginnen.«

»Aber Sie wollen doch sicher nicht hier …«

»Aber sicher doch.«

Er fuhr mit der Fingerspitze um den Knopf herum, um seine Absicht zu unterstreichen, und zog diesen Moment so sehr in die Länge, dass Darcy alle Mühe hatte, den Rest ihrer Fassung zu wahren. Die meisten Männer besaßen Unsicherheiten, die eine Frau ausnutzen konnte, um die Situation zu kontrollieren, doch dieser Mann schien seit seiner Geburt keinen Moment der Unsicherheit erlebt zu haben. Sie fühlte sich wie eine in die Enge getriebene Gazelle, und er war der Löwe – ein sehr großer und sehr herrschsüchtiger Löwe, der die Gazelle reißen würde, wann immer es ihm beliebte.

Mit einem geübten Fingerschnippen öffnete er den Knopf.

Darcy klatschte ihm die Hand gegen die Brust und schob ihn weg. »Das kann nicht Ihr Ernst sein! Welche Sorte Mann erwartet denn Sex als Gegenleistung für eine Arbeitsstelle?«

»Ich erinnere mich nicht daran, Sex verlangt zu haben. Aber ich weiß, dass Sie ihn angeboten haben.«

»Gar nichts habe ich angeboten! Ich will nichts mit Ihnen zu tun haben! Schieben Sie sich Ihren Job *sonstwo* hin!«

»Wirklich?«

»Ja, wirklich!«

»Dann sind Sie eingestellt.«

Darcy erstarrte. *Was* hatte er da gesagt?

»Der Klarheit halber: Ich habe nie ein Bewerbungsgespräch dazu missbraucht, mit einer Frau ins Bett zu steigen, und das werde ich auch nie tun«, erklärte John. »Und Sie sollten nie für einen Mann arbeiten, der so etwas tun würde, denn sonst stecken Sie ruckzuck bis zum Hals in Problemen, mit denen Sie sich nicht herumschlagen wollen. Sie werden langsam ohnehin etwas zu alt dafür, auf Ihre Verführungskraft zu setzen, um zu kriegen, was Sie wollen. Besser, Sie entmotten Ihr Gehirn und fangen an, es zu benutzen.«

Darcy war platt. »Für wie alt halten Sie mich denn?«

»Für vierzig.«

»Ich bin keine vierzig!«

»Dann sind Sie jedenfalls in Rufweite davon.«

Es musste stimmen. Sie sah tatsächlich wie vierzig aus! Verlor ihr Botox so schnell an Wirkung?

Ihr war schlecht. Es war nicht allein Little Scotty. Wenn auch John fand, sie sehe so alt aus, wie sie war … o *Gott*! Sie war nicht mit einem Wartungsvertrag auf die Welt gekommen, und die Reparaturen würden nicht billig werden.

Und das hieß, dass sie *wirklich* einen Job brauchte.

»Sie haben eine Woche Probezeit«, sagte er. »Wenn Sie mit der Arbeit klarkommen, gehört der Job Ihnen. Wenn Sie Mist bauen, fliegen Sie raus.« Dann nannte er ein Monatsgehalt, das etwa in der Höhe dessen lag, was Darcy ihrem Friseur zu Weihnachten als Trinkgeld gegeben hatte. »Montagmorgen um acht geht's los.«

Darcy war von dieser Wendung der Dinge völlig benommen und versuchte, sich zusammenzureißen. Mit Despoten hatte sie sich nie gut vertragen, und dieser hier war anstrengend wie kaum ein zweiter. Sie wollte etwas entgegnen. Irgendwas. Nur um ihm zu zeigen, dass sie sich von einem Mann nicht alles bieten ließ.

Sie hob das Kinn. »Ich habe nicht gesagt, dass ich Ihr Angebot annehme. Vielleicht gefallen mir Ihre Bedingungen nicht.«

»Wollen Sie den Job also nicht haben?«

Darcy biss die Zähne zusammen. Sie *hasste* das! »Doch, aber –«

»Dann bis Montag.«

Er setzte sich wieder an seinen Schreibtisch, öffnete eine Akte und begann zu lesen, als wäre sie gar nicht im Zimmer und als habe er nie im Traum daran gedacht, mit ihr ins Bett zu gehen. Dies setzte Darcy eigentlich am meisten zu. Dass sie einen Mann nicht wollte, bedeutete ja nicht, dass sie von ihm nicht gewollt sein wollte.

Immerhin war sie sich recht sicher, ihn nicht zu wollen.

Nein. Sie musste sich das aus dem Kopf schlagen. Er war nicht fein genug, und sein Sparbuch war zu mickrig für ihre Absichten. Wenn sie es je wieder nach oben schaffen wollte, durfte sie sich nicht mit attraktiven Neandertalern aus der Arbeiterklasse zufrieden geben.

Sie nahm ihre Tasche und verließ sein Büro. Tony saß noch immer im Vorzimmer und war offenkundig gespannt auf das Resultat von dem Treffen hinter verschlossener Tür. Im Moment war sie völlig erledigt und hoffte, dass ihr Gesicht nicht so rot war, wie es sich anfühlte.

»Und?«, fragte er.

Sie setzte ihr schönstes Siegerlächeln auf. »Wir sehen uns Montagmorgen um acht.«

Tony grinste. »Ich wusste, dass John keine Chance hatte.«

Sie zwinkerte ihm zu, verließ das Gebäude und wünschte, sie würde sich angesichts der Lage so selbstsicher fühlen, wie sie es Tony gerade vorgespielt hatte.

Männer waren normalerweise leicht zu nehmen. Sie hatte nur ihr Interesse wecken und sie dazu bringen müssen, künftige Möglichkeiten zu wittern, selbst wenn es keine gab. Und rasch hatten sie sich dann geradezu überschlagen, um ihr zu geben, was sie wollte. Was also stimmte nicht mit John? Hatte er sie nicht angestellt, als sie sich ihm *verweigert* hatte? Was war bloß mit ihm los?

Das konnte doch nur heißen, dass er einen Hintergedanken hatte, der ihr bisher entgangen war. Also musste sie auf der Hut bleiben. Sie hatte noch nie einen Mann getroffen, den sie nicht hatte manipulieren können, doch jetzt war klar, dass sie Überstunden würde machen müssen, um diesem Mann den Schneid abzukaufen.

8

Als Darcy am Montagmorgen das Büro von Texas Repossessions betrat, kam John aus seinem Zimmer und wirkte so bestimmend und entschieden wie üblich. Sie dachte unwillkürlich daran, wie er sie gegen seinen Schreibtisch gedrängt hatte. Schon die Erinnerung daran erregte sie. Sollte er je wieder nach einem ihrer Knöpfe greifen, würde sie wahrscheinlich sofort auf den billigen Fliesenboden sinken.

Aber warum? Männer wie er, die alle in ihrer Umgebung als Untergebene betrachteten, hatten sie nie angezogen, und sie glaubte nicht, dass er seine Freundin anders behandelte. Sie hätte ihn fragen wollen, ob er je lächelte oder ob die dafür zuständigen Muskeln so verkümmert waren, dass er dazu nicht mehr in der Lage war. Dann aber entschied sie, den Chef zu beleidigen, sei wohl doch kein Erfolg versprechender Auftakt.

»Sie sind tatsächlich aufgekreuzt«, sagte er.

»Hatten Sie gedacht, ich würde kneifen?«

»Allerdings.«

»Na, vielen Dank für diesen Vertrauensbeweis. Ich nehme an, das ist mein Schreibtisch?«

Darcy stellte ihre Tasche ab, drehte sich um und sah eine Frau auf sich zukommen. Sie war vielleicht Anfang dreißig, knapp einen Meter sechzig groß, wenn sie ganz aufrecht stand, und auf eine natürliche, sommersprossige Weise schön, die sie warmherzig und freundlich wirken ließ. Sie strahlte Darcy an und streckte ihr die Hand entgehen.

»Hallo, ich bin Amy.«

Darcy schüttelte ihre Hand. »Darcy.«

»Amy wird Sie einarbeiten«, sagte John. »Was immer sie sagt, gilt.« Er wandte sich an Amy. »Ich geh mir den Chevrolet Tahoe schnappen, dürfte aber binnen einer Stunde zurück sein.«

Mit diesen Worten griff er nach einem Schlüsselbund, verließ das Büro und schloss unsanft die Tür hinter sich.

Amy lächelte. »John ist nicht immer so heftig, aber meistens eben schon, müssen Sie wissen.«

Na prima.

Die nächste Stunde lang informierte Amy Darcy darüber, welche Aufgaben in Johns Firma anfielen. Sie erzählte ihr von den Fahrzeugakten und vom Bestands- und Zustandsprotokoll, das sie von allen Fahrzeugen anfertigten, die die Firma für den Eigentümer wieder in Besitz genommen hatte. Außerdem gab sie Darcy einen Überblick über die Kundendatei und darüber, wie die Fahrzeuge aufgetrieben wurden.

»Ich erledige im Moment vieles davon, aber im Laufe der Zeit können Sie einen Großteil übernehmen. Vor allem befasse ich mich damit, die neuen Adressen säumiger Schuldner zu ermitteln und so die Autos zu finden, die John und Tony dann einsammeln. Das ist meist ziemlich unkompliziert, aber wenn die Leute wissen, dass ihnen der Repo-Mann auf den Fersen ist, greifen sie mitunter zum Äußersten, um ihre Autos zu verbergen.«

Daran zweifelte Darcy nicht. Sie hätte ganz bestimmt einen gewissen Mercedes Roadster versteckt, wenn John nicht so schnell aufgetaucht wäre, um ihn sich erneut zu schnappen.

Dann erzählte Amy ihr ein paar lustige Geschichten, die John und Tony beim Einsacken von Autos erlebt hatten – von Leuten, die nackt auf die Straße gerannt waren, um die beiden davon abzuhalten, ein Auto mitzunehmen, dessen Getriebe dann mitten auf der Autobahn seinen Geist aufgegeben hatte, bis zu dem Stapel Schwulenpornos, den sie bei der Anfertigung eines Bestandsprotokolls in einem Kofferraum gefunden hatten.

»Aber die beste Geschichte«, fuhr Amy fort, »hat John erlebt, als er einen Mercedes abholen wollte. Eine Frau hat ihn ausgetrickst und ist mit dem Schlüssel abgehauen. Können Sie sich das vorstellen?«

Das Lächeln, das über Amys Lippen huschte, sagte Darcy, dass sie sehr genau wusste, welche Frau dieses Kunststück vollbracht hatte. Sie schloss die Augen vor Verlegenheit. »Kaum zu fassen, dass John Ihnen davon erzählt hat.«

»Hat er nicht. Diese Geschichte hab ich von Tony. John würde nie zugeben, dass eine Frau ihn untergekriegt hat.«

»Ich war verzweifelt, Amy. Wirklich. Ich hatte nur noch das Auto, und –«

»Keine Sorge«, sagte Amy, und ihr Lächeln wurde breiter. »Ich habe selten so gelacht.«

Darcy fand ihre Kollegin zunehmend sympathischer.

»Machen Sie sich doch heute in Ruhe mit den Akten und der Datenbank vertraut«, schlug Amy vor. »Am Nachmittag hab ich Unterricht, aber morgen früh beantworte ich Ihnen gern alle Fragen.«

Den Rest des Vormittags sah Darcy sich zunächst an ihrem PC in der Datenbank um und blätterte dann eine Reihe von Akten durch, wobei sie überrascht feststellte, dass es sich dabei geradezu um eine Liste einst reicher, nun aber bankrotter Leute handelte. Ihr Mercedes war längst nicht das einzige kostspielige Fahrzeug, das Texas Repossessions im Auftrag des Eigentümers abgeholt hatte. Sie hatte immer angenommen, reiche Leute seien eben – nun ja – *reich* und könnten deshalb ihre Rechnungen bezahlen. Nie hatte sie bedacht, dass sie vielleicht oberflächlich gut aussehen, dabei aber bis zur Oberkante Unterlippe in Schulden stecken mochten.

Wie zum Beispiel Warren.

Moment – was war denn das?

Sie zog eine Akte aus dem Stapel. Larry Howard? Gails Exmann? Das konnte nicht sein. In einer großen Stadt wie Plano gab es sicher viele Larry Howards. Doch als sie die Unterlagen überflog, stellte sie fest, dass es tatsächlich um eine rote Corvette, Baujahr 68, ging.

Ob Gail wusste, dass ihr Exmann die Raten für seinen Wagen schuldiggeblieben war? Nachdem er sie durch heimlichen Sex mit billigen Nutten so tief beschämt hatte, würde sie wahrscheinlich nur zu gern erfahren, dass er finanziell anscheinend genauso zerrüttet war wie moralisch. Darcy fragte sich, wie viele ihrer

Freunde und Bekannten Opfer des Repo-Manns geworden waren, ohne dass sie davon erfahren hatte.

Als sie später die Durchschläge der von John in letzter Zeit gestellten Rechnungen alphabetisch abheftete, machte sie eine weitere interessante Entdeckung. Seine Gebühr für das Abschleppen und Verwahren ihres Autos hatte fünfhundert Dollar betragen. Vor ein paar Wochen wäre das nicht viel Geld für sie gewesen, doch nun hatte sie den Eindruck, es handele sich um ein Vermögen – vor allem angesichts des Gehalts, das John ihr zahlte. Sie nahm sich vor, ihn auf eine Gehaltserhöhung anzusprechen, sobald sie hoffen durfte, dass er ihr dafür nicht den Kopf abbeißen würde.

Der Vormittag ging schnell herum, und gegen zwölf kam Amy wieder zu ihr an den Schreibtisch.

»Mittagszeit«, sagte sie. »Möchten Sie essen gehen?«

Leider war das für Darcy unerschwinglich geworden. Aus einer braunen Frühstückstüte zu leben, hatte etwas furchtbar Ärmliches, bedeutete aber immerhin, dass sie sich auf Kosten ihrer Eltern satt essen konnte.

»Äh … nein. Ich hab mir was von zu Hause mitgebracht.«

»Das ist ein Gutschein für Taco Hut – zwei Essen zum Preis von einem«, lockte Amy. »Den können wir uns teilen und Burritos zum halben Preis bekommen. Packen Sie Ihr Mittagessen doch für morgen in den Kühlschrank.«

Na, bei Taco Hut aufzulaufen, war nicht gerade das, was sie unter Essengehen verstand. So ein Lokal zu besuchen, bedeutete, Pseudo-Nahrungsmittel in sich hineinzuschaufeln, um nicht zu verhungern. Aber sie musste zugeben, dass alles, was es zum halben Preis gab, inzwischen ihr Interesse weckte.

Zehn Minuten später betraten sie die Taco-Hut-Filiale. Die Einrichtung war so grauenhaft, wie Darcy befürchtet hatte und in ihrer schreienden Farbkombination aus Lila, Wasserblau und Orange wie geschaffen dafür, Schlafkranke wach zu halten. Sie bestellten ihre Burritos bei einem Oberschüler, der ihnen das Essen mit dem Feingefühl eines Fleisch aufs Fließband schaufelnden Schlachters aufs Tablett klatschte. Als Darcy ihr Essen auspackte, war es zerdrückt und sah so unappetitlich aus, dass sie es fast wieder eingewickelt hätte. Aber der Hunger ließ sie schließlich doch kosten.

Kaum zu glauben: Es war Liebe auf den ersten Biss.

Sie war in Fünf-Sterne-Restaurants gewesen, in denen beste texanische Küche serviert worden war, und doch hatten die Vorspeisen dort nicht so gut geschmeckt wie ihr Burrito. Wie war das möglich? Wie konnte sie für einen Dollar fünfzig den Himmel entdeckt haben? Das Essen war zwar nicht umwerfend angerichtet, aber so viel für ihr Geld zu erhalten, versetzte sie inzwischen in richtig gute Stimmung.

»Ich muss es einfach aussprechen«, sagte Amy. »Sie tragen da einen tollen Ring.«

»Danke.«

»Sie sind also verheiratet?«

»Eigentlich nicht. Ich lebe in Scheidung.«

Bei dieser Gelegenheit fiel ihr ein, dass sie sich früher oder später einen Anwalt nehmen und sich damit würde befassen müssen, dass ihr Mann sich ins Ausland abgesetzt hatte. Wie ließ man sich von jemandem scheiden, der unauffindbar war? Und selbst wenn sie ihn würde auftreiben können – wie sollte sie eine Scheidung bezahlen?

»Das tut mir wirklich leid«, sagte Amy und starrte weiter auf Darcys Ring, wirkte nun aber verlegen.

»John hat es Ihnen also nicht erzählt.«

»Was?«

»Warum ich einen vierkarätigen Diamanten trage, aber für einen Hungerlohn in seiner Firma arbeite und zum Mittagessen zu Taco Hut gehe.«

»Nein, das hat er mir nicht erzählt.«

Darcy wusste nicht genau, warum sie sich ihr anvertraute, aber Mädchen teilen nun mal Geheimnisse, und Amy erschien ihr aufrichtiger als die meisten Frauen. Sie erzählte ihr in Kürze ihre eheliche Horrorgeschichte. Als sie von ihrer Heimkehr aus Mexiko und davon berichtete, wie sie hatte entdecken müssen, dass ihr Mann kriminell war, sah Amy sie erschrocken an.

»Sie Arme!«, sagte sie. »Wie konnte er Ihnen das nur antun?«

»Das frage ich mich ständig.«

»Na, ich bin froh, dass John Sie eingestellt hat. Das ist gut für Sie, und für ihn wird es auch gut sein.«

Darcy schüttelte den Kopf. »Ich bin mir nicht sicher, ob er das ebenso sieht.«

»Das sollte er aber. Endlich haben wir wieder jemanden mit Köpfchen im Büro. Die Letzten, die er eingestellt hat, waren ganz kleine Lichter.«

»Warum hat er sie dann eingestellt?«

»Es ist schwer, gute Mitarbeiter zu finden. Er hat in den letzten Monaten zwei Repo-Jungs beschäftigt, aber es hat nicht funktioniert. Der eine war faul, ist ungern aus dem Büro gegangen und hat sich nicht ins Zeug gelegt. Der andere hat sein erstes Gehalt verjubelt und ist nicht mehr aufgetaucht. Wie Sie sich denken können, war John darüber ganz und gar nicht erbaut. Das Geschäft floriert langsam wieder, und er würde sich ein oder zwei Abschleppwagen kaufen, wenn er nur Leute hätte, um sie einzusetzen.«

Darcy legte ihr Burrito auf den Teller. »Amy? Darf ich Ihnen eine Frage stellen? Ganz im Vertrauen?«

»Klar.«

Sie beugte sich vor und fragte leise: »Warum, um alles in der Welt, geben Sie sich mit einem Mann wie John Stark ab?«

»Wie meinen Sie das?«

»Ist es nicht schwer, für ihn zu arbeiten? Schließlich hat er ständig schlechte Laune, lächelt nie und kommandiert seine Mitarbeiter herum wie ein Diktator in der Dritten Welt. Ist er eigentlich auch mal guter Dinge?«

Amy lächelte. »Eher selten. Und er ist schon *sehr* lange so.«

»Ich habe ja kaum Möglichkeiten, aber an Ihrer Stelle würde ich mir eine neue Arbeit suchen.«

Amy lächelte noch mehr. »Ich schätze, John hat Ihnen meinen Nachnamen nicht gesagt.«

»Ihren Nachnamen?«

»Ich heiße Stark.«

Darcy erstarrte.

»Ich bin Johns Schwester.«

Darcy setzte sich sprachlos auf. Johns *Schwester*? Diese entzückende kleine Frau, die dem Wort »frech« eine ganz neue Bedeutung gab, sollte von denselben Eltern stammen wie der missgelaunte Hüne, der Darcy ständig zur Verzweiflung brachte?

Dann fiel ihr ein, was sie gerade über ihn gesagt hatte. Sie schloss die Augen und wünschte, sie wäre klug genug gewesen, ihr großes Maul zu halten.

»Amy, es tut mir so leid. Wirklich. Das hätte ich über John nicht sagen sollen. Ich weiß gar nicht, warum –«

»Entschuldigen Sie sich nicht«, erwiderte Amy. »Sie sagen doch nur die Wahrheit.«

»Warum arbeiten Sie dann für ihn?«

Amy lächelte. »Lassen Sie sich von seiner Außenseite nicht täuschen. In seinem Kopf passiert weit mehr, als man denkt. Das werden Sie bald genug merken. Und vergessen Sie nicht: Er bellt weitaus schlimmer, als er beißt.«

Darcy fiel es schwer, sich das vorzustellen.

Am Nachmittag brach Amy ungefähr zu der Zeit zur Uni auf, als John zurückkam. Er brummte etwas vor sich hin, das nach »Hallo« klang, ging an Darcy vorbei in sein Büro und schloss die Tür. Sie sagte sich, das sei gut. Wenn er nicht mit ihr redete, konnten sie sich auch nicht streiten.

Ein paar Minuten später kam ein Kurier ins Büro, begrüßte Darcy und bat sie, den Empfang des Umschlags zu quittieren, den er dabeihatte. Sie unterschrieb in der Annahme, er sei für John. Doch dem war nicht so.

Der Umschlag war für sie.

Dann las sie den Absender. Jeremy Bridges?

Kaum hatte der Kurier das Büro verlassen, riss Darcy den Umschlag auf und fragte sich, was darin sein mochte. Sie zog einen kleineren Umschlag heraus und war noch erstaunter.

Ein Starbucks-Gutschein?

Und dazu eine handgeschriebene Notiz: »Habe unsere Unterhaltung genossen. Trinken Sie einen Kaffee auf meine Kosten. Jeremy.«

Zuerst war sie verwirrt. Dann fiel ihr ein, ihm erzählt zu haben, dass sie sich nun, da Warren ihr alles genommen habe, nicht einmal mehr einen Kaffee bei Starbucks leisten könne. Also hatte Bridges ihr einen spendiert.

Sie runzelte die Stirn. Wahrscheinlich genau *einen*. Vermutlich konnte sie sich für diesen Gutschein exakt einen Kaffee aussuchen. Und natürlich hatte er ihre Unterhaltung genossen. Er war jemand, der offenkundig Freude daran hatte, andere zu erniedrigen.

Trottel.

Darcy warf die Karte beiseite. Doch nach einigen Minuten riskierte sie einen raschen Blick darauf. Und noch ein paar Minuten später siegte die Neugier.

Sie drehte die Karte um und entdeckte auf der Rückseite eine 0800er-Nummer. Darcy wählte sie und erreichte einen Mann vom Kundendienst. Sie nannte ihm die Nummer ihres Gutscheins und fragte, auf welchen Betrag er ausgestellt sei.

Sie hörte das Klappern einer Tastatur. Dann war es still.

»Hallo?«, fragte sie.

»Moment bitte«, sagte der Mann. »Das kann nicht stimmen.« Wieder klapperte die Tastatur. Wieder war es still.

Schließlich sagte der Mann: »Auf tausend Dollar.«

Darcy hätte beinahe den Hörer fallen lassen. »Sagten Sie eben: ›Auf tausend Dollar‹?«

»Ja.«

»Eine Eins mit drei Nullen?«

»Ja, Ma'am.«

»Äh … danke.« Sie legte auf. War Jeremy Bridges völlig verrückt geworden?

Ja, sie wollte bei Starbucks Kaffee trinken, möglichst jeden Tag. Doch jetzt, da sie ganz und gar nichts mehr besaß, hätte sie diese tägliche Koffeindosis liebend gern gegen Kleidung und Benzin getauscht.

Also rief sie erneut beim Kundenservice an.

»Ja, Ma'am?«

»Wir haben gerade miteinander telefoniert. Ich bin die Frau mit dem Tausend-Dollar-Gutschein. Kann ich den Betrag auch ausgezahlt bekommen?«

»Aber natürlich, Ma'am.«

Darcys Herz jubelte. *Bingo!*

»Geben Sie den Gutschein einfach mit dem Kassenzettel ab, und jede Filiale zahlt Ihnen gern den Betrag aus, der noch auf dem Gutschein ist.«

Ihre Begeisterung verpuffte. »Ich brauche also den Kassenzettel?«

»Leider ja.«

»Aber es ist ein Geschenkgutschein. Wenn man etwas verschenkt, legt man doch den Kassenzettel nicht dazu.«

»Tut mir leid, aber so sind die Bestimmungen.«

Mist.

Sie bedankte sich und legte auf. Wie konnte Bridges

ihr das antun? Wusste er denn nicht, wie abgebrannt sie war?

Vielleicht nicht. Womöglich hatte sie sich nicht deutlich genug ausgedrückt. Vielleicht war ihm nicht klar, dass sie buchstäblich nichts mehr besaß. Wenn er wüsste, wie viel dringender sie praktische Sachen brauchte, würde er sicher Verständnis haben und ihr den Kassenzettel zukommen lassen.

Vorausgesetzt, er hatte ihn behalten.

Nicht, Darcy – positiv denken!

Sie kramte in ihrer Tasche, bis sie seine Visitenkarte fand, und wählte seine Nummer. Er hatte zwar gesagt, das sei sein Handy, doch sie rechnete nicht damit, dass –

»Jeremy Bridges.«

Es war wirklich seine Handynummer! Und er war tatsächlich selbst an den Apparat gegangen!

»Äh … hallo, Jeremy. Hier ist Darcy McDaniel.«

»Darcy! Wie schön, von Ihnen zu hören.«

Er klang recht herzlich – jedenfalls, wenn man bedachte, wie ihr Abschied ausgefallen war. Aber schließlich hatte er ihr einen Gutschein über tausend Dollar geschenkt – also hatte er ihr die Meinungsverschiedenheit neulich sicher nicht übel genommen. Vielleicht würde es einfacher werden als gedacht.

»Ich rufe nur an … nun, ich rufe an, um Ihnen zu sagen, dass ich den Gutschein bekommen habe, und obwohl es sehr aufmerksam von Ihnen war –«

»Nein, den Kassenzettel können Sie nicht bekommen.«

Darcy klappte die Kinnlade herunter. »Was?«

»Ich sagte, Sie können den Kassenzettel nicht bekommen.«

»Äh … ich will den Kassenzettel nicht.«

»Natürlich wollen Sie ihn. Sie wollen den Gutschein gegen Bargeld umtauschen.«

»Nein, wirklich nicht.«

»Was wollen Sie dann?«

Sie öffnete den Mund, und nach ein paar Sekunden stand er noch immer offen. Sie war so schockiert darüber, wie genau er ins Schwarze getroffen hatte, dass ihr keine Antwort einfiel.

Dann wurde sie wütend.

»Sie sind ein Widerling!«, sagte sie. »Sie verpulvern tausend Dollar, und alles, was ich davon habe, ist *Kaffee?*«

»Sie bekommen viel mehr als Kaffee dafür. Es gibt auch Kekse. Und Gebäck. Und einige Filialen haben inzwischen wohl auch Sandwichs und –«

»Sie wissen genau, was ich meine!«

»He, ich finde das doch auch etwas blöd. Aber Sie sagten immerhin, Sie könnten es sich nicht mehr leisten, zu Starbucks zu gehen.«

»Ich habe auch gesagt, dass ich eine Klapperkiste fahre und im Trailer meiner Eltern lebe. Tausend Dollar würden mir sehr dabei helfen, *diese* Probleme zu lösen.«

»Aber Darcy – was würde geschehen, wenn ich Ihnen einfach ein Auto schenken würde? Oder die Miete?«

»Dann hätte ich einen vernünftigen Wagen und eine anständige Wohnung.«

»Aber wie würden Sie dann je als Persönlichkeit reifen?«

War dieser Mann total übergeschnappt? »Ich habe eine Neuigkeit für Sie, Bridges. Als Persönlichkeit zu reifen, ist so ziemlich das Letzte auf meiner Aufgabenliste.«

»Davon bin ich überzeugt. Und ganz oben steht, all den Luxus zurückzugewinnen, den Sie verloren haben. Genießen Sie den Kaffee, Darcy.«

Klick.

Darcy behielt den Hörer in der Hand und starrte ihn stumm an. Dann legte sie mit einem enttäuschten Seufzer auf. Bridges spielte offenkundig mit ihr. Das war die einzige Erklärung. Er wollte ihr gar nicht helfen, sondern nur zusehen, wie sie sich abstrampelte und den Kopf über Wasser zu behalten versuchte, während er die Annehmlichkeiten des Lebens vor ihr baumeln ließ und sie an das erinnerte, was sie sich nicht leisten konnte. Aber was hatte sie von einem Vier-Dollar-Kaffee, wenn sie das Benzin für Gertie nicht bezahlen konnte?

Johns Bürotür ging auf, und er streckte den Kopf heraus. »Ich hab telefoniert. Was hat der Kurier vorbeigebracht?«

»Es war nicht für Sie«, sagte Darcy. »Es war für mich.«

Er kam heraus und pflanzte sich vor ihrem Schreibtisch auf. »Für Sie? Wer hat Ihnen denn einen Kurier hergeschickt?«

Bevor Darcy den Umschlag aus seiner Reichweite hätte räumen können, griff John schon danach und las den Absender.

»Jeremy Bridges?«

»Geben Sie her!«

»Ist das nicht der Kerl, dessen Geld Ihr Mann unterschlagen hat?«

Darcy zögerte. »Ja.«

John ließ den Blick über ihren Schreibtisch schweifen. »Was hat er Ihnen geschickt?«

»Das geht Sie nichts an.«

»Noch eine Regel: Wenn Sie im Dienst sind, geht mich alles an.«

Sie rollte die Augen. »Wenn Sie es unbedingt wissen wollen: Er hat mir einen Starbucks-Gutschein geschickt.«

»Was?«

»Sie haben schon richtig gehört.«

John hob die Hand. »Moment – kennen Sie den Kerl?«

»Eigentlich nicht.«

»Ihr Mann unterschlägt sein Geld, und Bridges schickt Ihnen ein Geschenk?«

»Er ist eben ein sehr teilnahmsvoller Mensch«, sagte sie und hoffte, ihre Nase würde bei diesen Worten nicht wachsen. »Er hat mich vor Kurzem besucht und möchte nur, dass ich in den Genuss einer der Annehmlichkeiten komme, die Warren mir geraubt hat.«

»Sie sind pleite – hätte er sich da nicht für etwas Nützlicheres entscheiden sollen?«

»Reiche Leute ticken anders, John. Ein Mann wie er denkt nicht einmal an Notwendigkeiten. Dem geht es nur um Luxus.«

Sie wäre an diesen Worten beinahe erstickt. Ein

Mann, der Bier kippte und wie ein Groupie des Country-Sängers Jimmy Buffett gekleidet war, hatte in puncto Luxus noch einiges zu lernen.

»Luxus?«, fragte John. »Starbucks? Welcher Idiot zahlt vier Dollar für einen Becher Kaffee?«

»Genau diese Reaktion hatte ich von einem Mann erwartet, der Instantkaffee trinkt.«

»Der schmeckt doch klasse. Und günstig ist er auch.«

»Ach ja? Na, was brauche ich günstigen Kaffee, wenn ich hier doch …« – sie klopfte mit dem Gutschein lässig auf die Tischplatte und hielt ihn dann mit süffisantem Lächeln hoch – »… tausend Dollar habe?«

Johns Augenbrauen schossen aufwärts. »Ein Tausend-Dollar-Gutschein für *Kaffee*?«

Endlich. Es wurde auch Zeit, dass sie ihn beeindruckte. Doch statt ihr den ehrfürchtigen Blick zuzuwerfen, mit dem sie gerechnet hatte, schüttelte er nur missbilligend den Kopf.

»Was ist los?«, fragte sie.

»Das ist viel Geld.«

»Er ist sehr großzügig.«

»Großzügig?« John legte die Handflächen auf Darcys Schreibtisch, beugte sich vor und sah ihr direkt in die Augen. »Ich sag Ihnen was. Jeder Mann, der einer Frau etwas gibt, das tausend Dollar wert ist, erwartet eine Gegenleistung. Und ich versichere Ihnen, dass es dabei um mehr als einen Kuss auf die Wange geht. Haben Sie es wirklich darauf abgesehen?«

»Er hat nichts von mir verlangt.«

»Noch nicht.«

»Warum lassen Sie es nicht meine Sorge sein, mir Gedanken über die Beweggründe von Jeremy Bridges zu machen?«

»Vergessen Sie nur nicht, wer Sie zuerst gewarnt hat.«

Mit diesen Worten drehte John sich um und ging zurück in sein Büro. Darcy musste sich beherrschen, um nicht den Tacker gegen die Tür zu werfen. Noch nie war ihr ein Mann begegnet, der seiner selbst so empörend sicher war.

Doch am meisten brachte sie auf, dass er recht hatte. Jeremy war weder teilnahmsvoll noch großzügig. Er hatte ganz offensichtlich Hintergedanken. Und so unvermittelt er das Telefonat mit ihr heute auch abgebrochen hatte: Sie hatte das Gefühl, nicht zum letzten Mal von ihm gehört zu haben.

9

Darcys erste Arbeitswoche verlief recht problemlos. Allmählich lernte sie mehr über Textverarbeitungsprogramme, und Amy brachte ihr bei, selbst Berichte zu schreiben. Bis Donnerstag hatte sie die Ablage auf Vordermann gebracht. Sie war erleichtert, als das Wochenende kam und John noch keinen Grund gefunden hatte, ihr zu kündigen, doch als sie am Samstagmorgen aufstand, wünschte sie sich ins Büro zurück. Ihr Vater war – wie immer am Sonnabend – in seiner Werkstatt, und deshalb war sie zu Hause das einzige Ziel ihrer Mutter.

»Ich kann nach wie vor nicht glauben, dass du in so einer Klitsche arbeitest«, sagte Lyla, kramte die letzte Zigarette aus der Schachtel und zündete sie an. »Was hast du dir bloß dabei gedacht, als du diese Arbeit angenommen hast?«

Darcy schob ihre halb leer gegessene Schale Froot Loops beiseite. Lockende Bilder von einem Brunch im Palm Restaurant spukten ihr durch den Kopf. »Ich hab's dir doch schon gesagt, Mom – man hat sich nicht gerade um mich gerissen.«

»Es gibt doch sicher einen netten Generaldirektor, der ein Mädchen für alles braucht?«

»Wir leben nicht mehr in den fünfziger Jahren. Selbst

Empfangssekretärinnen müssen heutzutage viele Dinge können – Dinge, die ich nicht kann.«

»Du kannst hier wohnen, solange es nötig ist, aber selbst wenn du keine Miete zahlst, hast du Ausgaben. Schon deine Haare und deine Fingernägel werden die Hälfte deines Gehalts verschlingen. Und was ist mit deinen Sachen? Willst du nur noch anziehen, was du auf der Reise nach Mexiko dabeihattest? Beunruhigt dich der Gedanke nicht, ewig so weiterzumachen? Mir jedenfalls wäre das unheimlich.«

Darcy hatte schon vor langer Zeit gemerkt, dass es kaum etwas gab, wovor ihre Mutter sich nicht ängstigte. Ihr Leben war stets von Angst überschattet gewesen: von der Angst vor dem Altern, der Höhenangst und der Gespensterfurcht; von der Angst vor dem Atomkrieg, vor der Dreizehn, vor Zügen. Und vor Spinnen. Sie mochte keine Spinnen. Jedes Mal, wenn eine Spinne in ihrer Nähe auftauchte, war die Hölle los.

Nun aber musste Darcy zugeben, dass auch sie etwas von dieser Angst zu spüren begann. Sie hatte wirklich einen lausigen, schlecht bezahlten, keinerlei Perspektiven bietenden Job. Ihn als Sprungbrett zu etwas Besserem nutzen zu wollen, würde sehr viel Zeit brauchen.

»Du solltest dir einen neuen Mann suchen, aber schnell«, empfahl Lyla. »Und unterschreib diesmal vor der Hochzeit keinen Ehevertrag. So erhältst du immerhin eine lukrative Scheidung, wenn es nicht klappt. Dann kannst du dir den Nächsten suchen.«

»Weißt du, Mom – wenn ich wieder heirate, sollte es schon eine Weile halten.«

»Fein. Aber die Statistik sagt, dass heutzutage jede zweite Ehe geschieden wird.«

»Du und Dad – ihr seid noch immer verheiratet.«

»Sei nicht naiv, Darcy. Dein Vater hätte mich schon vor Jahrzehnten verlassen, wenn eine andere ihn gewollt hätte.«

Darcy seufzte. Genau das mochte ein Kind gern hören – dass der Vater die Mutter längst verlassen hätte, wenn er nicht so ein Versager wäre. Sie war ihm nicht gut genug, als dass er bei ihr hätte bleiben wollen, doch er war anderen Frauen nicht gut genug, als dass es ihm gelungen wäre, einen Ersatz für sie zu finden. Also lebten sie in einem Zustand wechselseitig garantierten Elends.

Plötzlich sprang Lyla vom Stuhl auf und wedelte mit den Händen. »Pepé! Runter vom Sofa!«

Kaum war er empört heruntergehopst, wandte sie sich an Darcy. »Das Tier führt sich grauenvoll auf. Es braucht einen Hundelehrer.«

»Der kostet Geld.«

»Früher hattest du jede Menge Geld und hast dennoch nichts unternommen.«

»Mom –«

»Gut, dass du keine Kinder hast. Aus denen wären sicher jugendliche Straftäter geworden.« Sie schnappte nach Luft. »Darcy! Er pinkelt schon wieder in die Ecke!«

Darcy legte die Hand an die Stirn. »Das tut er, weil du mit ihm schimpfst, Mom!«, flüsterte sie deutlich hörbar. »Du darfst nicht mit ihm schimpfen.«

»Natürlich darf ich das! Das ist mein Haus!«

»Ich bestreite nicht, dass du das *Recht* hast, ihn auszuschimpfen. Ich sage nur …« Sie seufzte schwer. »Ach, was soll's – ich wisch es weg.«

»Ich geh rüber zu Roxanne. Ihr Hund pinkelt wenigstens nicht auf den Teppich.«

»Natürlich nicht – er ist schließlich die ganze Zeit im Hof angebunden.«

»Und deshalb kann er nicht auf den Teppich pinkeln.«

Lyla warf Pepé einen wütenden Blick zu, und er sah zu ihr auf, als sei sie die Medusa, auf deren Haupt sich Schlangen wanden. Dann griff Lyla sich eine neue Schachtel Zigaretten und ihre Schlüssel, verließ das Haus und schloss die Tür mit angewidertem Schnaufen.

Darcy holte das Anti-Urin-Spray aus der Küche, das sie am Vortag gekauft hatte, und wusste, dass sie nicht mehr lange bei ihren Eltern wohnen konnte. Hundepsychiater kosteten ein Vermögen – genau wie normale Psychiater. Am Ende würde sie noch durchdrehen, ihre Mutter umbringen und in der Gerichtspsychiatrie enden.

Na ja, vielleicht wäre das gar nicht schlecht. Wenigstens hätte sie freie Kost und Logis und die herrliche Einsamkeit, die nur eine Gummizelle bieten konnte.

Nachdem sie die Schweinerei weggeputzt hatte, kam Pepé angelaufen, und sie nahm ihn in den Arm, um seine sensiblen Nerven zu beruhigen. Sie musste ausziehen, bevor sie sich in eines der traurigen kleinen Wesen verwandelte, die ihren Lebensunterhalt nicht bestreiten konnten, bei den Eltern im Keller lebten und Dauerwerbesendungen sahen. Sie brauchte eine eigene Wohnung. Aber wie lange würde es dauern, das Geld dafür zusammenzubekommen?

Sie betrachtete ihren Ehering.

Nein. Das konnte sie nicht tun. Zwar war er das einzig Wertvolle, was sie noch besaß, doch er war zugleich die einzige Erinnerung an ihr früheres Leben, und deshalb konnte sie ihn nicht einfach zu Geld machen.

Sie seufzte. Wenn sie doch so viel verdienen würde, wie John und Tony mit dem Abschleppen der Autos scheffelten! Dann hätte sie die Mietkaution in kürzester Zeit zusammen.

Moment …

Eine Idee ließ Darcy erstarren. Sie erwog sie von allen Seiten und kam rasch zu einem erstaunlichen Schluss.

Warum sollte sie zwangsläufig im Büro arbeiten? Sie könnte doch Repo-Frau werden!

Als John das erste Mal ihren Mercedes abholen wollte, hatte er dafür bloß den Zweitschlüssel gebraucht, den das Kreditunternehmen verwahrt hatte. Hätte sie nicht dazwischengefunkt, wäre er mit ihrem Auto einfach weggefahren. Um diesen Beruf auszuüben, benötigte man offenbar lediglich Autoschlüssel und Führerschein. Als ob sie das nicht ebenso gut erledigen könnte! Und Amy hatte ja erzählt, John habe einen weiteren Repo-Mann einstellen wollen. Er hatte bloß noch nicht erkannt, dass er die Richtige für diesen Job direkt vor Augen hatte.

Diese Vorstellung versetzte sie in zunehmende Aufregung, und sie fühlte sich wie ein Goldgräber, der zufällig auf eine Goldader gestoßen war. Sie stellte sich vor, wie Schecks über Hunderte von Dollar mit umwerfender Regelmäßigkeit einliefen, und verglich dies mit ihrem lächerlichen zweiwöchentlichen Gehalt. Das war die Lösung ihres Problems. Es gab nur eine Schwierigkeit.

Sie musste John dazu bringen, diese Arbeit übernehmen zu dürfen.

»Kommt nicht infrage«, sagte John. »Schlagen Sie sich das gleich aus dem Kopf. Ich werde Ihnen *nicht* beibringen, wie man Autos einsackt.«

Darcy beugte sich im Sitzen vor und stützte die Ellbogen auf seinen Schreibtisch. »Nennen Sie mir dafür bloß *einen* guten Grund.«

Falls John einen weiteren Beweis dafür gebraucht hätte, dass Darcy wahnsinnig war, wäre das das letzte Zeichen dafür gewesen. Mit welchem Unsinn sie ihn gleich am Montagmorgen bestürmte!

»Ich brauche Ihnen keinen Grund zu nennen. Ich bin hier der Boss.«

Sie setzte sich auf und musterte ihn verärgert. »Es liegt daran, dass ich eine Frau bin, stimmt's?«

»Das ist jedenfalls nicht von Vorteil.«

»Sind Sie wirklich so ein Frauenfeind?«

»Es geht nicht um Frauenfeindlichkeit. In diesem Geschäft ist es bloß so, dass die Leute einem umso weniger Scherereien machen, je größer und gemeiner man ist.«

»Tony ist nicht so groß wie Sie und erledigt seine Arbeit trotzdem.«

»Bei seinem Mundwerk braucht er auch kein Hüne zu sein. Er könnte jedem alles einreden.«

»Ich komme ebenfalls gut mit Leuten zurecht.«

»Hier geht es nicht um höfliche Teegespräche, sondern darum, unangenehme Wahrheiten zu sagen und dennoch geschickt genug zu sein, um ungeschoren davonzukommen. In diesem Geschäft trifft man nicht selten auf sehr unangenehme Leute. Sie wollen nicht, dass man ihnen das Auto wegnimmt. Manche greifen zum Äußersten, um das zu verhindern – aggressive Frauen zum Beispiel, die weinen, Fäuste schwingen und Schlüssel stehlen.«

Er merkte, dass sie darauf gern erneut zu sprechen gekommen wäre, doch ausnahmsweise war sie klug genug, sich zu beherrschen.

»Wissen Sie was?«, sagte sie stattdessen. »Ich werde beide Arbeiten erledigen. Sie lassen mich dann und wann ein Auto einsacken, und ich kümmere mich trotzdem weiter um die Büroarbeit.«

»Es ist nicht so einfach, wie es aussieht.«

»Ach nein? Was ist so schwierig daran, einen Schlüssel in die Zündung zu stecken und einen Wagen hierherzufahren?«

»Manche Händler behalten Zweitschlüssel. Andere geben uns die Schlüsselnummern, und wir lassen Nachschlüssel machen. Doch die meisten Autos müssen wir mit anderen Mitteln holen. Mal nehmen wir den Abschleppwagen, mal knacken wir das Schloss, und ältere Wagen schließen wir auch kurz. Kennen Sie sich mit alldem nur ansatzweise aus?«

»Leider nein. Aber Sie könnten mich die Autos holen lassen, deren Schlüssel Sie haben, und mit Tony die anderen Fälle übernehmen.«

»Von wegen! Ich werde Ihnen nicht die leichten Fälle überlassen.«

»Dann bringen Sie mir eben bei, die schweren Fälle zu bewältigen.«

»Nein.«

»Hören Sie, John – Sie haben fünfhundert Dollar dafür erhalten, mein Auto abzutransportieren!«

»Dafür, dass ich mich mit Ihnen herumschlagen muss, hätte ich das Doppelte verdient.«

Darcy funkelte ihn wütend an. »Hat Ihnen schon mal jemand gesagt, wie uneinsichtig Sie sind?«

»Ich brauche nicht einsichtig zu sein. Ich bin der Boss. Und wenn Sie weiter Ihr Gehalt verdienen wollen, dann gehen Sie jetzt an Ihren Schreibtisch zurück und erledigen das, wofür ich Sie eingestellt habe.«

Er schob einige Unterlagen zusammen, steckte sie in einen Aktendeckel und stand auf. »Ich bin jetzt ein paar Stunden weg. Sie kümmern sich inzwischen um die Direktwerbesendungen, damit sie heute noch rausgehen können, und verabschieden sich dabei von der Idee, Autos einzusacken, denn ich will kein Wort mehr davon hören.«

Er kam hinter seinem Schreibtisch hervor und verließ das Büro. Dabei spürte er die ganze Zeit ihren vernichtenden Blick im Rücken.

Als John das Büro verließ, sah Darcy ihm bitterböse nach und kehrte dann an ihren Schreibtisch zurück, um ihre schlecht bezahlte und perspektivlose Arbeit fortzusetzen. Aber sie hatte nicht vor, das noch lange zu tun. Mochte John diesmal auch Nein gesagt haben – sie würde sich davon nicht abschrecken lassen. Er wusste ja nicht, dass sie über eine Eigenschaft verfügte, die sie noch gar nicht so recht eingesetzt hatte: Sie akzeptierte niemals ein Nein.

Sie hatte bloß noch nicht herausgefunden, wie sie ihn dazu bringen konnte, Ja zu sagen.

Wenn er sie nicht die Aufträge erledigen ließe, für die sie die Schlüssel hatten, müsste er ihr – und das war das Problem – beibringen, ein Auto kurzzuschließen oder es mit dem Abschleppwagen zu holen. Genau dazu aber würde sie ihn sicher nicht bewegen können.

Mit einem schweren Seufzer machte sie sich an die Arbeit, die John ihr befohlen hatte, und murmelte dabei die ganze Zeit leise vor sich hin. *Weil ich der Boss bin.* Wenn sie ihn das noch einmal würde sagen hören, würde sie schreien.

Bis sie alle Briefe kopiert, kuvertiert und mit Adressaufkleber versehen hatte, war es Mittagszeit. Einmal mehr rief Taco Hut nach ihr. Das entwickelte sich allmählich zu einer harten Sucht, und wenn sie nicht bald aufhörte, ihr nachzugeben, wären ihre Hüften bald so breit wie ein Stadtbus.

Nur heute noch. Danach beginnst du mit dem Zwölf-Stufen-Programm der Anonymen Burrito-Esser.

Sie nahm ihre Tasche, verließ das Büro und schloss hinter sich ab. Als sie Gerties Beifahrertür öffnete, hörte sie einen Laster, drehte sich um und sah Tony mit dem Abschleppwagen kommen, auf dem ein brandneuer Lexus stand. Er winkte ihr zu und umrundete das Büro, um das Auto in den Abschlepphof zu bringen.

Darcy blickte ihm sehnsüchtig nach. Es schien eine ausgesprochen leichte Arbeit zu sein, vor allem für derart viel Geld. Aber wenn John es ihr nicht beibrächte –

Da kam ihr eine Idee.

Wenn es ihr gelänge, sich ein Auto zu angeln und es ganz allein auf den Abschlepphof zu bringen, müsste er sie dafür bezahlen und obendrein zugeben, dass sie der Arbeit gewachsen war. Aber dazu bräuchte sie Fertigkeiten, die er ihr nicht beibringen wollte.

Zum Glück war John nicht der einzige Repo-Mann.

Sie ging um das Büro herum auf den Abschlepphof. Tony hatte das Auto bereits vom Lkw geladen – und sie wusste noch immer nicht, wie das ging.

»Hallo, Darcy.«

»Hallo, Tony. Ein hübsches Auto hast du da aufgegabelt. Gab's Probleme dabei?«

»Nein. Der Besitzer ist mit dem Wagen zur Arbeit ins Büro gefahren. Ich glaube, er hat nicht mal gemerkt, dass ich seine Karre von dort hab verschwinden lassen.«

»Tja, ich war selbst ganz schön durcheinander, als John zum zweiten Mal auftauchte, um meinen Wagen einzusacken. Als ich aus dem Haus kam, hatte er ihn schon auf dem Lkw – so wie Sie dieses Auto auf dem Laster hatten. Und ich hab mich gefragt: ›Wie hat er das bloß angestellt?‹«

»Sie haben also nicht gesehen, wie er den Wagen auf die Ladefläche bekommen hat?«

»Er hat gesagt, er habe gezaubert.«

Tony schnaubte verächtlich. »Gezaubert! Schauen Sie mal!«

Er drückte einen Hebel, und die Ladefläche des Lasters senkte sich langsam, bis sie das Pflaster berührte.

Oh … *so* funktionierte das also.

Sie passte genau auf, wo Tony die Abschleppkette unter dem Wagen einhakte.

»Wenn wir den Abschleppwagen einsetzen müssen«, sagte er, »bedeutet das manchmal, dass wir keinen Schlüssel haben, also nicht ins Auto kommen, um das Lenkradschloss zu entsichern. Darum können wir den Wagen nicht einfach an den Haken nehmen. Aber es bedeutet auch, dass er nicht die Rampe hinaufrollt, wenn wir ihn ziehen.«

»Und was tun Sie dann?«

»Ich bewege ihn mit kurzen, kleinen Rucken – etwa so.«

Er drückte mehrmals einen anderen Hebel, ließ ihn aber jedes Mal schnell wieder los, und der Wagen wanderte langsam die Rampe hoch.

»Gehen die Reifen nicht kaputt, wenn sie sich nicht bewegen?«

»Nein – jedenfalls nicht bei einer so kurzen Strecke.«

In weniger als einer Minute stand das Auto auf dem Lkw. Dann drückte Tony erneut den ersten Hebel, und die Ladefläche stieg wieder in die Waagrechte auf.

»Und das ist alles?«

»Ja.«

»Kein Wunder, dass John sich meinen Wagen so rasch

gegriffen hat. Man muss also nicht stark sein, um das zu tun?«

»Nein, der Lkw erledigt die Arbeit. Und John hat mit dem Laster hier das Beste gekauft: Klimaanlage, Automatikgetriebe, Geschwindigkeitsregelanlage – alles vollautomatisch.«

Darcy konnte es nicht fassen. Dies nicht zu schaffen, hatte John ihr also weismachen wollen?

»Sie verdienen so viel Geld mit den paar Handgriffen?«, fragte sie.

»Na ja, die Sache hat ab und an einen Haken – manchmal wird man nämlich beschossen.«

Darcy schluckte. »Was?«

»Ach, das passiert so gut wie nie«, sagte er und warf ein Pfefferminzdragee ein. »Wenn man die Leute nicht schubst, schubsen sie im Allgemeinen auch nicht. Meistens kann ich mich freundlich von ihnen verabschieden.«

Vor allem, wenn es sich um Frauen handelt, dachte Darcy.

»Nett, dass Sie mir das alles erklärt haben«, sagte sie und lächelte dankbar. »Gut zu wissen, wie ihr zwei Gentlemen eure Arbeit macht.«

»Gern geschehen, Süße.«

Gut. Sie wusste nun, wie es ging. Jetzt brauchte sie nur noch ein geeignetes Objekt.

Sie fuhr zu Taco Hut und aß rasch zu Mittag. Als sie ins Büro zurückkam, brütete sie bereits über einem Plan, in dem der Abschleppwagen, Larry Howards Corvette und ein hübscher, dicker Scheck vorkamen, den John ihr würde ausstellen müssen, wenn sie den Wagen auf den Abschlepphof brächte. Sie musste nur noch abwarten, bis keiner mehr im Büro war, damit sie sich den Abschleppwagen greifen und ihn sinnvoll nutzen konnte.

In den nächsten Tagen hielt Darcy nach einer Gelegenheit Ausschau, die sich aber erst am Freitag ergab. John hatte am Donnerstag angekündigt, am nächsten Tag nicht ins Büro zu kommen, Amy hatte den Nachmittag über an der Uni zu tun, und Tony besuchte die Banken und Kreditunternehmen, die auf die Direktwerbesendung reagiert hatten, und bemühte sich, neue Aufträge an Land zu ziehen.

Also war sie allein im Büro.

Eine Woche früher hätte sie nie erwogen, was sie nun zu tun erwog. Aber da sie jetzt wusste, wie einfach es war …

Pass auf, Larry.

Am Freitagnachmittag um drei bog Darcy mit dem Abschleppwagen in die schmale Straße hinter Larrys Haus ein. Er wohnte drei Türen von dem Haus entfernt, in dem sie vierzehn Jahre lang gelebt hatte, und so waren Darcy und seine Exfrau Gail Freundinnen geworden. Die Scheidung der Howards war nicht einvernehmlich erfolgt. Schließlich hatte Larry das Haus bekommen und Gail alles andere – und das war nur gerecht, wenn man bedachte, als was für ein betrügerischer Mistkerl er sich entpuppt hatte.

Mit ein wenig Rangieren setzte Darcy den Abschleppwagen rückwärts in die Einfahrt, hielt direkt vor dem Garagentor und stieg mit wild klopfendem Herzen aus. Sie hätte sich nicht vorstellen können, einmal ein Auto zu stehlen, aber sie hätte sich ja auch nicht vorstellen können, einmal ganz heiß auf die fünfhundert Dollar zu sein, die sie für diesen Diebstahl bekommen würde.

Da Larrys Haus auf einem Eckgrundstück stand, konnte sie den Laster einfach in der Einfahrt stehen lassen, das Gebäude umrunden und zum Blumenbeet an der Haustür gehen. Dort suchte sie die Flusskiesel unter den Sträuchern ab. Als sie nicht fündig wurde, fürchtete sie schon, ihr Plan würde scheitern, bevor sie mit seiner Ausführung hatte beginnen können.

Warte – da ist er.

Sie nahm einen Stein hoch, der ein wenig größer war und eine etwas andere Farbe hatte als die übrigen. In Wirklichkeit handelte es sich gar nicht um einen Stein. Sie hielt den Atem an, drehte das Imitat um und schob das Schubfach auf.

Bingo.

Darcy kannte dieses Versteck, denn sie war dabei gewesen, als Gail sich einmal ausgesperrt hatte. Jetzt ebnete der Schlüssel ihr den Weg ins Haus genauso problemlos wie damals für Gail.

Kaum war sie drin, eilte Darcy durch die Küche und den Hauswirtschaftsraum und öffnete die Tür zur Garage.

Da stand sie. Larrys Corvette.

Bei Nacht war er ein Mann in der Midlifecrisis und brauste in seinem funkelnd roten Penisersatz – wie Gail sein Auto stets nannte – in der Stadt umher. Tagsüber dagegen war er Immobilienmakler und nahm darum den großen alten Cadillac, um potentielle Käufer zu Hausbesichtigungen zu befördern. Und das bedeutete, dass der Cadillac gegenwärtig unterwegs war, während die Corvette in der Garage stand.

Darcy drückte auf den Garagentoröffner, nahm den Wagen an den Haken und hatte ihn in null Komma nichts auf der Ladefläche des Abschleppwagens stehen. Sie konnte es kaum glauben. Es war tatsächlich so einfach, wie Tony gesagt hatte. Sie schloss das Garagentor, sperrte die Hintertür ab und verbarg den Schlüssel wieder in dem Pseudo-Stein.

Sie sprang ins Führerhaus des Abschleppwagens zurück, und als sie vorsichtig aus der schmalen Straße bog, war sie so begeistert über sich, dass sie kaum zu fahren vermochte. Sie konnte es kaum erwarten, Johns Gesichtsausdruck zu sehen, wenn sie mit diesem Wagen auf den Abschlepphof käme. Dann würde er zugeben müssen, dass sie der Arbeit gewachsen war, und sie würde darauf drängen, sie zu wiederholen. Ihr Kontostand würde steigen, und bald könnte sie sich neue Sachen kaufen. Und sie könnte ihre Friseurtermine einhalten und würde keine grauen Haare bekommen. Sie würde ein anständiges Auto fahren und könnte sich sogar eine bescheidene Eigentumswohnung in Plano-West kaufen, in der sie das, was sie in all den Jahren im Fernsehprogramm *Home and Garden* gelernt hatte, anwenden würde, um mit wenig Geld eine schicke Dekoration zu zaubern. Und wenn sie endlich wieder diejenige wäre, die sie bis vor Kurzem noch gewesen war, könnte sie jeden reichen, wichtigen Mann dazu bringen, sich nach ihr umzudrehen, und die Welt wäre wieder in Ordnung.

Ah – das Leben würde *gut* werden.

Als sie zur Firma zurückkam, freute sie sich, John auf dem Parkplatz aus seinem Wagen steigen zu sehen. Sie wusste nicht, warum er an seinem freien Tag auftauchte, aber sie war froh, dass es so war. Vielleicht würde er ihr sofort einen Scheck ausstellen. In diesem Fall würde sie so schnell zum Einkaufen brausen, wie Gertie es nur zuließ.

Sie fuhr auf den Parkplatz, hielt an und schaltete den Motor aus. Als John auf sie zukam, öffnete sie die Tür und sprang heraus.

»Darcy?«, fragte er und wirkte total fassungslos. »Was haben Sie getan?«

»Wonach sieht es denn aus?«, fragte sie grinsend. »Ich hab ein Auto eingesackt.«

»Aber … ich versteh das nicht. Wie haben Sie …?«

»Vor ein paar Tagen hatte ich einen bestimmten Auftrag zur Wiederinbesitznahme auf meinem Schreibtisch«, sagte sie und platzte fast vor Aufregung. »Ich hab festgestellt, dass ich den Kerl kenne. Larry Howard – der Exmann einer Freundin von mir. Er und Warren haben früher viel Zeit miteinander im Country-Club verbracht. Weil ich seine Exfrau kenne, weiß ich, dass sie einen Hausschlüssel in einem Pseudo-Stein im Blumenbeet aufbewahrt. Also bin ich zu Larry gefahren, hab den Schlüssel genommen und die Haustür geöffnet und bin –«

»*Was* haben Sie gemacht?«

»Keine Sorge. Er war nicht da. Ich hab vorher angerufen, um sicherzugehen, dass er arbeitet. Er ist Immobilienmakler und fährt darum mit dem Cadillac zur Arbeit. Deshalb stand seine Corvette in der Garage. Ich hab einfach den Knopf des Garagentors gedrückt, den Wagen an den Haken genommen, ihn die Rampe hochgezogen und ...« – sie wies auf das Auto – »... voilà.«

John bekam große Augen. Mühsam beherrschte Panik breitete sich auf seinem Gesicht aus. »Soll das heißen, dass Sie ein Auto aus einer abgeschlossenen Garage geholt haben?«

»Genau. Ich hab Ihnen doch gesagt, dass ich dieser Arbeit gewachsen bin, aber Sie wollten mir nicht glauben.« Sie verschränkte die Arme mit einem ungemein selbstzufriedenen Lächeln. »Ich schätze, Sie schulden mir fünfhundert Dollar.«

Aber aus irgendeinem Grund schien John es ganz und gar nicht eilig zu haben, sein Scheckbuch und einen Stift aus der Tasche zu ziehen. Und ihr fiel auf, dass er nicht gerade lächelte. Im Gegenteil: Er wirkte ausgesprochen sauer.

»John«, fragte sie vorsichtig, »was ist los? Hab ich –«

»Sie dürfen kein Auto aus einer abgeschlossenen Garage holen! *Das ist gegen das Gesetz!*«

Darcy schrak zurück. »Gegen das Gesetz?«

»Ja!«

»Aber warum? Er hat doch seine Raten nicht bezahlt!«

»Deswegen dürfen Sie noch lange nicht in seine Garage einbrechen, um ihm sein Auto wegzunehmen! Und Sie dürfen sich erst recht nicht in seinem Haus herumtreiben, wenn er nicht da ist! Das ist Einbruchsdiebstahl!«

»Jetzt mal langsam. Ich bin zwar kurz in sein Haus eingedrungen, aber das war doch kein Einbruch! Ich hab Ihnen doch gesagt, dass ich einen Schlüssel hatte.«

»Es ist egal, ob Sie einen Schlüssel hatten oder nicht! Wenn es sich nicht um Ihr Haus handelt, haben Sie kein Recht, es zu betreten!« Er ging ein paar Schritte und fuhr sich mit der Hand durchs Haar. »Ich fass es nicht! Ich *fass* es einfach nicht –«

»Moment!«, rief Darcy. »Larry weiß sicher nicht, dass ich kein Recht hatte, das Auto mitzunehmen. Wird er nicht glauben, der Repo-Mann sei ihm schließlich auf die Schliche gekommen?«

John fuhr herum. »Nein. Sie haben nicht die leiseste Ahnung. Diese Leute kennen ihre Rechte genau. Und sie können es nicht erwarten, sie gegen andere einzusetzen.«

»Und … was machen wir jetzt?«

Er ging wieder zu ihr. Seine Augen waren vor Wut ganz schmal. »Hören Sie, Darcy. Dass *wir* jetzt etwas machen, liegt einzig und allein daran, dass mein Name auf dem Abschleppwagen steht. Wenn ich einen Weg wüsste, nur meinen Hintern zu retten, würde ich Sie sofort im Regen stehen lassen.«

Darcy hoffte, er habe das nicht ernst gemeint, doch dagegen sprach der Dampf, der ihm aus den Ohren drang.

»Hat jemand Sie beim Abschleppen des Wagens gesehen?«

»Ich glaube nicht. Die Garageneinfahrt liegt in einer Seitenstraße.«

John sah auf seine Armbanduhr. »Es ist fast vier. Denken Sie, Larry ist schon zu Hause?«

»Das glaub ich nicht.«

»Ist der Auftrag zur Wiederinbesitznahme im Laster?«

»Ja.«

Er kletterte hinters Steuer und sah auf Darcy hinunter. »Einsteigen.«

Ihr lag nichts ferner, als mit einem großen, wütenden Mann in einer kleinen Kabine zu sitzen. Vor allem dann, wenn dieser Mann John war. »Äh … was auch immer Sie vorhaben – brauchen Sie mich wirklich dazu?«

»Sie werden sich nicht aus dem Staub machen. Wenn etwas schiefgeht und man mich wegen dieser Sache drankriegt, dann wird man auch Sie drankriegen.«

»Und was machen wir jetzt?«

»Das einzig Mögliche: Wir bringen den Wagen zurück.«

Darcy saß schweigend im Führerhaus, während John in elender, erbärmlicher, ja schreiender Stille zu Larrys Haus fuhr und dabei das Lenkrad so fest umklammerte, dass seine Knöchel weiß wurden. Gut, er war also nicht froh über das, was sie getan hatte. Und sie verstand ihn sogar. Aber sie brauchten das Auto doch nur wieder an Ort und Stelle zu bringen, und alles wäre in Ordnung.

John hielt ein paar Häuser vor Larrys Grundstück. »Holen Sie den Schlüssel und öffnen Sie die Garage«, sagte er zu ihr. »Ich warte in der Seitenstraße auf Sie. Na los!«

Darcy kletterte aus dem Abschleppwagen, umkreiste das Haus, ging zum Blumenbeet neben der Eingangstür und besorgte den Schlüssel. Dann betrat sie das Haus, machte wenig später die Tür auf, die vom Hauswirtschaftsraum zur Garage führte, und drückte auf den Garagentoröffner.

Kaum war das Tor oben, verfrachtete John die Corvette in die Garage zurück und warf Darcy dabei ein paar bitterböse Blicke zu, die ihr zu verstehen gaben, dass die Angelegenheit – auch wenn das Auto wieder an Ort und Stelle stand – noch nicht vorbei war. Noch lange nicht.

»Ich warte in der Seitenstraße«, sagte er und stieg wieder ins Führerhaus. »Sie bringen den Schlüssel zurück. Und passen Sie um Himmels willen auf, dass Sie keiner sieht.«

Darcy nickte. Kaum fuhr John aus der Einfahrt, schloss sie das Garagentor, ging durchs Haus zurück zur Eingangstür und spähte durch den Spion, um sich zu vergewissern, dass niemand vor der Tür stand.

Die Luft war rein.

Sie schlüpfte hinaus, ging zum Blumenbeet und bückte sich nach dem Stein-Imitat. Kaum hatte sie den Schlüssel wieder in sein Versteck gelegt und den Deckel geschlossen, hörte sie eine Stimme hinter sich.

»Was machen Sie denn da?«

Sie fuhr herum und sah eine Frau auf dem Gehsteig stehen. Zuerst erkannte Darcy sie nicht, doch der Kinderwagen, die Mutterkleidung, der misstrauische Blick und die Tatsache, dass das Haus, in dem sie mit Warren gelebt hatte, nur drei Türen entfernt lag, halfen ihrem

Gedächtnis auf die Sprünge. Als Darcy sie zuletzt gesehen hatte, hatte diese Frau die Polizei alarmiert und Darcy aus ihrem Haus schaffen lassen.

»Ich habe gefragt, was Sie da machen«, fuhr die Frau sie an.

»Äh … nichts.«

»Nichts? Warum wühlen Sie dann in Mr Howards Blumenbeet herum?«

Darcy fiel nicht das Geringste ein. Sie konnte nur mit offenem Mund dastehen, was sie gewiss so schuldig erscheinen ließ wie sie war.

»Ihnen ist polizeilich verboten, hierher zurückzukehren.« Die Frau beugte sich über eine Windelpackung und zog ein Handy hervor.

»Was machen Sie da?«, fragte Darcy.

»Die Polizei rufen.«

»Nicht!«

Als Darcy zum Gehsteig gelaufen kam, um sie aufzuhalten, griff die Frau erneut in die Windelpackung, zog einen Behälter heraus und hielt ihn hoch. »Wegbleiben!«

Darcy kam mit quietschenden Sohlen zum Stehen. Pfefferspray? Das sollte wohl ein Witz sein?

Zugegeben – Darcy hatte sich an dem Tag, an dem sie alles verloren hatte, ein wenig gestört verhalten. Aber sie hatte doch niemanden *angegriffen*, oder?

Die Frau tippte eine dreistellige Nummer ein.

»Warten Sie!«, sagte Darcy. »Lassen Sie das! Ich habe nichts Böses getan – das schwöre ich!«

»Sie sind in meinem Haus durchgedreht. Dann hat man Ihnen verboten, hierherzukommen. Und jetzt sind

Sie wieder da und verhalten sich verdächtig. Das reicht mir, um die Polizei zu verständigen.«

Darcy merkte, dass sie diese Frau nicht davon überzeugen konnte, kein Fall für die Ordnungshüter von Plano zu sein. Also wurde es Zeit zu verduften.

Sie machte auf dem Absatz kehrt, rannte ums Haus herum in die Seitenstraße, riss die Beifahrertür des Abschleppwagens auf und kletterte hinein.

»Darcy?«, fragte John. »Was ist passiert?«

Sie knallte die Tür zu. »Wir müssen hier weg.«

»Was ist los? Hat jemand Sie gesehen?«

»Los, John!«

»Darcy? Was ist geschehen?«

»John –«

»Wenn Sie das verbockt haben, dann schwöre ich –«

»He, wollen Sie etwa mit der Polizei zu tun bekommen?«

Johns Augenbrauen schossen nach oben. »Mit der Polizei? Natürlich nicht!«

»Also *los*!«

John hatte keine Ahnung, was passiert war, wollte aber keinesfalls der Polizei begegnen. Er trat aufs Gaspedal, fuhr die Seitenstraße runter und bog nach rechts auf die Thornberry Lane. Zwei Kreuzungen weiter kam ihnen ein Streifenwagen entgegen. John grüßte den Polizisten mit zwei lässig gehobenen Fingern und fuhr weiter.

»Darcy«, sagte er mit zusammengebissenen Zähnen, »was ist da hinten passiert?«

»Eigentlich nichts«, erwiderte sie nonchalant. »Alles in Ordnung.«

»Die Polizei ist aufgetaucht! *Nichts* ist in Ordnung!«

Darcy rollte die Augen und erzählte, was geschehen war. Je mehr sie berichtete, desto schwerer fiel es John, die Beherrschung zu wahren.

Er hatte sich immer seines bemerkenswert ausgeglichenen Temperaments gerühmt. Als Polizist hatte ihn nichts geärgert, weil er nichts persönlich genommen hatte. Er hatte Verdächtige verhaftet, sich ihre rührseligen Geschichten oder ihre Beschimpfungen angehört, die Achseln gezuckt und Feierabend gemacht. Erst die Frau neben ihm hatte ihn aus der Ruhe gebracht, und er wusste nicht, ob er seine Ausgeglichenheit je wiederfinden würde.

»Aber wir haben doch abhauen können, bevor die Polizei aufgekreuzt ist«, sagte Darcy fröhlich. »Also ist nichts Schlimmes passiert, stimmt's?«

Er funkelte sie wütend an. »Das soll wohl ein Witz sein?«

»Immerhin ist niemand ins Gefängnis gewandert.«

»Und deshalb soll ›nichts Schlimmes passiert‹ sein, ja? Weil wir nicht verhaftet worden sind?«

»He, ich hab doch nicht ahnen können, dass diese Frau zufällig vorbeikäme. Und dass ich den Wagen überhaupt geholt habe, war bloß ein Anfängerfehler. Hätten Sie mir beigebracht, wie es richtig geht, hätte ich es nicht falsch gemacht.«

»Sie durften sowieso keinen Wagen holen!«

»Ich hab eben Initiative gezeigt. Ich dachte, Arbeitgeber schätzen das.«

»Was ich schätze«, schnauzte er, »sind Büroangestellte, die die Hände von meinem Abschleppwagen lassen.«

»Sie reden genau wie mein Vater. Warum sind Männer mit ihren Lastwagen bloß so heikel?«

»Sie haben meinen Laster immerhin *gestohlen*!«

»Gestohlen? Wie kommen Sie darauf? Ich arbeite schließlich für Sie!«

»Sie waren nicht befugt, ihn zu fahren. Und ganz sicher waren Sie nicht befugt, damit Autos einzusacken. Woher wussten Sie überhaupt, wie man den Abschleppwagen bedient?«

»Tony hat es mir gezeigt.«

»*Was* hat er?«

»Jetzt seien Sie nicht sauer auf ihn. Er wusste nicht, dass ich lernen wollte, den Wagen selbst zu bedienen. Ich hab bloß … na ja, ich hab so getan, als wäre ich nur neugierig.«

Und Tony hatte ihrem Wimperngeklimper nicht widerstehen können und war nun garantiert geliefert.

John bremste an einer Ampel. »Ich sollte Sie dafür an die Luft setzen.«

»Nein«, sagte Darcy und wirkte leicht panisch. »Dafür gibt es wirklich keinen Grund. Meine Arbeit im Büro hat mit dem, was heute Nachmittag passiert ist, doch nichts zu tun. Und mit dem, was ich am Schreibtisch erledige, sind Sie zufrieden, oder?«

»Ja, aber –«

»Wenn Sie mich rauswerfen, stehen Sie schon wieder ohne Bürokraft da. Und Sie wissen ja, wie schwer es ist, anständige Mitarbeiter zu finden.«

John dachte an Rona und das Alphabet. *Das* konnte er wirklich nicht noch mal ertragen.

»Wenn Sie mir kündigen, haben Sie einen Menschen

weniger, den Sie herumkommandieren können. Und Sie wissen selbst, wie gern Sie kommandieren.«

Er warf ihr einen mahnenden Blick zu und funkelte sie dann wütend an, weil er nicht vorhatte, nachzugeben.

»Ich brauche diesen Job, John.« Sie hielt inne und wirkte bemitleidenswert. »Hab ich ihn noch?«

Bleib hart. Lass dich nicht verschaukeln. Sie spinnt. Wirf sie auf der Stelle raus, ehe sie dein Geschäft ruiniert.

Doch nun flehte sie ihn mit leidender Miene und ihren tollen grünen Augen schweigend an, und er merkte, dass er zu schwanken begann.

Was hatte diese Frau nur an sich?

Hatte sie ihn, sein Geschäft, sein *Leben* nicht schon genug durcheinandergebracht?

Warum erwog er überhaupt, sie weiterzubeschäftigen?

Weil er ein Dummkopf war. Ein Trottel. Eine rückgratlose Qualle von einem Mann, dessen gesunder Menschenverstand sich sofort verabschiedete, wenn er eine schöne Frau sah. Welche andere Erklärung sollte es geben?

»John …?«

»Ja! Gut! Sie können bleiben!«

»Danke.«

»Aber Sie arbeiten im *Büro*! Und merken Sie sich eines.« Er richtete den Zeigefinger auf ihre Nasenspitze. »Wenn Sie sich noch einmal nach meinem Abschleppwagen auch nur umsehen, sind Sie tot. Und es wird kein schöner Mord sein, kein Schädel-Hirn-Trauma ohne Frakturen, kein schnelles Erdrosseln. Es wird blutig und brutal sein. Wenn ich mit Ihnen fertig bin, müssen die Jungs von der Mordkommission einen DNA-Test machen, um Sie zu identifizieren – haben Sie mich verstanden?«

Darcy verzog das Gesicht. »Meine Güte. Man muss wohl mal Polizist gewesen sein, um solche Drohungen auszustoßen.«

»Ob Sie mich *verstanden* haben?«

»Ja, John – ich habe Sie verstanden.«

Es wurde grün, und er trat aufs Gaspedal. »Warum hatten Sie sich das eigentlich in den Kopf gesetzt?«

»Das hab ich Ihnen doch schon gesagt. Ich muss mehr Geld verdienen.«

»Sie bräuchten nicht mehr Geld, wenn Sie lernen würden, ihren Verhältnissen entsprechend zu leben.«

»Meine Verhältnisse erlauben es mir, bei meinen Eltern zu wohnen, eine Klapperkiste zu fahren und Burritos bei Taco Hut zu essen.«

»Es gibt Menschen, denen es schlechter geht.«

»Ich besitze nur, was ich in Mexiko dabeihatte. Das ist alles. Wenn ich in den nächsten Tagen nicht im Badeanzug ins Büro kommen soll, muss ich mir ein paar Sachen kaufen.«

»Leihen Sie sich doch welche von Ihrer Mutter.«

»Prima Idee! Leider hat sie eine erheblich größere Taillenweite.« Als ob es nur auf die Konfektionsgröße ankäme! »Ich brauche einen Vorschuss.«

Er sah sie skeptisch an. »Wie viel?«

»Mindestens fünfhundert Dollar. Tausend wären besser.«

»Für *Klamotten*?«

»Ja. Und selbst dafür kann ich mir nicht viel kaufen.«

John wollte etwas sagen, ließ es aber. Tausend Dollar, um Textilien einzukaufen? Das war lächerlich. Es gab nur einen Weg, um diese Frau begreifen zu lassen, was ein Dollar wert war. Und wenn sie das einmal verstanden hätte, würde sie sich die Idee, schnelles Geld machen zu wollen, vielleicht aus dem Kopf schlagen und die Hände von seinem Abschleppwagen lassen.

Als sie die Firma erreichten, öffnete John die Fahrertür und stieg aus. »Kommen Sie mit.«

Sie kletterte aus dem Führerhaus und beeilte sich, mit ihm mitzuhalten. »Wohin?«

»Ich fahre mit Ihnen Klamotten kaufen.«

Sie packte ihn am Arm. »Moment. *Sie* gehen mit mir einkaufen?«

»Genau. Ich möchte Ihnen nicht zumuten, im Badeanzug ins Büro zu kommen, nur um Ihr Anliegen zu unterstreichen. Denn wenn Sie das täten, bekäme ich Tony nie mehr nach draußen.«

»Sie geben mir also einen Vorschuss?«

Er dachte einen Augenblick nach und sagte dann: »Nein, ich kaufe Ihnen die Sachen.«

»Sie kaufen sie mir? Sie wollen also *Ihr* Geld ausgeben, um *mir* etwas zum Anziehen zu besorgen? Welche Gegenleistung verlangen Sie dafür?«

Er zögerte. »Keine.«

Sie musterte ihn argwöhnisch. »Und ich muss Ihnen das Geld nicht zurückgeben?«

»Richtig.«

»Ich glaube Ihnen nicht.«

»Ob Sie Ja oder Nein sagen, liegt ganz bei Ihnen.«

Ihr misstrauisch hin und her springender Blick zeigte ihm, dass sie Lunte roch, doch um sofort einkaufen zu gehen, hätte sie sich vermutlich sogar eine Nasenklammer aufgesetzt.

»Ich sage Ja«, erklärte Darcy.

10

Während John seinen Komfort-Geländewagen über den Central Expressway Richtung Einkaufszentrum Collin Creek steuerte, wurde Darcy das Gefühl nicht los, er führe etwas im Schilde. Nicht, dass es ihr nicht recht gewesen wäre, von Männern etwas gekauft zu bekommen, aber John war der Letzte, von dem sie das erwartet hätte – besonders nach dem, was gerade passiert war.

Einem geschenkten Gaul schaut man nicht ins Maul.

Doch Männer wie er ließen sich eigentlich nicht in Damenmodegeschäften blicken. Sollten sie tatsächlich mal mit einer Frau in einem Einkaufszentrum landen, trieben sie sich garantiert in einem Laden für Elektronikbastler herum oder gingen ins Schnellrestaurant und bestellten aus Spartrieb die Riesenportion. Bei Männern, die sich für Einkaufszentren begeisterten, konnte es sich nur um Roboter handeln, deren Elektronenhirn den mechanischen Gliedern die seltsamsten Dinge befahl.

»Hoffentlich ist Ihre Kreditkarte bei Kräften.«

»Ich gebe nur hundert Dollar aus.«

Darcy sank bestürzt zusammen. Er trat also nur deshalb so großzügig auf, weil er wieder mal den Geizhals geben würde!

»Warum gehen wir dann überhaupt einkaufen? Ich brauche mehr als ein Paar billige Schuhe.«

»Oh, Sie werden mehr als das bekommen – viel mehr.«

Er fuhr langsamer und nahm die nächste Abfahrt.

»Sie sind zu früh abgebogen. Das Einkaufszentrum ist zwei Ausfahrten weiter.«

»Nein, hier sind wir richtig.«

»Möglich, dass Sie in Plano jedes Eisenwarengeschäft und jedes Lokal finden, wo Sport übertragen wird, John, aber wenn es um Einkaufszentren geht, bin ich es, die –«

In diesem Moment sah sie ein graues Monstrum am Horizont aufragen, das von einem Heer von Kleinwagen, Fußballmüttern, ramponierten Einkaufswagen und schreienden Kindern umgeben war. John bog auf den Parkplatz, und Darcy saß mit offenem Mund da.

»Sie spendieren mir einen Einkaufsbummel bei Wal-Mart?«

»Genau. Prima Laden – was es hier nicht gibt, braucht man nicht.«

»Sie verstehen mich nicht. Ich brauche etwas zum Anziehen – kein Waffeleisen und keine Gartengeräte.«

»Apropos – ich brauche Faden für meinen Rasentrimmer.«

»Soll das vielleicht ein Witz sein?«

»Ich brauche wirklich Faden für den Rasentrimmer.«

Darcy betrachtete erneut den riesigen Bau. Ihr Mund war vor Angst ganz trocken. Mit diesem Unternehmen hatte sie höchstens in Tagträumen zu tun haben wollen, die um die Ehe mit einem kultivierten Nachkommen von Gründer Sam Walton kreisten – einem Nachkommen natürlich, den der alte Sam in seinem Testament fürstlich bedacht hatte.

John parkte ein und schaltete den Motor aus.

»Da geh ich nicht rein«, sagte Darcy.

»Hätten Sie in all den Jahren normale Sachen gekauft und den Rest gespart, säßen Sie jetzt nicht in der Patsche.«

»Was verstehen Sie unter ›normal‹?«

»Jeans, T-Shirts – solche Sachen.«

»Ich habe Jeans und T-Shirts.« *Hatte*, dachte sie. *Hatte*. Ihr ganzes Leben war Vergangenheit.

»Mhm. Jeans, die aussehen wie eine Levi's, aber hundert Dollar kosten, weil auf die Gesäßtasche ein paar Initialen genäht sind.«

»Hundert Dollar? Sie beleidigen mich.«

»Es ist Zeit, dass Sie lernen, was ein Dollar wert ist.«

»Und Sie nehmen es auf sich, mir das beizubringen?«

»Genau. Für einen Dollar bekommen Sie hier viel mehr als in einem schicken Einkaufszentrum.«

»Wie wäre es mit einem Kompromiss? Die Collin Creek Mall liegt nur ein Stück weiter die Autobahn entlang.«

»Ja? Und wie weit käme man dort mit hundert Dollar?«

Nicht sehr weit. *Mist*.

John stieg aus, ging um den Wagen herum, öffnete die Beifahrertür, legte den Unterarm aufs Dach und beugte sich zu Darcy herunter.

»Aufwachen, Schätzchen. Sie sind pleite, Sie haben nichts anzuziehen, und was ich über die Nummer mit dem Badeanzug gesagt habe, war ernst gemeint.«

»Ich gehe dort *nicht* einkaufen.«

»Gut. Vielleicht gibt es bei Neiman Marcus Schuhe im Sonderangebot. Dann können Sie sich dort einen linken Schuh kaufen.«

»Und wenn mich da drin ein Bekannter sieht?«

»Dann ist er so pleite wie Sie. Also los.«

Sie rollte die Augen und stieg aus. John griff sie am Arm und führte sie in den Laden, als rechnete er jeden Moment damit, sie würde die Flucht ergreifen.

»Warum steht ein Polizist am Eingang?«, fragte sie.

»Weil man hier mit Ladendieben rechnet.«

Kaum waren sie im Gebäude, stürmte ein bizarres Aromagemisch auf Darcy ein: Popcorn. Gartenchemikalien. Big Macs. Wo diese Gerüche im selben Atemzug auftraten, musste etwas oberfaul sein. Und überall waren Kinder, rannten die Gänge entlang, saßen schreiend in Buggys oder quengelten erpresserisch, um eine Großpackung Süßigkeiten an Land zu ziehen.

John führte Darcy an Modeschmuck und Vinylhandtaschen vorbei zur Damenabteilung. Dort war es noch Grauen erregender, als sie es sich vorgestellt hatte. In ihrem ganzen Leben hatte sie noch nicht so viel billigen Polyester gesehen. Und so viele Blumenmuster. Je größer die Taillenweite, desto greller die Dessins. Was sollte das bloß?

Sie zupfte sich mimosenhaft durch einen Drehständer mit Baumwollblusen für vier Dollar neunundneunzig: Sie könnte zehn davon nehmen und besäße noch immer ihr halbes Budget. Leider wäre schon eine solche Bluse eine zu viel.

»Nein«, sagte John. »Wer zahlt, schafft an.«

»Deshalb haben Sie mir also angeboten, die Rechnung zu übernehmen? Um mir vorzuschreiben, was ich kaufen soll?«

»Nein, sondern um Ihnen zu zeigen, wie Sie für Ihr Geld möglichst viel bekommen. Das müssen Sie lernen.«

Gut – Darcy hatte zwei Möglichkeiten. Sie konnte sich dem Geschmack eines Mannes ausliefern, der Haute Couture selbst dann nicht erkennen würde, wenn Giorgio Armani sie ihm persönlich unter die Nase hielte.

Oder sie würde leer ausgehen.

»Welche Größe haben Sie?«, fragte John.

Darcy seufzte ergeben. »Achtunddreißig.«

»Hmm«, erwiderte er und sah den Blusenständer flüchtig durch. »Davon sehe ich nicht viele.«

»Was Sie nicht sagen …«

Er hob eine Bluse hoch. »Na bitte.«

»Die ist doch scheußlich.«

»Das ist eine tadellose Bluse.«

»Für meine Urgroßmutter.«

»Was? Mögen Sie meinen Geschmack etwa nicht?«

Sie musterte ihn von oben nach unten und wieder nach oben und reckte dann die Nase in die Luft, als habe sie einen Hundefurz gerochen. »Na ja, Sie sehen nicht gerade aus, als seien Sie der Men's Vogue entstiegen.«

»Damit haben Sie mir die größte Illusion meines Lebens geraubt«, bemerkte er sarkastisch und fingerte sich durch einen Drehständer mit Caprihosen. »Ist die nicht hübsch?«

Er hielt eine Hose hoch. Sie war pink. Nein, *pink* beschrieb ihre Farbe nicht einmal annähernd.

»Die kann ich nicht kaufen«, sagte Darcy. »Da hat jemand Pepto-Bismol drübergeschüttet.«

»Das bleicht mit der Zeit beim Waschen aus.«

»Die Stickerei ist schief.«

»Ich zahle nicht genug, als dass sie gerade sein könnte.«

»Ich hasse pink. Wie wäre es mit der weißen Hose dort?«

»Wie wäre es, wenn Sie anprobieren, was ich Ihnen gebe?«

Er warf ihr die Caprihose zu, nahm zwei Blusen und noch eine Hose und entdeckte ein Stück weiter etwas, bei dem Darcy sich innerlich wand. Waren Stufenröcke je in Mode gewesen?

»Könnten Sie dieses reizende Kleidungsstück bitte wieder zurückhängen?«, fragte sie. »Wenn ich demnächst schon in der Suppenküche auflaufen muss, will ich wenigstens nicht wie eine Obdachlose gekleidet sein.«

»Muss ich Sie daran erinnern, wer die Rechnung zahlt?«

Augenrollend nahm sie die Sachen und ging zur Umkleide.

»Ich will alles gezeigt bekommen, was Sie anziehen«, rief er ihr nach.

Verflixt. Reichte es nicht, diese furchtbaren Klamotten anzuziehen? Musste sie sie ihm auch noch vorführen?

Am Tresen vor den Kabinen arbeitete eine Frau mit grellrot gefärbtem Kraushaar, die einer Trollpuppe zum Verwechseln ähnlich sah. Sie trug einen blauen Kittel, und auf ihrem Namensschild stand »Twyla«.

»Wie viele Sachen hast du dabei, Herzchen?«, fragte sie.

Würde die Erniedrigung nie enden? Darcy war es gewöhnt, zu einem eigenen Umkleidezimmer begleitet zu werden und dort von einer Verkäuferin mit dezent unterwürfigem Auftreten bei einem Glas Chardonnay die neueste Mode zur Begutachtung vorlegt zu bekommen. Hier dagegen fingerte diese Person durch scheußliche Klamotten und zählte alles nach, um sicherzugehen, dass Darcy keinen Ladendiebstahl beging.

Ladendiebstahl! Wenn sie würde stehlen wollen, dann sicher an einem besseren Ort als diesem!

»Die Caprihose wird dir gefallen«, sagte die alte Frau. »Ich hab mir auch so eine gekauft.«

Darcy fröstelte es. *Das ist nur ein Alptraum*, sagte sie sich. *Gleich wachst du auf, und alles ist vorbei.*

Sie zog die Bluse und die pinkfarbene Caprihose an. Beides passte. Irgendwie jedenfalls. Eine wellige Naht hier, ein schiefer Kragen dort. Als sie aus der Kabine kam, lehnte John mit verschränkten Armen an einer Wand. Er stieß sich von der Mauer ab, kam zwei, drei Schritte auf sie zu und musterte sie dabei kritisch. Dann hob er den Zeigefinger und ließ ihn kurz kreisen. Sie verzog das Gesicht und drehte sich um ihre Achse. Er legte die Hand ans Kinn und kniff die Augen zusammen.

»Nicht schlecht.«

»Doch.«

»Die Hose steht Ihnen farblich großartig.«

»Diese Farbe steht niemandem. Selbst ein Chamäleon würde eher Selbstmord begehen, als sich ihr anzupassen.«

»Die Hose dürfte beim Waschen nicht aus der Form gehen.«

»Ich wasche nicht. Ich lasse reinigen.«

»Nicht bei Ihrem Gehalt. Die nehmen wir. Probieren Sie noch was an.«

Sie funkelte ihn zornig an. »Ist es Ihnen gar nicht unangenehm, sich in der Damenabteilung aufzuhalten?«

»Ich bin mit Amy aufgewachsen. Mir ist nichts unangenehm, was mit Frauen zu tun hat.«

»Das kann ich mir kaum vorstellen.«

»Soll ich Tampons kaufen, um es zu beweisen?«

Darcy war noch nie einem so empörend unbeherrschbaren Mann begegnet.

Sie ging wieder in ihre Kabine, zog eine andere Bluse und eine andere Hose an, die ihr ganz und gar nicht standen, und kam zu John zurückgetrottet.

»Sieht gut aus«, sagte er.

»Im Gefängnis vielleicht.«

»Für die Arbeit bestens geeignet. Sehr praktisch.«

Mit erneutem Augenrollen ging sie in die Umkleide zurück. Sie kam noch ein paarmal heraus und legte alles, was John für gut befand, auf einen Stapel, bis sie die Hundert-Dollar-Grenze erreicht hatte.

»Warten Sie«, sagte er. »Eins noch.«

Er griff zu einem Drehständer in der Nähe und hielt eines der scheußlichsten Kleidungsstücke hoch, das Darcy je gesehen hatte: ein pinkfarbenes Nachthemd mit federngeschmücktem Saum. Es sah aus wie ein schlechter Scherz zum Valentinstag.

Sie sah ihn fassungslos an. »Erwarten Sie, dass ich das anprobiere?«

»Es ist pink – Ihre Lieblingsfarbe. Und es ist reduziert. Sieben neunundneunzig: ein Wahnsinnsschnäppchen.«

»Aber es dürfte nicht gerade praktisch sein.«

Er lächelte sie herausfordernd an. »Manche Sachen trägt man nur zum Vergnügen.«

Sie riss ihm das Nachthemd aus der Hand und ging wieder in die Kabine.

»Erzählen Sie mir hinterher, wie es sitzt«, sagte John. »Einzelheiten sind erwünscht.«

Sein amüsiertes Grinsen zeigte, welchen höllischen Spaß es ihm machte, ihrem erlesenen Modegeschmack einen Dämpfer zu verpassen. Und in der Damenabteilung einzukaufen, erfüllte ihn mit solcher Selbstzufriedenheit, dass es ihr nicht einmal gelang, bei ihm ein Gefühl der Verlegenheit zu erwecken.

In der Kabine warf Darcy das Nachthemd beiseite und begann, ihre Sachen wieder anzuziehen, hielt dann aber inne und betrachtete den pinkfarbenen Fummel.

Vielleicht gab es doch einen Weg, sein süffisantes Grinsen abzustellen.

Sie zog das Nachthemd an. Es reichte ihr halb über die Oberschenkel, und der Federsaum kitzelte. Es war dekolletiert, aber nicht zu sehr, und sie zeigte darin weniger Haut als im Badeanzug. Die einzige Polizeibehörde, die sie rechtmäßig dafür verhaften konnte, diesen Fummel in der Öffentlichkeit zu tragen, war die Modepolizei.

Sie öffnete die Kabinentür und schlich katzenhaft hinaus. Zum Glück hatte Twyla ihren Platz hinterm Tresen verlassen, um Kleidung zurück auf die Drehständer zu hängen. Also war niemand in der Nähe, der ihr hätte sagen können, dieses Nachthemd vorzuführen, sei eine schlechte Idee. Sie entdeckte John in der Elektronikabteilung auf der anderen Seite des Gangs. Er dachte offenbar, die Einkaufsexpedition sei vorbei.

Noch nicht, o nein.

Mit wiegenden Hüften ging sie auf ihn zu. Dabei erregte sie die Aufmerksamkeit eines Mittdreißigers mit Gartenschlauch und eines Mannes, der einen Einkaufswagen mit zwei Riesentüten Hundefutter schob. Beide blieben stehen und gafften sie an. Als sie sich dem Tresen der Elektronikabteilung näherte, blickte der Kassierer – ein hoch aufgeschossener junger Mann mit Hosenträgern – auf. John sah ihn große Augen machen und drehte sich um. Im nächsten Moment klappte ihm die Kinnlade herunter.

»Darcy! Was machen Sie da?«

»Tut mir leid«, sagte sie verlegen zu den anderen Männern. »Ich möchte eigentlich keine Exhibitionistin sein.« Sie wies mit dem Kopf auf John. »Es liegt an meinem Freund. Er hat gesagt, wenn ich ihm die Sachen nicht vorführe, die ich mir kaufen will, darf ich sie nicht haben.« Sie verzog die Lippen zu einem Mitleid erregenden Schmollmund. »Und ich möchte dieses wunderschöne Nachthemd *unbedingt* haben.«

»Was?«, fragte John.

»So hast du es mir doch befohlen.«

»Bei normalen Sachen! Doch nicht bei Unterwäsche!«

Darcy wandte sich den Männern zu und flüsterte: »Was glauben Sie, wie es erst ist, wenn ich BHs einkaufen gehe!«

»Das kann ich mir vorstellen«, sagte der Kassierer.

»Ich auch«, sagte der Mann mit dem Hundefutter.

»Haben Sie vor, sich heute welche zuzulegen?«, fragte der Dritte.

»Jetzt reicht's!« John packte Darcy am Handgelenk, zerrte sie Richtung Umkleide, dirigierte sie in ihre Kabine, folgte ihr und schloss die Tür.

»Was, zum Teufel, sollte das wieder?«

Sie blinzelte unschuldig. »Sie sagten doch, Sie wollten alles begutachten, was ich anziehe.«

»Ich hatte Sie für einigermaßen vernünftig gehalten. Das ist offensichtlich nicht der Fall.«

»Also gefällt es Ihnen nicht?« Sie strich mit den Händen seitlich am Nachthemd herunter und schüttelte die Federn am Saum auf. »Ich dagegen finde, dass Sie in diesem Fall eher Geschmack bewiesen haben.«

»Sie haben mich vor diesen Leuten als herrschsüchtigen Perversen hingestellt!«

»Ich hatte es ja geahnt: Manche Dinge stürzen Sie *doch* in Verlegenheit.« Sie warf ihm ein verschmitztes Lächeln zu. »Vielleicht sollte ich Sie noch zum Tamponkaufen schicken.«

»Vielleicht sollten Sie aufhören, sich wie eine Verrückte zu gebärden. In so einem Aufzug können Sie schließlich nicht sicher sein, dass die Männer sich zu beherrschen wissen.«

Darcys Augen wurden schmal. »Ich dachte, Sie wollten großzügig sein und mir ein wenig helfen. Stattdessen haben Sie mich an diesen grauenhaften Ort geschleppt und mich als Vogelscheuche verkleidet, um sich zu amüsieren.«

»Und darum sind Sie im Nuttenkostüm angetanzt gekommen?«

»Sie haben dieses Nachthemd ausgesucht.«

»Ich habe es ausgesucht, weil es so hässlich ist. Ich wollte diesen Fummel nicht unter vier Augen sehen – und erst recht nicht in der Öffentlichkeit.«

Sie lächelte ihn höhnisch und zugleich bitter an. »Soll ich ihn also ausziehen?«

Jetzt war es John, der schmale Augen bekam. »Sie stellen sich gern zur Schau, nicht wahr?«

»Und Sie sehen mir gern dabei zu.«

Sie erwartete Widerspruch, doch der blieb aus.

Stattdessen fiel sein Blick auf ihre Brüste und ruhte dort für einige lange, aufreizende Momente. Als John wieder aufsah, lag etwas Neues in seiner Miene. Die Macht dieser unausgesprochenen Botschaft ließ sie unwillkürlich einen Schritt zurücktreten, bis sie den kalten Spiegel an den nackten Schultern spürte.

»Reizen Sie mich nicht, Darcy«, sagte John leise und nachdrücklich. »Sie spielen mit dem Feuer.«

»Und was werden Sie jetzt tun? Wir sind nicht in Ihrem Büro, das natürlich ideal für verbotenen Sex wäre.

Wir sind bei Wal-Mart. Sie haben's vermasselt – in schicken Kaufhäusern sind die Kabinen wenigstens mit Teppichboden ausgelegt.«

»In so einem Kaufhaus hätten wir jetzt also Sex?«

»In so einem Kaufhaus wäre Sex das Letzte, woran ich denken würde.«

»Dann hab ich es vielleicht doch nicht vermasselt.«

»Träumen Sie weiter, Repo-Mann.«

Sie wollte seinen Arm beiseiteschieben, doch er packte sie am Handgelenk und zog sie zurück.

»Sie haben einen großen Fehler gemacht, als Sie mich zwangen, Sie hier reinzuzerren«, sagte John.

»Ach ja? Warum das denn?«

»Weil ich zu den Männern gehöre, bei denen Sie nicht sicher sein können, dass sie sich zu beherrschen wissen.«

Mit diesen Worten schob er ihr die freie Hand um die Taille, zog sie an sich und drückte ihr einen Kuss auf die Lippen. Sie war so schockiert, dass sie sich ihm zunächst entziehen wollte, doch sie konnte nicht zurückweichen. John beugte sich vor und drückte sie an den Spiegel. Zugleich schob er ihr die Hand ins Haar und ballte die Faust, um ihren Kopf an Ort und Stelle zu halten. Es war ein fordernder, rücksichtsloser, lang anhaltender Kuss, den sie nie von einem Mann erwartet hätte, der stets alles so vollkommen unter Kontrolle hatte.

Aber war es nicht so, dass er sie gerade vollkommen unter seine Kontrolle brachte?

Wut wallte in ihr auf, doch sie wusste nicht, ob sie ihm verübelte, dass er ein überheblicher, über ihre Kleidung bestimmender, Küsse raubender Tyrann war, oder ob sie sich dafür zürnte, gegen ihren Willen scharf auf ihn zu sein.

Sie konnte es nicht leugnen: Seit sie ihm das erste Mal begegnet war, hatte sie heimlich ersehnt, was nun geschah. Kein Wunder, dass ihr die Umstände, unter denen es passierte, egal waren.

Nein. Falsch. Gib bloß nicht nach. Sonst wirst du es bereuen.

Doch es gab kein Halten mehr. Sie glitt mit den Händen über seine Brust zu den Schultern und schlang ihm die Arme um den Hals. Er fühlte sich so gut an, so fest, reell und kräftig, und allein ihn zu berühren, entlockte ihr ein winziges Stöhnen der Befriedigung. Sie hatte gelogen. Er *war* der Men's Vogue entstiegen – sofern es in der neusten Ausgabe eine Doppelseite über raue, scharfe Männer im Designer-Adamskostüm gegeben hatte.

Er packte ihren Oberschenkel knapp unter dem gefiederten Saum des Nachthemds, und Schauer durchliefen sie bis in die Zehen. Wirklich: Ihre Fußspitze fühlte sich an, als hätte sie sie in eine Steckdose geschoben. Er strich mit der Handfläche langsam ihren Schenkel hinauf, und aus dem Frösteln wurde eine Hitze, die ihr durch Mark und Bein zu gehen schien.

Er wich ein Stück zurück, bis seine Lippen ihren Mund nur gerade eben noch berührten. »Du weißt nicht, was du mit mir machst«, flüsterte er heiser. »Mein Gott, Darcy, ich …«

Doch er brachte den Satz nicht zu Ende, sondern beugte den Kopf vor und küsste sie noch leidenschaftlicher. *Ahh*, so war es also, von einem Mann geküsst zu werden, der wirklich wusste, wie er sie zu umarmen, zu berühren, zu erregen hatte. Vom ersten Tag an war jeder Kontakt zwischen ihnen eine Art Machtkampf gewesen, aber als sie nun an die vierzehn langen Jahre dachte, in denen sie immer nur auf gewöhnliche, fade, langweilige Weise geküsst worden war, beschloss sie eines: Sollte John ihr einen Schlag auf den Kopf verpassen und sie in seine Höhle schleifen wollen, so würde sie ihm die Keule dafür geben.

Dann stieg aus großer Tiefe ein Gedanke in ihr auf.

Machtkampf?

Du weißt nicht, was du mit mir machst …

Langsam erkämpfte Darcy sich genug Beherrschung zurück, um zu begreifen, was geschah. Ein uraltes Gefühl, das sie in all ihren Jahren als Schönheitskönigin begleitet hatte, durchflutete sie und betäubte alle anderen Empfindungen:

Sobald sie einen Mann sexuell am Haken hatte, hatte sie ihn in jeder Hinsicht an der Angel.

Sie entzog sich John, schlug die Augen auf und beobachtete, wie die seinen sich öffneten und er sie mit schweren Lidern und einer Miene reinsten Begehrens anschaute.

»Verschwinden wir hier«, sagte er, und seine belegte Stimme verriet ihr genau, wohin er gehen wollte: irgendwohin – Hauptsache, es gab dort ein Bett. Sie strich ihm mit den Fingerspitzen über den Nacken und beugte sich vor, um ihre Brüste an seinen Brustkorb zu drücken und ihre Lippen dicht an sein Ohr zu führen.

»Wie wär's mit ein paar richtigen Sachen, John?«, murmelte sie. »Geh mit mir in einen hübschen Laden. Danach fahren wir, wohin du willst.«

Johns Miene bekam etwas Ungläubiges. Er blinzelte, als versuchte er, sich zurechtzufinden. Dann rückte er ein wenig von ihr ab, und sein Gesicht war plötzlich voller Misstrauen.

»Dieses Spiel spielen wir also?«

Auch Darcy rückte von ihm ab. »Was?«

»Wollen Sie bis an Ihr Lebensende Männer um Knochen anbetteln?«

»Um Knochen anbetteln …?« Sie riss sich von ihm los. »Ich habe Sie nicht gebeten, mich hierherzubringen! Und ich habe Sie nicht gebeten, mich zu küssen!«

»Sie haben mich aber auch nicht darum gebeten, damit aufzuhören.«

»Haben Sie einen Weg gesucht, die hundert Dollar wieder hereinzubekommen, die Sie für mich ausgeben wollten? Haben Sie gedacht, nach dieser umwerfenden Großzügigkeit sollte ich mit Ihnen schlafen?«

»Sie wissen genau, dass es nicht so ist«, sagte John aufgebracht. »Ich habe Ihnen ohne Hintergedanken hundert Dollar angeboten – und das war reichlich großzügig, wie ich finde. Was mich auf die Palme bringt, ist Ihr Versuch, mich durch einen faulen Trick dazu zu bringen, mehr auszugeben.«

»Natürlich will ich mehr! Ich habe das Gefühl, mein Leben verloren zu haben. Schon in diesem Laden zu sein, raubt mir die Hoffnung, es je zurückzubekommen. Ich bin bereits tief erniedrigt, aber Sie sind offenbar entschlossen, weitere Demütigungen über mir auszukippen!«

»Ich versuche, Ihnen zu *helfen*! Sie sind es, die sich erniedrigt hat, indem Sie in diesem Fummel durch den Laden gelaufen sind!«

»Eher laufe ich in einem Jutesack herum, als dass ich von Ihnen etwas annehme – das schwöre ich!«

»Das sagt eine Frau, die einen reichen Mann geheiratet hat, der ihr Vater hätte sein können? Etwa aus Liebe, Darcy? Oder haben Sie nicht bloß all die teuren Dinge geliebt, die er Ihnen als Gegenleistung für Sex gegeben hat?«

Sein Vorwurf hatte dermaßen gesessen, dass Darcy vor Scham knallrot wurde. »Raus!«

»Darcy –«

»*Raus*, hab ich gesagt!«

Er sah sie noch einen Augenblick wütend an, riss dann die Kabinentür auf und verließ mit großen Schritten die Umkleide. Zitternd vor Wut zog Darcy das Nachthemd aus und ihre Sachen wieder an. Er hatte keine Ahnung, wie es war, alles gehabt und alles verloren zu haben. Er verstand das einfach nicht. Sie hasste solche Klamotten. Sie hasste diesen Laden. Und sie hasste, was aus ihrem Leben geworden war.

Vor allem aber hasste sie John.

Sie lud den Haufen Sachen auf den Tresen vor den Kabinen. Twyla war zurück. Ihre ungläubige Miene zeigte, dass sie jedes Wort ihres Streits mitbekommen hatte, doch dass sie keine Sicherheitskräfte angefordert hatte, verriet Darcy, dass sie ihr Vergnügen nahm, wo sie es bekommen konnte. John wartete vor der Umkleide, doch sie würdigte ihn keines noch so flüchtigen Blicks, sondern begab sich zum Ausgang.

Wortlos folgte er ihr zum Wagen. Als er den Schlüssel in die Zündung steckte, riskierte sie einen Seitenblick. Er hatte den reglosen Gesichtsausdruck, den sie schon so oft bei ihm gesehen hatte und der besagte: *Ich habe recht, du hast unrecht, und damit basta.* Damit war für Darcy klar, dass sie keine Entschuldigung von ihm bekommen würde.

Auf dem Rückweg ins Büro sah sie die ganze Zeit aus ihrem Seitenfenster und weigerte sich, mit John zu sprechen. Schließlich bog er auf den Parkplatz und hielt neben Gertie.

»Bis Montagmorgen im Büro«, sagte sie. »Vorausgesetzt, ich entscheide mich dafür, weiter hier zu arbeiten.«

Sie stieß die Tür auf und stieg aus, zog ihre Schlüssel aus der Tasche und öffnete Gerties Beifahrertür. John fuhr nicht weg. Er saß nur da und beobachtete, wie sie nicht gerade anmutig über den Sitz kroch, um ans Steuer zu gelangen. Dadurch fühlte sie sich erneut gedemütigt. Doch erst als sie den Parkplatz verlassen hatte und auf dem Weg zum Haus ihrer Eltern war, fiel ihr die ganze Erbärmlichkeit dieses Tages mit voller Wucht aufs Herz.

Ja, sie war böse auf ihn. Wütend, um genau zu sein. Aber sie ärgerte sich ebenso über sich selbst. Sie hatte einen sehr großen Fehler gemacht. John hatte ihr hundert Dollar gegeben. Warum hatte sie mehr haben wollen? Hätte sie nicht wissen müssen, dass sie dafür sofort eine Retourkutsche kassieren würde?

Sie hatte ihm gesagt, sie wisse noch nicht, ob sie am Montagmorgen zur Arbeit kommen werde, doch im Lichte dieser Überlegungen wusste sie nicht einmal, wie sie das überhaupt in Betracht ziehen sollte.

Wenn sie klug wäre, würde sie sich von nun an möglichst weit von John Stark fernhalten.

John saß im Wagen und sah Darcys lausiger Karre nach, die mit stotterndem Motor verschwand. Alles, wirklich alles an dieser Frau brachte ihn zur Raserei. Doch er musste zugeben, dass sein Zorn umso mehr nachließ, je länger er nachdachte.

Ja, sie hatte mehr haben wollen, als er ihr angeboten hatte, und sich ihm geradezu an den Hals geworfen, um es zu bekommen. Aber verzweifelte Situationen trieben Menschen zur Verzweiflung, und Darcy war verzweifelter als die meisten. Und hätte sie überhaupt mehr von ihm gefordert, wenn er sie nicht geküsst hätte?

Kaum zu glauben: Er hatte sie geküsst! Und dann hatte er sie im Grunde genommen gefragt, ob sie mit ihm schlafen wolle. Hatte er wirklich vorgehabt, das zu tun? Bei Frauen hatte er sich nie dumm angestellt – was war also jetzt mit ihm los?

Werde endlich erwachsen. Du bist zweiundvierzig und keine siebzehn mehr.

Er hatte sich Männern, die in Gegenwart einer schönen Frau den Kopf verloren, stets überlegen gefühlt. Er war wahrscheinlich der einzige Mann, der in eine Striptease-Bar gehen konnte und hinterher noch immer seine Dollarnoten in der Tasche hatte. Tony würde das nie und nimmer schaffen. Der würde sein halbes

Gehalt verpulvern, um den Tänzerinnen Geld in den Ausschnitt oder unters Strumpfband zu schieben.

Darcy aber … wodurch war sie bloß so anders?

Sie hatte viele Ecken und Kanten, wobei ihr Sarkasmus und ihre Gerissenheit zu den eher harmlosen Eigenschaften gehörten. Doch kaum hatte er gespürt, wie sie nachgab und weich, warm und willig in seinen Armen schmolz, hatte er schlicht den Verstand verloren. Er hatte sich wie ein Junge aufgeführt, der unbedingt zum Schuss kommen will und dem es herzlich gleichgültig ist, was er dafür tun muss.

Doch das bedeutete nicht, dass sie an der Entwicklung schuldlos gewesen wäre. Immerhin hätte er sie nicht geküsst, wenn sie ihn nicht durch ihr liederliches kleines Nachthemd dazu gereizt hätte. Welche Sorte Frauen lief schon beinahe unbekleidet in der Öffentlichkeit herum?

Andererseits hätte sie das liederliche kleine Nachthemd nicht getragen, wenn er es nicht aus dem Drehständer gezogen hätte. Und er hätte es nicht aus dem Drehständer gezogen, wenn er sie hätte aussuchen lassen, was ihr gefiel.

Nachdem er die Frage, wer wem wann die Schuld zuweisen konnte, bis zum Ursprung zurückverfolgt hatte, musste er sich leider eingestehen, dass der schwarze Peter ihn traf.

Er hatte ihr eine Lektion erteilen und ihrem Auftreten einen Dämpfer verpassen wollen. Doch indem er ihr abverlangt hatte, sich in jedem Kleidungsstück, das sie auf seinen Befehl hin angezogen hatte, von ihm mustern zu lassen, hatte er es zu weit getrieben. Er hätte ihr einfach die hundert Dollar geben können, damit sie sich dafür kaufte, was immer sie mochte. Aber nein – er hatte sich wie der letzte Mistkerl aufführen müssen, um ihr unter die Nase zu reiben, worauf es ihm ankam. Amy lamentierte ständig darüber und sagte, das sei sein tragischer Fehler. Er musste allen mitteilen, was sie falsch machten, und ihnen genau erklären, wie sie es besser machen konnten. Weil er mit seinem eigenen Leben ja ach so großartig klarkam.

Von wegen!

Es wäre wahrscheinlich das Beste für sie beide, wenn er sie an die Luft setzen oder wenn sie kündigen würde und sie einander nie wieder sähen. Und doch wurde er das Gefühl nicht los, dass er etwas tun müsste, um die Sache wieder in Ordnung zu bringen. Er hatte allerdings keine Ahnung, was.

11

»Vielleicht solltest du versuchen, über das Internet jemanden kennenzulernen«, sagte Lyla. »Man soll dort nach genau dem Mann suchen können, den man haben will. Sag halt, du möchtest einen Mann in leitender Position, der jede Menge Geld verdient.«

Darcy seufzte und stellte den Ton des Fernsehers aus. »Ich fürchte, jemanden über das Internet kennenzulernen, ist nicht so einfach, Mom. Wenn es leicht wäre, würde sich jede Frau einen reichen Mann bestellen.«

»Roxannes Tochter hat ihren Freund übers Internet kennengelernt.«

»Meinst du den, der ihr fünftausend Dollar gestohlen hat und zu seiner Exfrau zurückgekehrt ist?«

»Sie ist ein unscheinbares Mädchen, das sich merkwürdig anzieht. Mehr war für sie nicht drin. Für dich spricht einiges mehr – solange du dich nicht gehen lässt.«

Darcy schaltete den Ton wieder ein, um nur keine Sekunde einer Reportage mehr zu versäumen, in der es um Stars und ihre Schönheitskuren ging. Und wenn diese Sendung um vier vorbei wäre, war es Zeit für das *Glücksrad*-Marathon.

Sie seufzte. Die Samstage bei ihren Eltern im Trailer wollten und wollten nicht herumgehen.

Aber war das nicht gleichgültig? Nach dem, was am Vortag mit John geschehen war, fühlte sie sich so schlecht, dass sie ohnehin keine Lust hatte, etwas zu tun. Sie hatte sich nach wie vor nicht entschieden, ob sie am Montagmorgen wieder ins Büro gehen sollte. Außerdem war ungewiss, ob sie dort überhaupt noch würde arbeiten dürfen.

Dann dachte sie über den Kuss nach.

Ihre Lider schlossen sich langsam, als sie sich die Situation erneut vor Augen führte. Heutzutage hatte sie nur noch Pech, oder? Da fand sie mal einen Mann, der wunderbar küssen konnte, und dann trieb ausgerechnet er sie zur Weißglut wie kein anderer.

»Mein Gott, Darcy!«

Sie riss die Augen auf und musste feststellen, dass ihre Mutter sich zu ihr heruntergebeugt hatte und ihr Haar beäugte. Darcy fuhr zurück. »Was ist denn?«

»Man sieht ja deine grauen Haare!«

Darcy setzte sich auf. »Nein.«

Lyla packte sie am Kinn und drehte ihren Kopf zu sich. »O doch – genau an den Schläfen.«

Darcy fuhr sich über den Haaransatz. Das konnte nicht sein. Sie hatte zwar letzte Woche ihren Termin zum Schneiden und Färben versäumt, da es in letzter Zeit etwas schwierig für sie war, dafür mal eben hundertzwanzig Dollar hinzublättern, doch sie hatte geglaubt, noch etwas Zeit zu haben, ehe es kritisch wurde.

»Du vernachlässigst dich«, sagte Lyla mit wachsender Panik. »Das darfst du nicht. Männer lassen Frauen mit grauen Haaren sofort links liegen.«

Darcy lief ins Bad und begutachtete sich im Spiegel. Ihre Mutter hatte recht: Am Haaransatz war Grau zu sehen.

Pochenden Herzens setzte sie sich auf den Toilettendeckel und kämpfte gegen die Panik an, siegte aber nur mit knapper Not. Vielleicht kämen Hüte ja wieder in Mode. Dann aber würde sie Hüte kaufen müssen. Genauso gut konnte sie dafür bezahlen, sich die Haare färben zu lassen.

Lyla kam an die Tür. »Ich hatte recht, oder?«

»Ja, du hattest recht«, brummte Darcy. »Was soll ich tun? Ich kann mir keinen Friseur leisten.«

»Färb sie dir selbst. Ich tu es ja auch.«

Das war – gelinde gesagt – unübersehbar.

Ihre Mutter hatte sich früh für Blond entschieden und war nie davon abgewichen. Unter all den Chemikalien noch auf ihre ursprüngliche Haarfarbe zu stoßen, käme der Entdeckung von Tutanchamuns Grab gleich. Sie hatte die Brauen einer Brünetten, den Teint einer Blondine und den Charakter einer frechen Rothaarigen. Wie aber mochten ihre Haare einmal ausgesehen haben?

Vielleicht würde die Welt das nie erfahren.

»Ich werde mein Haar *nicht* selber färben«, sagte Darcy.

»Bitte, Miss Hochnäsig. Dann läufst du eben mit grauen Haaren herum. Glaub bloß nicht, dass mich das kümmert.«

Gut. Sie musste die Sache in den Griff bekommen. Da sie keine Strähnchen hatte, besaßen ihre Haare alle dieselbe Farbe. Warum sollte sie sie dann nicht selber färben? Solange sie einen Ton auswählte, der ihrer natürlichen Haarfarbe ähnlich war, konnte sie eigentlich nichts verkehrt machen.

Sie flitzte zur Drogerie, kaufte eine eschenbraune Farbe, auf deren Packung hundertprozentiger Schutz vor grauen Haaren versprochen wurde (»sonst Geld zurück«), kam nach Hause und schloss sich im Bad ein. Die Farbe war leicht aufzutragen, und eine halbe Stunde später gratulierte sie sich beim Ausspülen, so viel Geld gespart zu haben. Lohnte es sich wirklich, einem Friseur hundert Dollar für das Gleiche zu zahlen? Natürlich nicht!

Sie rieb sich die Haare trocken, trat vor den Spiegel und unterdrückte einen Schrei. Das war nicht eschenbraun – das war schwarz. Kohlschwarz. Rabenschwarz.

Sie griff zum Fön und hoffte, ihr Haar werde heller aussehen, wenn es erst trocken wäre. Und tatsächlich: Nun war es anthrazitfarben. Und sie sah weiterhin wie eine Untote aus.

Sie starrte ihr Spiegelbild an. Tränen stiegen ihr in die Augen, als sie sich einzureden versuchte, es sei gar nicht so schlimm. Wenigstens war kein einziges graues Haar zu sehen. Aber das lag nur daran, dass diese entsetzliche Farbe alles Grau von der Oberfläche verjagt hatte und nun in ihre Kopfhaut drang, um alle Haare aufzuspüren, die auch nur einen Anflug von Grau aufweisen mochten.

Das war's. Ihr Leben war vorbei. Sie konnte genauso gut die Rasierklingen auspacken. Wozu sollte sie jetzt noch weitermachen? Sie wollte lieber tot sein, als auf jeden Mann abstoßend zu wirken.

Nebenan rief ihre Mutter: »Darcy! Komm schnell!«

»Nein, ich verlasse das Bad nie mehr!«

Ja, sie klang wie eine hysterische Dreizehnjährige, aber mit solchen Haaren war sie dazu vollauf berechtigt.

»Unsinn!«, rief ihre Mutter. »Das musst du dir ansehen!«

Darcy nahm ein Handtuch, schlang es sich um den Kopf, ging ins Wohnzimmer und rechnete damit, die Außerirdischen, an deren Existenz ihre Mutter seit eh und je glaubte, auf dem Rasen im Vorgarten Kornkreise anlegen zu sehen. Stattdessen hatte Lyla einen herrlichen, goldfarbenen Karton in Händen, der mit einer blauen Schleife umwickelt war. Darcy kannte diese Kartons. Sie waren von der Firma Amaryllis.

»Das ist gerade für dich abgegeben worden«, sagte Lyla. »Was meinst du, was da drin ist?«

Ihre Mutter stellte den Karton ab. Darcy öffnete ihn und mochte ihren Augen nicht trauen.

Kleidung – fantastische Sachen! Blusen, Hosen und Röcke. Was sie auspackte, ließ ihre Mutter nach Luft schnappen, und selbst Darcy atmete mitunter tief ein. Wer, um alles in der Welt, mochte ihr diese Sachen geschickt –

Jeremy. Er hatte es wieder getan. Nur war er diesmal von Hochlandkaffee zu Haute Couture vorangeschritten und endlich mit etwas aufgetaucht, das nicht nur nützlich, sondern auch modisch war. Wunderschöne, herrliche Sachen aus ihrem Lieblingsgeschäft – und in ihren Lieblingsfarben. Wie hatte er das bloß gewusst?

»Es liegt keine Karte dabei«, sagte Lyla. »Was meinst du, wer dir das alles geschickt hat?«

»Der einzige mir momentan bekannte Mann, der sich einen Einkauf bei Amaryllis leisten kann.«

Ihre Mutter sah sie einen Moment lang verständnislos an. Dann sprangen ihre Brauen aufwärts. »Natürlich – Jeremy Bridges! Meine Güte! Das ist ja noch besser als der Kaffeegutschein, den er dir geschenkt hat! Denkst du, er meint es allmählich ernst?«

Das jedenfalls wollte Darcy glauben. Sie wollte daran glauben, dass Jeremy begann, mit der Spielerei aufzuhören, und an einer echten Beziehung interessiert war. Sie erinnerte sich noch seines sarkastischen Tonfalls, als er sich geweigert hatte, ihr den Kassenzettel für den Starbucks-Gutschein zu geben, aber vielleicht war dieses Geschenk ja seine Art, sein damaliges Verhalten gutzumachen.

Vielleicht aber auch nicht.

»Ich traue ihm nicht«, sagte Darcy.

»Trauen? Natürlich traust du ihm! Warum solltest du einem Mann misstrauen, der dir so herrliche Sachen schenkt?« Sie nahm eine Bluse und sah sich die Ärmel an. »Die Preisschilder wurden entfernt. Wie viel er wohl ausgegeben hat?«

Das hätte Darcy auch gern gewusst. Wie weit war er diesmal gegangen, um sie zu ärgern? Wenn er schon tausend Dollar für Kaffee ausgegeben hatte …

»Ich hole den Katalog – dann können wir zusammenrechnen.« Sie war schon aufgestanden, setzte sich aber wieder. »Vergiss es – ich hab ihn im Büro gelassen.«

»Dann ruf im Laden an. Du kennst doch alle, die dort arbeiten. Ich *muss* es wissen.«

Darcy fand die Nummer und rief im Geschäft an. Betty war am Apparat, eine ältere Frau, die dort beschäftigt war, seit Darcy den Laden zum ersten Mal betreten hatte.

»Hallo Betty. Hier ist Darcy McDaniel.«

»Mrs McDaniel! Wie schön, dass Sie anrufen! Sie sind schon viel zu lange nicht mehr bei uns gewesen!«

Darcy genoss diese liebedienerische Art. Betty wusste aufs Beste, wie man der Kundschaft in den Hintern kroch.

»Ich hatte gehofft, Sie könnten mir etwas verraten. Jüngst war ein Herr bei Ihnen, um ein Geschenk für mich zu kaufen, und ich frage mich –«

Moment. So käme sie nicht weiter. Jeremy war sicher nicht persönlich in den Laden gekommen. Er hatte bestimmt einen Einkaufsberater geschickt, und zwar gewiss eine Frau, und da täglich Dutzende von Frauen zu Amaryllis kamen, dürfte Betty kaum wissen …

»O ja«, sagte Betty. »Gestern Abend war allerdings ein Herr hier. Ich nehme an, die Sachen wurden heute geliefert?«

Dann war Jeremy tatsächlich persönlich einkaufen gewesen? Der bloße Gedanke daran ließ Darcy lächeln.

»Ja«, sagte sie. »Ich habe sie gerade bekommen. Äh … Betty? Ganz unter uns …«

»Ja?«

»Wie viel hat er ausgegeben?«

»Hmm … das weiß ich nicht mehr genau. Lassen Sie mich nachsehen.«

Kurz darauf kam sie wieder ans Telefon und sagte

leise und vertraulich: »Dreihundertvierundachtzig Dollar.«

Darcy empfand einen Stich der Enttäuschung. Er hatte nur dreihundertvierundachtzig Dollar für Kleidung ausgegeben, nachdem er für Kaffee tausend Dollar hingeblättert hatte?

»Mehr nicht?«, fragte sie.

»Schlussverkauf«, setzte Betty hinzu.

Gott sei Dank. Das erklärte den jämmerlichen Betrag. »Hat er irgendetwas über mich gesagt, als er bei Ihnen war?«

»Nein, eigentlich nicht. Allerdings hat er ohnehin kaum geredet. Er hatte einen unserer Kataloge dabei, schlug ihn auf und zeigte auf das, was er haben wollte.«

Darcy blinzelte. »Was?«

»Und er hat immer wieder gesagt: ›Kein Pink. Sie mag kein Pink.‹ Er hat sich noch nicht einmal auf zartrosa oder auf etwas Malvenfarbenes einlassen wollen.«

Darcy erstarrte. Das konnte nicht sein.

Ein paar Sekunden stand sie mit dem Hörer in der Hand da und dachte an ihre Einkaufstour bei Wal-Mart. Nur zwei Männer wussten, dass sie Pink hasste. Einer davon war ins Ausland getürmt.

Der andere war John.

Am Montagmorgen kam John kurz nach acht zur Arbeit und war froh, Darcys Wagen auf dem Parkplatz zu sehen. Wenigstens war sie aufgetaucht – also würde sie ihn möglicherweise nicht bis ans Ende ihrer Tage hassen.

Er betrat das Büro. Sie war nicht an ihrem Schreibtisch, doch im Lagerraum brannte Licht, und er vermutete, dass sie sich dort Büromaterial holte oder in alten Akten stöberte. Er goss sich einen Becher Kaffee ein und ging in sein Zimmer. Noch immer wusste er nicht, wie sie auf alles reagieren würde, reagiert hatte, und er war sich auch nicht sicher, ob er es wissen wollte.

Fang bloß nicht von dir aus damit an. Erledige deine Arbeit wie üblich.

Das allerdings war schwierig, da er nach wie vor unter der traumatischen Erfahrung vom Freitagabend stand. Die Collin Creek Mall – der Traum jeder Frau und der Alptraum jedes Mannes – war eines der Einkaufszentren, für deren Besuch man sich in Schale warf und wo man sogar die Atemluft bezahlen musste. Zum Glück hatte es in dem lächerlichen Geschäft, das Darcy so liebte, einen Ausverkauf gegeben, und deshalb hatte er für relativ wenig Geld deutlich mehr einkaufen können, als das noch in der Woche zuvor der Fall gewesen wäre. Er hatte den Katalog, in dem er sie in der Mittagspause hatte blättern sehen, von ihrem Tisch genommen. Obwohl es gegenwärtig nur ein Wunschbuch war, hatte sie einige Sachen angekreuzt, und genau diese Dinge hatte er ihr gekauft. Zwar hatte er die ganze Zeit bitter unter dem Gefühl gelitten, sein Geld zum Fenster hinauszuwerfen, doch er hatte sich dennoch nicht zu bremsen vermocht.

Er hatte entdeckt, dass ein Geschäft für Damenmode einem Lebensmittelladen ähnelte, denn Pink hieß gar nicht Pink, sondern *Shrimp*. Lila hieß *Aubergine*, Grün

Kiwi. Und Gelb konnte *Banane*, aber auch *Zitrone* sein – je nachdem, wie grell es war. Die Verkäuferin hatte ihm ständig all diese Farben angeboten, und schließlich hatte er ihr gesagt, sie solle einpacken, was im Katalog angekreuzt sei, und zwar in Größe Achtunddreißig, und in *Shrimp* dürfe es nicht sein.

Dann hatte er der Kassiererin seine Kreditkarte gegeben und sich eingeredet, er gebe gar keine so ungeheure Summe aus. Er war ein Mann, der jeden Dollar zweimal umdrehte, und doch hatte er fast vierhundert Dollar ausspucken müssen, ehe sein Gewissen allmählich Ruhe gegeben hatte. Beim Verlassen des Geschäfts hatte er geradezu geschwitzt. Er hatte noch nie so viel Geld auf einmal ausgegeben – außer im Waffengeschäft, im Elektronikladen oder beim Autohändler.

Er hoffte nur, sie würde die Sachen als Friedensangebot ansehen und nicht erneut durchdrehen und ihm sagen, sie nehme nichts von dem an, was er ihr schenke. Er wusste nicht, was er täte, wenn sie *das* erneut fertigbrächte.

Er schaltete das Licht in seinem Büro an. Das Erste, was er sah, war ein Umschlag, der mitten auf seinem Schreibtisch lag. Neugierig stellte er seinen Becher ab und öffnete ihn. Er enthielt Geld. Viel Geld. Er zählte es und erschrak.

Dreihundertvierundachtzig Dollar?

In diesem Moment öffnete sich die Tür zum Lagerraum, und Darcy kam heraus. Sie trug ein paar Büromaterialien und legte sie auf ihren Schreibtisch. Ihr Haar wirkte anders als sonst – dunkler vielleicht? Vielleicht auch nicht. Er beschloss, es sehe anders aus, weil sie einen Pferdeschwanz trug, statt es wie sonst offen auf die Schultern fallen zu lassen. Und ihre Sachen …

Moment. Das hatte er ihr nicht gekauft. Stattdessen trug sie eine weiße Hose, die nicht allzu gut saß, und eine Strickbluse, die so aussah wie die, von denen er kürzlich zwei für zehn Dollar gesehen hatte.

Langsam dämmerte ihm, was los war: Sie trug nicht Donna X oder Calvin Y – sie trug Sam Walton!

Darcy goss sich einen Kaffee ein. John kam aus seinem Zimmer und nahm einen Stapel Papiere von einem Aktenschrank. Dabei murmelte er »Guten Morgen«, und sie murmelte »Guten Morgen« zurück. Er tat, als würde er den Stapel durchblättern, während sie ein paar Kaffeetropfen vom Schreibtisch wischte, doch bald konnte er das Schweigen nicht länger ertragen.

»Sie haben die Sachen zurückgegeben«, sagte er.

Sie zögerte. »Ja.«

»Aber Sie hatten doch keinen Kassenzettel?«

»Man kennt mich dort.«

John nickte. »Eine hübsche Bluse haben Sie da an.«

»Danke. Ich trage gern beliebte Sachen. Eine Freundin meiner Mutter hat auch so eine.«

»Und die Hose – dem pinkfarbenen Modell haben Sie ausweichen können.«

»Wenn ich mein Geld ausgebe, kann ich kaufen, was ich will.«

Er fragte sich, woher sie das Geld genommen haben mochte, da sie ihm doch seine Ausgaben bei Amaryllis zurückerstattet hatte. Dann fiel sein Blick auf ihre Linke.

Der Ehering war verschwunden.

Er sah ihr wieder in die Augen und merkte, dass ihr nicht entgangen war, wie er auf ihre Hand gestarrt hatte. Sie wandte sich ab und rückte zum dritten Mal Kaffeekanne, Filter und Löffel zurecht. »Er passte nicht mehr zu meiner Garderobe. Es gibt nichts Schlimmeres, als auffälligen Schmuck zu Sachen zu tragen, die …« – sie zögerte und sah an sich herab – »… unauffällig sind.«

Sie erwähnte freilich nicht, dass sie den auffälligen Ring versetzt hatte, um das Geld für die unauffälligen Sachen zu bekommen, zu denen er nicht passte.

»Ich dachte, Sie hassen Wal-Mart«, sagte John.

»Stimmt. Und ich dachte, Sie hassen teure Modegeschäfte.«

»Stimmt.«

»Warum sind Sie dann dorthin gegangen?«, fragte Darcy.

»Weil ich vorübergehend unzurechnungsfähig war. Warum haben Sie Ihren Ring zu Geld gemacht und sind noch mal zu Wal-Mart gefahren?«

Sie warf ihm einen strafenden Blick zu. »John – wie soll ich Ihnen sonst beibringen, was ein Dollar wert ist?«

Sie drehte sich um und ging zurück an ihren Schreibtisch. John spürte, dass sich etwas in ihm veränderte. Plötzlich erfüllte ihn eine Erkenntnis, mit der er nicht gerechnet hatte: *Du hast sie unterschätzt. Und zwar mächtig.*

»Oh«, sagte sie, »das hätte ich beinahe vergessen.«

Sie zog etwas aus einem kleinen Beutel, der auf ihrem Tisch lag, und warf es ihm zu. Er fing es im Flug.

Eine Rolle Faden für seinen Rasentrimmer?

Darcy fixierte ihn kurz, verzog den Mund zu einem winzigen Lächeln, setzte sich an den Schreibtisch und begann mit der Arbeit.

John wusste, dass sie ihre alten Gewohnheiten sofort wieder aufnehmen und unerhört teure Sachen tragen würde, wenn sie wieder einen reichen Mann gefunden hätte, aber fürs Erste …

Sie hätte in den Sachen von Amaryllis umwerfend ausgesehen, doch irgendwie sah sie in denen von Wal-Mart noch einen Tick umwerfender aus.

Als Darcy teure Sachen getragen und ihr Haar genau die richtige Farbe gehabt hatte, war John stets nur brummig zu ihr gewesen. Nun, da sie billige Sachen trug und mit einer Frisur geschlagen war, die allein Morticia Adams begeistern konnte, schien er zufrieden zu sein. Sie wusste nicht recht, ob sie das verstand, doch ihr war klar, dass John sie seit ihrem zweiten Besuch bei Wal-Mart mit anderen Augen sah, und sie war erstaunt, wie gut ihr das tat.

Tony tauchte gegen halb neun auf und wischte – wie üblich – grinsend und mit einem fröhlichen »Guten Morgen« an ihr vorbei. Er setzte sich an seinen Schreibtisch, zog sein Handy aus der Tasche und telefonierte flüsternd mit jemandem, der eindeutig vom anderen Geschlecht war. Tony gehörte zu den Männern, die eine Frau einfach mögen musste, und Darcy konnte nur mutmaßen, wie viele gebrochene Herzen er an seinem Weg zurückgelassen hatte.

Zuletzt kam Amy und beglückwünschte Darcy zu

ihren neuen Sachen, denn das tun nette Frauen auch dann, wenn ihnen das, was jemand trägt, nicht unbedingt zusagt. Dann glitt ihr Blick auf Darcys Haar, und ihre Miene bekam etwas Bekümmertes.

»Oh, Süße«, flüsterte sie, »was ist passiert?«

Darcy schloss die Augen. »Ist es so unübersehbar? John und Tony haben nichts gesagt, und ich hatte schon gehofft, es wäre vielleicht nicht so schlimm.«

»Männer übersehen vieles. Hat die Farbe etwas zu stark gewirkt?«

»Etwas? Ich sehe aus wie Elvira, die Herrin der Nacht.«

»Hast du etwas dagegen zu unternehmen versucht?«

»Ich kann es mir nicht leisten, damit zum Friseur zu gehen.«

Amy lächelte. »Keine Sorge – ich weiß, wie man das wieder in Ordnung bringt.«

Darcys Miene hellte sich auf. »Wirklich? Wie denn?«

»Letztes Jahr habe ich meine Haare rotbraun gefärbt. Jedenfalls dachte ich, sie würden rotbraun werden. Aber dann waren sie knallrot. Also hab ich im Internet nach einem Mittel gesucht, mit dem man frische Färbungen loswird. Ich hab noch etwas davon übrig.«

»Es hat also funktioniert?«

»Wie ein Zauber.«

»Kannst du das Mittel morgen mitbringen?«

»Morgen erst? Bei dem Notfall? Komm in der Mittagspause mit zu mir, und wir bringen das in Ordnung.«

Mittags holten Darcy und Amy sich Burritos bei Taco Hut und fuhren gleich weiter zu Amys Wohnung. Es war ein kleines Ein-Zimmer-Apartment, lag aber in einer hübschen Anlage in der Nähe eines Einkaufszentrums. Vor dem Komplex plätscherte ein Springbrunnen, und es gab einen Gemeinschaftsraum und einen netten Pool. Ein paar Monate zuvor hätte Darcy das noch für quälend bescheiden gehalten. Angesichts ihrer gegenwärtigen Behausung dagegen schien es der Himmel auf Erden zu sein.

Wie Amy gesagt hatte, leistete das Mittel Darcys Haaren gute Dienste. Schon nach fünf Minuten war ein Großteil der von ihr aufgetragenen Farbe entfernt, doch das Grau war noch immer weitgehend abgedeckt. Zwar waren ihre Haare weiterhin dunkler als ihre natürliche Farbe, aber sie sah wenigstens nicht mehr aus wie ein Geschöpf der Nacht.

»Dein Haar nimmt sehr leicht Farbe an«, sagte Amy. »Nimm nächstes Mal einen helleren Ton und lass die Farbe nicht so lange einwirken.«

Darcy nickte. Lektion gelernt. Nun, da sie ein Mittel kannte, das alle Schnitzer ausbügelte, die ihr beim Färben der Haare unterlaufen mochten, hatte sie nicht mehr so viel Angst davor, es selbst zu tun.

Nachdem die Haarfärbekrise abgewendet war, wärmten die beiden ihre Burritos auf und setzten sich zum Essen. Darcy war überrascht, wie gut ihr das Zusammensein mit Amy gefiel. Johns Schwester war klug, reizend und bodenständig: ein Sonnenschein von einer Frau, für die das Glas stets halb voll war. Als Darcy darüber nachdachte, auf wie wenige Menschen in ihrer Umgebung diese Beschreibung zutraf, begriff sie, wie viel sie vermisst hatte. Carolyn war duckmäuserisch und neurotisch, und die übrigen Frauen, die sie kannte, waren entweder sarkastisch oder eingebildet – und manchmal beides zugleich.

»Die Arbeit war heute interessant«, sagte Amy.

»Wirklich? Warum?«

»Etwas hat sich verändert zwischen dir und John.«

Bei dieser unerwarteten Feststellung stockte Darcy einen Moment lang das Herz. »Wie kommst du darauf?«

»Heute Vormittag hat es zwischen euch beiden keine hinterhältigen Attacken gegeben.«

»Wirklich nicht? Dann muss ich mich am Nachmittag aber schwer anstrengen, John mit Spott zu überhäufen. Das gehört schließlich zu meinen Arbeitsaufgaben.«

»Und zu denen von John, aber das fällt ihm offenkundig zunehmend schwerer. Bei deinem Morgenbericht hat er dich heute sogar angelächelt.«

»Wirklich? Vermutlich hab ich geblinzelt und es deswegen übersehen.«

»Er beobachtet dich die ganze Zeit, weißt du.«

Darcy rollte die Augen. »Ich weiß. Genau wie Tony. Kaum geht eine Frau vorbei, folgen sie ihr mit den Augen – so sind Männer nun mal.«

»Nein, da steckt mehr dahinter.«

»Amy? Was willst du damit sagen?«

»Eigentlich nichts. Ich habe bloß noch nie erlebt, dass mein Bruder sich in Gegenwart einer Frau so verhalten hat. John ist sehr beherrscht. Seine Augen schweifen im Allgemeinen nicht so herum. In letzter Zeit dagegen haben sie ein Eigenleben geführt.« Sie hielt kurz inne. »Genau wie deine.«

»Amy!«

»Okay, okay. Dann sag mir eben nicht, was los ist. Ich werde die Knüller schon von John erfahren.«

»John wird dir kein Wort erzählen.«

»Also gibt es etwas zu erzählen?«

»Nein!« Darcy schnaufte verärgert. »Sei ehrlich: Hast du je zwei Menschen gesehen, die so wenig zusammenpassen wie John und ich?«

»Mitunter ziehen Gegensätze einander an.«

Nein, sie waren wie Öl und Wasser, wie Feuer und Eis, wie Tag und Nacht, wie eine uneinnehmbare Festung und eine unwiderstehliche Kraft – zwei ganz unterschiedliche Menschen, die einander das Leben zur Hölle machen würden.

Oder etwa nicht?

Doch, natürlich. Und weiter gab es dazu nichts zu sagen.

Während sie das Mittagessen beendeten, ertappte Darcy sich dabei, Amys Behausung mit fortgeschrittenem Wohnungsneid zu betrachten. Sie dachte an den ewigen Zigarettenrauch im Trailer ihrer Eltern und daran, dass ihre Mutter noch an Lungenkrebs sterben würde. An die ewigen Autorennen, die sich ihr Vater in voller Lautstärke ansah. Daran, dass Pepé sicher wieder auf den Teppich pinkeln und ihre Mutter gewiss wieder schimpfen würde. Vor allem aber dachte sie daran, dass das Leben bei ihren Eltern ihr drastisch vor Augen führte, was aus ihr werden würde, wenn sie nicht rasch von dort wegkäme.

»Lebst du gern hier?«, fragte Darcy.

»Ja«, sagte Amy. »Es ist angenehm.«

»Wie viel kostet denn so ein Apartment?«

»Siebenhundert im Monat.«

Darcys Hoffnung schwand. »So viel? Wie kannst du dir das leisten?«

»Ich hab gespart, ehe ich meine Vollzeitstelle aufgegeben habe, um zu studieren. Suchst du eine Wohnung?«

»Nicht in dieser Preisklasse.«

»Keine Sorge – das Apartment hat viele Extras und ist darum recht teuer. Du kannst eine günstigere Wohnung finden.«

»Wie viel günstiger?«

»Das kommt darauf an, wo die Wohnung liegt.«

Darcy hatte das schreckliche Gefühl, es werde auf Plano-Ost hinauslaufen.

Am Freitag würde sie ihr Gehalt bekommen. Wenn sie Glück hätte, würde es – mit dem Geld, das sie noch von ihrem versetzten Ehering besaß – für die erste Monatsmiete und die Kaution einer bescheidenen Wohnung reichen. Einer sehr bescheidenen Wohnung vermutlich. Aber das war ihr egal, denn nicht mehr bei den Eltern leben zu müssen, würde ihr wie die Erfüllung eines Traums erscheinen.

Nächsten Samstag würde sie sich eine neue Bleibe suchen.

12

Darcy hatte keine Vorstellung davon gehabt, wie schwierig es werden würde, ein Apartment zu finden. Über ein Dutzend Wohnanlagen kamen von vornherein nicht infrage, weil sie schlicht zu teuer waren. Der Rest war nicht eben schön, doch selbst dort wurde Darcy mit Bedingungen konfrontiert, die sie kaum erfüllen konnte. Um vermögend zu wirken, hatte sie Sachen aus ihrem alten Leben angezogen, die sie in Mexiko dabeigehabt hatte, doch zu ihrem Erstaunen hatten Designermode und teure Accessoires keinen einzigen Hausverwalter beeindruckt.

Bei Loreli Apartments wurde sie auf ihren erstaunlichen Mangel an Kreditwürdigkeit hingewiesen, da in den vergangenen vierzehn Jahren keine einzige Kreditkarte auf ihren Namen ausgestellt worden sei. Für Woodlawn Village lag das Problem darin, dass Darcy so lange nirgendwo beschäftigt gewesen war – wenn sie aber erst ein halbes Jahr bei ihrer jetzigen Firma angestellt sei, könnten sie ihr vielleicht etwas vermieten. Bei Forest Villa ließ ein besonders unangenehmer Mitarbeiter durchblicken, wenn sie sehr schnell sehr gute Freunde würden, könne er den Hausverwalter möglicherweise dazu bringen, die Schwachpunkte ihrer Bewerbung zu übersehen. Sie erklärte ihm, sie werde lieber im Auto als mit ihm schlafen, was umso vernichtender war, da ihm ein Blick aus dem Fenster zeigte, in wie prächtiger Verfassung ihr Wagen war.

Creekwood Apartments war ihre letzte Hoffnung.

Sie fuhr auf den Parkplatz und fragte sich, woher die Wohnanlage ihren Namen haben mochte, da es weit und breit weder einen Bach noch einen Wald gab. Dafür lungerten eine Reihe finster wirkender Gestalten auf dem Gelände herum.

Sie hielt zwischen einem roten Chevrolet mit verbeulten Kotflügeln und einem alten Lincoln Continental, an dessen Rückspiegel Plüschwürfel hingen. Wo gab es diese Dinger eigentlich zu kaufen?

Darcy ging ins Büro der Hausverwaltung, einen trostlosen Ort mit greller Neonbeleuchtung, dessen Plastiktopfpflanzen und andere Dekorationsstücke aus einem 99-Cent-Laden zu stammen schienen. Eine dicke, unfreundlich wirkende Frau in marineblauer Stretchhose und Hängebluse saß zusammengesunken hinterm Schreibtisch. Ihr Stuhl war zum tragbaren Fernseher gedreht, der auf einem Aktenschrank stand und in dem eine Wiederholung von *Drei Mädchen und drei Jungen* lief.

Sie wandte sich ihr zu, als Darcy eintrat.

»Hallo«, sagte Darcy. »Ich suche eine –«

Sie hielt sprachlos erstaunt inne. Dieses Gesicht kannte sie doch. Jedenfalls hatte sie es vor zwanzig Jahren gekannt.

Charmin Brubaker?

Nein, das konnte nicht sein. Die Charmin aus ihrer Highschool mochte ein kreischendes Miststück gewesen sein, aber sie war gertenschlank gewesen und hatte sich zu kleiden gewusst. Das Haar dieser Frau sah aus wie ein Topfreiniger aus Stahlwolle, sie hatte Falten wie ein Bluthund, und ihr fetter Leib quoll aus einer Hose, die zwar sehr weit, aber nicht weit genug war. Das konnte unmöglich Charmin sein!

Doch sie war es.

Ein Blinzeln reichte, um Darcy zweiundzwanzig Jahre zurück in die Highschool zu katapultieren – in eine Zeit, die sie nicht gerade in bester Erinnerung hatte. Charmin hatte niemanden gemocht, der hübscher oder beliebter war als sie selbst, und aus diesem Grund hatte sie Darcy geradezu gehasst. Das Gezänk und die Verleumdungen waren mit den Jahren immer schlimmer geworden und hatten schließlich einen einsamen Höhepunkt erreicht: das Rennen darum, wer beim Abschlussball Königin werden würde. Darcy hatte es damals viel Vergnügen gemacht, diesen Kampf zu gewinnen. Nun konnte sie nur hoffen, dass Charmin sich kein Vergnügen daraus machen würde, ihr ein Apartment zu verweigern.

»Na so was – Charmin!«, rief sie mit strahlendem Lächeln. »Wie lange ist das schon her? So ein Zufall, dir zu begegnen!«

Kaum hatte Charmin erkannt, wer vor ihr stand, verzog sie die Lippen zu einem feinen Hohnlächeln. »Ja, toller Zufall.«

Darcy hatte gehofft, Charmin habe ihre Schönheit gegen einen angenehmen Charakter getauscht und sei deshalb fähig, jeden Groll, den sie eventuell noch gegen sie hegen mochte, fahren zu lassen.

Pech gehabt.

Charmin musterte sie von oben bis unten. »Was machst du hier?«

Darcy hätte gern gesagt, sie habe sich in dieser üblen Gegend verfahren und nach dem Weg fragen wollen, doch die Wahrheit war alles, was sie hatte.

»Ich suche eine Wohnung.«

Charmin richtete sich misstrauisch auf. Sie merkte, dass etwas nicht stimmte. Und Darcy wollte sich auf keinen Fall näher mit diesem »Etwas« beschäftigen.

»*Du* willst hier wohnen?«, fragte sie. »Warum das denn?«

»Na ja … warum nicht?«

Es gab hundert Gründe, die dagegen sprachen, aber da Charmin vermutlich selbst hier wohnte, konnte sie keinen davon nennen, ohne zuzugeben, in einem Dreckloch zu hausen. Sie lehnte sich in ihren quietschenden Stuhl zurück, verschränkte die Wurstfinger und warf einen raschen Blick auf Darcys linke Hand.

»Du sollst einen reichen alten Kerl geheiratet haben. Was ist daraus geworden?«

»Wir sind nicht mehr zusammen.«

»Hmm. Wie schade. Was hast du gemacht? Deine ganze Abfindung verjubelt?«

Darcy hob das Kinn ein wenig. »Ist ein Apartment frei oder nicht?«

Charmins verlogene Augen wurden schmal. »Nein.«

»Draußen auf dem Schild steht das Gegenteil.«

»Vielleicht hab ich doch noch was. Aber es gibt nur ein Schlafzimmer.«

»Das reicht.«

»Und es liegt beim Pool.«

»Gut – ich sonne mich gern.«

»Dort sind ständig laute Partys.«

»Kein Problem – ich mag es, wenn gefeiert wird.«

»Im gleichen Trakt wohnt ein polizeilich registrierter Sexualtäter.«

»Ich habe Pfefferspray.«

»Die Mieter nebenan sollen angeblich ein Methamphetamin-Labor betreiben.«

Darcy trat einen Schritt zurück. »Und du hast nicht die Polizei verständigt?«

Charmin zuckte die Achseln. »Bisher gibt es keinen Grund für einen Durchsuchungsbefehl. Außerdem zahlen sie pünktlich ihre Miete.«

Darcy wartete, ob Charmin hinzusetzen würde, jemand sei bei einem satanistischen Ritual ermordet worden oder der Mieter über ihr sei ein selbstmörderischer Pyromane, doch sie wuchtete ihren fetten Leib aus dem quietschenden Stuhl und nahm einen Schlüssel vom Regal hinter sich. Darcy folgte ihr aus dem Büro.

Sie gingen durch die Anlage, wobei Darcy Gehsteigrissen auswich, die groß genug waren, kleine Kinder zu verschlingen. Sie merkte, dass Charmin Abneigung versprühte wie ein Profiboxer Schweiß. Und ihr war klar, dass diese Abneigung aus Neid rührte. Charmin war stinksauer darüber, im Gegensatz zu ihrer alten Konkurrentin ein Gesicht voller Falten und einen Hintern von der Größe Wisconsins zu haben.

Plötzlich ging auf der anderen Seite des Parkplatzes eine Tür auf, und eine dicke Frau in knallrotem Negligee tauchte auf. Ihre mit Wasserstoffperoxid gebleichte Mähne war auf wild toupiert und mit Spray fixiert.

»Charmin!«, schrie sie. »Sorgst du endlich dafür, dass mein Müllschlucker repariert wird, oder was?«

»Der Handwerker kommt morgen – das hab ich dir doch gesagt!«

»Vorgestern hast du mir das gesagt!«

»Wenn er kommt, ist er da!«

Die Mieterin warf ihr einen wütenden Blick zu und knallte die Tür ins Schloss.

»Interessante Frau«, sagte Darcy ein wenig erschrocken. »Hübsches Negligee.«

»Offensichtlich arbeitet sie heute.«

»Sie arbeitet?«

»Als Masseuse. Ihr Verdienst richtet sich danach, was die Kunden massiert bekommen wollen.«

»Sie ist sehr … kräftig gebaut.«

»Unsere Georgette war früher ein George.«

Eine transsexuelle Nutte. Hier bekam Darcy wirklich das volle Programm.

Charmin bog in den überdachten Durchgang eines Gebäudes. Dort standen zerbrochene Blumentöpfe und ein rostiges Fahrrad.

Kümmere dich nicht darum. Diese Sachen befinden sich schließlich außerhalb deiner Wohnung.

Darcy hörte quietschend eine Tür aufgehen. Sie drehte sich um und sah einen kräftigen, hoch aufgeschossenen Mann, der nichts als verschlissene Sportshorts trug. Er hatte sich seit Tagen nicht rasiert und wahrscheinlich schon längere Zeit nicht geduscht. An seiner Unterlippe hing eine bis zum Filter heruntergebrannte Zigarette. Er spähte durch seine spaltweit geöffnete Tür, und sein Blick sprang zwischen ihr und Charmin hin und her, als verfolgte er ein Tischtennisspiel.

»Hier gibt's nichts zu sehen, Bob«, sagte Charmin knapp. »Tür zu.«

Sein Blick sprang noch ein paar Sekunden von einer Frau zur anderen und blieb dann auf Darcy ruhen. Solche Augen hatte sie mal in einem blutrünstigen Thriller gesehen. Schließlich machte er die Tür wieder zu und schloss ab.

»Wer war das?«, fragte Darcy.

»Crazy Bob.«

»Warum nennst du ihn so?«

»Weil er glaubt, dass Regierungssatelliten seine Gedanken lesen.«

»Ist er der Sexualtäter?«

»Nein, er ist Lehrer.«

Lehrer? Das erklärte vermutlich, warum so manche Amerikaner nicht lesen konnten, dank Leuten wie Crazy Bob aber vermutlich die wildesten Verschwörungstheorien aufzustellen vermochten.

»Ich nehme an, er ist harmlos?«, fragte Darcy.

»Bis jetzt liegt nichts gegen ihn vor«, entgegnete Charmin. »Aber du solltest das Pfefferspray griffbereit haben, bis er seine Medikamente wieder regelmäßig nimmt.«

Sie stieß die Tür zu Apartment 827 auf, und Darcy folgte ihr. Sie hoffte das Beste, war aber bereit, sich mit dem Schlimmsten abzufinden.

Und da war es – das Schlimmste.

Der Desinfektionsgeruch deutete darauf hin, dass jemand zumindest versucht hatte, das Apartment zu reinigen, doch dass die Wohnung nicht vor Sauberkeit funkelte, war das geringste Problem. Die Küche lag gleich rechts vom kleinen Eingangsflur. Ihre Arbeitsflächen aus marmoriertem Laminat waren voller Brandflecken, die von Zigaretten stammten, und die Spüle aus Edelstahl hatte ihren Glanz schon vor Jahren eingebüßt. Die Küchengeräte sahen aus, als habe man sie in den sechziger Jahren bei einem Ratespiel für frisch Verheiratete gewinnen können, und hatten eine Farbe, die damals vermutlich *Avocado* hieß, besser aber *Kotze* geheißen hätte. Darcy nahm an, sie habe eine Linoleumallergie, denn kaum spürte sie das hässliche Zeug unter den Sohlen, kamen ihr die Tränen.

»Sämtliche Haushaltsgeräte gehören in die Wohnung«, sagte Charmin. »Sogar Waschmaschine und Trockner – das gibt's nicht alle Tage.«

Besonders nicht, wenn sie derart verbeult, verschmutzt und verkommen waren.

Im Wohnzimmer standen ein paar ramponierte Möbel, und die Jalousien hingen schief. Der grüne Teppich sah aus, als habe eine Katze eine Minigolfanlage zerwühlt.

Charmin führte sie in ein weiteres Zimmer.

»Na«, meinte Darcy, »hübscher Wandschrank.«

»Das ist das Schlafzimmer«, sagte Charmin schnippisch.

Sie hatte kein Ohr für Sarkasmus. Das war schon früher so gewesen. Darcy hatte sich in der Highschool vier Jahre lang immer dann mit ihr angelegt, wenn Charmins Verstand aus dem Tiefschlaf erwachte (was selten genug der Fall gewesen war). Damals war das wunderbar entspannend gewesen, aber im Lauf der Jahre hatte der Spaßfaktor ein wenig nachgelassen.

Und dann gab es noch das Bad. Wieder hässliches Linoleum, Brandflecke und eine kaputte Jalousie. *Hier kann ich unmöglich wohnen!*

»Wie viel?«, fragte Darcy.

»Fünfhundert im Monat«, sagte Charmin, und Darcy glaubte, »fünfzig Millionen« verstanden zu haben. Und doch war es – leider nicht grundlos – das Billigste, was sie gefunden hatte.

»Haustiere?«

»Nur kleine Hunde. Katzen machen die Gardinen kaputt. Dreihundert Dollar Kaution.«

Aha. Fünfzig Millionen Monatsmiete und dreißig Millionen, damit sie Pepé behalten konnte. Sie beschloss sofort, Charmin nichts von ihrem Chihuahua zu sagen. Gut möglich, dass sie den Hund nicht bemerken würde, solange Darcy die Jalousien unten ließ und darauf achtete, wann und wo sie ihn ausführte. Sollte sie erwischt werden, konnte sie sich immer noch mit der Kautionsfrage beschäftigen.

»Schon gut«, sagte sie. »Mein Ex nimmt den Hund.«

Genau. Als ob Warren wieder auftauchen würde, um ein Tier, das er nie gemocht hatte, in seine Obhut zu nehmen.

Im Büro füllte Darcy einen Mietantrag aus und gab ihn Charmin.

»Du arbeitest für eine Repo-Firma?«, fragte sie.

Da ließ sich nichts beschönigen. »Ja.«

»Und du schreibst, du bist die Büroleiterin?«

Eigentlich war sie Tagelöhnerin, aber das musste Charmin nicht wissen. »Stimmt.«

»Wie steht's mit Zeugnissen?«

Diese Frage hatte sie überall zu hören bekommen. »Ich habe noch nie eine Wohnung gemietet.«

»Kann jemand deine Zahlungsfähigkeit bestätigen?«

Darcy öffnete den Mund, merkte aber, dass sie nichts zu sagen wusste, und schloss ihn wieder.

Charmin stieß einen Seufzer falschen Bedauerns aus. »Das ist natürlich schlecht. Wir vermieten nur an solvente Mieter.«

»Hör mal, Charmin – ich hab gesehen, was für Leute hier herumgeistern. Willst du mir weismachen, das seien alles rechtschaffene Bürger?«

»Ich brauche die Miete für den ersten und die für den letzten Monat und eine Kaution.«

»Das habe ich.« Gerade so. Darcy war erstaunt gewesen, wie wenig sie für ihren wertvollen Ring bekommen hatte.

»Laut Mietantrag arbeitest du erst seit ein paar Wochen bei der Repo-Firma. Und das ist seit vierzehn Jahren deine erste Anstellung.«

»Hör mal, Charmin, ich steck ein bisschen in der Klemme – kannst du nicht etwas großzügig sein?«

Charmin blickte selbstgefällig. »Vielleicht.« Sie sah auf Darcys Füße. »Hübsche Schuhe.«

Darcy war es gewohnt, von Frauen um ihre Schuhe beneidet zu werden. Doch Charmins Brauen bewegten sich mit einer seltsamen Bosheit, aus der sie nicht schlau wurde.

»Welche Schuhgröße hast du?«, fragte Charmin. »Achtunddreißig?«

»Siebenunddreißig.«

»Hmm.« Sie lächelte gehässig. »Ich auch.«

Darcy dämmerte nur sehr langsam, was Charmin damit sagen wollte, doch als sie begriff, schaltete sie auf Alarmstufe Rot. »Was soll das heißen?«

»Dass ich dir gebe, was du haben willst, sofern ich dafür etwas bekomme, das ich haben will.«

»Du glaubst, du bekommst meine *Schuhe*?« Darcy schnaubte alles andere als damenhaft. »Die bekommst du nicht.«

»Ach nein? Dann bekommst du die Wohnung nicht.«

»Das ist doch wohl ein Witz.«

»Sehe ich aus, als würde ich Witze machen?«

Darcy musterte ihr Gesicht: keine Spur von Leichtigkeit zu entdecken. Was für ein Mensch musste man sein, um jemandem einen dummen Zwist aus der Highschool zweiundzwanzig Jahre lang nachzutragen?

Ein Mensch, den seine Mutter nach einem Toilettenpapier benannt hatte.

Angewidert riss Darcy sich die Schuhe von den Füßen und kickte sie zu Charmin. Die Hausverwalterin räumte das Paar hinter den Schreibtisch.

»Gut«, sagte sie und sah erneut in den Mietantrag. »Noch mal zu deiner Bonität …« Ihr Blick glitt auf Darcys Schoß. »Hübsche Tasche.«

Nein. Die Handtasche von Biasia würde sie *nicht* bekommen! Darcy schob sie so behutsam wie beschützend außer Sicht. »Das ist ein Imitat.«

»Wenn es so wäre, würdest du nicht versuchen, die Tasche zu verstecken.«

Hatte sie wirklich geglaubt, ihre Schuhe allein würden Charmin zufriedenstellen? Ebenso gut hätte sie dem Höllenhund einen einzelnen Hundekuchen in der Erwartung hinwerfen können, er werde ihr den Eintritt in die Unterwelt gestatten.

»Weiß der Hauseigentümer, dass du eine Erpresserin bist?«, fragte Darcy.

»Von ihm aus kann ich morden, solange nur alles vermietet und die Kriminalitätsrate auf dem Gelände niedrig ist.«

Darcy stand auf, schüttete die Handtasche aus, sodass der Inhalt auf Charmins Schreibtisch purzelte, und knallte das gute Stück auf die Tischplatte.

»Bitte sehr. Für dich.«

Charmin warf ihr einen gehässigen und selbstzufriedenen Blick zu. »O je. Du brauchst sicher was für deine Sachen.« Sie kramte in einer der unteren Schreibtischschubladen und ließ Darcy dann die Wahl. Dabei wies sie mit dem Kopf erst auf die rechte, dann auf die linke Hand und fragte: »Papier? Oder Plastik?«

Darcy riss Charmin die Plastiktüte aus der Linken, stopfte den Inhalt ihrer Handtasche hinein und tröstete sich mit dem Gedanken, diese Frau werde nie elegant aussehen – ganz gleich, was sie trug. Mochte sie sich ruhig eine Biasia-Tasche über die Schulter hängen und Schuhe von Claudia Ciuti tragen: Das wäre doch nur so, als würde man einem fetten Maultier einen silbergeschmückten Sattel umschnallen.

Darcy schob das Geld über die Tischplatte und wollte ihr Exemplar des Mietvertrags und den Wohnungsschlüssel nehmen, doch Charmin schob beides aus ihrer Reichweite. Dann beugte sie sich vor und sagte leise: »Erzähl schon, Darcy. Wie bist du von ganz oben an einen Ort wie diesen geraten? Da muss es doch eine Geschichte geben.«

»Das geht dich nichts an.«

»Hast du vor der Hochzeit einen dieser fiesen Eheverträge unterschrieben und stehst nun vor dem Nichts?«

»Offen gesagt hatte ich keine Ahnung vom Nichts, ehe ich in diese Wohnanlage kam.«

»Und doch bist du hier gelandet.« Charmin richtete sich mit süffisanter Miene auf. »Je höher man steigt, desto tiefer fällt man, was?«

Darcy nahm die Plastikeinkaufstasche, ihren Mietvertrag und den Schlüssel und verließ das Büro, während Charmin ihr nachkicherte. Immer wenn sie dachte, sie sei aufs Äußerste gedemütigt worden, drehte sich die Erniedrigungsspirale und ließ sie noch tiefer sinken.

Sie stieg in ihre Gertie und saß einige Zeit lang reglos da. Tränen traten ihr in die Augen. Wie hatte ihr das nur zustoßen können? Wie?

Sie wollte nur noch zurück nach Hause. Sie wollte auf dem Chintzsofa in ihrem Wohnzimmer sitzen und die *Oprah Winfrey Show* sehen, während das Sonnenlicht durch ihre prächtigen Fenster fiel. Sie wollte ihre Freundinnen bei sich zu Gast haben und über alle Abwesenden tratschen. Sie wollte in unerhört teuren Restaurants zu Mittag essen und elegante Speisen wie

Trüffelrisotto mit Crème fraîche zu sich nehmen, dann die Platinkarte zücken und großzügig Trinkgeld geben.

Vor allem aber wollte sie Warren in eine dunkle Seitenstraße bitten, um ihre Kastrationsfantasien auszuleben.

Von dieser Vorstellung befeuert, beschloss sie, nicht aufzugeben. Irgendwie würde sie eines Tages wieder nach oben kommen. Und die schönste Fantasie von allen war, dass Jeremy Bridges wieder auftauchen, mit der Spielerei aufhören, sich wahnsinnig in sie verlieben und ihr einen Ring an den Finger stecken würde. Wenn das geschähe, würde sie in Charmins Büro zurückkehren, ihr den Ring mit dem im Sonnenlicht funkelnden Edelstein unter die Nase halten und zusehen, wie sie vor Neid vom Scheitel bis zur Sohle grün werden würde.

Dann dachte sie an John.

Die Erinnerung an jenen Kuss erregte sie noch immer. Seitdem sie begriffen hatte, dass *er* ihr die Kleidung gekauft hatte, nahm sie ihn anders wahr: als einen Mann, hinter dessen schroffem Äußeren sich womöglich ein Herz verbarg. Mit Herzen allerdings ließen sich keine Rechnungen bezahlen, und wenn sie Männer danach beurteilen würde, ob sie küssen konnten oder nicht, wäre sie bis an ihr Lebensende pleite.

Amy öffnete die Tür zu Johns Büro und steckte den Kopf hinein. »Ich weiß noch immer nicht, was ich hinsichtlich der Corvette unternehmen soll. Wenn er damit weder zur Arbeit noch sonst wohin regelmäßig unterwegs ist und sie immer in der Garage lässt, wenn er sie nicht gerade fährt, kann man ihn eigentlich nur geduldig beschatten.«

John warf seinen Kugelschreiber auf den Schreibtisch. »Dafür will ich jetzt keine Zeit opfern. Außerdem sind die Raten noch nicht lange überfällig.«

Und um ehrlich zu sein, war John jeder Gedanke an dieses Fahrzeug noch äußerst unangenehm. Wie oft hatte er schließlich in den letzten drei Jahren einen Wagen nicht eingesackt, sondern zurückgebracht?

»Was ist mit dem Infiniti?«, fragte Amy und setzte sich auf den Stuhl vor seinem Schreibtisch. »Ich dachte, den hättest du geholt?«

»Er war vorn und hinten zugeparkt, und der Besitzer hat auf mein Klingeln nicht reagiert. Ich muss den Wagen morgen früh vom Parkplatz seines Büros abschleppen.«

»Er arbeitet in Arlington. Bis dahin sind es fast achtzig Kilometer.«

»Ich bin schon weiter gefahren, um Autos einzusacken.«

Amy lächelte verschmitzt. »Ich hatte bloß gedacht, du willst nicht so lange aus dem Büro verschwinden.«

»Warum nicht?«

»Weil du deiner neuen Lieblingsbeschäftigung dann nicht nachgehen kannst.«

»Und die wäre?«

»Darcy anzustarren.«

John sah zur Seite. »Du weißt, dass sie nicht mein Typ ist.«

»Komm schon, John. Die Männer überschlagen sich

fast, um sie sich näher anzusehen. Ich kann mir keinen Mann vorstellen, dessen Typ sie *nicht* wäre.«

»Es kommt nicht allein aufs Aussehen an. Du weißt, dass ich verwöhnte Frauen nicht ausstehen kann.«

»Mag sein. Aber ich habe gesehen, wie du sie anschaust.«

»Wahrscheinlich verwechselst du mich mit Tony.«

»Nein. Der ist ihr prompt ausgewichen.«

»Unsinn. Für Tony ist keine Frau tabu.«

»John, bitte – selbst er ist klug genug, um zu wissen, dass man sich nicht mit dem Mädchen des Chefs einlässt.«

»Amy – such dir zum Ärgern bitte jemand anderen.«

»He, du setzt mir ständig wegen der Männer zu, mit denen ich mich treffe.«

»Und du setzt mir ständig wegen der Frauen zu, mit denen ich mich nicht treffe«, erwiderte John.

»Du wärst wesentlich glücklicher, wenn du eine Freundin hättest.«

»In meinem Leben gibt es jede Menge Frauen.«

»Ja, für eine Nacht. Du nörgelst an jeder herum. Keine ist dir gut genug.«

»Das stimmt nicht.«

»Natürlich stimmt das. Oder erinnerst du dich nicht mehr an Jennifer?«

Doch, er erinnerte sich an sie. Große Augen, große Brüste und viel Stroh im Kopf. Sie arbeitete im McMillan hinter der Theke. Während Tony sich an eine der Kellnerinnen herangemacht hatte, hatte Jennifer sich an John herangemacht. Sie hatten sich drei Wochen lang getroffen, doch dann hatte er es nicht mehr ertragen.

»Du hast sie fallen gelassen, weil sie nicht wusste, wer als Erster den Mond betreten hat«, sagte Amy.

»Diese Frau hat in ihrem Leben noch keine Dokumentation gesehen, immer nur die Zeichentrickfilme am Samstagvormittag – und Pleiten, Pech und Pannen.«

Tatsache war, dass ihn die meisten Frauen auf die Dauer langweilten. Sie lächelten alle auf die gleiche Art, redeten das Gleiche und sahen einander zum Verwechseln ähnlich. Wenn er sich nicht schnell genug aus dem Staub machte, begannen sie zu klammern. Und alle hatten sie bloß die Ehe im Kopf.

Darcy dagegen …

Sie mochte auf eine Ehe aus sein, aber nicht mit einem Mann wie ihm. Und er konnte sich nicht vorstellen, dass sie je klammerte. Sie mochte herrisch und streitlustig sein: Klammern würde sie nicht. Aber dass eine Frau sich von allen anderen Frauen unterschied, sprach nicht automatisch für sie, oder?

Obwohl – vielleicht ja doch. Mit ihr war jeder Tag neu. Er wusste nie, was er zu erwarten hatte. Sicher, sie war ein bisschen verrückt, aber wenigstens nicht langweilig.

In diesem Moment ging die Eingangstür auf, und Darcy kam ins Büro. Sie trug einen geblümten Rock von Wal-Mart – einen von denen, die er ausgesucht hatte – und ein so enges Stricktop, dass ihre Figur darin fast überdeutlich zur Geltung kam. Da sie schon in billigen Sachen so gut aussah, begriff er umso weniger, warum sie ihr Geld für exklusive Klamotten verschwenden wollte.

»Genau das meine ich«, sagte Amy.

John nahm widerstrebend den Blick von Darcy. »Was?«

»Du starrst sie schon wieder an.«

»Ich habe nicht gestarrt.«

Amy rollte die Augen.

Darcy nahm einen Stift, schrieb rasch etwas auf einen Zettel und kam in Johns Büro.

»Ich habe am Wochenende ein Apartment gemietet«, sagte sie. »Das ist meine neue Adresse. Sie wollen die Personalakten sicher auf dem neuesten Stand halten.«

Er sah auf den Zettel und war jäh beunruhigt. »Da wohnen Sie ja in den Creekwood Apartments.«

»Richtig. Ich ziehe nächsten Samstag ein.«

»Das ist ein grässliches Loch.«

»Stimmt, aber wenigstens ist es *mein* Loch.«

»Ich habe als Streifenpolizist dort in der Gegend Dienst geschoben. Da wohnt nur Abschaum. Da dürfen Sie nicht wohnen.«

»Tut mir leid, John – ich hab schon unterschrieben.«

»Warum bleiben Sie nicht bei Ihren Eltern?«

»Wenn Sie meine Eltern kennengelernt hätten, würden Sie das nicht fragen.«

»Darcy, ich sage Ihnen –«

»Wollen Sie mein Gehalt vielleicht um dreihundert Dollar erhöhen, damit ich mir eine anständige Wohnung leisten kann?«

»Äh … nein.«

»Dann will ich nichts mehr davon hören.«

Mit diesen Worten hob sie das Kinn auf die ärgerliche Weise, auf die sie ihm stets zu verstehen gab, eine Sache sei erledigt, verließ sein Büro und kehrte an ihren Schreibtisch zurück.

»Genau das meine ich«, sagte John. »Sie spinnt.«

Amy schüttelte den Kopf. »Manchmal bist du beängstigend blind.«

»Wie meinst du das?«

»Erst wirfst du ihr vor, hilflos und verwöhnt zu sein, und wenn sie dann versucht, selbst etwas geregelt zu bekommen, schimpfst du schon wieder über sie.«

»Aber die Creekwood Apartments sind gefährlich.«

»Stimmt. Gib ihr trotzdem ein paar Pluspunkte dafür, dass sie sich Mühe gibt, ja?«

Es machte ihn verrückt, wenn Leute Dummheiten begingen, und im Allgemeinen fühlte er sich verpflichtet, ihnen das zu sagen. Aber diese Frau würde selbst dann nicht auf ihn hören, wenn er sie aufforderte, den Kopf aus dem Maul des Löwen zu nehmen.

Früher oder später musste jemand sie vor sich selbst retten. Aber wer war bescheuert genug, diese Aufgabe zu übernehmen?

13

Am folgenden Samstag zog Darcy sich frühmorgens Shorts und ein T-Shirt an, band ihre Haare zum Pferdeschwanz und machte sich daran, ihr neues Apartment wohnlich zu machen. Sie hatte beschlossen, fürs Erste ein paar Einrichtungsgegenstände zu mieten, bis sie genug Gebrauchtmöbel zusammenhätte, um die Wohnung einzurichten. Nachdem die Möbel angeliefert waren, fuhr Darcy zu Wal-Mart, um Gläser, Besteck, Bettzeug, Reinigungsmittel, Hundefutter und ein paar Tüten Esswaren zu kaufen. Ihre Mutter hatte ihr ein altes Set Keramikgeschirr sowie Töpfe und Pfannen mitgegeben. Die Mikrowelle allerdings musste bis zu ihrem nächsten Gehalt warten.

Bis zum Abend hatte sie tatsächlich einen Ort geschaffen, an dem es sich wohnen ließ. Im Apartment wurde es langsam dunkel, und wenn sie die Augen zusammenkniff, konnte sie sich fast einreden, ihr Wohnzimmer sei gemütlich. Pepé allerdings war nicht besonders begeistert von seinem neuen Zuhause und verbrachte die meiste Zeit unterm Bett. Er würde sich letzten Endes schon eingewöhnen – das hoffte sie jedenfalls. Was Pepé beunruhigte, führte nämlich meist zu Pinkelorgien an den unmöglichsten Orten.

Darcy überlegte gerade, ob sie ihr Abendessen vom

Taco Hut Drive-in holen sollte, als es an der Tür klopfte. Sie spähte durch den Spion und sah ihre Eltern im überdachten Durchgang stehen. Offensichtlich war ihr Vater aus der Werkstatt nach Hause gekommen, und ihre Mutter hatte darauf bestanden, vorbeizusehen. Toll. Sie war ausgezogen, um ihnen zu entrinnen, und da waren sie wieder.

Sie öffnete die Tür. Beim Eintreten blickte Lyla über die Schulter zurück. »Mein Gott – wer ist denn der furchtbare Kerl in der Wohnung gegenüber?«

»Crazy Bob«, sagte Darcy.

Lyla fasste sich an die Kehle. »Warum nennt man ihn so?«

»Weil er glaubt, dass Regierungssatelliten seine Gedanken lesen.«

»Oh, darüber hab ich was im *National Enquirer* gelesen. Sie senden einem alle möglichen Sachen ins Hirn.« Sie warf Darcy einen wissenden Blick zu. »Vielleicht ist er weniger verrückt, als du denkst.«

»Nein«, sagte Clayton, »der ist ganz sicher so verrückt, wie man nur sein kann.«

»Ach ja?«, fragte Lyla. »Wart's ab, bis die Regierung dein Hirn mit Mikrowellen bestrahlt. Dann werden wir sehen, wer recht hat.«

»Na, Dad?«, fragte Darcy. »Ist das nicht eine tolle Wohnung?«

Clayton sah sich flüchtig im Apartment um, ohne von seinem Platz an der Tür viel erkennen zu können. »Wenigstens hast du ein Dach überm Kopf. Im Radio gibt's Baseball – Texas Rangers. Ich warte im Auto.«

Na, immerhin war ihr Vater mit ihrer Wohnung einverstanden. Allerdings hielt er Gertie auch für ein akzeptables Fortbewegungsmittel, und das wiederum ließ Darcy an seinen Ansichten zweifeln.

Lyla ging ins Wohnzimmer und verzog angewidert das Gesicht. »Diese Möbel sind scheußlich.«

»Mietmöbel sehen meistens nicht gerade verlockend aus.«

»Die Jalousien sind verbogen.«

»Ich bin froh, dass es überhaupt welche gibt.«

»Und dieser fürchterliche Teppich!«

»Er hat so viele alte Flecken, dass neue Flecken nicht auffallen.«

»Warum hast du nur unbedingt ausziehen wollen? Du hättest so lange bei uns wohnen können, wie es nötig gewesen wäre.«

Aber ich wollte nicht den Verstand verlieren. »Ich hab einfach meine eigenen vier Wände gebraucht.«

»Was soll ein Mann denken, wenn er dich hier zu einer Verabredung abholt?«

Darcy schloss entnervt die Augen. Ein Gutes hatte dieser Besuch ihrer Mutter jedenfalls: Sie konnte nun vollkommen sicher sein, dass es richtig gewesen war, sich eine eigene Wohnung zu suchen.

Dann klopfte es erneut an der Tür. Sie ging in den Flur, spähte wiederum durch den Spion und blinzelte vor Erstaunen erst einmal, dann ein zweites Mal. War das wirklich derjenige, den sie zu sehen meinte?

»Das ist Jeremy Bridges«, sagte sie zu ihrer Mutter.

Lyla fuhr erstaunt herum. »Jeremy Bridges? Hier? *Jetzt?*«

»Ja.«

»Du darfst ihn nicht reinlassen«, sagte ihre Mutter. »Wenn er die Wohnung sieht, macht er auf dem Absatz kehrt. Und dann ist er für immer weg, Darcy. Mach bloß nicht die Tür auf!« Sie packte Darcy am Arm. »Nein, warte. Wenn ich's mir recht überlege, musst du öffnen. Nachdem er es schon bis hierher geschafft hat, ohne sich abschrecken zu lassen …« Dann stöhnte sie. »Mein Gott! Wie du aussiehst! Furchtbar!«

Sie zog ihr das Gummiband aus dem Haar.

»Mom! Was machst –«

»Sei still.« Sie drapierte Darcys Haar auf den Schultern. »Was deinen Aufzug angeht, lässt sich nichts machen. Achte bloß darauf, dich aufrecht zu halten.« Sie drohte ihr mit dem Zeigefinger. »Und vermassle das ja nicht!«

Darcy rollte die Augen und öffnete dann die Tür. Durch den Spion hatte sie Jeremy nicht gut erkennen können, und nun vermochte sie seine Veränderung kaum zu fassen.

Das bewusst unansehnliche Hawaii-Zeug war verschwunden. Stattdessen trug er eine Khakihose, ein Polohemd von Lacoste und Halbschuhe. Lässig, aber elegant. Außerdem schien er beim Friseur gewesen zu sein und sich frisch rasiert zu haben. In der Linken hielt er einen in blau getöntes Zellophan verpackten, von einer Satinschleife gekrönten Korb. Darcy hatte keine Ahnung, worum es sich dabei mal wieder handeln mochte.

Nun, da sie einander erstmals gegenüberstanden, musste sie aufschauen, um ihm in die Augen zu sehen – scharfe, intelligente Augen, deren Blick »Mir entgeht nichts!« zu sagen schien und vor denen sie sich sofort in Acht genommen hatte, als sie vor Wochen zu ihm in die Limousine gestiegen war.

Und dann war da dieses Lächeln.

»Hallo Darcy.«

»Hallo Jeremy.« Sie musterte ihn von oben bis unten. »Heute zu keiner Strandparty unterwegs?«

»Das ist lässige Mode für Millionäre. Ich dachte, es würde Ihnen gefallen.«

Und das tat es. Welcher Frau hätte es nicht gefallen? Und obwohl er Geld wie Heu hatte, war er kein neureicher Protz.

In der Ferne sah Darcy das Heck seiner Limousine langsam aus dem Blickfeld gleiten. Der Fahrer suchte vermutlich einen Parkplatz. Ihr Rat: Plano-West.

Sie sah sich misstrauisch um. »Und wo ist Ihr Wachhund?«

»Ich habe Bernie überredet, im Wagen zu bleiben. Aber keine Sorge: Sie hat die Fenster offen gelassen.«

»Darcy!«, mahnte ihre Mutter. »Steh doch nicht nur da! Bitte Mr Bridges herein!«

Darcy seufzte und machte die Tür ganz auf. Er trat über die Schwelle und ging an der Küche vorbei ins Wohnzimmer.

»Jeremy – das ist meine Mutter, Lyla Dumphries.«

Ihre Mutter hob geziert die Hand und legte den Kopf schief. »Mr Bridges – wie *reizend*, Sie kennenzulernen.«

»Ich hatte nicht erwartet, Ihrer Mutter zu begegnen, Darcy«, sagte Jeremy. »Aber jetzt weiß ich, woher Sie Ihre Schönheit haben.«

Dann küsste er ihrer Mutter die Hand. Tatsächlich –

er küsste ihr die Hand! Darcy dachte, sie müsse sich übergeben. Und ihre Mutter kicherte! Kaum begegnete sie einem Millionär, verwandelte sie sich gleich in die vornehm tuende Blanche DuBois, die in *Endstation Sehnsucht* dem T-Shirt tragenden Stanley Kowalski (alias Marlon Brando) zum Opfer fällt, davor aber naiv von einer Affäre in die andere taumelt.

»Also …«, sagte Lyla. »Ich habe gehört, Sie und Darcy haben sich schon ein wenig kennengelernt.«

»Aber ja, das haben wir«, antwortete Jeremy.

»Nein, das haben wir nicht«, erwiderte Darcy. »Ich diene Mr Bridges nur zur Unterhaltung.«

»Na«, sagte er, »gute Unterhaltung ist schwer zu finden.«

»Das kann ich kaum glauben – schließlich sind Sie reich genug, um sich ganze Vergnügungsparks zu kaufen.«

»Darcy!«, flüsterte Lyla verärgert. »Nimm dich zusammen!«

Zusammennehmen? Nur weil dieser Kerl im Geld schwamm?

Doch zugegeben: Das war tatsächlich ein guter Grund – vorausgesetzt, er würde sich endlich auf sie einlassen und ihr das Interesse entgegenbringen, das sie letztlich vor den Traualtar führen würde, denn dann könnte auch sie ihn ernst nehmen. Aber solange er sie nicht davon überzeugte, dass er sie nicht bloß in der Gegend herumschubste, hatte sie nicht vor, sein Spiel mitzuspielen.

»Was verschafft uns die Ehre Ihres Besuchs?«, fragte Lyla.

»Ich bin nur vorbeigekommen, um mir die neue Wohnung Ihrer Tochter anzuschauen.«

»Woher wissen Sie überhaupt, dass ich umgezogen bin?«, wollte Darcy wissen.

»Aber Darcy – ich bin stinkreich, und Geld öffnet jeden Mund. Es gibt wohl nichts, was ich nicht herausfinden könnte.« Er sah sich im Wohnzimmer um. »Toll, was Sie aus dem Apartment gemacht haben. Beinahe atemberaubend.«

»Ja«, bemerkte Darcy. »Mir hat die Wohnung auch den Atem geraubt, als ich sie das erste Mal gesehen habe.«

»Sie wohnt hier natürlich nur vorübergehend«, sagte Lyla. »Meine Tochter macht aufgrund der Hinterhältigkeiten ihres Exmanns gerade schwere Zeiten durch. Aber das wissen Sie natürlich. Schließlich hat er auch Ihnen Verdruss bereitet.«

»Meinen Sie die Unterschlagung? Daran habe ich keinen Gedanken mehr verschwendet. Wenn Warren deswegen von der Bildfläche verschwunden ist …« – er wandte sich Darcy zu und lächelte sie vielsagend an –, »… war es die Sache wert.«

Darcy rollte die Augen. »Sie sind ein echter Widerling.«

»Darcy Elaine Dumphries! Was hast du da gesagt?«

»Glaub mir, Mom, er hat wahrscheinlich ein Heer von Privatdetektiven auf Warren und die dreihunderttausend Dollar angesetzt.« Sie wandte sich an Jeremy. »Warum sind Sie wirklich hier?«

»Um Ihnen ein Einzugsgeschenk zu bringen.«

Er stellte den Korb auf den Tresen zwischen Küche und Wohnzimmer.

»Hast du das gehört, Darcy? Ein Geschenk! Wie nett!«

»Ja«, sagte Darcy. »Nett.«

»Willst du es denn gar nicht aufmachen?«, fragte Lyla.

Seufzend lockerte Darcy die Schleife, bis das Zellophan abglitt. Sofort beugte ihre Mutter sich über den Korb und zog eine kleine Dose heraus.

»Beluga-Kaviar – das ist doch der teure, oder?«

»Der ist extrem teuer«, versicherte Jeremy.

Gut. Nun wusste Darcy, warum er hier war. Es ging um das Gleiche wie früher. Erst ein tausend Dollar-Starbucks-Gutschein, jetzt Beluga-Kaviar. Den hatte sie erst einmal gegessen, und er hatte erstklassig geschmeckt. Bei einem Preis von hundertfünfzig Dollar auf knapp dreißig Gramm konnte man das wohl auch erwarten.

Lyla zog eine silberfarbene Schachtel aus dem Korb und öffnete sie. »Das sind ja herrliche Kristallgläser!«

Kristallgläser? Und das, obwohl Bridges im Kühlschrank seiner Limousine Dosencola spazieren fuhr?

»Hand aufs Herz«, sagte Darcy zu Jeremy. »In Ihrem ganzen Haus gibt's kein einziges Kristallglas, stimmt's? Ich schätze, bei Ihnen gibt's … Tupperware.«

»Um Himmels willen – nein«, sagte Jeremy.

»Um *Himmels* willen – nein!«, wiederholte Lyla.

»Ich nehme einfach die großen Plastikbecher mit, wenn ich vom Rodeo zurückkomme.«

Lyla starrte ihn einen Augenblick lang verständnislos an, begriff dann aber, dass er einen Witz gemacht hatte. Oder doch nicht? Bei diesem Kerl war das schwer zu sagen. Schließlich kicherte sie nervös und warf Darcy einen vernichtenden Blick zu. »Sei froh, dass Mr Bridges Sinn für Humor hat. Ich könnte es ihm nicht verdenken, wenn er seine großzügigen Geschenke zurücknehmen würde.«

Sie fingerte noch ein wenig im Korb herum. »Oh, Darcy! Sieh mal! Schokolade von Godiva!«

»Die wiegt nur vier Pfund«, sagte Jeremy. »Leider gibt es keine größeren Packungen.«

Darcy dachte daran, dass sie in ihrem früheren Leben zuerst die Trüffel in Zartbitterschokolade gegessen und dass deren Aroma ihre Geschmacksknospen vor Freude hatte pulsieren lassen. Aber sie würde Jeremy nicht die Genugtuung gönnen, bei diesem Geschenk in wilde Begeisterung auszubrechen. Sie würde warten, bis er längst verschwunden wäre, und dann den Großteil der Packung auf einen Sitz niedermachen.

»Oooh! Parfum!«, keuchte ihre Mutter.

Darcy warf einen Blick auf die Schachtel. Das durfte nicht wahr sein. Clive Christian Nr. 1?

Bei ihrem letzten Besuch in einem Luxuskaufhaus hatte sie die mit einer Goldmanschette verzierte Bleikristallflasche sehnsüchtig angeschaut und genau gewusst, dass Warren einen Herzinfarkt erlitte, wenn sie ein Parfum kaufen würde, von dem dreißig Milliliter zweitausend Dollar kosteten. Und von dem, was dreißig Milliliter kosteten, konnte sie monatelang ihre Miete bezahlen. Warum tat Bridges ihr das an?

Lyla zog noch eine Schachtel hervor. »Hundekuchen?«

»Das sind Leckereien von Schoßtier«, sagte Jeremy, »der Firma für den anspruchsvollen Hund.«

»Woher wissen Sie, dass ich einen Hund –«, begann Darcy, seufzte dann aber und sagte: »Schon gut.«

Jeremy öffnete die Schachtel, zog einen winzigen Hundekuchen heraus und rief Pepé herbei. Der verschlang das Leckerli und sah dann mit grenzenloser Liebe zu ihm auf.

»Sehen Sie«, sagte Jeremy. »Ihr Hund hat Geschmack.«

»Mhm. Pepé ist ein wahrer Feinschmecker. Er frisst auch Gummibänder und Teppichflusen.«

»Und da ist noch etwas«, erklärte Jeremy, griff in den Korb, nahm einen Umschlag heraus und gab ihn Darcy.

»Was ist das?«

»Ein Gutschein für eine Beratung durch Hiro Kasamotsu, den Feng-Shui-Meister großer Filmstars.«

»Was?«

»Sagen Sie mir nur kurz Bescheid, und ich lasse ihn von Los Angeles nach Dallas einfliegen – erster Klasse natürlich, damit er sich nicht unter Touristen drängeln muss.«

Darcy sah ihn verblüfft an. »Das ist doch wohl ein Witz, oder?«

Jeremy grinste. »Ich wusste, Sie wären überrascht.«

»Ein Meister in *was*?«, fragte Lyla.

»Feng Shui ist eine alte Kunst«, erklärte ihr Jeremy. »Wenn man seine Möbel, Spiegel und Pflanzen richtig platziert, soll das Glück bringen.« Er beugte sich zu Lyla vor und fuhr in vertraulichem Ton fort. »Alle großen Berühmtheiten sollen ihre Häuser nach den Grundsätzen des Feng Shui eingerichtet haben.«

»Ohh!«, sagte Lyla, obwohl sie nicht die leiseste Ahnung hatte, wovon Jeremy redete. Der einzige Meister, mit dem ihre Mutter etwas anfangen konnte, war der Expander-Meister, mit dem man Arm- und Beinmuskeln trainierte. Der Begriff Feng Shui würde ihr erst etwas sagen, wenn man im Shopping-Kanal die entsprechenden Videos würde kaufen können.

»Feng Shui?«, fragte Darcy. »Hier? Sind Sie verrückt geworden?«

»Was?«, fragte Jeremy zurück. »Wollen Sie Ihr neues Heim nicht mit Harmonie und Reichtum erfüllt sehen?«

»Vergessen Sie die Harmonie. Reden wir über Reichtum. Wie wäre es mit kaltem, hartem Bargeld? Das könnte ich brauchen.«

Jeremy lächelte. »Wer hat noch gesagt: ›Kümmert euch um die überflüssigen Dinge, und die Notwendigkeiten kümmern sich um sich selbst‹?«

»Eine Frau, die nicht total pleite war. Wer sonst?«

»Darcy!«, stieß ihre Mutter hervor und wandte sich wieder an Jeremy. »Ich hoffe, Sie sehen über den Missmut meiner Tochter hinweg. Sie hat in letzter Zeit viel aushalten müssen.« Sie warf ihm ein geziertes Lächeln zu. »Die Geschenke sind einfach reizend.«

»Danke, Lyla.«

»Gut«, sagte sie und sah erst ihre Tochter, dann Jeremy, dann wieder ihre Tochter an. »Ich schätze, ich sollte gehen.« Sie streckte ihm erneut die Hand entgegen. »Ich freue mich sehr, Sie kennengelernt zu haben.«

»Die Freude ist ganz meinerseits, Lyla. Ich hoffe, wir sehen uns bald wieder.«

Ihre Mutter lächelte kokett, kehrte Jeremy den Rücken zu, warf Darcy einen Blick zu, dessen Bosheit einen Mammutbaum hätte verdorren lassen können, und gab ihr mit lautlosen Lippenbewegungen zu verstehen: *Benimm dich!*

Darcy hörte ihre Mutter bereits beim Nachbarschaftstreff im Clubhaus des Trailerparks tönen. Sie würde allen erzählen, ihre Tochter treffe sich mit dem *Eigentümer mehrerer international tätiger Konzerne*, der in einem *Fünf-Millionen-Dollar-Haus* lebte, eine *Insel vor der Küste von Belize* besaß und eine *Leibwächterin* hatte, weil er ein so *wichtiger Mann* war.

Ja, das hörte sich recht gut an. Doch was sollte das Ganze, wenn Darcy davon nichts anderes hätte, als gut zu riechen, während ihre Hüften immer breiter wurden, weil sie in einer nach Harmoniegesichtspunkten eingerichteten Wohnung Kaviar und Luxusschokolade aß?

Nachdem ihre Mutter das Apartment verlassen hatte, ging Darcy zum Korb und stopfte alles wieder hinein.

»Auch wenn Sie mich für paranoid halten«, begann Jeremy, »in mir erwächst allmählich das Gefühl, Sie mögen meine Geschenke nicht.«

»Ach ja? Wie kommen Sie denn darauf?«

»Ihre Mutter habe ich auf jeden Fall beeindruckt.«

»Meine Mutter ist eben leicht zu beeindrucken.«

»Ich bringe Ihnen all diese *herrlichen* Einzugsgeschenke mit, und das ist der Dank dafür? Ich glaube, Sie haben meine Gefühle wirklich verletzt.«

»Kommen Sie, Bridges. Sie besitzen gar keine Gefühle, die sich verletzen ließen. Das alles ist einfach lächerlich, und das wissen Sie.«

»Lächerlich, ja? Sagen Sie, Darcy – wäre es auch lächerlich gewesen, wenn diese Sachen vor ein paar Wochen von Ihrem Mann gekommen wären?« Er rückte ein wenig näher. »Wollen Sie mir erzählen, Sie hätten nicht demnächst einen seltsamen Asiaten antanzen lassen, damit er Ihre Möbel anders hinstellt und mitten in Ihrem Wohnzimmer einen Wassergarten aufbaut? Das hätten Sie sicher getan, wenn Ihnen nicht zwischenzeitlich Ihr gesamtes Vermögen abhandengekommen wäre.«

Darcy öffnete den Mund, um zu widersprechen, schloss ihn aber wieder. Ja, sie hätte vermutlich so einen Japaner einfliegen lassen. Aber nachdem ihr ganzes Leben kopfstand, wäre es irgendwie … dumm, für solche Dinge Geld auszugeben.

»Ich hatte bloß gedacht, eine Frau, die an die schönen Dinge des Lebens gewöhnt ist, würde gern die Gelegenheit nutzen, ein paar davon zurückzuerhalten«, sagte Jeremy.

»Was ich im Moment gern hätte, sind Essen auf dem Tisch, Benzin im Tank und einen monatlichen Scheck für die Miete.«

»Sie reden über laufende Kosten.«

»O ja.«

»Geschenke sind unverbindlich.« Er kam noch näher. »Die Übernahme laufender Kosten dagegen ist mit … Verpflichtungen verbunden.«

Bei diesen Worten schien Anzüglichkeit seine Augen zu verdunkeln, und plötzlich sah dieser groß gewachsene Junge dem Mann sehr ähnlich, der er war.

Darcy sah weg. »Ich weiß nicht, wovon Sie reden.«

»Kommen Sie, Darcy – Sie sind vielerlei, aber sicher nicht ahnungslos.«

Sie sah ihm in die Augen. »Was wollen Sie wirklich von mir?«

»Sex natürlich – was sonst?«

»Sie schenken mir unnütze Dinge wie diese hier und erwarten dann, dass ich mit Ihnen schlafe?«

»Mit anderen Worten: Sie haben einen Preis, doch ich habe ihn noch nicht herausgefunden?«

»Ich bin nicht interessiert.«

»Natürlich sind Sie das.« Er öffnete die Schachtel mit den Kristallgläsern, nahm eines heraus, hielt es hoch und ließ das Licht auf dem geschliffenen Glas spielen. »Kristallgläser klingen, wenn man mit nassem Finger ihren Rand entlangfährt – haben Sie das gewusst?«

Allerdings. Sie wusste auch noch, was sie gedacht hatte, als Warren ihr das kurz nach der Hochzeit gezeigt hatte: *Wenn man reich ist, klingen die Gläser – stell dir das vor!*

»Woher wissen Sie das?«, fragte sie ihn. »Schließlich trinken Sie aus Plastikbechern.«

»Ich habe die Benimmschule für Millionäre besucht. Die Lehrer dort sind echt streng.« Er stellte das Glas auf den Tresen und nahm die Kaviardose in die Hand. »Haben Sie gewusst, dass die Ausfuhr von Kaviar in die USA kürzlich beschränkt wurde, weil der Stör, aus dessen Rogen er besteht, eine gefährdete Art ist?« Er drehte die Dose in der Hand und sah ehrfürchtig auf sie herunter. »Stellen Sie sich vor, was dreißig Gramm davon heute kosten dürften.«

Ein Schweinegeld. Und sie hätte gar nichts dagegen, irgendwann mal wieder Kaviar zu probieren.

»Und was ist mit der Schokolade von Godiva?«, fragte sie. »Wissen Sie darüber ebenfalls ein paar interessante Dinge?«

»Nein. Erstklassige Schokolade spricht für sich selbst.« Er nahm die Parfumflasche in die Hand. »Ich weiß nicht das Geringste über Parfums, aber man hat mir versichert, es gebe kein teureres als dieses.«

Bei diesen Worten öffnete er den Deckel und tupfte etwas davon auf seine Fingerspitze. Mit langsamer, wohlüberlegter Bewegung berührte er Darcy unterm Ohr. Als er mit dem Finger ihren Hals herunterstrich, stiegen ihr die dezenten Düfte von Jasmin und Sandelholz in die Nase.

Solange ihre Mutter dabei gewesen war und ständig »Oh« und »Ah« gerufen hatte, war es ihr leichtgefallen, die eigene Reaktion auf solche Dinge herunterzuspielen. Nun hingegen, da Jeremy in seinem tiefen Bariton von einem noch besseren Leben als dem erzählte, das sie verloren hatte, konnte sie nicht umhin, sich vorzustellen, wie es wäre, eine solche Opulenz täglich zu genießen.

Er beugte sich zu ihrem Hals vor, atmete behutsam ein und seufzte wohlgefällig. »Erinnern Sie sich noch daran, wie es war, prinzessinnengleich zu leben?«, fragte er leise.

Natürlich wusste sie das noch. Sie versuchte jedoch, sich diese Gedanken aus dem Kopf zu schlagen, und meist gelang ihr das. Doch angesichts der Herrlichkeiten, die vor ihr standen, kamen die Erinnerungen angerast. Ein Teil ihres Wesens wollte unbedingt kopfüber in den Korb tauchen und sich mit Kaviar und Schokolade überfressen, in teurem Parfum baden, aus edlen Kristallgläsern köstlichen Wein trinken und einen kleinen, merkwürdigen Asiaten kommen lassen, auf dass er Harmonie und Reichtum in ihr neues Heim bringe – ein Heim, das gerade von einem ungemein wohlhabenden Mann in Beschlag genommen wurde, der bereit war, ihr das Beste, was das Leben zu bieten hatte, vor die Füße zu legen.

Doch sie traute diesem Mann nicht. Bei weitem nicht.

»Sie können jede Frau auf Erden haben«, sagte sie. »Warum wollen Sie ausgerechnet mich?«

»Das habe ich mich auch gefragt.«

»Und zu welchem Schluss sind Sie gekommen?«

Er rückte noch etwas näher. »Lust ist unberechenbar. Wer weiß schon, wann sie zuschlägt.«

Lust. Genau. Das alles war für ihn nur ein Spiel, um zu sehen, wie viel er bieten musste, um sie ins Bett zu kriegen. In dem Moment, da sie ihm geben würde, was er verlangte, würde er lachend aus der Wohnung verschwinden. Oder …

Oder es gelänge ihr, ihm das, was er wollte, auf eine Weise zu geben, die er nicht vergaß, sodass er zurückkehren würde, um mehr davon zu bekommen. Eins würde zum anderen führen, und bald würde er sie wollen. Dann hätte sie ihn so weit, dass er sie *brauchte* – also genau dort, wo sie ihn haben wollte.

Er schloss seine Rechte um ihr Handgelenk und strich mit dem Daumen über ihre zarte Haut. »Kommen Sie heute Abend zu mir, und ich zeige Ihnen, was wahrer Luxus ist.«

Dazu würde natürlich auch ägyptische Bettwäsche gehören, die aus siebenhundert Fäden gewoben war.

Er schob sich noch etwas näher, schloss die letzte Lücke zwischen ihnen und sah dabei die ganze Zeit auf ihre Lippen. Sie wusste, was er vorhatte, und etwas in ihrem Hinterkopf schrie ihr zu, ihn aufzuhalten. Doch je näher seine Lippen den ihren kamen, desto weiter entfernte sich diese Stimme.

Küss ihn einfach. Küss ihn, wie du nie zuvor einen Mann geküsst hast, und früher oder später wirst du alles haben, was du dir je –

Klopf! Klopf! Klopf!

Das laute Pochen an der Tür ließ beide zurückschnellen.

»Mist«, sagte Jeremy. »Das ist wahrscheinlich Bernie, die sich davon überzeugen will, dass die Bösen nicht durch die Hintertür eingedrungen sind.«

Mist war das richtige Wort. Darcy war bereit, jeden auf der anderen Seite der Tür wegen des *erstklassigen* Timings umzubringen.

Sie trat langsam einen Schritt zurück, drehte sich um, ging zur Tür, öffnete sie in der Erwartung, Bernie vor sich zu sehen, und bekam einen mächtigen Schreck.

»John?«, fragte sie ungläubig. »Was machen Sie denn hier?«

»Na ja, jedenfalls bin ich nicht zufällig in der Nachbarschaft gewesen.« Er ging an ihr vorbei, wandte sich gleich rechts in die Küche und stellte das, was er in Händen hatte, auf den Tresen – eine Werkzeugkiste, eine Tüte vom Baumarkt und eine Schachtel von Pizza Hut.

»Ich kann gar nicht glauben, dass Sie in einem solchen Loch wohnen«, sagte er.

»John – verschwinden Sie.«

Er schüttete die Tüte auf dem Küchentresen aus.

»Was ist das?«, wollte sie wissen.

»Ein Türriegel.«

»Ich habe ein Schloss.«

»Im Türgriff. Das nützt nichts.«

»Woher wussten Sie, dass meine Tür keinen Riegel hat?«

»Ich habe Ihnen doch gesagt, dass ich diese Wohnanlage kenne. Der Eigentümer ist ein Geizhals.«

»Aber es gibt ein Kettenschloss.«

»Ein kräftiger Tritt, und das war's. Versprechen Sie sich davon etwa Sicherheit?«

»John – hören Sie auf!«

Er kümmerte sich nicht um sie, sondern nahm seine Bohrmaschine aus der Werkzeugkiste, drehte sich um und wollte zurück zum Eingang gehen. Dabei blickte er vom Tresen auf und sah Jeremy im Wohnzimmer.

»John«, sagte Darcy, »das ist Jeremy Bridges. Jeremy, das ist John Stark, mein Chef.«

John musterte Jeremy kurz, legte Bohrmaschine und Türriegel auf den Tresen und ging ins Wohnzimmer. Er bewegte sich langsam und nahm sich offenkundig Zeit, die Situation zu analysieren, in die er geraten war. Die beiden schüttelten sich die Hand, wie Männer es zu tun pflegen, sofern sie keinen wirklich guten Grund haben, es zu lassen, und fixierten einander dabei die ganze Zeit.

»Sie sind es also, der Darcys Mercedes eingesackt hat«, sagte Jeremy.

»Und Sie sind es, dem Darcys Mann dreihunderttausend Dollar gestohlen hat«, gab John zurück.

Es war lange still, und die Männer starrten einander an. Schließlich sprach John Darcy an, ohne den Blick von Jeremy zu nehmen.

»Darcy? Hab ich hier was unterbrochen?«

Sie wollte sagen: *Ja! Ich habe einen Millionär am Haken, und Sie machen alles kaputt. Hauen Sie ab!*

Doch dann sah John ihr in die Augen, und ihr gingen seine Worte von vorhin durch den Kopf: »Ein kräftiger Tritt, und das war's. Versprechen Sie sich davon etwa Sicherheit?«

Ein sehr seltsames Gefühl überkam sie. Sie hatte mit John vom ersten Moment an gestritten. Er war lästig und konnte sie auf die Palme bringen, und er glaubte, den lieben langen Tag über genau zu wissen, was das Richtige für sie war, und an diesem Abend war es wieder so. Doch in diesem Moment kam sie einfach nicht um eine unleugbare Tatsache herum, die ihn in ganz neuem Licht erscheinen ließ.

Jeremy hatte ihr teure, aber alberne Geschenke gebracht – John dagegen hatte Essen und Sicherheit dabei.

Vielleicht hatte er genauso Hintergedanken, doch sie spürte nichts davon. Plötzlich hatte der Mann, der sie immer wieder furchtbar aufregte, ihr ein erstaunliches Gefühl von Wärme und Behagen vermittelt, das jedes Bedürfnis, jede Sehnsucht, die sie vor seinem Anklopfen empfunden hatte, in den Schatten stellte. Binnen

Minuten würde sie vermutlich wieder mit ihm streiten, und doch war es … in diesem Moment jedenfalls …

Sie wollte, dass einer von beiden ging. Und zwar nicht John.

»Äh … nein«, sagte sie zu ihm. »Sie haben gar nichts unterbrochen. Und es stimmt: So einen Türriegel brauche ich wirklich.«

»Kein Problem«, sagte Jeremy. »Ich werde morgen jemanden schicken, der sich darum kümmert.«

»Nein«, entgegnete John. »Ohne ein anständiges Schloss sollte sie nicht eine Nacht an diesem Ort verbringen.«

Jeremys Miene verhärtete sich vor Ärger. »Dann schicke ich eben noch heute Abend jemanden her.«

»Nein«, sagte Darcy. »Das ist wirklich nicht nötig. John ist ja schon da und kann sich darum kümmern.«

»Er hat bestimmt Besseres zu tun, als den Heimwerker zu spielen.«

»Nein«, sagte John. »Ganz und gar nicht.«

Er sprach mit unbeteiligt klingender Stimme, aber der warnende Unterton war dennoch unüberhörbar. *Verschwinde, Freundchen. Ich habe die Lage unter Kontrolle.*

Jeremy wandte sich an Darcy. »Mein Wagen wartet.«

Eine wunderbare, luxuriöse Limousine und dazu ein Millionär, der zur Tat entschlossen war. Sie war verrückt, das aufzugeben, und sie konnte sich nicht vorstellen, dass sie ihre Entscheidung morgen nicht bitter bereuen würde. Aber an diesem Abend erschien ihr Verrücktheit als ein wundervoller Daseinszustand.

»Vielleicht ein anderes Mal«, sagte sie.

Jeremy hob das Kinn ein, zwei Millimeter, und ein

Kiefermuskel zuckte. Auf einen Schlag war er von einer Frau abgewiesen und von einem Mann deklassiert worden. Das gefiel ihm offensichtlich nicht im Mindesten, doch er war klug genug zu wissen, wann er eine Schlacht verloren hatte. Ob er den Krieg nach wie vor kämpfen wollte, blieb abzuwarten.

Er ging zum Ausgang. Darcy folgte ihm. Als sie an die Tür kamen, drehte er sich um und sagte so leise, dass nur sie ihn hören konnte: »Eine Frau wie Sie ist nicht zum Kämpfen geschaffen.« Er warf John einen kurzen, festen Seitenblick zu. »Denken Sie daran.«

Er verließ ihr Apartment, und sie schloss die Tür hinter ihm.

14

Jeremy stieg in seine Limousine. Kaum hatte er die Tür hinter sich zugemacht, griff er schon in den Kühlschrank, um sich ein Bier zu nehmen.

»So schnell zurück?«, fragte Bernie.

Er zog den Verschluss auf, nahm einen Schluck, sah aus dem Fenster und staunte darüber, dass es ihm trotz des erbärmlichen Zustands der Creekwood Apartments nicht gelungen war, Darcy dazu zu verleiten, einen Abend im Paradies zu verbringen. Die ganze Angelegenheit mit ihr wuchs sich langsam zu einem Ärgernis aus, das er zu seinen Gunsten beendet haben wollte, doch zum ersten Mal wusste er nicht recht, wie das zu erreichen war.

»Sie bleibt heute Abend zu Hause«, sagte er.

»Also hat sie Ihre teuren, aber von Herzen kommenden Geschenke nicht gemocht.«

»Doch, doch.«

»Sind Sie deshalb nur zwanzig Minuten bei ihr gewesen?«

Jeremy biss frustriert die Zähne zusammen. »Sieht so aus, als hätte ich Konkurrenz bekommen.«

»Hat sie jemanden gefunden, der reicher ist als Sie? Die ist von der schnellen Truppe, was?«

»Es ist der Mann, für den sie arbeitet.«

»In dieser Auto-Einsammel-Klitsche?«

»Stell dir vor!«

»War das zufällig der Kerl, der vor ein paar Minuten mit einer Werkzeugkiste vor ihrer Wohnungstür aufgetaucht ist?«

»Genau der.«

»Hmm.«

»Was soll das heißen?«

»Dass Sie sich stärker ins Zeug legen sollten. Immerhin treten Sie gegen einen Meter neunzig reinen Testosterons an.«

Ja, manche Weiber hatten eine echte Schwäche für Kerle im Blaumann. Aber letztlich wussten Frauen wie Darcy zuverlässig, wer die Schecks ausschrieb.

»Was ist? Fühlen Sie sich der Herausforderung etwa nicht gewachsen?«, fragte Bernie.

»Doch, natürlich.«

»Reisen Sie einfach mit ihr nach Paris oder so. Das wird sie begeistern.«

»Nicht nötig. John Stark ist nur eine Ablenkung. Ich weiß, welche Knöpfe ich bei Darcy zu drücken habe, und diese Knöpfe haben nichts mit Hormonen zu tun.«

»Oh, ich bin sicher, dass Sie letztlich gewinnen werden. Es fragt sich nur, wie viel der Sieg Sie kosten wird.«

Jeremy nahm einen Schluck Bier und war schwer verärgert, weil er sich das allmählich selbst zu fragen begann. Zwar hatte er Geld genug, doch er hätte es nicht so weit gebracht im Leben, wenn er je mehr als den Marktpreis gezahlt hätte.

»Sie tut bloß, als sei sie schwer zu kriegen«, sagte er.

»Sie scheinen diese Frau tatsächlich zu mögen – das bei Ihnen zu erleben, hätte ich nie erwartet.«

»Aber Bernie – du solltest mich wirklich besser kennen. Um jemanden zu mögen, müsste ich doch ein Herz haben.«

»Stimmt. Mein Fehler.« Sie musterte ihn von oben bis unten. »Aber was ist mit Ihrem teuren, gepflegten Aufzug? Sie sehen aus, als seien Sie auf dem Weg in einen Country-Club. Und ich weiß, dass Sie solche Clubs hassen.«

»Das sind doch ganz normale Klamotten.«

»Nein. Normal sind für Sie ein Cowboy-T-Shirt, gammlige Jeans und Tennisschuhe. Und doch haben Sie sich jetzt wie ein Reicher herausgeputzt. Wollen Sie jemanden beeindrucken?«

»Bernie – hältst du jetzt endlich den Mund?«

»Klar, Boss«, sagte sie, wandte sich ab und lächelte dabei ein wenig. »Wie Sie wollen.«

Sie war so eine Besserwisserin! Eines nicht mehr fernen Tages würde er sie tatsächlich rauswerfen.

Es war anfangs nur ein Spiel gewesen. Jetzt aber, da es so aussah, als könnte er dieses Spiel vielleicht verlieren …

Es wurde Zeit, Nägel mit Köpfen zu machen.

John steckte das Bohrmaschinenkabel in die Steckdose und riss die Verpackung des Türriegels auf, um das Schloss an Darcys Tür anzubringen. Dabei bewegte er sich mit der Bestimmtheit eines Mannes, der es gewohnt ist, Werkzeuggeräte zu benutzen. Warren hatte nie etwas daheim in Ordnung gebracht – Glühbirnen zu wechseln und Batterien in die TV-Fernbedienung einzusetzen, waren so etwa die einzigen »Reparaturen«, die er hatte ausführen können.

Während John arbeitete, beschäftigte Darcy sich damit, ein paar Dinge in ihrer kleinen Speisekammer zu ordnen, doch mehrmals wanderten ihre Augen in seine Richtung. Sie bemerkte seinen angespannten Gesichtsausdruck, als er die Bohrmaschine gegen die Tür drückte; seinen flinken, fließenden Wechsel von einem Werkzeug zum anderen; das Spiel seiner Unterarmmuskeln, als er den Schraubenzieher drehte. Und erneut blieb ihr Blick an seinen Händen haften, seinen großen, starken, *begabten* Händen. Nun, da sie wusste, wie es sich anfühlte, wenn sie über ihren Körper wanderten, bekam sie schon einen trockenen Mund davon, seine Hände bloß anzuschauen.

Sie wandte sich ab. War es nicht lächerlich, beim Anblick eines Mannes, der mit Werkzeug hantierte, scharf zu werden? Gab es ein größeres Klischee als dieses?

Während John an der Türverriegelung arbeitete, stand die Eingangstür offen. Plötzlich sah er auf, fasste draußen etwas in den Blick, erhob sich langsam zu voller Größe und rief in den Durchgang hinein: »He! Was gibt's da zu glotzen?«

Darcy blickte zum Eingang und sah Crazy Bob aus seiner Tür spähen. Er trug seine üblichen Sportshorts ohne T-Shirt, und wie üblich hing ihm eine Zigarette an der Unterlippe. Auch seine Augen sprangen so verrückt hin und her wie sonst.

»Verdufte!«, sagte John.

Crazy Bob knallte eilends die Tür zu und schloss ab.

»Spinner«, brummte John und kniete sich wieder hin. »Nehmen Sie sich vor Typen wie dem da in Acht.«

»Der ist wahrscheinlich harmlos.«

»So was wurde regelmäßig irgendwann über jeden Serienkiller gesagt.«

»Er ist Lehrer.«

»Typisch!« John schüttelte angewidert den Kopf. »Unser blödes Erziehungssystem.«

Einige Minuten später hatte er den Türriegel angebracht. Er kam ein wenig steif auf die Beine und steckte den Schlüssel ins Schloss, um das Ganze zu testen. Dann gab er ihn ihr. »Bitte. Geschafft. Ich hab Hunger. Essen wir was.«

»Woher wollen Sie wissen, dass ich noch nichts gegessen habe?«

»Haben Sie?«

»Nein.«

»Na dann.«

Sie gingen in die Küche. Darcy stellte zwei Keramikteller auf den Tisch, die sie kurz zuvor in den Küchenschrank geräumt hatte. John nahm die Pizza-Schachtel und legte sie dazu. Dann setzten sie sich.

»Na«, sagte er mit einem Blick zum Präsentkorb auf dem Tresen. »Mr Superreich scheint Sie anzubaggern.«

»Das ist nur ein Einzugsgeschenk.«

»Ich mag ihn nicht.«

»Sie sind ihm doch nur zwei Minuten lang begegnet.«

»Egal – ich mag ihn nicht.«

»Weil Sie keine Frau sind.«

»Warum sollten Sie sich für einen wie ihn interessieren?«

»Keine Ahnung, John. Vielleicht, weil er *Millionen* hat?«

»Wieder diese Geldsache. Sie sollten Ihre Faszination für die Farbe Dollargrün endlich überwinden.« Er warf erneut einen Blick auf den Korb. »Was ist da überhaupt drin?«

Darcy zuckte die Achseln. »Nur ein paar Luxuswaren. Schokolade. Kaviar. Solche Sachen.«

»Wie gesagt: Teure Geschenke bedeuten, dass er eines Tages eine Gegenleistung erwartet.«

»Sie haben den Amaryllis-Laden für mich halb leer gekauft – wo ist da der Unterschied?«

»Ich habe Ihnen diese Sachen nicht geschenkt, weil ich mit Ihnen schlafen wollte, sondern weil ich mich wie ein Esel benommen hatte.«

Darcy setzte sich überrascht auf. »Haben Sie das wirklich gesagt?«

»Was?«

»Dass Sie sich wie ein Esel benommen haben?«

»Ich weiß nicht, wovon Sie reden.«

»Aber Sie haben gerade gesagt –«

»Sie hören wohl Stimmen. Das sollten Sie mal untersuchen lassen.« Er nahm drei Stück Pizza und legte sie auf seinen Teller. Darcy sah ihn fasziniert an.

»Essen Sie nun mit oder nicht?«, fragte er.

Sie nahm ein Stück Pizza und lächelte in sich hinein. Johns Eingeständnis, sich wie ein Esel benommen zu haben, gab ihr ein Gefühl, als habe sie eine Sternschnuppe gesehen.

Während John sich über seine Pizza hermachte, schob Darcy die Peperoni von ihrem Stück.

»Was machen Sie denn da?«, fragte John.

»Was glauben Sie wohl?«

»Jetzt haben Sie Käsepizza.«

»Sie haben sich schließlich nicht die Mühe gemacht, mich nach meinen Wünschen zu fragen, sondern sind einfach mit einer Pizza aufgetaucht.«

»Pizza mit Peperoni schmeckt doch jedem.«

»Sehen Sie? Sie nehmen ganz selbstverständlich an, dass alle Welt jeden Ihrer Standpunkte teilt. Wahrscheinlich tut das praktisch *niemand*, aber Sie sind so dickköpfig, dass Sie gar nicht darauf achten, sondern weiter annehmen, in allem recht zu haben.«

»Dass andere meinen Standpunkt nicht teilen, heißt doch nicht, dass ich im Unrecht bin.«

»Wie wollen Sie wissen, ob andere Ihren Standpunkt teilen, wenn Sie ihnen nie zuhören?«

»Sie übertreiben.«

»Amy sieht das anders.«

»Ach ja? Welche bösen Sachen hat meine Schwester denn über mich erzählt?«

»Ich war es, die böse Dinge geäußert hat. Sie hätten mir ruhig sagen können, dass Amy Ihre Schwester ist. Das wusste ich nämlich nicht, als ich ihr erzählte, für wie mürrisch und diktatorisch ich Sie halte.«

John besaß die Frechheit, dazu zu lächeln.

»Aber es ist gut gegangen«, fuhr Darcy fort. »Sie hat mir recht gegeben.«

»Typisch.«

John schlug die Zähne in ein Stück Pizza und verschlang es mit einem Biss zur Hälfte. Wenn er so weitermachte, hatte er die halbe Pizza aufgegessen, bevor sie auch nur an einem Stück geknabbert hatte.

»Haben Sie Geschwister?«, fragte er.

»Nein, ich bin Einzelkind.«

»Warum haben Ihre Eltern nur Sie bekommen?«

Darcy lachte. »Das soll wohl ein Witz sein? Meine Eltern haben nicht einmal *mich* gewollt.«

»Was?«

»Ich wurde sieben Monate nach der Hochzeit geboren. Meine Mutter hat mir immer gesagt, wenn sie nicht schwanger geworden wäre und mich auf die Welt gebracht hätte, wäre sie ein Filmstar oder würde zur feinen Gesellschaft gehören oder wäre auf andere Weise bedeutend. Stattdessen hat sie versucht, mich in diese Richtung zu bugsieren. Wussten Sie, dass ich bei der Wahl zur Miss Texas mal den zweiten Platz gemacht habe?«

»Ach ja? Dann hätten Sie beinahe einen dicken Fisch an Land gezogen, was?«

»Seit meinem vierten Lebensjahr hat meine Mutter mich gezwungen, in Festzügen mitzulaufen. In alberne Kostüme hat sie mich gesteckt. Als ich noch keine sechs Jahre alt war, hatte ich bereits den Bewegungsablauf eines Tanzmariechens verinnerlicht. Mit acht habe ich diese Inszenierung sogar mit Fackeln beherrscht. Das hat die Jury schwer beeindruckt. Ich habe es nie zur Miss Amerika gebracht, aber ich habe meine Mutter stolz gemacht und einen reichen Mann geheiratet.« Sie seufzte. »Sie sehen ja, was daraus geworden ist.«

»Wir bekommen nicht immer das, was wir wollen. Manchmal müssen wir einfach das Beste aus den Karten machen, die uns zugeteilt wurden.«

»Und was haben Sie gewollt, aber nicht bekommen?«, fragte sie, ohne wirklich mit einer Antwort zu rechnen. John erschien ihr wie ein Mann, der loszog und sich nahm, was er wollte, ohne sich irgendwie beirren oder abhalten zu lassen.

»Ich habe bekommen, was ich wollte«, sagte er. »Und dann habe ich es verloren.«

»Nämlich?«

»Ich habe von Kindheit an nur Polizist werden wollen.«

»Warum haben Sie dann gekündigt?«

Seine Miene verdüsterte sich. »Ich habe mir das Knie ruiniert.«

»Im Einsatz? Was ist passiert?«

»Ich würde gern sagen, ich hätte einen Mordverdächtigen verfolgt und wäre dabei angeschossen worden. Dann hätte ich immerhin eine gute Geschichte zu erzählen. Von wegen! Ich bin vor drei Jahren beim Baseball ins Mal gerutscht und mit dem Stollenschuh hängen geblieben. Dabei habe ich mir das Knie verdreht – das war's.«

»Ihr Hinken ist kaum zu sehen.«

»Aber es macht mich langsamer. Und wer die ärztliche Untersuchung nicht besteht, darf nicht länger Polizist sein.«

»Sie vermissen Ihren Beruf also sehr?«

»Jeden Tag.«

»Und Autos zu stehlen, war die beste Alternative?«

»Es gibt keine beste Alternative.«

Darcy hörte den wehmütigen Unterton in seiner Stimme. Wie hart musste es für ihn gewesen sein, aus dem einzigen Beruf, den er hatte ausüben wollen, aufgrund eines unglücklichen Unfalls ausscheiden zu müssen?

»Meine Familie meinte, ich sollte eine Subway-Filiale eröffnen«, sagte er.

Darcy lachte. »Sie? Als Sandwich-Schmierer?«

»Es heißt, man kann damit viel verdienen.«

»Dann sollten Sie das unbedingt in Erwägung ziehen.«

»Eines Tages werde ich das tun. Das Einsacken von Autos ist mitunter eine etwas hässliche Angelegenheit. Aber wenn ich daran denke, für den Rest meines Lebens hinter einem Tresen gefangen zu sein …« Er seufzte. »Ich will mir das nicht vorstellen.«

Das ging Darcy nicht anders.

»Ihre Mutter wollte, dass Sie Miss Amerika werden«, sagte er. »Und was haben Sie gewollt?«

Sie zuckte die Achseln. »Ich hatte keine großen Träume.«

»Ach, kommen Sie – jeder hat große Träume.«

Darcy dachte kurz nach. »Als Kind hatte ich tatsächlich einen Traum – aber der hört sich jetzt blöd an.«

»Nämlich?«

»Als ich neun Jahre alt war, habe ich mir die Olympiade im Fernsehen angeschaut und vom Eiskunstlauf keine Sekunde versäumt. Ich wollte Dorothy Hamill sein, die Gewinnerin der Goldmedaille.«

»Ach ja? Hatten Sie Eislaufunterricht?«

»Aber nein. Meine Mutter hat mich nie auf Schlittschuhe gelassen – ich hätte ja fallen und mir das Knie aufschürfen, mir den Arm brechen oder mich schneiden können. Wie hätte ich das im Tanzmariechen-Kostüm kaschieren sollen?«

»Ah.«

»Ich hätte auch gern Dorothy Hamills Frisur gehabt, aber das ging natürlich genauso wenig. ›Die Jury mag langes Haar‹, hat meine Mutter ständig gesagt, und damit war der Fall erledigt. Sie dachte, ich hätte ausgesorgt, wenn ich es zur Miss Amerika brächte. Ich fürchte, wenn sich mein Schicksal nicht sehr bald wendet, wird sie mich meine Bewegungen als Tanzmariechen aufs Neue einüben und mich für den *Mrs*-Amerika-Wettbewerb antreten lassen.«

»Nur, dass sie keine Mrs mehr sind.«

»Doch, jedenfalls bis zur Scheidung. Meine Mutter muss sich also ranhalten.«

Darcy hörte Hundemarken klimpern, drehte sich um und sah Pepé aus dem Flur spähen.

»Sieh an«, sagte John. »Der Miniköter.«

Als Pepé Johns Stimme hörte, kauerte er sich nieder und machte sich kleiner, als er ohnehin schon war. John nahm eine Peperoni von Darcys Teller, beugte sich runter und hielt sie ihm hin.

»Na, magst du? Wir haben jede Menge davon.«

Pepé betrachtete die Peperoni, doch diesmal war die Furcht stärker als seine übliche Neugier in Essensdingen. Er sprang zurück in den Flur und sah von dort zu John auf, wie die weiße Frau einst King Kong angeschaut hatte.

»Offenbar mag er ebenfalls keine Peperoni«, stellte John fest. »Was ist nur mit euch beiden los?«

»Sie haben ihm vorhin einfach Angst eingejagt.«

»Ich?«

»Mit der Bohrmaschine. Krach setzt ihm eigentlich nicht so zu. Warren hat ihn oft angebrüllt.«

»Warum das?«

»Weil er ihm zwischen die Füße geraten ist. Weil er gehaart hat. Weil er auf den Teppich pinkelte. Dabei hat er nur auf den Teppich gepinkelt, weil Warren ihn angeschrien hat. Nur war es schwer, diesen Teufelskreis zu durchbrechen.«

»Ihr Mann muss wahrhaftig ein Trottel gewesen sein.«

Darcy hätte John aus purer Gewohnheit gern widersprochen, aber wie hätte das in diesem Fall gehen sollen?

Etwas später waren sie mit der Pizza fertig. Während Darcy vom Tisch aufstand und die Teller wegräumte, zerdrückte John die leere Pizzaschachtel, verdrehte und stauchte sie, bis sie nicht viel größer als ein Baseball war, und warf sie in den Abfalleimer. Sie war überzeugt, er könne ein Telefonbuch entzweireißen, ohne ins Schwitzen zu geraten.

»Es wird spät«, sagte er. »Ich muss los. Aber ich möchte, dass Sie in dieser Gegend vorsichtig sind – nachts, aber auch tagsüber. Passen Sie auf, wenn Sie zu Ihrem Auto gehen. Und lassen Sie nichts außerhalb der Wohnung herumliegen. Sonst ist es in kürzester Zeit verschwunden.«

»Sind Sie jetzt nicht etwas paranoid?«

»Ich war Polizist – schon vergessen? Ich weiß, wovon

ich rede. Als ich Streifendienst hatte, haben wir mal in einer der Wohnungen hier ein Methamphetamin-Labor ausgehoben.«

Darcy beschloss, dies sei nicht der richtige Zeitpunkt, um ihm zu sagen, eine neue Generation dieser besonderen Sorte von Unternehmern wohne möglicherweise nur eine Tür weiter.

»Keine Sorge«, sagte sie nur. »Ich hab einen Wachhund.«

»Mhm – einen, der vor Bohrmaschinen und Peperoni flieht. Haben Sie mal überlegt, sich einen richtigen Hund zuzulegen? Ein großes Vieh mit Zähnen, das Respekt einflößt?«

»Aber Pepé kann Respekt einflößen! Einmal hat er den Postboten in den Knöchel gebissen.«

»Und? Hat er geblutet?«

»Nein, aber immerhin hatte der Strumpf ein Loch.«

»Das meinen Sie doch nicht ernst?«

»Ich werde schon klarkommen«, sagte sie und stellte die Teller in den verbeulten Geschirrspüler. »Wenigstens bellt Pepé. Und ich habe immer Pfefferspray dabei.«

»Vergessen Sie das Pfefferspray. Morgen bringe ich Ihnen eine Waffe mit.«

»Hören Sie *bitte* auf damit?«

Er hob die Hand. »Alles klar. Ich bin weg. Aber denken Sie daran, was ich Ihnen gesagt habe.«

Er ging zum Tresen und nahm seine Werkzeugkiste. Als Darcy sich vorbeugte, um den Geschirrspüler zu schließen und ihm dann aus der Küche zu folgen, sah sie aus dem Augenwinkel eine Bewegung. Sie fuhr herum. Etwas kroch über den Tresen.

Die größte und hässlichste Kakerlake, die sie je gesehen hatte.

Schreiend wich sie zurück, stieß mit einem Bein gegen den geöffneten Geschirrspüler und wäre fast in das Gerät gefallen. John drehte sich um, sah die Kakerlake, nahm eine Zeitung, die Darcy auf dem Tresen hatte liegen lassen, und schlug das Insekt tot. Dann riss er ein Stück Papier von der Küchenrolle, nahm die Kakerlake und warf sie mit der Zeitung in den Müll.

Während John den Tresen wischte und sich die Hände wusch, stand Darcy nur mit an die Kehle gelegter Hand da und war vor Ekel wie erstarrt. Die genetisch veränderten Kreaturen, die sie in Horrorfilmen gesehen hatte, waren nicht annähernd so schrecklich gewesen.

»Sind Sie …« – sie schluckte vernehmlich – »… sind Sie sicher, dass sie tot ist?«

»Ja«, sagte John. »Platt wie eine Flunder.«

Langsam wurden ihre Augen schmal. »Ich schaff das nicht.«

»Was schaffen Sie nicht?«

»Ich kann hier nicht wohnen. Ich klopf zwar große Sprüche und sage, das sei eine Kleinigkeit, aber ich schaff es nicht.«

Er drehte sich um und trocknete sich die Hände mit einem Papierhandtuch ab. »Das war nur ein Insekt, Darcy.«

»Nein, es ist alles. Diese Wohnanlage ist furchtbar. Es riecht seltsam. Die Nachbarn sind verrückt. Und die, die nicht verrückt sind, sind vermutlich kriminell.« Tränen traten ihr in die Augen. Sie versuchte, sie zurückzuhalten, konnte es aber nicht. »In den Wänden sind Löcher. Die Abflüsse sind garantiert bald verstopft. Ekelhafte Tiere krabbeln aus den Holzverschlägen. *Ich schaff das nicht.*«

»Natürlich schaffen Sie das.«

»Nein. Obwohl ich einen kläffenden Hund und Pfefferspray habe, und obwohl Sie so nett waren, vorbeizukommen und diesen Türriegel anzubringen …« Sie seufzte zitternd. »Vielleicht sollte ich zurück zu meinen Eltern ziehen.«

Er nahm sie bei den Schultern. »Nein. Sie bleiben hier.«

»Aber Sie haben es selbst gesagt: Das ist ein grässliches Loch.«

»Und Sie haben auch etwas gesagt – dass es nämlich *Ihr* Loch ist. Und das ist viel wert.«

Etwas stimmte hier nicht. John hätte Dinge sagen sollen wie: »*Wenn Sie noch ein Insekt sehen, schlagen Sie es einfach tot – schließlich sind Sie größer*« oder »*Sie wollten doch in so eine Wohnung ziehen – also meckern Sie jetzt nicht rum.*«

Stattdessen rückte er behutsam näher und rieb mit den Händen ihre Oberarme. »Ich weiß, dass Sie sich nicht nach dieser Erfahrung gedrängt haben, aber Sie können es schaffen – das weiß ich.«

Davon war sie nicht überzeugt, aber wenn John etwas feststellte, klang es, als könne man es auf die Bank tragen. Seine Berührung wurde schwächer, bis aus dem Reiben ein Streicheln geworden war, wobei seine großen, starken Hände sich als erstaunlich zärtlich erwiesen. Doch je zärtlicher sie wurden, desto verlegener wurde Darcy. Mit John zu tun zu haben, wenn er hart und autoritär auftrat, war eine Sache – mit ihm zusammen zu sein, wenn er so war wie in diesem Moment, war etwas ganz anderes.

»Sie sind eine schwierige Frau, Darcy«, murmelte er. »Manchmal fällt es mir schwer, da zu folgen.«

Sie hatte keine Ahnung, was er damit meinte. Sie konnte sich nicht vorstellen, dass John Probleme hatte, etwas zu kapieren, und sie hatte sich selbst nie als schwierig empfunden – höchstens, was die Oberfläche anlangte, denn sie musste viele komplizierte Techniken einsetzen, um ihr gutes Aussehen zu bewahren. Über ihr Innenleben dagegen hatte sie nie viel nachgedacht.

»Schwierig?«, fragte sie.

»Bridges erwartete, dass Sie ihn heute Abend begleiten, nicht wahr?«

»Stimmt.«

»Warum haben Sie das nicht getan?«

Die Antwort darauf war überhaupt nicht schwierig, und bloß daran zu denken, ließ ihr warm werden.

Jeremy hatte ihr gebracht, was sie wollte – John hatte ihr gebracht, was sie brauchte.

»Weil ich Pizza mag – weswegen sonst?«, sagte sie. »Hätte ich allerdings gewusst, dass sie mit Peperoni belegt war, hätte ich mich für die Limousine entschieden.«

Zu ihrer Überraschung verzogen sich seine Lippen zu einem warmherzigen Lächeln. »Dann war es gut, dass ich die Schachtel erst nach seinem Abgang geöffnet habe.«

Zum ersten Mal hatte sie ihn lächeln sehen, ohne dass dies von einer sarkastischen Bemerkung begleitet gewesen wäre. So erotisch sein raues, stahlhartes Auftreten auch sein konnte: Dieses Lächeln hatte sein ohnehin attraktives Gesicht in eine ganz neue Dimension katapultiert.

»Das tun Sie nicht oft«, sagte sie.

»Was?«

»Lächeln.«

»Ich muss das sparsam einsetzen«, sagte er. »Ich habe schließlich einen Ruf zu verteidigen.«

Ein langes Schweigen stellte sich zwischen ihnen ein, doch sie blickten sich in einer Art wechselseitiger Erwartung in die Augen, die Darcy eine Gänsehaut bekommen ließ.

»Habe ich vorhin richtig gehört?«, fragte er leise.

»Wann?«

»Als Sie sagten, ich sei süß.«

»Ja, ich glaube, das habe ich gesagt.«

Wieder lächelte er. »Lassen Sie das nur nicht Tony hören.«

Sie sprachen nun leiser, sahen einander aber unverwandt in die Augen.

»Sie sind auch schwierig, wissen Sie«, sagte Darcy.

»Ich?«

»Ja. Warum sind Sie mit dem Türriegel vorbeigekommen?«

»Diese Gegend ist nicht sicher, und da Sie eine bessere Bürokraft sind als erwartet, wäre es wirklich schade, Sie schon wieder zu verlieren.«

»Also hatte Tony recht? Ihnen geht es wirklich nur ums Geschäft?«

An die Stelle seines Lächelns trat ein zorniger, durchdringender Blick. »Tony kennt mich nicht so gut, wie er glaubt.«

Seine leise, erotische Stimme ließ Darcy geradezu hinschmelzen. Er legte die Handfläche auf den Tresen neben ihr, und allein seine Nähe ließ sie schneller atmen und ihren Puls ein wenig beschleunigen. Sie schluckte vernehmlich und versuchte, Haltung zu bewahren, doch dann nahm er eine ihrer Strähnen zwischen die Finger und strich sie ihr langsam über die Schulter zurück. Und diese winzige Geste jagte ihr einen Schauer über den Rücken. Als er noch näher rückte, legte sie ihm in dem schwachen Versuch, ihn aufzuhalten, die Hand auf die Brust. Doch kaum hatte sie ihn berührt, wurde die Hand zum nutzlosen Anhängsel, das einfach nur dalag, während sie in Verzückung geriet.

In den letzten vierzehn Jahren war ihr Herz beim Treppensteigen mehr in Wallung gekommen als beim Sex mit ihrem Mann, doch hier mit John zu stehen, brachte es zum Pochen, als sei sie einen Marathon gerannt. Sie wusste, wie wunderbar er küsste, und sie wollte, dass er es wieder tat.

Nein. Hör auf. Das ist falsch, falsch, falsch.

Sie waren wie Öl und Wasser, wie Feuer und Eis, wie Tag und Nacht. Und wenn sie sich ihm jetzt nicht sofort entzog, würden die uneinnehmbare Festung und die unwiderstehliche Kraft aufeinandertreffen, und nur Gott allein wusste, was dann passieren würde.

»Vielleicht ist das keine gute Idee«, sagte sie.

»Warum nicht?«

»Das letzte Mal, als wir uns nahe gekommen sind, war hinterher der Teufel los.«

»Wäre Bridges dir lieber?«

Noch eine Stunde zuvor hätte sie diese Frage bejaht und gedacht, keine körperliche Lust könne groß genug sein, um diesen kümmerlichen Lebensstil auszugleichen. Doch nun, da John nur wenige Zentimeter entfernt und drauf und dran war, sie erneut in den siebten Himmel zu entführen, war sie sich dessen nicht mehr so sicher.

»Ich weiß es nicht«, flüsterte sie.

»Dann helfe ich dir bei der Entscheidung«, sagte er und beugte sich vor, um sie zu küssen.

15

Darcy sah es kommen, und doch war sie erschrocken, als sie Johns Lippen auf den ihren spürte. Bis vor einer Stunde hatte sie stets das Gleiche gedacht wie im Wal-Mart: *Das lasse ich ihn auf keinen Fall wieder mit mir machen.* Nun aber glaubte sie, sterben zu müssen, wenn er sie nicht küsste.

Er strich ihr mit der einen Hand durchs Haar, drückte die andere fest an ihre Taille und gab ihr einen Kuss nach dem anderen – die herrlich stürmischen, ausdauernden Küsse eines Mannes, der weiß, was er will, und der es sich nimmt. Er schob sie neben der Spüle an den Küchentresen. Rechts hielt sie der offene Geschirrspüler, links sein Oberschenkel gefangen. Er war so fordernd und bedrängend, dass sie ihn hätte bremsen und auf ihrer Einwilligung hätte bestehen sollen.

Das hätte sie wohl – aber das wollte sie gar nicht.

Er knipste das Deckenlicht aus, sodass die Küche nur noch im schwachen Schein der Wohnzimmerlampe lag. Die plötzliche Dunkelheit an diesem ungewohnten Ort ließ das, was sie taten, herrlich verboten erscheinen, als hätte er sie in der Frühstückspause in die Besenkammer des Büros gezogen. Als sie die Arme um seinen Hals schlang, ließ er die Hände von ihrer Taille zu den Oberschenkeln gleiten, schob sie ihr unter den Hintern und hob sie an, bis sie auf Zehenspitzen stand, wobei ihre Brüste gegen seinen Brustkorb drückten. Nun, da sein Oberkörper auf ganzer Länge gegen den ihren drückte, spürte sie sein Glied am Unterleib. Plötzlich begriff sie, was er wollte: weit mehr als nur Gefummel im Dunkeln.

Mühsam entzog sie sich seinen Lippen und fragte atemlos: »Was tun wir hier eigentlich?«

Er küsste ihren Hals und flüsterte ihr dann ins Ohr: »Darcy, wir sind um diesen Moment herumgeschlichen, seit wir uns begegnet sind. Und ich hasse es, herumzuschleichen.«

Er hatte recht. Seit dem Kampf um den Mercedes waren sie auf Kollisionskurs gewesen. Alle Frotzeleien, spöttischen Bemerkungen, Seitenblicke, unratsamen Küsse an unratsamen Orten – jetzt begriff sie, dass all dies nur ein Vorspiel gewesen war und sie nun zur Hauptsache kamen.

»Ich bring dich ins Bett«, murmelte er, »und in den nächsten Stunden werden wir nicht mal zum Luftholen kommen.«

Seine Worte waren ein erotischer Doppelschlag, der Darcy beinahe in die Knie hätte gehen lassen. Genau das hatte sie gewollt – weggespült zu werden von elektrisierendem Sex mit einem Mann, der wusste, wie es ging. Einen Moment lang stellte sie sich vor, John werde sie einfach auf den Küchentisch werfen und über sie herfallen. Doch dann nahm er sie bei der Hand und führte sie so schnell aus der Küche und den Flur entlang, dass sie sich sputen musste. Dann aber blieb er plötzlich stehen, drückte sie an die Wand und küsste sie aufs Neue. Nach vierzehn Jahren Sex à la Warren – Licht aus, Decke drüber, abspritzen – machte ihr dieser Mann ein wenig Angst. Na gut, weit mehr als nur ein wenig.

Aber das machte die Sache nur umso aufregender.

Er öffnete den ersten Knopf ihrer Bluse, den zweiten, bekam mit dem dritten aber Probleme, weil seine großen Finger für ihre kleinen Knöpfe nicht geschaffen waren. Mit einem ärgerlichen Seufzer packte er die Bluse und riss sie bis zur Taille auf. Darcy schnappte nach Luft.

»Vier neunundneunzig«, sagte er. »Das ist das Schöne an billigen Blusen. Ich kauf dir zehn neue.«

Darcy war sprachlos. Sie hatte sich nicht vorstellen können, von einem Mann so sehr begehrt zu werden, dass er ihr die Kleider vom Leib riss.

John streifte ihr die Bluse von den Schultern. Sie sackte ihr bis zu den Ellbogen herunter, blieb dort hängen und hemmte ihre Bewegungsfreiheit, sodass sie ihn nicht umarmen konnte. Sie zuckte und wand sich, doch er schob sie nur wieder gegen die Wand und erregte sie mit seinen unglaublichen Küssen. Es würde gut werden, sagenhaft gut, die Art von Sex, die sie sich regelmäßig vorgestellt hatte, wenn sie mit Warren im Bett gelegen, an die Decke gestarrt und die Minuten gezählt hatte, bis es vorbei war.

Schließlich zog John ihr die Bluse von den Armen und ließ sie auf den Boden fallen. Darcy hatte Feuer gefangen und nestelte wie eine Besessene an seinen Hemdknöpfen herum. Sie öffnete nur drei davon, ehe sie die Geduld verlor und die Arme in den Hemdausschnitt schob, um seine Haut zu spüren. Er öffnete die restlichen Knöpfe und zerrte sich das Hemd vom Leib. Doch als er nach ihrem BH-Verschluss griff, überkam sie plötzlich ein entsetzlicher Gedanke.

In ungefähr einer halben Minute würde sie nackt im Flur ihres hässlichen Apartments stehen. Sie war beinahe vierzig, und die Schwerkraft setzte ihr mit jeder Sekunde unerbittlich stärker zu. John hatte ihr mit Botox gespritztes, mithilfe neuester Technologien gepeeltes und mit zahllosen Kosmetika verschönertes Gesicht nur anschauen müssen, um ihr Alter richtig einzuschätzen. Was würde er erst denken, wenn er jene Teile ihres Körpers zu sehen bekäme, an denen sich die Verheerungen des Alterungsprozesses nicht verbergen ließen?

Sie packte seine Hände. Er brach unvermittelt ab und keuchte. »Was ist?«

»Ich versteh das nicht.«

»Was verstehst du nicht?«

»Du hattest recht, was mein Alter angeht«, gestand sie.

»Gut.«

»Ich …« Sie holte tief Luft. »Ich bin fast vierzig.«

»Gut.«

»Die Dinge sind nicht unbedingt mehr, wo sie mal waren. Sie könnten … na ja … ein paar Zentimeter abgesackt sein.«

»Darcy, es ist mir egal, ob du bereits mit einem Bein im Grab stehst. Ich finde, du fühlst dich verdammt gut an.«

»Ich denke –«

»Nein, denk nicht. Das ist dein Problem. Du denkst zu viel.«

Ehe sie begriff, was geschah, hatte er sie schon hochgehoben, trug sie ins Schlafzimmer und legte sie aufs Bett. Das einzige Licht hier waren der schwache Schein, der vom Wohnzimmer hereinfiel, und die Straßenlaterne, und darüber war sie herzlich froh. Vielleicht würde er so nicht jede ihrer Unvollkommenheiten sehen.

Er setzte sich neben sie, öffnete ihren BH und schob die Körbchen beiseite. Sie hielt den Atem an, als er auf sie heruntersah und sie so lange anstarrte, bis sie beinahe die Arme verschränkt hätte. Dann ließ er die Handflächen von ihrer Taille aus langsam aufwärtsgleiten, nahm ihre Brüste in die Hände und beugte sich vor, um erst die eine, dann die andere zu küssen.

»Du bist so schön«, sagte er leise. »Vom ersten Moment an hab ich gedacht, wie wunderschön du bist.«

»Als du mich das erste Mal gesehen hast, hab ich dich angebrüllt.«

»Dann bist du eben schreiend schön.«

Er öffnete den Reißverschluss ihrer Shorts, schob die Finger in den Hosenbund und zog Shorts und Slip gemeinsam herunter, sodass sie nackt dalag. Wieder setzte Befangenheit ihr zu, doch als er sich erhob und seine restlichen Sachen auszog, konnte sie nicht mehr an ihren Körper denken, denn der Anblick seines Leibs verzückte sie viel zu sehr. Er hatte den Brustkorb, die Oberarmmuskeln und die Oberschenkel eines antiken Kriegers, und aus jeder seiner Poren strahlte Kraft. Als ihr Blick abwärts glitt, dachte sie flüchtig daran, dass sie ihm einmal gesagt hatte, Männer mit großen Lkws hätten etwas zu kompensieren. Noch nie war sie so froh gewesen, sich getäuscht zu haben.

Er streckte sich neben ihr aus, schob die Arme zwischen ihre Schenkel und streichelte sie. Sie war schon unerträglich erregt und sehr feucht, und als er eine ihrer Brustwarzen zwischen die Lippen nahm, glaubte sie, vor Lust zu vergehen. Zugleich erregt, geleckt, gesaugt und gestreichelt zu werden, ließ sie unglaublich viele Empfindungen gleichzeitig haben. Sie ballte die Fäuste, und ihre Nägel gruben sich in die Hände. Dann schwebten seine Lippen wieder über ihrem Ohr.

»Lass mich nicht im Dunkeln tappen«, sagte er. »Sag mir, was du willst.«

John war ihr von Anfang an als jemand erschienen, der sich nahm, was er wollte, ohne sich sonderlich darum zu scheren, auf wem er dabei herumtrampelte. Doch gegen alle Wahrscheinlichkeit war er auch hier wieder außerordentlich lieb und sagte Dinge, die ihr Mann in den vierzehn Jahren ihrer Ehe nie geäußert hatte.

Tatsache war, dass sie nicht wusste, was sie John sagen sollte, da sie nicht genau wusste, was sie wollte. Das war gut, doch sie bezweifelte, dass John allzu lange warten mochte. Und selbst wenn sie gewusst hätte, was sie ihm sagen sollte, wäre es ihr peinlich gewesen, es auszusprechen. Also griff sie nur an sein prächtiges Glied, das gegen ihren Schenkel drückte, schloss die Hand darum, strich auf und ab und sagte das, was er – ihrer Meinung nach – hören wollte.

»Nimm mich. Jetzt.«

Mit einem unterdrückten Stöhnen stand er auf und

nahm seine Jeans vom Boden. Sie fragte sich, was er da trieb, und als er ein Kondom aus der Tasche zog, durchzuckte sie die Erleichterung. Daran hatte sie gar nicht gedacht. Wenn eine Frau einen Mann heiratet, der bereits sterilisiert ist, braucht sie an solche Dinge auch nicht zu denken.

Er kam ins Bett zurück, schob ihre Schenkel auseinander und beugte sich über sie. Einen Moment lang starrte er nur auf sie herunter. Seine Augen schimmerten im Halbdunkel, und sie starb beinahe vor Verlust.

Dann glitt er in sie hinein.

Das plötzliche Gefühl, vollkommen gefüllt zu sein, ließ sie nach Luft schnappen. Unwillkürlich schlang sie die Beine um seinen Leib, als er sich in ihr zu bewegen begann. Sie schloss die Augen, strich mit den Händen über seinen Rücken und genoss das Muskelspiel unter seiner schweißglänzenden Haut. Das war gut. Sehr gut.

Doch sosehr es sie auch erregte, würde John – wie die Lebenserfahrung sie gelehrt hatte – in wenigen Minuten der Einzige sein, der sich mehr als nur sehr gut fühlen würde. Sie hatte es stets als offensichtliche Ungerechtigkeit empfunden, dass Männer so leicht zum Orgasmus kamen, während es für Frauen so schwer –

Moment – da war doch was.

Nein.

Oder vielleicht doch? Eine Bewegung tief in ihr – etwas, das Feuer zu fangen versuchte. Sie konnte es nicht glauben. Oh, Mann … war das denn die Möglichkeit?

Sie drückte den Unterleib an ihn und verschob die Hüften ein wenig, um genau richtig zu liegen. Er passte sich dem an und drang tiefer in sie ein, doch die kleine Flamme, die sie gespürt hatte, begann wieder zu erlöschen.

Nein, nein, nein! Konzentrier dich! Denk an geile Sachen!

Aber was sollte das nützen? Immerhin schlief sie mit dem schärfsten Mann, den sie je kennengelernt hatte. Wie konnte sie sich da noch zusätzlich geile Dinge vorstellen?

Sie spürte, dass er an sich hielt, hörte, wie er die Zähne zusammenbiss, und wusste, dass er auf ein Zeichen von ihr wartete, um losmachen zu können.

Nein. Konzentrier dich nicht. Hör auf, nachzudenken. Das ist dein Problem. John hat das auch gesagt. Du denkst zu viel nach. Aber du musst etwas tun. Er wartet auf dich. Los, mach schon, na los!

Sie drückte die Augen fest zu und bemühte sich verzweifelt, die Flamme wiederzufinden – vergeblich.

Genau wie in den letzten vierzehn Jahren.

Enttäuschung erfüllte sie. Schließlich hatte sie es aufgegeben, mit Warren zum Orgasmus kommen zu wollen, und es einfacher gefunden, ihm sein Glück zu lassen und ihn glauben zu machen, er habe auch sie dorthin gebracht. Danach hatte sie dann wach gelegen, von Sex mit einem Mann wie John geträumt und angenommen, völlige sexuelle Erfüllung zu finden, falls sie jemals an einen solchen Partner geraten sollte.

Bringen wir's jetzt einfach hinter uns. Nächstes Mal wird es besser sein.

Darcy holte tief Luft. Was sie über das Vortäuschen eines Orgasmus wusste, hatte sie von Meg Ryan gelernt, und dieses Wissen musste sie nun einsetzen.

Sie begann langsam wie geübt und atmete nur ein wenig heftiger. Als er sich schneller und kraftvoller in ihr bewegte, ließ sie leises Stöhnen hören. Und nach einer Weile, als sie spürte, dass er gleich so weit war, begann sie à la Meg *»Ja! Ja! Ja!«* zu rufen, denn das war ihr als sehr passend für eine Frau kurz vor dem Orgasmus erschienen. Sie gratulierte sich wie stets zu ihrer ungemein überzeugenden Vorstellung. Jedenfalls hatte sie gedacht, überzeugend gewesen zu sein, doch nun brach John unvermittelt ab und sah sie an, als habe sie sich in ein zweiköpfiges Monster verwandelt.

»Was soll das denn?«, fragte er keuchend.

Sie erstarrte. »Wie meinst du das?«

»Was soll dieses Geschrei?«

Was glaubte er denn, was das sein sollte? »Ich bin … äh … erregt.«

»Süße, du bist so erregt wie eine Nonne im Beichtstuhl.«

Oha – er hatte es gemerkt. Aber wie nur? *Entspann dich. Sortier dich neu. Bekomm die Lage wieder unter Kontrolle.* Sie lächelte ihn aufreizend an. »Baby, du hast keine Ahnung, wie geil ich bin.«

»Vergiss es. Warum tust du so, als ob?«

Ihr Lächeln verschwand. »Ich tu nicht nur so, als ob!«

»Mensch, Darcy – ich merk doch, ob eine Frau mir im Bett was vormacht.«

»Nein. Das ist gut. Wirklich. Nun mach endlich weiter!«

Stattdessen rollte er auf die Seite und setzte sich auf. Seinem prächtig geschwollenen Glied zufolge, war es ihm nicht leichtgefallen, aufzuhören. Und doch hatte er es getan. Was war mit diesem Mann bloß los?

»Was soll das?«, fragte Darcy. »Männer hören doch nicht einfach mittendrin auf.«

»Dieser schon«, sagte John, »wenn er getäuscht wird. Hast du immer nur so getan, als ob?«

Darcy wollte erneut leugnen, ihm die Erregung nur vorgespielt zu haben, doch er sah sie schon wieder mit jener Miene an, die sie langsam gewohnt war und die zum Ausdruck brachte, dass er ihr nicht die kleinste Notlüge oder die kleinste Beugung der Wahrheit abnehmen würde.

Sie setzte sich auf, sah ihn an, zog die Bettdecke über die Brust und strich sich die Haare aus dem Gesicht. »Gut, John – du willst die Wahrheit hören? Bitte. Manchmal ist es eben einfacher, einem Mann zu geben, was er will, und seine Ruhe zu haben.«

»Ach ja? Und was genau – glaubst du – will ein Mann?«

»So schnell und so oft wie möglich abspritzen, ohne sich große Mühe zu geben.«

»Bei den meisten Männern ist das wahrscheinlich so.«

»Und ein Mann will auch bestätigt bekommen, dass er mit seiner Riesenrute bloß in der Nähe des Schlafzimmers wedeln muss, um eine Frau scharfzumachen.«

»War Warren ein Opfer dieses Irrglaubens?«

»Warren war der Paradevertreter dieser Männerfantasie.«

»Also hast du beschlossen, ihm Orgasmen vorzutäuschen, solange er sein Geld für dich springen ließe?«

Darcy wollte sich über diese Formulierung ereifern, doch seine Worte enthielten so viel Wahrheit, dass sie es nicht fertigbrachte.

»Und würdest du dich gehen lassen«, fügte John hinzu, »wäre es ja auch schwer, die Zügel in der Hand zu behalten, nicht wahr?«

»Wie meinst du das?«

»Kurzmeldung, Darcy: Du bist ein wenig herrschsüchtig.«

Sie fuhr zurück. »Wer im Glashaus sitzt, sollte nicht mit Steinen werfen!«

»Gut beobachtet. Aber wenn du die letzten vierzehn Jahre lang nicht so hättest darben müssen, hättest du vielleicht sogar Spaß am Sex.«

»Es ist nicht so, dass ich daran keinen Spaß hätte«, begann sie. »Es ist nur so, dass …«

»Was?«

»Es gibt nun mal gewisse Gewohnheiten, die ich … na ja. Und es ist ja nicht so selbstverständlich, und deshalb …«

John schaltete das Licht an, öffnete die Schublade ihres Nachtschränkchens, schob ein paar Dinge beiseite und zog einen Vibrator heraus. »Ist das eine deiner Gewohnheiten?«

»Leg das zurück!«

»Hmm. Nicht gerade warm und angenehm, oder?«

Darcy schnappte sich den Vibrator und überlegte, woher er das alles wissen mochte. Männer verstanden Frauen in aller Regel nicht, und das war ein echter Vorteil der Frauen. John gegenüber allerdings hatte sie keinerlei Vorteil.

»Um ehrlich zu sein, habe ich bis jetzt keinen Mann getroffen, der es mit einem durchschnittlichen kleinen Helfer wie diesem hier hätte aufnehmen können.«

»Ach nein? Vielleicht solltest du aufhören, Orgasmen zu simulieren. Wenn du stattdessen deine Wünsche äußern würdest, könntest du dieses Ding womöglich bald auf den Müll werfen.«

Er schwang die Beine aus dem Bett und stand auf.

»Wohin gehst du?«

Wortlos zog John sich Jeans und Socken an und nahm seine Schuhe.

»John?«

Er drehte sich um und zeigte auf sie. »Wenn du so weit bist, mit der Show aufzuhören und ehrlich zu sein, sag mir Bescheid.«

Er verschwand im Flur und zog sein Hemd an. Kurz darauf hörte sie die Eingangstür auf- und zugehen. Dann war es still.

Darcy lehnte sich ans Kopfteil des Bettes und war fast zu Tränen erschrocken. Was war bloß gerade geschehen?

Sie begriff es nicht. Je besser sie einen Orgasmus vorgetäuscht hatte, desto zufriedener hatte Warren gewirkt. Er hatte bestimmt all seinen Golfkumpanen erzählt, wie prima er seine Frau befriedigte – seine junge, schöne Frau, die auch nach Jahren der Ehe noch scharf auf ihn war.

Was für ein Witz.

Es war von Anfang an nur Show gewesen. Ein Mittel

zum Zweck. Egal, wie sie sich dabei gefühlt hatte – die Show war weitergegangen. Doch manchmal hatte sie hinterher wach gelegen und gedacht: *Soll das alles gewesen sein?* Dann war sie am nächsten Morgen in ihrem schönen Heim erwacht, hatte sich ihres tollen Roadsters und ihrer Platin-Kreditkarte erinnert und nicht länger darüber nachgedacht.

Bis zur nächsten Show.

Sie war sich gewiss, dass es der Hälfte aller Männer absolut egal war, ob sie eine Frau befriedigten, und dass es der anderen Hälfte nichts ausmachen würde, nie zu erfahren, ob ihre Partnerin einen Orgasmus hatte. Doch John war anders. Er war einer der wenigen Vertreter der dritten Gruppe – wie immer die auch gestrickt sein mochte. Wann würde er sich endlich wie andere Männer verhalten und aufhören, sie verrückt zu machen?

Dann dachte sie an die Wohnungstür, stand auf, um abzuschließen, und schob Johns Riegel vor. Auf dem Rückweg sah sie den Präsentkorb auf dem Küchentresen stehen.

Schokolade. Ich brauche Schokolade.

Sie riss die Schachtel auf, nahm einen Pralinentrüffel und biss hinein. Dann setzte sie sich mit der Packung aufs Sofa, schloss die Lider, kaute ganz langsam und ließ jedes Stück auf der Zunge zergehen. Diese Trüffel waren schlichtweg himmlisch, und Warren hatte ihr diesen Vorschein des Himmels geraubt.

Jeremy Bridges dagegen hatte ihn ihr zurückgegeben.

Eine Frau wie Sie ist nicht zum Kämpfen geschaffen.

Als sie sich jetzt in ihrer trostlosen Wohnung umsah, erschrak sie bei der Vorstellung, nun so leben zu müssen, bis sie einen Weg gefunden hätte, viel Geld zu verdienen, bis sie in der Lotterie gewonnen hätte oder bis der Himmel sich öffnen und Tausende von Dollar in ihren Schoß regnen lassen würde. Doch noch mehr erschrak sie darüber, wie sie über John zu denken begann, einen Mann, der auf der wirtschaftlichen Erfolgsleiter nicht sehr viel höher stand als sie selbst und der ihr darum niemals wirkliche Sicherheit würde garantieren können. Ein Türriegel jedenfalls konnte nicht alles besiegen, was in ihrem Leben gegenwärtig falsch lief.

Und doch hatte dieser Riegel ihr mit so vielem, was an diesem Abend geschehen war, ein gutes Gefühl gegeben …

Als sie den Abend noch mal Revue passieren ließ, begriff sie, noch keinem Mann gegenüber je sie selbst gewesen zu sein. Sie war sich nicht einmal sicher, ob sie die Person kennen würde, die unter all ihren Verstellungen zum Vorschein käme. Aber als was sie sich auch entpuppen mochte: John schien sie sehr zu mögen – die Frau mit dem vierzigjährigen Körper, die billige Klamotten trug, eine Klapperkiste fuhr, in einer miesen Gegend wohnte und sich vor Insekten fürchtete. Wenn das so weiterginge, würde sie nie aus ihm schlau werden.

Lass mich nicht im Dunkeln tappen. Sag mir, was du willst.

Doch anstatt ihm zu sagen, was er wissen wollte, hatte sie ihm gesagt, was er – ihrer Meinung nach – hatte hören wollen. Und dann hatte sie ihm eine Meg Ryan-Show vorgestöhnt. Wie dumm hatte sie das aussehen lassen?

Als er sie darauf angesprochen hatte, war sie maßlos erzürnt gewesen. Doch als sie nun darüber nachdachte, kam sie nicht umhin, sich zu fragen, was geschehen mochte, wenn sie John nicht länger im Dunkeln tappen ließe. Welche Erfahrungen mochte sie dann mit ihm sammeln können?

»Der ist prima!«, sagte Amy und umkreiste den ramponierten und verstaubten Beistelltisch in Johns Wohnzimmer. »Er hat genau die richtige Größe. Wenn er erst aufgearbeitet ist, wird er großartig zu meiner Einrichtung passen.«

Einrichtung? Amy hatte keine Einrichtung, sondern eine Wohnung voll verwaister Möbelstücke, die keiner sonst anrühren würde. Als John den hässlichen Tisch betrachtete, den er an diesem Vormittag beinahe auf den Müll geworfen hätte, konnte er sich nicht vorstellen, dass er auch bei größter Mühe je vorzeigbar werden würde.

»Hast du beim Ausmisten des Dachbodens sonst noch was gefunden?«, fragte Amy.

»Ja, ein totes Eichhörnchen.«

»Nein, danke – tote Tiere sind wirklich *passé*.«

John nahm den Tisch, trug ihn zu ihrem Wagen, verstaute ihn im Kofferraum und schloss die Heckklappe. Amy zog ihre Schlüssel hervor.

»Ach«, sagte sie. »Was ich noch fragen wollte: Wie sieht eigentlich Darcys neue Wohnung aus?«

John erstarrte. »Woher soll ich das wissen?«

»Sie ist doch gestern eingezogen, oder? Ich dachte, du hast vielleicht bei ihr vorbeigesehen.«

»Warum hätte ich das tun sollen?«

»Keine Ahnung. Immerhin hast du gejammert, sie würde in ein Dreckloch ziehen. Ich dachte, du hättest mal nachsehen wollen.«

»Wo Darcy wohnt, geht mich nichts an.«

»Komm, John – du denkst, dich würden die Angelegenheiten aller Leute etwas angehen.«

»Ihre Angelegenheiten jedenfalls nicht.«

Amy musterte ihn eindringlich. »Hmm. Ich hatte gedacht, ihr hättet inzwischen ein gutes Verhältnis. Es hat da zwar den Vorfall mit dem Abschleppwagen gegeben, aber mir schien, als hättest du ihr verziehen.« Sie lächelte. »Das war ganz schön mutig von ihr, oder?«

»Es war gegen das Gesetz.«

»Mutig war es trotzdem.«

»Kaum ist eine Sache mit ihr geklärt, taucht gleich ein neues Problem auf.«

»Also hat es schon wieder einen ›Vorfall‹ gegeben?«

»Das geht dich nichts an.«

»Du darfst dich also in meine Angelegenheiten mischen, aber nicht umgekehrt?«

»Darcy ist genau das, wofür ich sie gehalten habe – durch und durch falsch.«

»Möchtest du nicht etwas konkreter werden?«

»Nein.«

»John, auf die Gefahr hin, tauben Ohren zu predigen –«

»Ich will nichts hören, was so beginnt.«

»Du wärst sehr viel glücklicher, wenn es in deinem Leben eine Frau gäbe.«

»Amy, go home.«

Sie seufzte. »Dann stirbst du eben als einsamer Wolf. Glaub nicht, dass ich mich um dich kümmern würde.«

»Übrigens überlege ich, mir einen Hund anzuschaffen. Hunde freuen sich, wenn man kommt, nerven nicht mit neunmalklugen Sprüchen und wollen einen nicht beeinflussen. Und vor allem: Sie lassen sich nicht verwöhnen und tun so, als würden sie das mögen, wenn sie es tatsächlich nicht mögen.«

Amy verzog das Gesicht. »Wovon redest du eigentlich?«

»Vergiss es.«

»Na«, sagte sie und blickte über seine Schulter, »wenn man vom Teufel spricht …«

John drehte sich um und sah ein Auto kommen. Das traurige Geräusch des Motors ließ keinen Zweifel daran, wem der Wagen gehörte. Was trieb Darcy hier?

Sie hielt am Straßenrand, stellte den Motor aus, rutschte auf den Beifahrersitz, stieg aus und kam auf sie zu, wobei sie sich die Sonnenbrille ins Haar schob und Amy anlächelte, es aber vermied, mit John Augenkontakt aufzunehmen. Sie trug den langen, seltsamen Rock von Wal-Mart mit all seinen künstlichen Falten, der niemandem hätte stehen sollen, ihr aber irgendwie stand. Aber vielleicht war es nur so, dass er daran dachte, was sich unter dem Rock befand.

Hör auf, daran zu denken. Das bringt dir nur Probleme.

»Darcy?«, fragte John. »Was machen Sie denn hier?«

»Tja … ich dachte, ich sollte Ihnen Ihre Werkzeugkiste zurückbringen. Die haben Sie gestern Abend in meiner Wohnung vergessen.«

John zuckte zusammen. Amy sah ihn mit einem verschmitzten Lächeln an. »Also hast du gestern Abend bei ihr vorbeigesehen, hmm?«

»Amy, musst du nicht aufbrechen?«

»Ja. Sicher. Bin schon unterwegs. Und John?«

»Was?«

»Der Hund, den du dir zulegen willst? Das ist keine gute Idee. Du weißt doch, wer der beste Freund des Menschen ist.« Sie drehte sich zu Darcy um. »Bis morgen im Büro.«

»Bis dahin«, sagte Darcy und wandte sich an John. »Sie legen sich einen Hund zu?«

»Nein, ich lege mir keinen Hund zu«, schnauzte er. »Machen Sie Ihren Kofferraum auf.«

Während Amy davonfuhr, schloss Darcy den Kofferraum auf. John nahm die Werkzeugkiste und ging zum Haus. Darcy schlug den Kofferraumdeckel zu und eilte ihm nach. Er stieg die Stufen zu seiner Veranda hoch, drehte sich um und funkelte sie zornig an. »Was soll das?«

»Ich dachte, wir könnten kurz miteinander reden.«

»Haben wir uns wirklich etwas zu sagen?«

»John – wenn ich mit dir reden will, finde ich einen Weg, und das ist dir klar. Wer weiß, zu welchen Mitteln ich notfalls greifen würde?«

Diese Drohung nahm er allerdings ernst.

Mit einem ergebenen Seufzer drehte er sich um und ging ins Haus. Sie folgte ihm. Er brachte die Werkzeugkiste in seinen Wirtschaftsraum und kam in die Küche zurück, um sich die Hände zu waschen.

»Hübsches Haus«, sagte sie.

»Darcy – gemessen an dem, was du für hübsch hältst, ist das eine Bruchbude.«

»Heutzutage nicht mehr.«

Gut gegeben. Er spülte sich die Hände ab und griff nach einem Geschirrtuch. »Was willst du?«

»Das hab ich dir doch gesagt. Ich möchte nur … na ja – reden.«

»Ich hab viel zu tun.«

»Zum Beispiel?«

»Ich muss die Dachrinnen säubern.«

»Das hört sich wirklich spannend an.«

»Es muss erledigt werden.«

»Eigentlich hatte ich gehofft, wir könnten etwas … unternehmen.«

Was sie damit meinte, unterlag keinem Zweifel, und seine Gedanken kehrten sofort zu den fünfundneunzig Prozent zurück, die am Vorabend prima gelaufen waren, und nicht zu den fünf Prozent, bei denen es anders gewesen war.

Nein – vergiss bloß nie diese fünf Prozent.

Er warf ihr einen strengen Blick zu. »Es gibt keinen Grund, damit weiterzumachen, Darcy. Es war von Anfang an falsch. Du weißt ja, dass ich verwöhnte Frauen hasse.«

Sie hob das Kinn. »Und ich halte nicht viel von Handwerkertypen.«

»Das ständige Stehen vor dem Spiegel und das ewige Einkaufen von Klamotten.«

»Das ganze Biertrinken und Sportfernsehen Glotzen.«

»Niemand hält mich am Sonntagnachmittag davon ab, mir die Spiele der Dallas Cowboys anzuschauen.«

»Und niemand hält mich davon ab, im Schlussverkauf in teure Kaufhäuser zu gehen.« Sie seufzte. »Gut, heutzutage bin ich eher bei Wal-Mart, wo täglich Ausverkauf ist, aber das wird nicht so bleiben.«

»Warum ist das für dich so wichtig?«

»Was? Hübsche Sachen zu haben? In einer Wohnung zu leben, in der ich das Licht anschalten kann, ohne Kakerlakenfüßchen weghetzen zu hören?«

»Du hättest bei deinen Eltern bleiben können?«

»Solltest du sie mal kennenlernen, wirst du das nicht mehr sagen.«

»Ich glaube nicht, dass ich sie je näher kennenlernen werde. Wie gesagt – wir haben privat nichts miteinander zu schaffen. Und jetzt muss ich mich wirklich um meine Dachrinnen kümmern.« Er strich an ihr vorbei und verließ die Küche.

»John, warte.«

Er drehte sich um. »Was ist denn noch?«

Sie atmete aus. »Du hast gesagt, ich soll dir Bescheid geben.«

Er zögerte. »In welcher Hinsicht?«

»Wenn ich bereit bin.«

»Bereit wozu?«

Ihr Blick huschte nervös in der Küche herum, ehe sie ihm schließlich wieder in die Augen sah. Sie sprach so leise, dass er sie kaum verstehen konnte. »Bereit, ehrlich zu sein.«

»Ehrlich zu sein?«, fragte er misstrauisch. »Du willst also nicht bloß sehen, ob du deinen Orgasmus inzwischen etwas besser simulieren kannst?«

»John, jetzt spiel dich nicht so auf. Es fällt mir schwer genug, darüber zu reden.«

Es war schwer für sie, darüber zu sprechen, doch es war noch schwerer für ihn, es sich anzuhören. Dem Ego eines Mannes tut es nicht gut, wenn eine Frau ihm einen Orgasmus vorspielt. John wusste, warum sie das einmal bei ihm und all die Jahre lang bei Warren getan hatte, doch es ärgerte ihn dennoch. Es gab nun mal kaum etwas an dieser Frau, das ihn nicht ärgerte. Aber es hatte ihm nicht gefallen, wie der letzte Abend geendet hatte, und er beschloss, es dabei nicht zu belassen.

»Gut, Darcy. Wir können es noch mal probieren.«

Sie nickte.

»Aber bevor die Sache zwischen uns weitergeht, gibt es ein paar Dinge, mit denen wir uns befassen müssen.«

»Äh … zum Beispiel?«

»Komm mit.«

16

Als John sich umdrehte und den Flur hinunterging, stand Darcy einige Sekunden lang klopfenden Herzens da und fragte sich, was er vorhatte.

Es gab nur einen Weg, das herauszufinden.

Sie folgte ihm den Korridor entlang. Ihr Herz stockte kurz, als er direkt ins Schlafzimmer ging. Seine Möbel waren alt, billig und unmodern, und der Raum war beinahe schmucklos. Eine hässliche blaue Tagesdecke aus Chenille lag schief auf dem breiten Bett. John setzte sich auf die Matratze, lehnte sich ans Kopfende, verschränkte die Arme und starrte sie gierig an.

»Zieh dich aus.«

Darcy schrak zurück. »Wie war das?«

»Tu, was ich sage.«

Johns ewige Demonstrationen seiner Autorität hatten sie schon von Anfang an geärgert, und sie fragte sich, ob sie die Sache nicht abbrechen sollte, ehe sie begonnen hatte. Eigentlich machte er ihr sogar ein wenig Angst. Wie sollte sie sich in seiner Gegenwart je wohlfühlen, wenn er fähig schien, ihre Gedanken zu lesen, während sie große Probleme hatte, aus ihm schlau zu werden?

Doch obwohl sie nicht wusste, was er im Schilde führte, war die Erinnerung an den Abend zuvor stärker als ihr Groll. Egal, welches Spiel er spielte – sie musste mitmachen, wenn sie irgendwohin kommen wollte. Aber das Tageslicht war dafür ungeeignet. Also ging sie zu den Vorhängen, um sie zuzuziehen.

»Nicht«, sagte John. »Lass sie offen.«

Sie fuhr herum. »Wieso?«

»Weil ich den Körper sehen will, von dem du denkst, er sei vom Alter verwüstet.«

Ein schwaches Frösteln der Besorgnis lief Darcy über den Rücken. Es war im Dunkeln schon schlimm genug gewesen. Würde er sie nun also bei Tageslicht betrachten? »Man kann hereinsehen.«

»Das Fenster geht auf den Hinterhof raus, und der Zaun ringsum ist zwei Meter hoch. Wir erschrecken allenfalls ein paar Eichhörnchen. Jetzt zieh dich aus.«

»Nur, wenn du dich auch ausziehst.«

»Nein. Du ziehst dich aus, ich nicht.«

Gut. Schließlich hatte er sie schon nackt gesehen. Und wenn sie sich auszog, würde er sicher nicht lange angekleidet bleiben.

Sie trat ihre Schuhe in eine Ecke. Als Nächstes zog sie die Strickbluse über den Kopf und warf sie aufs Bett. Dann fiel der Rock, und sie schob ihn beiseite. Als sie nur noch BH und Slip anhatte, kam sie ums Bett herum auf ihn zu.

»Alles«, sagte er.

Sie schloss die Augen und biss die Zähne zusammen.

»Ich warte.«

Mit einem widerwilligen Seufzer streifte sie den BH ab und zog den Slip aus. Sie wollte nicht verlegen wirken, doch durchs Fenster kam so viel Licht herein, dass jede Unebenheit, jeder Leberfleck, jede Narbe und Falte so deutlich zu erkennen sein musste wie die Oberfläche des Mondes durch ein hochauflösendes Teleskop. Er sah sie so erregt an, dass eindeutig war, woran er dachte. Warum *unternahm* er dann nichts?

Sie stemmte die Fäuste in die Hüften. »Gut. Jetzt bin ich nackt. Ist deine Begeisterung für Striptease nun gestillt?«

Er wies mit einem Ruck des Kopfes auf den Platz neben sich. »Hinlegen.«

So würdevoll wie möglich ging sie auf die andere Seite des Bettes und setzte sich.

»Gut«, sagte sie. »Jetzt bist du dran. Zieh dich aus.«

»Alles zu seiner Zeit.«

»Aber –«

»Hinlegen, hab ich gesagt.«

»Du spielst nicht fair.«

»Hab ich das je behauptet?«

»Verdammt, John, musst du immer alles kontrollieren? Wann halte *ich* mal die Zügel in der Hand?«

»Wenn ich es dir erlaube.«

Sie rückte ungläubig von ihm ab. »Hast du eigentlich gehört, was du da gesagt hast? Das lass ich mir nicht bieten.«

»Gut. Steh auf, zieh dich an und verschwinde.«

Seine Worte raubten ihr mit einem Schlag die Entrüstung, denn sie wollte auf keinen Fall gehen. Sie wollte nur ein wenig Mitsprache, bloß ein bisschen. War das zu viel verlangt?

Offenbar ja.

Mit einem verächtlichen Schnaufen legte sie sich auf den Rücken. Er streckte sich neben ihr aus und stützte sich auf den Ellbogen. Da er komplett angezogen und sie splitternackt war, fühlte sie sich ihm restlos ausgeliefert. Allerdings hätte sie dieses Gefühl auch gehabt, wenn sie eine komplette Winterausrüstung getragen hätte.

Sein Blick spazierte langsam über ihren Körper, über Gesicht, Brüste und Hüften und die Beine hinab bis zu den Füßen, verweilte aber hier und da, um sie aufmerksam zu betrachten.

»John? Was machst du da?«

»Ich suche nach der Stelle, die nicht vollkommen ist. Du bist vierzig, weißt du – da muss es doch einen Defekt geben.« Er seufzte. »Aber ich fürchte, ich habe kein Glück.«

»Warum ziehst du dich dann nicht aus, und ich schau mal, wie glücklich ich werden kann?«

»Auf keinen Fall. Da der Augenschein nichts ergeben hat, muss ich jetzt Hand anlegen.«

Darcy schluckte. Dass er »Hand anlegen« wollte, ließ sie vor Erwartung frösteln.

John musterte sie von oben bis unten, als versuchte er zu entscheiden, wo er anfangen sollte. Schließlich legte er ihr die Rechte auf die Schulter und strich mit der Hand ihren Arm entlang bis zu den Fingerspitzen, was sie Gänsehaut bekommen ließ. Dann strich er wieder aufwärts, wiederholte das Ganze am anderen Arm, nahm schließlich eine ihrer Haarsträhnen und wand sie sich um die Finger. Kleine Schauer liefen ihr über die Kopfhaut.

Sie wusste, was das war: ein kaum verhülltes, langes und quälendes Vorspiel aus federleichten Berührungen. Und es war zum Wahnsinnigwerden.

Er legte die Hand auf ihr Brustbein und umkreiste dann erst die eine, dann die andere Brust, wobei er ihr mit dem Daumen leicht über die Warzen strich. Sie schloss die Augen, und ihr Atem ging schneller.

»Hmm. Bis jetzt keine Problemzonen.«

Er streichelte ihren Unterleib. Dann glitt seine Hand ein Bein hinab bis unters Knie. Auf dem Rückweg strich er verführerisch die Innenseite ihres Schenkels entlang. Fast unwillkürlich öffnete sie die Beine ein wenig mehr. *Höher*, dachte sie, *ich glaube, dort liegt das Problem*.

Stattdessen glitt die Hand zu ihrer Hüfte, und er beugte sich vor, um ihr einen Kuss auf den Hals zu geben.

»Was war das?«, flüsterte sie.

»Ein Geschmackstest.«

Ihr Herz tat einen Satz. Mit seinem wirklich begnadeten Mund durfte er alle Untersuchungen durchführen, die er mochte. Als sie sich vorstellte, er küsse jeden Quadratzentimeter ihres Körpers, wurde ihr zwischen den Beinen so heiß, dass sie fürchtete, das Bett werde Feuer fangen.

Plötzlich erstarrte John, hob den Kopf und sah auf ihre Hüfte. »Was ist denn das?«

Ihre Augen sprangen auf. »Was?«

»Ich glaube, ich spüre etwas.«

Er strich erneut über ihre Hüfte, und als sie begriff, wovon er redete, stockte ihr Herz. Sie setzte sich mit einem Ruck auf, zog seine Hand weg und sah nach, was darunter war. Das Wort war so grässlich, dass sie es kaum krächzen konnte. »Cellulitis?«

»Ja«, sagte er lächelnd. »Stell dir das mal vor.«

»Wie konntest du dir nur erlauben, etwas zu finden!«

Er drückte sie wieder aufs Bett. »Zum Glück hab ich was entdeckt. Ich fürchtete schon, du seist wirklich vollkommen.«

»Ich *bin* vollkommen!«

»Hör auf, aus deinem Körper einen Abgott zu machen. Du bist fast vierzig. Da musst du mit einigen Unvollkommenheiten rechnen. Außerdem sind vollkommene Frauen langweilig.«

»Prima. Du sehnst dich also nach Unvollkommenheit? Nun, ich bekomme allmählich auch ein Bauchspeckröllchen. Das hast du übersehen. Werde ich dadurch *noch* interessanter?«

»Darcy, du bist vieles, aber dick bist du nicht.«

»Ich hatte überlegt, mir im Herbst Fett absaugen zu lassen. Inzwischen wäre ich froh, mir einen Gürtel leisten zu können.« Sie seufzte. »Und was ist mit meinen Schwabbelarmen? Und schlaffe Knie hab ich auch –«

»Es reicht, Süße. Du bist interessant genug. Lass uns weitermachen.«

Er stand auf, ging ans Fußende des Bettes, zog sein T-Shirt aus und enthüllte einen Körper, der bei Tageslicht noch beeindruckender war als im Halbdunkel. Allerdings bemerkte sie nichts daran, was irgendwie *interessant* gewesen wäre.

Er warf das T-Shirt beiseite und zog seine übrigen

Sachen aus. Was unter der Jeans zum Vorschein kam, zeigte ihr, dass die Inspektion ihres Körpers nicht allein sie erregt hatte. Er sah genau wie der dunkle, rätselhafte Liebhaber aus, der seit Jahren in geheimen Winkeln ihres Bewusstseins hauste. Wie hätte sie ahnen können, dass er lebendig werden würde?

Nachdem er sich ein Kondom übergestreift hatte, drückte er ihre Beine auseinander, setzte ein Knie dazwischen, stützte die Hände neben ihren Schultern auf, schwebte über ihr und blickte ihr in die Augen.

»Ich will, dass du stillhältst«, sagte er. »Und mit Stillhalten meine ich, dass du nicht die kleinste absichtliche Bewegung machst. Verstanden?«

»Aber –«

Er hielt ihr den Mund zu. »Und nur zur Erinnerung: keinen Orgasmus vortäuschen. Kapiert?«

Sie nickte.

Langsam zog er die Hand weg. »Gestern Abend hab ich dich gebeten, mir zu sagen, was du willst. Ich denke, du hast mich belogen.«

Darcy schluckte. »Ich … ich wusste einfach nicht, was ich sagen sollte.«

»Allerdings. Und deshalb frage ich heute nicht.«

Er hatte also vor, sie zu nehmen, wie er wollte, und ihr Körper glühte vor Erwartung. Sie sehnte sich danach, dass er wieder in sie eindrang, doch stattdessen beugte er den Kopf zur Seite und küsste sie auf Hals und Schlüsselbein. Seine Lippen hätten sich himmlisch angefühlt, wenn sie vor Neugier auf das, was er vorhatte, nicht ganz verspannt gewesen wäre.

Er hockte sich auf, ließ die Hände um ihre Brüste

kreisen, küsste ihren Busen und glitt mit federleichten Lippen zu ihrem Nabel herunter. Dann strich er die Flanken ihres Körpers entlang und küsste dabei ihren Unterleib. Doch erst als er ihre Hüften packte und mit den Lippen noch tiefer glitt, ging ihr endlich auf, was er vorhatte, und ihre Nerven waren so gespannt wie eine Bogensehne vor dem Abschuss.

»John –«

»Shhh …«, sagte er, und sein warmer Atem strich über die Innenseiten ihrer Schenkel. Mit den Fingern öffnete er behutsam ihre Schamlippen.

»Nein, wirklich. Das geht nicht. Ich –« Sie keuchte. Seine Zunge. O *Gott.* Sie hatte noch nie etwas so Unglaubliches gespürt.

»Bitte …«, sagte sie und atmete schneller. »Bitte nicht …« Doch ihr Flehen musste schwach und unüberzeugend gewesen sein, denn er machte keine Anstalten, aufzuhören. Aber er hätte auch sonst nicht aufgehört. So war John nun mal: ein großer, mächtiger Tyrann, der darauf bestand, seinen Willen zu bekommen – egal, worum es sich handelte. Also wäre es dumm von ihr gewesen, sich zur Wehr zu setzen, oder?

O ja.

Als er sie mit der Zunge erregte, wühlten Darcys Finger sich in die Tagesdecke und zerrten an der hässlichen Chenille. Sie hatte sich immer gefragt, wie es sich anfühlen mochte, geleckt zu werden, und aufmerksam zugehört, wenn andere Frauen darüber sprachen. Aber sie hatte nie selbst … *o Gott.*

Ihr Kopf schien in einer Wolke reinen Genusses zu schweben, ihr Körper war bis zum Zerreißen gespannt, und sie atmete abgehackt, flach und keuchend. Er hatte ihr verboten, sich zu bewegen, doch sie konnte nicht anders: Ihre Hände fanden seine Schultern, und sie packte zu und grub die Fingerspitzen hinein. Bald ergriff ein leichtes Flattern ihre Nerven und löste ein Zittern der Erregung aus, das mit jeder Sekunde stärker wurde. Er leckte und züngelte genau an der richtigen Stelle, und sie wand sich unter ihm, weil es so gut war, dass sie es kaum auszuhalten vermochte, doch er hielt sie an Ort und Stelle fest und quälte sie unerbittlich, bis sie die Finger in seine Schultern krallte, sich ihm entgegenbog, um mehr bettelte und umso heftiger atmete, je mehr er sie erregte. Ein tiefes, heiseres Stöhnen entfuhr ihr, das von einer Fremden gekommen zu sein schien, von einer schamlos sinnlichen Frau, die so lüstern war, dass sie kurz vor der Explosion stand. Sie war nah dran … ganz nah … unglaublich *nah* …

Und dann löste er sich von ihr.

Sie streckte die Hände nach ihm aus. »John! Nein! Hör nicht auf! *Bitte* –«

Er schob ihr die Beine auseinander und drang in sie ein. Nun war sie wirklich im siebten Himmel.

Eine Welle von Energie durchdrang sie und fand rasch zu einem harten, pulsierenden Rhythmus, der ihre Nerven ergriff und nicht weichen wollte. Winzige Lichter tanzten vor ihren geschlossenen Augen, und sie konnte nicht atmen, doch das war ihr egal. Möglich, dass er sie umbrachte – na und? Er stieß sie wie ein Besessener, der nach Erlösung verlangt, und setzte dabei alle Lust ekstatisch frei, die ihr Körper zu empfinden vermochte.

»O Gott … *Darcy* …«

Seine Muskeln spannten und strafften sich. Dann ließ er sich fallen und packte sie, und als er kam, entfuhr ihm ein wildes Stöhnen. Sie hob keuchend die Hüften, um ihn möglichst tief in sich zu spüren, und genoss es inbrünstig, mit ihm verschmolzen zu sein.

Schließlich bewegte er sich langsamer, wurde ganz ruhig und küsste ihren Hals, ehe er sich auf die Seite fallen ließ, wobei er noch immer heftig atmete. Sie glaubte zu träumen und hatte das Gefühl, er habe sie ausgelöscht – als habe eine Flutwelle eine Sperrmauer durchbrochen und eine zerborstene Ruine zurückgelassen. Sie konnte nicht denken, konnte nicht atmen. Tränen traten aus ihren Augenwinkeln und rannen ihr über die Schläfen.

»Darcy?«

Sie wischte die Tränen weg.

»Was ist los mit dir?

»Ich weiß nicht … ich bin nur …«

Ein Schluchzen ergriff sie, und sie hielt sich den Mund zu, denn sie wusste, dass sie wie ein Baby lallen würde, falls sie erneut zu sprechen versuchte. *Sie* war es doch, die Männer in Trottel verwandeln sollte – nicht umgekehrt! Doch John war nicht wie andere Männer. Er beraubte sie jeder Verstellung, jeder Lüge, in der sie es sich bequem gemacht hatte. Er war einfach so *groß* und *gegenwärtig* und vermochte sie in ein schluchzendes Bündel frei flatternder Gefühle zu verwandeln, das nicht wusste, wohin es sich wenden sollte, um dem überwältigenden Ansturm der Empfindungen zu entfliehen.

Sie wusste nur, dass sie wegmusste. *Sofort.*

Sie schwang die Beine aus dem Bett. Er griff nach ihr, doch sie entzog sich ihm, eilte ins Bad und sperrte die Tür hinter sich ab.

Kurz darauf wurde am Griff gerüttelt. »Darcy!«

»Hau ab!«

»Hau *ab*? Was, zum Teufel, ist mit dir los?«

»Bitte *geh* einfach.«

Darcy wickelte sich in ein Badelaken, setzte sich auf den Wannenrand und fühlte sich wie ein nasses Papiertuch. Warum verhielt sie sich so seltsam? Warum hatte sie sich nicht beherrscht, entzückt gelächelt und etwas gesagt wie: *Das war wirklich schön, Baby. Wie wär's mit einer zweiten Nummer?*

Stattdessen hatte sie sich im Bad eingeschlossen wie eine jungfräuliche Braut, die in der Hochzeitsnacht hysterisch wird. Er hielt sie ohnehin für ziemlich verrückt. Nun hatte sie bestätigt, dass »ziemlich« eine Untertreibung war.

Er klopfte erneut an die Tür. »Darcy! Sag mir, was los ist!«

»Nichts ist los.«

»Wenn eine Frau sich im Bad einschließt und weint, dann ist etwas los!«

»Nein – ich hab dir doch gesagt, es ist nichts!«

»Es war gut für dich. Das weiß ich. Du kannst mir doch nicht sagen, dass es nicht so war!«

Eben das war das Problem. Es war gut gewesen, so unglaublich, unerwartet und überwältigend gut, dass sie den Kopf verloren hatte – und zwar völlig.

»John – geh bitte einfach weg. *Bitte!*«

»Und wohin genau? Das ist schließlich mein Haus!«

Was war sie bloß für ein Esel! Da saß sie im Badezimmer eines Mannes fest und sagte ihm, *er* solle sein Haus verlassen?

»Ich versteh dich nicht, Darcy. Seit wann ist toller Sex ein Problem? Bei mir hat sich noch nie eine Frau beklagt. Und was machst du? Du weinst und schließt dich im Bad ein!«

»John, bitte …«

»Ich weiß nicht, warum du das tust, aber du kannst sicher sein, dass ich es herausfinde!«

Sie hörte es ihm an. Er würde sich mit bloßen Händen Einlass verschaffen und die Wahrheit aus ihr herausfoltern. Ein durchschnittlicher Mann würde sein Haus nicht zerlegen, doch bei John erwartete sie beinahe, dass er die Tür eintreten würde.

Doch sie hörte nichts, obwohl sie eine Minute lang gebannt lauschte.

Sie ließ den Kopf in die Hände sinken. Wahrscheinlich saß er draußen und wartete darauf, bis sie herauskam, und das würde sie schließlich ja müssen. Aber was dann?

Kein Mann hatte ihr je solche Empfindungen verschafft. Verwandelte sie sich nun etwa in eine Frau, die eines Mannes wegen den Kopf verlor? In eine Frau wie Carolyn zum Beispiel? Vielleicht hatte ihre Freundin ihr einen Teil der Geschichte verschwiegen? Womöglich ließ sie sich von Ralph nur deshalb so gängeln, weil er ihr im Bett zu den herrlichsten Erlebnissen verhalf? Konnte er darum alles Übrige ihres Lebens bestimmen? Liebte sie ihn deswegen, obwohl es keinen ersichtlichen Grund dafür gab? Dann freilich hätte super Sex Carolyn schwachsinnig werden lassen. Und Darcy hatte die furchtbare Ahnung, bald wie ihre Freundin zu sein. Ein grandioser Orgasmus, und schon war sie drauf und dran, ein kopfloses Weibchen zu werden.

Wieder wurde am Griff gerüttelt. Darcy riss rechtzeitig den Kopf hoch, um die Tür aufgehen und John ins Bad kommen zu sehen.

Sie schnappte nach Luft. »John! Wie bist du –«

»Badezimmerschlösser sind ein Witz«, sagte er und legte den Schraubenzieher aufs Waschbecken. Er hatte seine übliche knallharte Miene aufgesetzt, mit der er zu verstehen gab, er werde den Dingen um jeden Preis auf den Grund kommen.

Darcy schniefte ein wenig und rappelte sich auf. »Ich weiß, dass ich mich dumm benehme«, erklärte sie unter Tränen. »Bitte lass mich am Leben.«

John wollte etwas sagen, schloss den Mund aber wieder. Während er ihr tränennasses Gesicht musterte, bröckelte seine Kriegerpose. Schließlich sank er resigniert in sich zusammen.

»Ich möchte bloß wissen, warum du weinst«, sagte er hilflos. »Das ist alles.«

»Ich … ich weiß nicht.«

»Du machst mich wahnsinnig. Ist dir das bewusst?«

»Mhm.«

»Ich habe seit unserer ersten Begegnung keinen klaren Gedanken fassen können.«

»Ich weiß.«

»Das passiert mir sonst nie.«

»Ich weiß.«

»Meinst du, dieser Wahnsinn lässt bald mal nach?«

Sie zuckte schwach die Achseln. »Ich weiß es nicht, aber an deiner Stelle würde ich nicht darauf wetten.«

Er schüttelte langsam den Kopf. Dann sah er zur Decke, als erhoffte er einen Fingerzeig Gottes. Weil der auszubleiben schien, stieß er einen langen, erschöpften Seufzer aus und öffnete die Arme.

»Komm her.«

Sie stolperte vorwärts, schlang die Arme um seine Taille und schluchzte an seiner Schulter. Er hielt sie umfangen, und sie klammerte sich an ihn und war tief erleichtert darüber, in seinen Armen zu sein, fürchtete zugleich aber, er wolle sie vielleicht nie wieder umarmen. Er strich ihr zärtlich über den Rücken und sagte leise ein paar Worte, und sehr bald beruhigte sich ihr Weinen.

»Ich werde einfach nicht schlau aus dir«, sagte er.

»Ich weiß. Ich versteh mich ja selber nicht.«

»Wie soll ich das dann je schaffen?«

»Ich glaube, du verstehst mehr, als du weißt.«

»Wieso?«

»Du hast mir gestern Abend gesagt, ich würde keinen Sex mögen. Und du hast recht gehabt. Bisher hat es für mich wenig daran zu mögen gegeben.«

»Ich versuche, das zu ändern.«

»Ich weiß. Was gerade passiert ist …«

»Ja?«

Sie holte tief und zittrig Luft. »So war es für mich noch nie. Nie. Es war einfach so … so …«

»Gut?«

»Ja, gut.«

»Warum weinst du dann?«

»Ich weiß nicht. Es ist einfach … passiert.«

Er schloss sie wieder in die Arme und küsste sie auf den Kopf. »Schließ mich nur nicht aus«, sagte er. »Einverstanden? Nie wieder.«

Sie nickte. Wozu sollte das auch gut sein. Egal, wie sehr sie sich zu verbergen suchte – er fand stets einen Weg zu ihr.

Am Montag kam John früh ins Büro, um ein paar Steuerdinge zu erledigen und danach mit dem Abschleppwagen ein paar Autos einzusacken, war aber nicht bei der Sache. Der Tag zuvor war so gut gewesen, dass er andauernd daran gedacht hatte. Er hatte Darcy am Abend nicht gehen lassen wollen, doch sie musste ihren Hund ausführen und hatte John überdies – offen gesagt – im Laufe des Tages genug strapaziert. Nachdem sie über ihren hysterischen Anfall, den er nach wie vor nicht ganz verstand, hinweggekommen war, hatte sie sich wie eine Besessene über ihn hergemacht, und ihm war das sehr recht gewesen.

Nicht, dass ihm die Grenzen eines Verhältnisses mit einer Frau wie ihr nicht bewusst gewesen wären. Ihm war klar, welche Art Mann sie langfristig suchte, und es war sicher keiner wie er. Außerdem war er nicht an etwas Dauerhaftem interessiert. Doch das bedeutete nicht, dass er die Dinge nicht kurzfristig genießen konnte. Gegen eine rein sexuelle Beziehung war nichts zu sagen. Daraus ergaben sich wenigstens keine Verpflichtungen – nicht zuletzt, weil ein solches Verhältnis nur vorübergehend war. Und wenn man sich wieder trennte, war keiner verletzt.

Er sah wieder auf die Papiere vor sich und stellte fest, dass er die falschen Formulare erwischt hatte. Das zu merken, hatte zehn Minuten gedauert, weil er die ganze Zeit bloß an seinem Kaffee genippt und Löcher in die Luft gestarrt hatte. So kannte er sich gar nicht. Steuerdinge waren schließlich eine ernsthafte Angelegenheit. Im Augenblick allerdings konnte er nur eines denken: *Fahr zur Hölle, Uncle Sam.*

Nein, reiß dich zusammen. Du hast ein Geschäft zu führen.

Dann kam ihm ein furchtbarer Gedanke.

Was wäre, wenn Darcy Tony und Amy verriete, dass sie ein Verhältnis mit ihm hatte. Er hatte so oft lauthals erklärt, er wolle nichts mit ihr zu tun haben, dass Tony ihn endlos damit aufziehen würde, wenn er davon erführe. Und falls Amy es herausfände, würde sie wissen wollen, wie ernst es ihm war – und egal, was er dann sagte: Sie würde mit den Vorbereitungen zur Hochzeit beginnen. So theatralisch, wie Darcy manchmal war, befürchtete er, sie werde direkt in sein Büro marschiert kommen, ihm die Arme um den Hals werfen und ihn küssen.

Hoffentlich lässt sie das bleiben.

Kurz darauf tauchten erst Amy, dann Tony auf. Darcy trudelte mit den üblichen zehn Minuten Verspätung ein. Er war etwas nervös, als er sie sah, und alle möglichen erotischen Vorstellungen gingen ihm durch den Kopf.

Nicht. Konzentriere dich und pass auf, dass diese Sache dir nicht um die Ohren fliegt.

Darcy stellte ihre Tasche auf ihren Schreibtisch, ging zur Kaffeekanne, schenkte sich einen Becher ein und kehrte an ihren Arbeitsplatz zurück. Sie schaltete den Computer ein, setzte sich und trank ihren Kaffee, während der PC hochfuhr.

John seufzte erleichtert. Wenigstens war sie nicht gleich in sein Büro gekommen, um ihn mit einer Zurschaustellung ihrer Zuneigung zu bestürmen. Es war sogar gut, dass sie ihn nicht sofort begrüßt hatte. Das hatte sie früher schließlich auch nicht getan – also wäre es nun verdächtig gewesen.

Kurz darauf ging er zur Kaffeekanne und schenkte sich noch einen Becher ein.

»Guten Morgen, Darcy«, sagte er dabei und lächelte ein wenig, aber nicht zu sehr – schließlich hatte Amy ihn genau im Blick.

»Hallo, John«, erwiderte Darcy, während sie weitertippte. »Ich bin gleich mit Ihrem Morgenbericht fertig.«

Er blieb einen Moment lang stehen und wartete darauf, dass sie mehr sagte, doch sie blickte nicht einmal auf. Also ging er in sein Zimmer zurück und war ein bisschen enttäuscht. Das war es schon?

Nein. Auch das war gut. Offenbar war sie keine dieser bedürftigen, unsicheren Frauen, die ihn schließlich Dinge fragen würden wie: *Was denkst du?* Oder: *Wohin entwickelt sich unsere Beziehung eigentlich?* Oder irgendeinen anderen Unsinn.

Die nächste Stunde über beobachtete er sie unauffällig durch die Scheibe seines Büros. Er sah zu, wie sie Ablage machte, vor allem, wenn sie dabei in eines der unteren Regale griff und ihr Rock über dem hübschen kleinen Hintern spannte. Er sah zu, wie sie telefonierte und sich dabei eine Strähne um den Finger wickelte. Er sah ihr beim Tippen zu, wobei sie viel langsamer war, als man das von einer Sachbearbeiterin erwarten sollte. Er sah zu, wie sie auf den Kopierer schimpfte, während sie einen Papierstau beseitigte.

Er sah zu, wie sie *atmete*.

Schließlich stand er auf, um ein Auto einzusacken, und sagte ihr, er sei in ein paar Stunden wieder da. Sie nahm das mit einem Nicken zur Kenntnis und ging in den Lagerraum.

Hatte er bloß geträumt? Hatte er nicht erst gestern mit ihr wilden, zügellosen Sex gehabt? Sie hätte ihn den ganzen Tag über aus den Augenwinkeln ansehen und ihm mitunter kurze, anzügliche Blicke zuwerfen sollen, die besagten: *Ich kann den Abend kaum erwarten.* Was war bloß mit ihr los?

Am Vormittag schleppte er einen Wagen ab, am Nachmittag zwei weitere. Als er dann wieder ins Büro kam und an ihrem Tisch vorbeilief, sah sie kaum auf. Er ging in sein Zimmer und starrte sie durchs Fenster an, doch schließlich war er so enttäuscht, dass er die Jalousie herunterließ, um der Versuchung zu entgehen, mitzuzählen, wie oft sie blinzelte.

Gegen halb vier kam sie in sein Büro. Er sah sie erwartungsvoll an. Sie legte ein paar neue Aufträge in die entsprechende Ablage und wandte sich zum Gehen. Kein aufreizendes Lächeln. Kein anzügliches Blinzeln. Nichts.

Jetzt reichte es aber.

»Darcy«, fuhr er sie an.

Sie drehte sich um. »Was denn?«

»Komm wieder rein.«

Er kam hinter seinem Schreibtisch hervor, schloss die Tür und sah sie wütend an.

»Was soll das?«

Sie blinzelte. »Wovon redest du?«

»Hast du vergessen, dass wir gestern den ganzen Tag miteinander im Bett verbracht haben?«

»Natürlich nicht. Wie könnte ich?«

»Warum zeigst du mir dann heute die kalte Schulter?«

»Die kalte Schulter?«

»Du hast den ganzen Tag über keine zehn Worte mit mir gewechselt.«

»Ich habe an vielen Tagen keine zehn Worte mit dir gewechselt.«

»Nicht, seitdem wir einen ganzen Tag miteinander im Bett verbracht haben.«

»Soll ich deshalb bei der Arbeit geschwätziger sein?«

»Woran bin ich mit dir, Darcy? Willst du einfach so tun, als würde zwischen uns nichts laufen?«

»*Läuft* denn etwas zwischen uns?«

»Natürlich«, stieß John hervor. »Wir haben einen ganzen Tag miteinander im Bett verbracht.«

»Ja, John. Ich erinnere mich. Aber das war doch nur Sex.«

Ihre Worte entsetzten ihn. Natürlich hatte sie recht. Er hatte sich das auch schon gesagt. Er hatte nur nicht erwartet, dass *sie* es sagen würde.

»Nur Sex?«, fragte er. »Hat es dir nicht mehr bedeutet?«

»Hat es dir mehr bedeutet?«

Er erstarrte und war baff. Auch mit dieser Frage hatte er nicht gerechnet. »Äh … vielleicht.«

»Vielleicht?«

»Ich meine, wir haben doch was miteinander, oder?«

»Ich weiß nicht. Haben wir?«

»Hör endlich auf, jede Frage mit einer Gegenfrage zu beantworten!« Er stieß einen frustrierten Seufzer aus. »Wäre es zu viel für dich gewesen, gleich heute früh wenigstens mal in mein Büro zu sehen und Guten Morgen zu sagen?«

»Ich dachte bloß, ich sollte mir nichts anmerken lassen. Wollen wir wirklich, dass Amy und Tony mitbekommen, was wir gestern getrieben haben?«

»Uns zu begrüßen, verrät den beiden also, dass wir miteinander geschlafen haben?«

»Vorsicht ist die Mutter der Porzellankiste, stimmt's?«

Falsch. Hallo zu sagen, war kein Problem. Jedenfalls nicht, solange sie dazu nichts anderes tat, ihn also nicht beispielsweise im Beisein anderer küsste. Aber es war schwer zu entscheiden, wo die Grenze verlief.

»Ja«, sagte er schließlich etwas verwirrt, »stimmt schon – Vorsicht ist die Mutter der Porzellankiste.«

»Wir müssen das Ganze also streng geheim halten.«

»Ja«, bestätigte er. »Streng geheim.«

Sie wollte schon gehen, drehte sich aber noch mal um, beugte sich vor und sagte leise: »John, falls du es noch nicht wissen solltest – bei jeder Beziehung, die *streng geheim* ist, geht es stets *nur* um Sex.«

Nein. Auf keinen Fall. Das würde er nicht so stehen lassen. Er ließe sich nicht von ihr sagen, der gestrige Tag bedeute ihr nichts, denn er wusste es besser. O ja!

Er packte sie am Arm und hielt sie zurück.

»John? Was machst du –«

Er zog sie zu sich heran, nahm ihr Gesicht in die Hände und brachte sie mit einem Kuss zum Verstummen, der zunächst herb und entschlossen war. Dann wurde er sachter, strich ihr mit den Daumen über die Wangen und gab ihr einen zärtlichen Zungenkuss. Als er sich ihr schließlich sanft entzog, beugte sie sich vor, um ihn ein letztes Mal flüchtig zu küssen, als ertrüge sie es nicht, dass sie sich trennten. Sie öffnete die Augen, und ein träumerischer Ausdruck lag auf ihrem Gesicht.

»Fühlt sich das für dich nach bloßem Sex an?«, fragte er.

Sie seufzte. »Äh … nein.«

»Natürlich nicht.«

Er riss die Tür auf und verließ sein Zimmer. Darcy folgte ihm.

»Tony! Amy!«, sagte John.

Die beiden nahmen Haltung an.

»Darcy und ich sind künftig ein Paar – mit allem, was dazugehört.« Er richtete den Finger auf Tony. »Ich will von dir nicht hören, dass ich geschworen habe, mich nie zu binden, denn jeder hat das Recht, seine Meinung zu ändern. Und du …«, fuhr er fort und zeigte mit dem Finger auf Amy, »… fängst jetzt gefälligst nicht gleich an, Darcy zu bedrängen, sich ein Porzellanservice auszusuchen oder den Polterabend zu planen.« Dann richtete er den Finger auf Darcy. »Ich komme am Abend um sieben zu dir. Ich hoffe, du isst gern Chinesisch, denn ich bringe was vom Chinesen mit.« Er warf ihnen allen einen letzten Blick zu, der ihnen zu verstehen gab, dass sie gut daran taten, brav zu spuren, um keinen Ärger zu bekommen. »Hat das jeder verstanden?«

Es gab zustimmendes Gemurmel.

»Dann zurück an die Arbeit.«

Er ging wieder in sein Büro und schloss die Tür.

Darcy stand wie vom Donner gerührt da, starrte auf die geschlossene Tür und war völlig perplex über diese Wendung der Dinge. Schließlich ging sie zu Amys Schreibtisch, war aber noch immer so fassungslos, dass sie kaum zu sprechen vermochte.

»Ich kann es nicht glauben«, flüsterte sie. »Hast du gehört, was er gesagt hat?«

Amy grinste. »Als du gestern bei ihm aufgekreuzt bist, hab ich mich gefragt, was zwischen euch läuft. Offenbar eine Menge.«

Eine köstliche kleine Erregung durchflutete Darcy. Sie hatte den ganzen Tag lang peinlich darauf geachtet, sich nicht wie eine dieser klammernden Frauen zu verhalten, die eine Beziehung mit einem Mann zu haben glaubten, nur weil sie Sex mit ihm hatten, doch es hatte sie beinahe umgebracht, ihre Gefühle zu verhehlen. Intuitiv wusste sie, dass ein Mann wie John die Beine in die Hand nehmen würde, wenn sie sich verhielte, als seien sie ein Paar. Sie hatte darauf warten müssen, dass er den ersten Schritt tat. Doch nicht einmal in ihren kühnsten Träumen hatte sie sich vorgestellt, dass dieser Schritt so ausfallen würde, wie er nun ausgefallen war.

»Kaum zu glauben, wie aufgebracht er aus seinem Zimmer gedampft kam«, sagte Amy lächelnd. »Das war einmalig – selbst für ihn. Es muss ihn wirklich erwischt haben.«

Erwischt? Wie mochte Amy das meinen? Bei ihrer Beziehung mochte es sich um mehr als Sex handeln, aber deshalb war sie noch längst nichts Seriöses. Darcy hatte vor, eines Tages wieder zu heiraten – und zwar keinen Mann wie John.

Das nahm sie jedenfalls an.

Oder etwa nicht?

»Was gibt's denn da zu flüstern?«, fragte Tony.

»Nichts, was dich etwas anginge«, sagte Amy.

»John hat einen ziemlich wahnsinnigen Auftritt hingelegt, was?«

»Ja.«

»Soll ich ihm sagen, dass ihr hinter seinem Rücken über ihn tuschelt?«

»Wenn du das tust«, sagte Amy, »erzähle ich allen Frauen, mit denen du dich triffst, von allen anderen Frauen, mit denen du dich triffst. Dann stehst du ziemlich schnell im Regen, Freundchen.«

Tony grinste. »Na gut. Tuschelt in Gottes Namen weiter.«

17

Mit John umzugehen, sei wie Taubenfüttern im Park, hatte Amy einmal zu Darcy gesagt. Obwohl die Brotkrümel gut für sie seien, stöben die Vögel davon, wenn man sie ihnen hinwerfe. Falls man dagegen so tue, als sei einem ihr Hunger egal, kämen sie bald angebettelt. Ihr Bruder sei der große, schlecht gelaunte Vogel in der Mitte der Schar, dem sein Hunger nicht einmal bewusst sei.

Nachdem Amy ihr diesen Einblick in Johns Psyche gewährt hatte, beschloss Darcy, zumindest noch ein Weilchen lang so zu tun, als sei sie schwer zu kriegen. So zu tun, als sei man schwer zu kriegen, war allerdings viel schwerer, als es klang. Jeden Morgen nahm Darcy sich von Neuem vor, an diesem Abend zu sagen: »Nein, tut mir leid, heute nicht, ich hab schon was vor.« Doch jedes Mal, wenn sie diese Worte auf der Zunge hatte, dachte sie an seine Hände, seinen Mund und seinen großen, starken Körper und daran, dass er stets wusste, wie er sie vor Lust schier verrückt machen konnte.

Doch es ging nicht allein um Sex. Es war die Art, wie er sich in ihr Leben einschlich, als sei er stets ein Teil davon gewesen. Sie wusste, dass sich darin bloß sein ständiges Bedürfnis bekundete, herumzukommandieren, doch Amy sagte, es sei ein Wunder, dass ihr Bruder zwei Wochen lang mit einer Frau verbracht und keinerlei Ausflüchte gemacht habe, um sie nicht treffen zu müssen.

An diesem Abend saß John auf ihrem Sofa, hatte die riesigen Füße auf ihren Wohnzimmertisch gelegt und studierte das Kinoprogramm. Pepé lag neben ihm auf dem Polster. Der Hund hatte sich in null Komma nichts mit ihm angefreundet, als er begriffen hatte, dass John ihn nicht anschreien, sondern so lange streicheln würde, wie Pepé es wollte.

»Gut«, sagte John, »diesen Film können wir uns ansehen.«

Er rasselte den Titel eines neuen Action-Abenteuers und die Namen der Hauptdarsteller herunter. Darcy rümpfte die Nase. »Das soll doch wohl ein Witz sein?«

»Was willst du denn sehen?«

»Den Streifen mit Julia Roberts.«

»Das ist ein Frauenfilm.«

»Und?«

»Und ich hasse Frauenfilme. Lass uns eine Münze werfen.«

Darcy hütete sich vor jeder Form von Glücksspiel. Sie wusste ja, was aus Warren geworden war. Und auch sie selbst hatte eine familiär bedingte Schwäche für jede Form von Lotterie, denn ihre Mutter war stets völlig pleite aus Las Vegas zurückgekehrt. Als Darcy sich daher für Zahl entschieden hatte und Kopf gewann, war sie nicht weiter überrascht.

»O Mann«, seufzte sie. »Zwei Stunden überflüssige Gewalt – ich kann es kaum erwarten.«

»He, ich muss beim nächsten Kinobesuch mit weinerlichen Frauen klarkommen. Meinst du, darauf bin ich scharf?«

»Warum habe ich mich bloß auf dich eingelassen? Du bist der gefühlloseste Mann, den ich je kennengelernt habe.«

Er packte ihren Arm und zog sie zu sich aufs Sofa. Pepé huschte davon, und im nächsten Moment hatte John sie schon auf den Rücken geworfen und küsste sie dort zwischen Nacken und Schulter, wo es sie völlig wild machte.

»Gefühllos?«, fragte er, und seine Lippen kitzelten ihr Ohr. »Das glaubst du doch selbst nicht.« Er schob ihr die Hand um die Taille und küsste sie dabei.

Nein, das glaubte sie tatsächlich nicht.

»Ich dachte, du wolltest ins Kino«, murmelte sie.

»Das will ich auch. Solange wir in der letzten Reihe fummeln können.«

»Könnte sein, dass dir ein, zwei Explosionen entgehen.«

»Stimmt.« Er stand auf und zog sie hoch. »Vergessen wir also das Rumfummeln. Ein Mann muss seine Prioritäten haben.«

Darcy nahm das als Herausforderung, und als sie eine halbe Stunde später im Tinseltown-Kino als Einzige in der letzten Reihe von Saal sechs saßen, vermochte sie seine Aufmerksamkeit erheblich besser auf sich zu ziehen als der Film, obwohl der mit mehr Waffen und Sprengstoff pro Kopf aufwartete als alles, was sie im letzten Jahrzehnt gesehen hatte. Sie beschloss, beim nächsten Mal den mädchenhaftesten, östrogenseligsten Tränentreiber auszuwählen – nur um zu sehen, wie John sich winden würde.

»Guter Film«, sagte er beim Verlassen des Kinos.

»Du machst Witze, oder? Einem Mann ist richtiggehend der Kopf explodiert.«

John grinste. »Das war toll, oder? So was sieht man nicht alle Tage.«

Zum Glück.

In diesem Moment ging die Tür eines anderen Kinosaals auf, und sechs Jungen im Vorschulalter rannten heraus, denen eine matronenhafte Frau mit schokoladebeschmiertem Ärmel und angespannter Miene folgte. Einer der Jungen trug eine Papierkrone, und auf einem großen Button an seinem Hemd stand: »Heute ist mein Geburtstag!«

Die Frau brummte eine Entschuldigung und nahm das Geburtstagskind bei der Hand, doch ehe sie ihn richtig im Griff hatte, riss der Kleine sich los und verduftete – gefolgt von den anderen, wild schreienden Jungen – den Gang entlang. Die Frau stieß einen Seufzer aus, der ihr den Pony aus der Stirn blies, und setzte den Kindern nach.

Darcy schüttelte den Kopf. »Armes Muttertier.«

»Warum hast du keine Kinder bekommen?«, fragte John auf dem Weg ins Foyer.

»Das hast du doch wohl gerade gesehen, oder?«

»Alle Kinder sind so.«

»Genau.«

»Hast du nie daran gedacht, selbst welche zu haben?«

Darcy warf ihren Sodabecher in den nächsten Mülleimer. »Aber natürlich habe ich das. Ich schätze, jede

Frau denkt darüber nach. Aber Warren dachte, er sei zu alt. Und jetzt bin auch ich zu alt.«

»Ich weiß nicht – viele Vierzigjährige bekommen Kinder.«

Darcy fasste ihn am Arm und brachte ihn zum Stehen. Sie sah nach rechts und links und flüsterte dann: »Ich bin keine vierzig!«

»Aber so gut wie, stimmt's?«

»Du kannst einen wirklich zur Raserei bringen!«

Darcy stiefelte davon, und John folgte ihr. Sie blickte sich um und sah ihn lächeln, was sie noch mehr ärgerte. Beide traten auf den Parkplatz hinaus. Nach dem klimatisierten Kino schlug ihnen die Abendluft wie aus einem Hochofen entgegen.

John schloss zu ihr auf. »Und wann hast du Geburtstag?«

»Können wir uns über etwas anderes unterhalten?«

»Du und deine Angst vor dem Altern! Kannst du damit nicht endlich aufhören? Heutzutage wird man neunzig – also bist du kaum in den mittleren Jahren. Außerdem ist das Alter ohnehin nur eine Zahl.«

»Das *Alter* ist bloß eine *Zahl*?« Sie rollte die Augen. »Du hast wohl zu viele esoterische Ratgeber für Frauen gelesen?«

»Im Ernst – ich weiß nicht, warum du so ein Tamtam um das Älterwerden machst.«

»Dann hör mir mal zu. Erstens: Würde ich mein Haar nicht regelmäßig färben, würdest du sehen, wie grau es ist.«

»Na und? Schau mal.« Er zeigte auf seine Schläfen, an denen ein paar graue Haare zu sehen waren.

»Grau lässt Männer bedeutend wirken und Frauen alt.«

»Das ist Unsinn.«

»Ist es nicht. Und wenn ich mir nicht bald wieder Botox spritzen lasse, wird meine Stirn wie ein im Wäschetrockner zerknülltes Baumwollhemd aussehen.«

»Botox?«, fragte John, während sie sich seinem Auto näherten. »Ich kenne keinen, der sich das hätte verabreichen lassen.«

»Und ich kenne keine Frau, die es sich *nicht* hätte ›verabreichen‹ lassen.«

»Lässt die Wirkung nicht nach einem halben Jahr nach?«

»Doch.«

»Dann unternimm nichts dagegen.«

Als sie zum Auto kamen, pflanzte Darcy sich vor ihm auf und lachte unfroh. »Das Ergebnis würde dir nicht gefallen.«

»Warum nicht? Gegen ein normales Gesicht ist doch nichts einzuwenden.«

»Du kapierst das nicht. In ein paar Monaten sehe ich aus wie ein Shar-Pei.«

Er zuckte die Achseln. »Na und? Ich mag Hunde.«

Sie schlug ihm auf den Arm. Er packte sie am Handgelenk, zog sie an sich und küsste sie. »Falten sind nichts Schlimmes – sie geben Menschen Charakter.«

»Falten geben *Männern* Charakter. Frauen geben sie die Nesselsucht.«

»Manche Frauen machen sich über solche Dinge zu viele Sorgen, und du gehörst zu diesen Frauen.«

»Das sagt sich für Männer so einfach, denn sie scheinen von Jahr zu Jahr besser auszusehen. Frauen dagegen verfallen.«

»Vielleicht würden sie nicht so tief fallen, wenn sie nicht so viel Mist benutzen würden, um sich aufzupeppen.«

Darcy musste zugeben, dass dies wahrscheinlich stimmte. Doch da sie es gewohnt war, fabelhaft auszusehen, empfand sie den Vorschlag, sich weniger stark herzurichten, als Zumutung. Und dass sie an diesem Samstag vierzig werden würde, war die größte aller Zumutungen.

Ein paar Minuten später fuhren sie zurück zu ihrer Wohnung. John hatte eine Strecke durch Plano-West gewählt, die Darcy lieber vermieden hätte, denn sie führte nur ein paar Straßen weit von ihrem früheren Zuhause vorbei. Als sie an den Geschäften entlangfuhren, in denen sie früher oft gewesen war – an Shops at Legacy, am Victorian Tea Room, an ihrem liebsten Starbucks –, konnte sie nicht anders, als sich vorzustellen, wie ihr anstehender Geburtstag verlaufen würde, hätte ihr Leben keine so dramatische Wendung genommen. Warren würde sie gewiss mit dem Schmuckstück »überraschen«, auf das sie in den letzten Monaten wiederholt wie nebenbei zu sprechen gekommen war, und sie dann zum obligatorischen Abendessen in einem überteuerten Restaurant ausführen, wo sie sich in all dem Prunk aalen und die Tatsache genießen würde, dass sie zwar ein Jahr älter geworden war, aber Geld genug hatte, damit man ihr das nicht ansah.

John hielt an der Ecke Legacy und Forest Glen

vor der Ampel, und plötzlich trat zu ihrer Kränkung noch Beleidigung hinzu, weil Darcy feststellte, dass sie auf einen langen, mit Bäumen bestandenen Weg sah, der zu einem ihr bestens vertrauten Ort führte: zum Vereinshaus des Forest-Glen-Golf- und -Country-Clubs.

Mit einem stillen Seufzer betrachtete sie die weißen Säulen, der im Neokolonialstil errichteten Ziegelvilla. Der Springbrunnen davor war von Flutlicht erleuchtet und lag inmitten einer makellosen Gartenanlage, durch die ein von unterschiedlichsten Blumen gerahmter Fußweg auf ein Paar massiver Eichentüren zuführte. In der Ferne waren die welligen Hügel des Golfplatzes ins helle Orange der untergehenden Sonne getaucht.

In den letzten vierzehn Jahren war Darcy mindestens zweimal wöchentlich über die Schwelle dieses Clubhauses getreten, und als sie es nun betrachtete, war es beinahe unfassbar, dass es kein Teil ihres Lebens mehr war.

»Warren und ich waren dort Mitglied«, sagte Darcy leise und wies mit dem Kopf auf das Clubhaus.

John warf einen kurzen Blick auf das Gebäude, sah vor sich hin, trommelte mit den Fingern aufs Lenkrad und wartete darauf, Grün zu bekommen. »Ziemlich protzig, wenn du mich fragst.«

»Ja«, pflichtete sie ihm bei. »Das ist es.«

»Es fehlt dir, nicht wahr?«

»Natürlich – es war ein leichtes Leben.«

»Manchmal ist leicht nicht das Beste.«

Dennoch konnte sie sich der Sehnsucht nicht erwehren, des Gefühls, ausgeschlossen und ein wehmütiger Zuschauer zu sein. Seitdem ihr Leben so völlig aus den Fugen geraten war, war sie nicht mehr im Club gewesen. Sie wusste nicht einmal, ob ihre Mitgliedschaft noch bezahlt war oder ob Warren ihr auch dieses Privileg geraubt hatte. Nicht, dass sie gegenwärtig mit ihren Freundinnen dort samstags zum Mittagessen und Martinitrinken hätte hingehen mögen, denn ein einziges Hauptgericht würde sie beinahe den Verdienst eines ganzen Tages kosten. Und auf all die Frauen, die ihre gehässigen Blicke auf sie richten und Gott danken würden, dass sie von Darcys Unglück verschont geblieben waren, konnte sie wunderbar verzichten.

Darcy verspürte die seltsamste Art von Sehnsucht. Nicht, dass sie sich das Leben zurückwünschte, das sie mit Warren geführt hatte – diesen verschwenderischen Lebensstil brauchte sie nicht. Sie besäße nur gern ein gemütliches kleines Polster zwischen sich und dem Elend. Doch bei ihrem gegenwärtigen Gehalt würde sich das nie und nimmer machen lassen.

Sie überlegte, ob sie John erneut fragen sollte, ob er ihr nicht doch beibringen könnte, wie man Autos einsackt, doch sie kannte seine Antwort bereits. Wenn ihr bloß eine andere Möglichkeit einfallen würde, sich Larrys Auto zu schnappen, hätte sie in dieser Sache vielleicht weit bessere Karten. Die Corvette war noch immer ihr Trumpf für den ersten Fischzug. Sie war sich ziemlich gewiss, dass Larry keine Waffe ziehen und ihr den Kopf wegschießen würde, doch bei einem Fremden, dessen Wagen sie abschleppen wollte, ließ sich das nicht so sicher sagen. Später, wenn sie John erst dazu gebracht hätte, ihrem Wunsch nachzugeben, könnte er ihr auch die Feinheiten des Umgangs mit wütenden Versagern beibringen.

Doch wie sollte sie die Corvette zu fassen bekommen? Sie konnte Larry allenfalls vor seinem Haus auflauern und ihm und dem Wagen in der Hoffnung folgen, das Auto im geeigneten Moment an den Haken nehmen zu können.

Dann kam ihr ein Gedanke. Ihre Rechte umklammerte reglos das Armaturenbrett, als sie erneut zum Clubhaus blickte. Sie wusste, wohin Larry jeden Montagabend fuhr – an denselben Ort, den früher auch Warren zu dieser Zeit aufzusuchen pflegte: in den Club nämlich, wo sie ihr männerbündisches Ritual, Scotch zu trinken und Zigarre zu rauchen, inszenierten, eine Tradition, die die beiden nur angesichts des Weltuntergangs versäumt hätten. In Darcys Kopf begann ein Plan Gestalt anzunehmen, wie sie Larry erst die Schlüssel, dann das Auto wegnehmen könnte. Im Handumdrehen wäre seine Corvette dann auf dem Abschlepphof von Texas Repossessions – dort also, wo der Wagen hingehörte.

»Darcy?«, fragte John. »Was ist los?«

Sie fuhr herum. »Was?«

»Du hast so einen seltsamen Gesichtsausdruck.«

»Wirklich?«

John warf ihr einen Blick zu, und seine Augen wurden schmal. »Ja. Als würdest du etwas im Schilde führen, und ich bin mir nicht sicher, ob mir das gefällt.«

Mit sinnlichem Lächeln legte sie die Hand auf seinen Oberschenkel. »Es wird dir gefallen – vertrau mir.«

Die Ampel sprang auf Grün, und John trat aufs Gaspedal. Binnen weniger Sekunden hatte er so beschleunigt, dass er nur ein paar Stundenkilometer schneller fuhr, als das Gesetz es erlaubte.

Darcy beschloss, gleich am nächsten Morgen im Internet die gesetzlichen Bestimmungen für die Wiederinbesitznahme von Fahrzeugen zu recherchieren, um zu wissen, was erlaubt und was verboten war, und sich keinen zweiten Schnitzer zu leisten. Falls sie sicher sein konnte, kein Gesetz zu brechen, falls es ihr gelang, Carolyn dazu zu bringen, ihr zu helfen, und falls Larrys Pechsträhne ihn nicht auch die Mitgliedschaft im Country-Club gekostet hatte, würde sie ihren Plan am Montagabend umsetzen.

»Nein, Darcy, ich hab's mir anders überlegt. Ich kann das nicht. Ich kann dir nicht helfen, ein Auto zu stehlen.«

Carolyn bog auf den Parkplatz eines Einkaufszentrums in der Parker Road und hielt an.

»Komm schon, Carolyn!«, sagte Darcy. »Lass mich jetzt nicht im Stich! Du brauchst ohnehin so gut wie gar nichts zu tun. Während Raoul deinen Wagen parkt, schnapp ich mir den Schlüssel von Larrys Corvette.«

»Und wenn es zwei Aufseher gibt?«

»An einem Montagabend?«

»Und was tue ich, während Raoul meinen Wagen parkt?«

»Geh einfach in den Club – wie immer.«

Sie schüttelte den Kopf. »Nein. Da mach ich auf keinen Fall mit.«

»Hör endlich auf, so neurotisch zu sein. Schließlich bin ich es, die den Schlüssel klaut.«

Carolyn glich einem störrischen Maulesel, der sich weigerte, auch nur einen Schritt zu tun. Es musste furchtbar sein, so wenig Mumm zu haben.

Darcy sank in ihren Sitz zurück, und ihre Augen wurden schmal. »Erinnerst du dich noch an eine gewisse Silvesterparty vor einigen Jahren?«

Carolyn bekam große Augen.

»Der Mann von Madeline …«

»Darcy –«

»… und du …«

Carolyn biss die Zähne zusammen.

»… in ihrem Gartenhaus am Pool …«

»Ich hatte vier Martini intus! Und so *richtig* ist nichts gewesen!«

»Ach nein? Charlie immerhin hatte es schwer, Madeline zu erklären, wie der Lippenstift in sein Gesicht gekommen war.«

»Du wirst dich hüten, irgendwem etwas darüber zu sagen!«

»Stimmt – weil Freundinnen zusammenhalten.«

Carolyn grollte noch ein wenig und hatte schmollend die Lippen verzogen. Schließlich hob sie die Hände. »Na gut!« Sie legte den Gang ein. »Du spielst wirklich mit allen Tricks.«

Darcy lächelte. »Danke, Carolyn. Du bist eine echte Freundin.«

»Ja – ewige Freundschaft! Wir können uns ja in Huntsville eine Zelle teilen. Bist du dir wirklich sicher, dass du befugt bist, das Auto einzusacken?«

»Ich hab dir doch den Auftrag gezeigt, oder?«

»Und woher willst du wissen, welchen Schlüssel du dir schnappen musst?«

»Das Auto wurde 1968 gebaut. Damals sahen die Schlüssel noch anders aus – ohne integrierten Computerchip.«

»Und woher willst du wissen, dass keine anderen Oldtimer auf dem Parkplatz stehen?«

»Um sicherzugehen, prüfen wir das, wenn wir da sind.«

Kurz darauf fuhren sie den mit Bäumen bestandenen Weg zum Clubhaus entlang. Darcy nahm den Parkplatz ins Visier. »Da ist Larrys Wagen.«

»Siehst du noch andere alte Autos?«

»Nein. Jetzt halte beim Clubdiener an und lass deinen Wagen einparken.«

Carolyn tat, wie ihr geheißen, und Raoul trat heran, um ihr die Tür zu öffnen. Darcy stieg auf der Beifahrerseite aus.

»Guten Abend, Mrs Grant. Mrs McDaniel. Wie schön, Sie beide zu sehen.«

Darcy und Carolyn wünschten Raoul ihrerseits einen Guten Abend und betraten den Gehsteig, als wollten sie in den Club. Raoul glitt ans Steuer von Carolyns Wagen und fuhr ihn auf den Parkplatz. Carolyn stand stumm da, als wüsste sie nicht, was sie tun sollte.

»Geh in den Club«, flüsterte Darcy. »Und pass auf, ob jemand rauskommt.«

»Du hast mir nicht gesagt, dass ich Schmiere stehen muss!«

»Nun geh schon!«

Carolyn huschte hinein, während Darcy sich dem Unterstand des Clubdieners zuwandte und sich über die an Haken hängenden Autoschlüssel beugte. Erst sahen alle gleich aus, und sie fürchtete schon, sie werde den Richtigen nicht finden.

Dann entdeckte sie einen Schlüssel, der sich von allen anderen klar unterschied, zog ihn vom Haken und stellte fest, dass er sogar an einem Corvette-Schlüsselanhänger steckte. *Na bitte.*

»Was machst du denn da?«

Sie schrak hoch und fuhr herum. Großer Gott. *Larry?*

Hinter ihm sah sie Carolyn mit erschrockener Miene im Eingang des Clubs stehen. *Tut mir leid, aber ich konnte ihn nicht aufhalten!*, sollte das wohl bedeuten.

»Mensch, Larry«, stammelte Darcy. »Es ist doch noch früh. Willst du schon die Segel streichen?«

»Ich bin verabredet.« Er wies mit dem Kopf auf ihre Hand. »Das ist mein Schlüssel.«

Gut. Sie hatte zwei Möglichkeiten. Sie konnte sich eine dumme Geschichte ausdenken, warum sie den Schlüssel genommen hatte, ihn Larry aushändigen und weggehen, doch dann wäre es ihr zum zweiten Mal misslungen, die Corvette einzusacken. Oder sie zückte den Auftrag zur Wiederinbesitznahme des Fahrzeugs, ging zum Parkplatz, setzte sich in sein Auto und fuhr weg.

Sie holte tief Luft und kam zu dem Schluss, sie sei nicht so weit gekommen, um nun zurückzuschrecken. Gail hatte immer gesagt, Larry habe keinen Mumm –

vermutlich würde er also nicht einmal versuchen, sie aufzuhalten.

Sie zog den Auftrag zur Wiederinbesitznahme aus der Handtasche und hielt ihn Larry unter die Nase. »Tut mir leid, aber es hat dich erwischt.«

Er nahm ihr das Formular aus der Hand und sah für einen Moment ungläubig drein. »Mein Auto wird eingesackt?«

Sie nahm ihm das Papier wieder ab und stopfte es in die Handtasche. »So ist das, wenn man seine Raten nicht bezahlt.«

Sie ging Richtung Parkplatz. Einen Augenblick lang dachte sie, Larry sei zu sehr vor den Kopf geschlagen, um ihr zu folgen, doch dann kam er ihr nach.

»Du?«, fragte er und schloss zu ihr auf. »Du bist es, die meinen Wagen einsackt?«

»Genau.«

»Ich hab ja gehört, dass du Schweres durchzumachen hast, nachdem Warren sich als Betrüger erwiesen hat und so weiter, aber dass du so tief gesunken bist! Zum *Repo-Mann*?«

»Sehe ich wie ein Mann aus, Larry?«

»Du wirst mir meinen Wagen nicht wegnehmen.«

»Wart's ab.«

»Darcy, gib mir den Schlüssel.«

Sie ging weiter.

»Her mit dem Schlüssel!«

Er griff danach, doch sie war schneller, blieb stehen und schob den Schlüssel in ihren BH. Sie bezweifelte, dass John etwas Vergleichbares getan hätte, doch sie besaß ein paar Trümpfe, über die er nicht verfügte – und warum sollte sie die nicht zu ihrem Vorteil einsetzen?

Larrys Augen wurden schmal. »Glaub bloß nicht, dass ich den Schlüssel da nicht raushole.«

»Das wirst du nicht tun. Es ist allgemein bekannt, dass es dich nur dann erregt, fremden Frauen in den Ausschnitt zu greifen, wenn du für dieses Vergnügen bezahlst.«

»Das stimmt nicht! Gail hat sich das alles ausgedacht!«

»Aber sicher.« Sie ging weiter.

»Hör mal, Darcy!«, sagte Larry und hielt mit ihr Schritt. »Ich hab lediglich im Moment einige finanzielle Probleme. Ich kläre das in ein paar Tagen mit meiner Bank.«

»Prima. Wenn du die Dinge mit der Bank geregelt hast, kannst du deinen Wagen wiederhaben.«

Sie erreichte die Corvette, öffnete die Tür und setzte sich ans Steuer. Dann zog sie den Schlüssel aus dem BH, schob ihn ins Zündschloss, sah mit einem spöttischen Lächeln zu ihrem Begleiter hoch und winkte ihm flüchtig zu.

»Wiedersehen, Larry.«

Mit dem begeisternden Gefühl, etwas Tolles geleistet zu haben, wollte sie den Wagen anlassen, bemerkte im gleichen Moment aber aus dem Augenwinkel etwas, das ihr ein besorgtes Frösteln über den Rücken jagte.

Eine Gangschaltung?

Sie brauchte einige Sekunden, um zu begreifen, was das bedeutete. Das durfte nicht wahr sein! *So ein Mist!*

Warum hatte sie nicht bedacht, dass Automatikgetriebe bei Sportwagen alles andere als selbstverständlich waren?

Immer mit der Ruhe. Es gab keinen Grund, panisch zu werden. Sie hatte Warren jahrelang ein Auto mit Gangschaltung fahren sehen. Es konnte also gar nicht so schwer sein.

Nein, das war Unsinn. Genauso gut konnte sie behaupten, sie könne Einrad fahren, weil sie jahrelang jemandem dabei zugesehen habe. Sie würde es nicht bis zu Johns Abschlepphof schaffen, ohne Larrys Wagen zu ruinieren. Und wenn sie die Corvette kaputtmachte, würde Johns furchtbare Drohung mit der Polizei sicher keine bloße Drohung bleiben.

»Was ist los?«, fragte Larry.

Sie riss die Wagentür auf und stieg aus. Larry wirkte verwirrt.

Dann fiel sein Blick auf den Schaltknüppel, und ein spöttisches Grinsen breitete sich auf seinem Gesicht aus. »Du weißt nicht, wie man einen Wagen mit Gangschaltung fährt, hm?«

Darcy funkelte ihn zornig an.

»Ha! Du dachtest, du hättest mich überlistet, stimmt's?«

Er streckte die Hand aus. »Meinen Schlüssel, bitte.«

Sie klatschte ihm den Schlüssel in die Hand. »Sieh dich vor, Larry. Früher oder später bekomm ich diesen Wagen.«

Larry öffnete die Autotür. »Tatsächlich? Na, vorher musst du ihn finden.«

»Ich hab ihn diesmal auch gefunden, oder?«

»Stimmt. Danke für den Tipp.« Wieder dieses spöttische Grinsen. »Gefahr erkannt, Gefahr gebannt.«

Er stieg ein, ließ den Wagen an und trat aufs Gas. Als er den Parkplatz mit quietschenden Reifen verließ, ballte Darcy die Fäuste. Sie wusste nicht wie, aber früher oder später würde sie diesen Wagen einsacken.

18

Ein paar Tage später saß Darcy am Küchentisch, überschlug ihre finanzielle Lage und fragte sich, wovon sie die am Ersten des Monats fällige Septembermiete zahlen sollte. Der August hatte die in Dallas üblichen 38 Grad Celsius gebracht – und eine Luftfeuchtigkeit, die selbst für die besten Haarpflegemittel eine Herausforderung bedeutete. Bevor ihr Leben aus der Bahn geraten war, war die Hitze für sie nur lästig gewesen. Jetzt aber musste sie eine nicht isolierte Wohnung, deren Fenster nach Westen hinausgingen, klimatisieren, und die astronomische Stromrechnung, die dafür fällig wurde, fraß einen nicht geringen Teil ihres Gehalts auf.

Weil sie sich keine anständige, gut isolierte Wohnung leisten konnte, musste sie absurd hohe Beträge für Strom ausgeben und würde deshalb wohl nie genug sparen können, um in eine anständige, gut isolierte Wohnung zu ziehen. Erst jetzt begann sie zu begreifen, in welcher Fülle von Teufelskreisen arme Leute ihr Leben lang festsaßen.

Gut. Falls sie sich selbst die Haare schnitt, nur dann mit dem Auto fuhr, wenn es unbedingt sein musste, und aufhörte zu essen, konnte sie die Miete aufbringen – vorausgesetzt, es ging nichts schief.

Doch genau das war leider der Fall.

Gerties Klimaanlage hatte immer schlechter gekühlt, und als Darcy am nächsten Morgen in ihr Auto stieg, um zur Arbeit zu fahren, blies ihr keine kühle, sondern heiße Luft entgegen. Als sie in der Mittagszeit zur Werkstatt ihres Vaters fuhr, lief ihr der Schweiß über die Schläfen und ließ ihr Haar am Nacken kleben. Sie hoffte inständig, ihr Vater müsse nur an einer Schraube drehen, damit wieder kühle Luft aus den Belüftungsdüsen strömte.

»Sieht so aus, als bräuchtest du neues Kühlmittel«, sagte er.

»Was wird mich das kosten?«

»Nur den Preis für das Kühlmittel, aber das ist bei einem so alten Auto Mangelware. Wenn der Wagen zwei Dosen davon schluckt, kostet dich das ungefähr hundert Dollar.«

Darcy seufzte. Weitere hundert Dollar? »Dann muss ich nächste Woche wiederkommen. Bis zum Zahltag hab ich kaum noch Geld.«

»Das übernehme ich schon. Es ist zu heiß, um ohne Klimaanlage unterwegs zu sein.«

»Danke, Dad. Ich zahl es dir zurück.«

»Das brauchst du nicht. Du musst dich um genug andere Dinge kümmern.«

»Nein, ich bestehe darauf. Es kann allerdings ein wenig dauern – es sei denn …«

»Es sei denn …?«

»Es sei denn, ich schaffe es endlich, das Auto zu kapern, das ich seit Wochen einsacken will.«

Als sie die erstaunte Miene ihres Vaters sah, wünschte sie, den Mund gehalten zu haben.

»Du sackst Autos ein? Ich dachte, du bist nur im Büro?«

»Ich arbeite auf meine Beförderung hin. Das Auto, um das es geht, hab ich schon zweimal kapern wollen. Beim ersten Mal hat sich herausgestellt, dass ich dabei sozusagen gegen das Gesetz verstoßen habe, aber das hat keiner gemerkt. Das andere Mal hätte ich den Wagen problemlos auf den Abschlepphof der Firma fahren können, doch das Auto hatte eine Gangschaltung.«

Sie wusste nicht, wann sie ihren Vater das letzte Mal lächeln, geschweige denn lachen gesehen hatte. Doch langsam hoben sich seine Mundwinkel, und er lachte wirklich ein wenig.

Sie runzelte die Stirn. »Du lachst mich aus.«

»Aber nein. Ich hätte bloß nie gedacht …« Er schüttelte ungläubig den Kopf. »Willst du Repo-Mann werden?«

Repo-Frau, dachte Darcy. »Warum nicht? Man verdient gut damit. Doch mein Chef will nicht, dass ich mich um Autos, deren Raten nicht bezahlt wurden, kümmere. Er sagt, das sei eine miese Arbeit – die Leute würden einen anschreien, und manchmal sei es gefährlich. Aber ich weiß, dass ich damit klarkomme. Und falls ich auf eigene Faust wenigstens ein Auto einsacken kann, wird er das zugeben müssen.«

Das Lächeln ihres Vaters wurde noch breiter.

»Dad? Hörst du jetzt bitte auf zu grinsen? Das macht mich langsam rasend.«

Er wies mit dem Kopf auf seinen Laster. »Steig ein.«

»Was?«

»Setz dich ans Steuer.«

Darcy wich einen Schritt zurück. »Ans Steuer *deines* Lasters, den du selbst Gott nicht fahren lassen würdest?«

»Ja.«

»Warum?«

»Wenn mein kleines Mädchen Repo-Mann werden soll, muss ich ihr beibringen, Autos mit Gangschaltung zu fahren.«

Darcy konnte es nicht glauben. »Du willst mir helfen?«

»Ja – aber erzähl bloß deiner Mutter nichts davon.«

»Sie würde wahrscheinlich durchdrehen, was? Sie hat mich nicht gerade dazu erzogen, Autos zu kapern.«

»Mhm«, bestätigte ihr Vater. »Dir könnte ein Fingernagel abbrechen, und das wäre eine Tragödie.«

Darcy setzte sich ans Steuer, und Clayton kletterte auf den Beifahrersitz. Wohl zum ersten Mal in ihrem erwachsenen Leben nahm sie ihren Vater neu wahr. Vielleicht war er gar nicht der Mühlstein am Hals ihrer Mutter, wie Lyla das ständig behauptete. Womöglich war es umgekehrt. Ihr Vater blieb abends lange wach und sah dann mit der Begründung fern, er könne nicht einschlafen. Doch Darcy wusste, dass er in diesen langen Nachtstunden mit der Glotze allein war und es keine Lyla gab, mit der er sich herumstreiten musste. Vielleicht waren gerade diese Stunden für ihn eine Zeit des Friedens und der Ruhe.

Sie wollte die Schlüssel in Empfang nehmen, doch ihr Vater behielt sie in der Hand und sah ihr in die Augen, was er selten tat.

»Es ist nicht leicht für dich, nicht wahr?«, fragte er. »Seit Warren fort ist?«

Sie seufzte. »Nein, allerdings nicht.«

»Ich bin trotzdem froh, dass er weg ist. Du hast Besseres verdient als ihn.«

»Weil er ein Krimineller ist?«

»Nein, weil er der falsche Mann für dich war.«

»Ich weiß nicht. Mit ihm war das Leben ziemlich leicht. Er hat mir alles gegeben.«

»Du brauchst keinen Mann, der dich aushält. Du kannst so vieles.«

Darcy seufzte. »Komm, Dad – ich kann so gut wie nichts, und das weißt du.«

»Unsinn. Du hast die Dinge stets in den Griff bekommen. Seit dem Kindergarten hast du deinen eigenen Kopf gehabt. Dass du vierzehn Jahre lang nicht für dich selbst gesorgt hast, bedeutet nicht, dass du das nicht kannst.«

Tatsächlich hatte Darcy in den letzten Wochen mitunter das seltsame Gefühl gehabt, es sei vielleicht ein Segen, dass Warren verschwunden war. Natürlich wäre es ein noch größerer Segen gewesen, wenn er ihr ein paar hunderttausend Dollar dagelassen hätte, doch ein Segen war es nichtsdestotrotz.

»Um deine Mutter muss man sich kümmern«, sagte ihr Vater. »Das war immer so. Aber du bist nicht sie.«

»Ihr beide seid sehr lange verheiratet.«

»Ja.«

»Und ihr musstet heiraten.«

»Nicht unbedingt.«

»Weil ich unterwegs war.«

»So hat man es damals eben gehalten. Und so halten es verantwortungsvolle Menschen in allen Zeiten.«

»Und jetzt? Ich bin kein Kind mehr, und heute bleiben die Leute nicht mehr zusammen, wenn sie keine Lust mehr dazu haben.«

»Alte Gewohnheiten lassen sich nur schwer ablegen.«

»Ihr streitet euch nach wie vor viel.«

»Wie gesagt: alte Gewohnheiten.« Er zuckte die Achseln. »Ich weiß, dass es nicht so aussieht, aber oft ist es wirklich gar nicht so schlecht. Deine Mutter hat ihre Wutanfälle, doch ich tue ohnehin, was ich will. So machen wir das eben. Wenn es für uns unerträglich wäre, hätten wir uns längst getrennt.«

»Seit Warren mich verlassen hat, ist sie ständig wütend gewesen.«

»Sie macht sich bloß Sorgen um dich. Ob du es glaubst oder nicht: Sie will immer nur das Beste für dich. Das zeigt sie manchmal auf unmögliche Art, aber es ist dennoch so.«

Tief drinnen hatte Darcy dies stets gewusst, wünschte sich aber, ihre Mutter würde ruhigere und fruchtbarere Wege finden, ihre Zuneigung zu zeigen.

Eine Stunde später bereute ihr Vater wahrscheinlich, das Getriebe seines kostbaren Pick-ups dem fahrerischen Ungeschick seiner Tochter ausgesetzt zu haben, doch schließlich lernte sie, den Laster anzuhalten und in Bewegung zu setzen, ohne dauernd den Motor abzuwürgen oder die Gänge reinzuprügeln.

Sie konnte es kaum erwarten, Johns Gesichtsausdruck zu sehen, wenn sie ganz allein einen Wagen auf den Abschlepphof führe, ohne dabei gegen das Gesetz verstoßen zu haben. Sie wusste, dass er trotzdem eine Schimpfkanonade abfeuern würde, doch letztlich wusste sie noch etwas anderes: Er würde sie um dieses Fischzugs willen achten. Und vielleicht zum ersten Mal in ihrem Leben ging es ihr darum, die Achtung eines Mannes zu erringen.

»Da wir gerade davon sprechen, Autos zu kapern …«, begann ihr Vater, »… würde es dir nützen zu wissen, wie man einen Wagen kurzschließt?«

Darcy lächelte. Dieser Tag wurde zunehmend besser.

Als Darcy erwachte, war ihr nicht sofort klar, dass dies kein Samstag wie jeder andere war. Als es ihr aber eingefallen war, zog sie die Decke über den Kopf und wünschte, sie könne die Welt aussperren, denn heute war es so weit.

Sie wurde vierzig.

Ihre Eltern hatte sie gebeten, keinen Wirbel zu machen – kein Geschenk, kein Restaurantbesuch, keine Geburtstagskarte, gar nichts. Carolyn hatte sie das Gleiche gesagt und ihr bei Strafe verboten, mit einem Geschenk aufzulaufen oder sie zum Mittagessen ins La Maison zu zerren. John wusste nichts von ihrem Geburtstag und würde sich deshalb zu nichts verpflichtet fühlen. Sie würde ihn ohnehin erst am Abend sehen, denn er wollte tagsüber ein paar Autos einsacken, die er unter der Woche nicht hatte abschleppen können. Er hatte gesagt, sie solle um sieben zu ihm kommen. Wenn sie Glück hatte, würden sie direkt im Bett landen, und wenn sie am nächsten Morgen aufwachte, wäre ihr Geburtstag vorbei. Dann müsste sie sich nur noch damit abfinden, den Rest ihrer Tage als alte Frau zu verleben.

Mit über den Kopf gezogener Decke schlief sie bis mittags und hoffte, der Tag werde so etwas schneller vergehen. Als sie gerade aufstand, um zu duschen, klopfte es an der Tür. Sie warf sich den Bademantel über, blickte durch den Spion und stellte überrascht fest, dass Amy draußen stand.

Sie öffnete. »Was machst du denn hier?«

Amy lächelte. »Ich wollte dir nur schnell alles Gute zum Geburtstag wünschen.«

Mit einem gequälten Stöhnen drehte Darcy sich um und ging ins Wohnzimmer. Amy folgte ihr und schloss die Tür. »Was ist?«

»Woher weißt du, dass ich heute Geburtstag habe?«

»Ich bin neugierig. Vor ein paar Wochen habe ich deine Personalakte durchgesehen – für den Fall, dass du demnächst Geburtstag haben solltest.« Sie gab Darcy einen Briefumschlag. »Für dich.«

Darcy machte ihn auf. Ein Geschenkgutschein von Wal-Mart?

Vor ein paar Monaten hätte sie darüber die Nase gerümpft, doch nun hatte sie das Gefühl, Amy habe ihr blanke Taler geschenkt. Schon der Gedanke, wie viel sie dort für so wenig Geld würde kaufen können, jagte ihr einen kurzen Schauer über den Rücken.

»Toll!«, sagte sie. »Ich brauche Geschirrtücher und einen Toaster und noch ein paar andere Sachen für die Küche.« Sie umarmte Amy. »Vielen Dank.«

»Zieh dich an, und wir gehen zusammen einkaufen – was meinst du? Es sei denn, du hast schon was vor.«

»Nein, nichts. Jedenfalls nicht bis heute Abend. Dann besuche ich John und –« Sie unterbrach sich, denn ihr war ein furchtbarer Gedanke gekommen. »Du hast John doch nichts von meinem Geburtstag gesagt, oder?«

»Das war nicht nötig – er wusste es schon. Offenbar hat auch er in der Personalakte gestöbert.«

Na großartig. »Ich hoffe, er hat nichts geplant.«

»Ich weiß ehrlich gesagt nicht, was er im Schilde führt.«

Darcy setzte sich mit einem schweren Seufzer aufs Sofa. »Ich hatte mir so gewünscht, dieser Geburtstag ginge vorüber, ohne dass irgendwer davon Notiz nähme.«

»Aber warum denn? Geburtstag zu haben, ist doch toll.«

»Nicht, wenn man vierzig wird.«

Amy winkte ab. »Vierzig ist keine große Sache.«

»Das sagt John auch immer. Nur weil er diesen Tag heil überstanden hat, erwartet er von mir wohl Ähnliches.«

»Darauf würde ich nicht wetten.«

»Worauf?«

»Darauf, dass er den Vierzigsten ›heil überstanden‹ hat.«

»Wie meinst du das?«

Amy setzte sich zu Darcy aufs Sofa. »John musste den Polizeidienst kurz vor dem vierzigsten Geburtstag verlassen. Insofern war dieser Tag alles andere als leicht für ihn, denn er hat ihm schlagend vor Augen geführt, dass er ganz von vorn würde beginnen müssen, aber absolut nicht mehr jung war. Weißt du, er hatte sich hocharbeiten und ein Revier leiten wollen. Bei seinem Talent, andere herumzukommandieren, hätte er es womöglich zum Polizeichef gebracht.«

Darcy lächelte. »Durchaus möglich.«

»Eben. John muss für etwas verantwortlich sein, oder er dreht durch. Deshalb hat er eine eigene Firma aufgemacht.«

»Er hat mir erzählt, eure Familie habe ihm vorgeschlagen, Franchisenehmer bei Subway zu werden.«

Amy lachte. »Ja, das haben wir ihm nahegelegt. Ein netter, normaler Laden, in dem es unwahrscheinlich ist, dass ihm jemand den Kopf wegschießt. Aber er ist ja erst zufrieden, wenn er wieder mit Pistolen schwingenden Versagern zu tun hat.« Ihr Lächeln verblasste. »Aber um ehrlich zu sein, sucht er weniger nach einer Aufgabe als nach einem Menschen. Er weiß es nur noch nicht.«

Darcy durchlief ein wohliger Schauer, als sie sich der Momente erinnerte, in denen John sie in den letzten Wochen seltsam verwirrt angesehen hatte, als habe er vergeblich versucht, etwas herauszufinden. Womöglich überlegte er ja, wie seine Zukunft aussehen sollte, und dachte auch ihr darin eine Rolle zu.

Oder er stellte sie sich einfach nur nackt vor.

Darcy duschte rasch und fuhr mit Amy zu Wal-Mart. Nachdem sie ein paar Sachen für die Küche gekauft hatte, erstand sie einige herabgesetzte Tuben Autowachs, um bei Gelegenheit zu versuchen, Gertie etwas herauszuputzen. Als Amy ihr mit der Frage: »Wann, wenn nicht jetzt?«, ihre Hilfe anbot, konnte sie das schlechterdings nicht ablehnen. Den Rest des Nachmittags verbrachten sie damit, den alten Wagen zu waschen und einzuwachsen. Obwohl sie sich alle Mühe gegeben hatten, sah Gertie hinterher allerdings kaum besser aus als zuvor, doch Darcy war froh, wieder ein paar Stunden ihres Vierzigsten herumgebracht zu haben.

Amy fuhr gegen fünf. Darcy wollte gerade ein zweites Mal duschen, als es erneut klopfte. Der Blick durch den Spion brachte wieder eine Überraschung: Bernie stand mit hinterm Rücken verschränkten Händen vor der Tür.

Gute Güte – nicht schon wieder!

Darcy öffnete mit einem schweren Seufzer. »Was gibt's denn diesmal?«

»Mr Bridges möchte mit Ihnen sprechen.«

»Bernie, wären Sie so nett, Mr Bridges zu sagen, er soll Leine ziehen?«

»Nur zu gern – aber erst, wenn er mich nicht mehr für meine Dienste bezahlt.«

»Was will er denn?«

»Ich habe keine Ahnung.«

Darcy seufzte. Vom Waschen und Wachsen ihres Wagens war sie reichlich derangiert, aber na ja. Wenn Jeremy unangemeldet vorbeikam, musste er eben in Kauf nehmen, sie in einer solchen Verfassung anzutreffen. Außerdem war es ohnehin egal, was er dachte, oder?

Sie nahm ihren Schlüsselbund, schloss die Wohnung ab und folgte Bernie auf den Parkplatz, wo Jeremys Limousine in zweiter Reihe wartete. Bernie glitt auf den Beifahrersitz, und Darcy stieg hinten ein. Jeremy überraschte sie – wie immer.

Diesmal nämlich war er im Frack.

»Hallo, Darcy.«

Sie war einen Augenblick lang sprachlos. Was hatte er nun wieder vor?

»Erstaunt?«

»Ja. Ich hätte nicht gedacht, dass Sie einen Frack besitzen.«

»Den hab ich mir erst am Nachmittag gekauft.« Er zupfte am Revers. »Vielleicht gefällt es mir doch, wie ein Millionär auszusehen. Was halten Sie davon?«

Was sie davon hielt? Er sah *umwerfend* aus.

»Sie sehen … passabel aus.«

»Passabel?« Er strahlte. »Darcy, ich glaube wirklich, das ist das Netteste, was Sie mir je gesagt haben.« Er klopfte ans Plexiglas der Trennscheibe. »Fahren wir.«

Zu Darcys Überraschung ließ der Chauffeur den Wagen an, und ehe sie sich versah, hatten sie die Wohnanlage verlassen.

»Was wird das?«, fragte sie. »Bernie sagte, Sie wollten bloß mit mir reden.«

»Ist sie nicht eine grandiose Lügnerin? Mitunter macht mich das ganz baff.«

Darcy klopfte an die Trennscheibe. »He! Umdrehen! Bringen Sie mich nach Hause!«

Der Fahrer tat, als habe er nichts gehört.

»Ich dachte, wir könnten den Abend zusammen verbringen«, sagte Jeremy.

»Da haben Sie falsch gedacht.«

»Wir könnten nett essen.«

»Essen? Ich will nicht mit Ihnen essen!«

»In San Antonio.«

Darcy erstarrte. »Was?«

»Mein Jet wartet am Flughafen, um uns hinzufliegen.«

Darcy starrte ihn nur fassungslos an. »Sie wollen mit mir nach San Antonio fliegen, nur um dort zu Abend zu essen?«

Er lächelte. »Für das Geburtstagskind ist nur das Beste gut genug.«

Ihr Geburtstag. Sie wollte nicht daran denken, und noch weniger sollte jemand ihn erwähnen. Sie setzte zu der Frage an, woher er davon wusste, schwieg dann aber. Inzwischen hatte dieser Mann vermutlich alles über sie in Erfahrung gebracht – von der Anzahl ihrer Füllungen bis zu ihrer Tamponmarke.

»Ist Ihnen zufällig aufgefallen, was ich anhabe?«, fragte sie.

»Kein Problem. Wir schauen erst bei mir vorbei. Ich habe einen Modeberater mit einer hübschen kleinen Kollektion an Abendkleidern kommen lassen, aus der Sie wählen können, was Ihnen gefällt. Sie tragen Größe Achtunddreißig, stimmt's?«

Darcy seufzte. Würde dieser Kerl *je* Ruhe geben?

»Hmm«, sagte er. »Sie wirken nicht gerade erfreut über meine Pläne.«

»Es sind *Ihre* Pläne, nicht meine – da haben Sie recht.«

»Sehen Sie das Ganze doch als nette Überraschung.«

»Als Überraschung? Nüchtern betrachtet, handelt es sich um eine Entführung.«

»Sie haben recht – nüchtern betrachtet. Aber halten Sie mich für einen nüchternen Menschen?«

»Ich mag es nicht, wenn über mich verfügt wird.«

»Es ist doch nur ein Treffen, Darcy. Was kann daran schon verkehrt sein?«

»Ich bin heute Abend bereits verabredet.«

Jeremy runzelte die Stirn. »Dann werden Sie Ihre Verabredung wohl absagen müssen.«

»Wie oft muss ich es Ihnen noch sagen? Ich will nicht mit Ihnen zu Abend essen!«

»Tut mir leid«, sagte er mit funkelnden Augen. »Sie sitzen fest. Dieser Wagen ist unwiderruflich auf dem Weg zu mir nach Hause und weiter zum Flughafen. Sie werden den Flug mit einem Privatjet und das Feinschmeckeressen leider über sich ergehen lassen müssen.«

Jeremy ließ sich mit zufriedenem Grinsen in die Polster sinken, doch Darcy hatte nicht vor, ihn damit durchkommen zu lassen.

Kurz darauf bog die Limousine auf ein Grundstück, das von wuchtigen Eisenzäunen und hohen Mauern umgeben war. Das Haus selbst lag ein Stück von der Straße entfernt am Ende einer mit Bäumen bestandenen, sanft abfallenden Zufahrt und war im Stil eines ausgedehnten französischen Schlosses in Kalkstein errichtet. Die Eingangstüren waren aus massiver Eiche, die Fenster aus aufwändig verarbeitetem Glas, das im Abendlicht glänzte. Das Anwesen war noch atemberaubender, als sie es sich vorgestellt hatte.

Aus dem Augenwinkel bemerkte sie, dass Jeremy sie mit teuflischem Lächeln beobachtete. Und als Teufel trat er hier wirklich auf, indem er sie dazu bringen wollte, ihre Seele um eines Luxus willen zu verkaufen, den nur die Superreichen genießen konnten.

Sie stieg aus und folgte ihm und Bernie in die zweistöckige Eingangshalle. Ein funkelnder Kronleuchter erhellte das im Stil des englischen Klassizismus eingerichtete und mit Marmorfliesen ausgelegte Foyer, an das sich ein großer Saal anschloss.

»Wie finden Sie das?«, fragte Jeremy. »Der *Architectural Digest* wollte letztes Jahr einen doppelseitigen Bericht über das Haus bringen, aber es hätte mich zu sehr gestört, wenn hier überall Leute herumgelaufen wären.«

Darcy hätte gern gelogen, aber wie hätte das ausgesehen? »Es ist wirklich wunderschön.«

»Wenn man einem großen Innenarchitekten völlig freie Hand lässt, darf man wohl auch einiges erwarten.«

Ja, es war erstaunlich. Und normalerweise wäre ihr bei einer solchen Eleganz das Wasser im Munde zusammengelaufen wie einem Pawlowschen Hund. Doch aus irgendeinem Grund dachte sie nicht an die Schönheit des Hauses, an das Privileg, mit einem Privatjet zu fliegen, oder an die Aussicht auf ein Abendessen, bei dem es keine Spar-Coupons einzulösen galt. Sie dachte an den Mann, mit dem sie den Abend verbringen würde.

Besser gesagt: an den Mann, mit dem sie den Abend *nicht* verbringen würde.

Jeremys Handy klingelte. Er zog es aus der Tasche, sah auf das Display und runzelte die Stirn.

»Ich muss ans Telefon«, sagte er. »Gehen Sie einfach die Treppe hoch und ins erste Schlafzimmer rechts. Der Modeberater wartet schon. Danach fahren wir zum Flughafen.«

»Und wann beabsichtigen Sie, mich wieder nach Hause zu bringen?«

Er blieb in der Tür stehen, und ein verschmitztes Lächeln huschte über seine Lippen. »Offen gesagt, Darcy, hatte ich gehofft, Sie würden heute Nacht hierbleiben.«

Mit diesen Worten verschwand er ins Nebenzimmer.

Darcy konnte es nicht glauben. Was bot er ihr eigentlich an? Sie fragte sich, ob er es tatsächlich ernst meinen mochte oder lediglich noch mehr Geld ausgab, um wiederum das gleiche Spiel zu spielen.

Dann fiel ihr auf, dass es darauf nicht ankam. Sie wollte hier raus. Sie wollte in ihr mieses Apartment zurück, sich zurechtmachen und zu John fahren. Statt eines Gourmet-Menüs mit erstklassigem Wein würde es dort vermutlich Popcorn aus der Mikrowelle mit ein paar Bier geben. Aus Gründen, die Darcy angesichts der Eleganz, die Jeremy ihr zu Füßen legte, noch immer etwas unklar waren, ließ dieser Gedanke sie lächeln.

Sie ging in die Küche. Bernie saß im Frühstückszimmer am Tisch und las Zeitung. Darcy steuerte zum Telefon, um John anzurufen, denn sie wusste, dass er alles stehen und liegen lassen würde, um sie aus den Fängen von Jeremy Bridges zu befreien. Dann fiel ihr ein, dass sie seine Nummer in ihr Handy eingegeben hatte und nicht auswendig wusste. Und als ehemaliger Polizist stand John sicher nicht im Telefonbuch.

»Was machen Sie da?«, fragte Bernie.

»Ich rufe mir ein Taxi.«

»Haben Sie denn Geld dabei?«

Darcy erstarrte. So ein Mist – sie hatte nicht nur ihr Handy, sondern auch ihre Handtasche zu Hause gelassen.

»Jeremy hat wohl nirgendwo ein Marmeladenglas mit Münzen herumstehen, was?«

»Nein.«

»Bernie, könnten Sie mir Geld –«

»Nein.«

»Wenn er mich nicht nach Hause fährt, könnten Sie das doch tun.«

»Tut mir leid, aber das geht nicht.«

»Das ist wirklich Kidnapping.«

»Dann rufen Sie die Polizei.«

Darcy stemmte die Fäuste in die Hüften. »Schon mal was von Frauensolidarität gehört? Wir Schwestern sollten zusammenhalten.«

Bernie verzog das Gesicht. »Sie haben wohl zu oft *Thelma und Louise* gesehen, was?«

Mein Gott! Diese Frau war noch unsäglicher als ihr Boss!

Doch dann glitt Bernies Blick langsam durch die Küche zur Hintertür. Durch das große Fenster daneben sah Darcy Jeremys riesige Garage, und links der Tür war ein Brett angebracht, an dessen Haken sechs Autoschlüssel hingen. Bernie fasste es ein paar Sekunden lang sehr bewusst ins Auge und vertiefte sich wieder in ihre Zeitung.

»Der Code für das Garagentor ist zwei acht eins neun«, sagte sie.

Darcy blickte sich nach der Tür um, hinter der Jeremy verschwunden war, und ging dann rasch zum

Schlüsselbrett. Hummer … Cadillac … Maserati … *hoppla*, ein Porsche 911 – den hatte sie schon immer mal fahren wollen.

»Stellplatz Nummer drei«, sagte Bernie leise.

»Wie sauer wird er sein?«, fragte Darcy.

Bernie blickte auf, und ein verschmitztes Lächeln schlich sich auf ihre Lippen. Dann sah sie wieder in ihre Zeitung.

Na, wenn das keine Solidarität unter Frauen war!

Mit einem geflüsterten »Danke!« glitt Darcy aus der Tür, lief zur Garage und hoffte, Jeremy würde nicht hören, wie sie den Motor anließ. Auf dem Weg zum Grundstückstor warf sie einen Blick in den Rückspiegel. Da sie Bridges nicht mit wütend erhobener Faust auf dem Weg stehen sah, nahm sie an, dass sie ohne Probleme entkommen würde.

Eine Viertelstunde später bog sie mit dem Porsche auf den Parkplatz ihrer Wohnanlage und stellte ihn neben Gertie ab. Es war ein schönes, *wirklich* schönes Auto. Aber Gertie hatte auch ihre Vorteile. Ihr Lack war längst hinüber – also brauchte sie keine Garage. Und da niemand auf die Idee kam, sie zu stehlen, waren die teuren Diebstahlssicherungen allesamt überflüssig.

Außerdem hatte Gertie vier ausgesprochen hübsche Reifen.

Kaum war Darcy in die Wohnung gekommen, klingelte ihr Handy. Sie hetzte zum Küchentresen, wo sie es hatte liegen lassen, und lächelte, als sie sah, wer anrief.

Sie nahm das Gespräch an. »Hallo, Jeremy.«

»Ihnen ist hoffentlich klar, dass Sie eben Autodiebstahl begangen haben?«

»Wissen Sie was? Wenn Sie mich nicht wegen Autodiebstahl anzeigen, verzichte ich auf eine Anzeige wegen Kidnapping. Ist das ein Angebot?«

»Ich verstehe Sie nicht, Darcy. Da organisiere ich einen wirklich netten Abend, und das ist der Dank?«

»Sie können Ihr Auto auf dem Parkplatz meiner Wohnanlage abholen. An Ihrer Stelle würde ich mich beeilen. Es haben sich schon ein paar abgerissen aussehende Jungs für den Wagen interessiert – und zwar nicht nur für die Lackierung.«

Während er noch jammerte, legte sie auf und ging unter die Dusche. Die Aussicht, den Abend bei Bier und Popcorn zu verbringen, erschien ihr immer verlockender.

Und was danach zu erwarten stand, war auch nicht von schlechten Eltern.

19

Jeremy legte den Hörer auf, war erstaunt über diese Wendung der Dinge und sah Bernie verärgert an.

»Hast du sie nicht den Autoschlüssel nehmen sehen?«

»Da hab ich wohl gerade woanders hingeschaut.«

»Mhm. Und woher kannte sie den Code für das Garagentor?«

»Zufallstreffer?«

Er riss die Arme hoch. »*Gehorsamsverweigerung* – weißt du überhaupt, was das *bedeutet*? Selbst meine Feinde behandeln mich besser als du!«

»Die kennen Sie eben weniger gut als ich.«

»Hast du schon mal daran gedacht, mir vielleicht ab und an auch zu *helfen*?«

»Natürlich. Wollen Sie, dass ich zu ihrer Wohnung fahre, sie überwältige, fessle und in den Kofferraum werfe?«

Jeremy seufzte resigniert. »Nein. Wahrscheinlich würde sie ohnehin den Kofferraumdeckel durchnagen.«

»Sollte Ihnen das nichts sagen?«

Er setzte sich zu Bernie an den Tisch. »Es sagt mir, dass sie dieses Spiel besser spielt als erwartet.«

»Vielleicht ist es für sie kein Spiel.«

»Natürlich ist es das. Ich kenne Leute wie sie. Mir ist

ihr Gesichtsausdruck nicht entgangen, als sie den ersten Blick auf mein Haus geworfen hat.«

»Ich weiß, wie sehr es Sie beleidigt, ausnahmsweise zu verlieren, aber ich fürchte, genau das ist hier der Fall.«

»Ich werde nicht verlieren.«

»Harte Arbeit war noch nie etwas für Sie. Warum suchen Sie sich nicht eine leichtere Beute?«

»Weil ich mit dieser Beute noch nicht fertig bin.«

»Lassen Sie sie in Ruhe – sie ist zu gut für Sie.«

Dieser Rat ließ Jeremy zornig werden. »Ach ja? *Sie* hat vierzehn Jahre lang als schöne junge Frau an der Seite eines reichen älteren Mannes gelebt und soll für *mich* zu gut sein?«

»Ja – weil sie versucht, ihr altes Leben hinter sich zu lassen, und weil Sie ihr das nicht erlauben wollen.«

Jeremy riss sich die Fliege vom Hals und öffnete den obersten Knopf seines Hemds, um erstmals seit einer Stunde richtig atmen zu können. Bernie kapierte es einfach nicht. Egal, wie es im Moment aussehen mochte: Frauen wie Darcy konnten die Finger nicht von diesem Lebensstil lassen. Es war nur eine Frage der Zeit. Allerdings wusste er nicht, wie lange es in diesem Fall dauern würde. Jedes Mal, wenn er geglaubt hatte, sie am Haken zu haben, war sie ihm wieder entwischt.

Bernie hatte gesagt, es sei für Darcy kein Spiel, doch das war es: Sie spielte mit ihm und wies die Kleinigkeiten zurück, damit er ihr etwas wirklich Wertvolles anbot. Und es ärgerte ihn, dass er sie nur desto mehr begehrte, je stärker sie sich zurückzog. Er konnte sich nicht erinnern, je in einer solchen Lage gewesen zu sein.

Es würde sich schon eine neue Gelegenheit ergeben. Und dann wäre er bereit.

An diesem Abend klopfte Darcy um sieben an Johns Tür. Kaum hatte er ihr geöffnet, trat sie ein und gab ihm einen Kuss. Doch als sie sich umdrehte, sank ihr das Herz in die Hose.

Blumen. Kerzen. Geschenke. Und – *o Schreck* – ein Kuchen.

John lächelte. »Herzlichen Glückwunsch zum Geburtstag, Darcy.«

Sie seufzte. Erst Amy, dann Jeremy und nun John. Wie ließ sich das Wort *Geburtstag* nur aus dem Wortschatz verbannen?

»Niemand hätte meinen Vierzigsten bemerken sollen«, sagte Darcy.

»Dazu ist es leider zu spät. Magst du ein Bier?«

»Um meinen Kummer zu ertränken? Gerne.«

John holte zwei Bier aus dem Kühlschrank, stieß die Tür mit dem Absatz zu, zog den Verschluss ab und gab Darcy eine Dose. Sie nahm einen langen Zug. *Ah*. Prima. Noch drei, vier Dosen, dann vergaß sie womöglich, dass sie der Amerikanischen Ruheständlervereinigung schon wieder ein Jahr näher gerückt war.

»Erst die Geschenke«, sagte John und stellte sein Bier ab. »Dann der Kuchen.«

Er holte drei Pakete aus dem Esszimmer und legte sie auf den Wohnzimmertisch. Dann setzte er sich neben sie und gab ihr ein dünnes, zylinderförmiges Präsent.

»Das hier zuerst.«

Darcy öffnete die Schleife, packte das Geschenk aus und lachte. »Eine Dose Insektenvernichter?«

»Ja. Ich bin zwar sicher, dass du den Kampf gegen diese Tierchen mit gewöhnlichen Mitteln gewinnen kannst, aber es schadet nichts, eine chemische Keule in petto zu haben.«

Sie lächelte. »Danke. Ich werde die Dose stets in Ehren halten.«

Als Nächstes gab er ihr eine große, flache Schachtel. Sie packte sie aus, hob den Deckel ab und lachte erneut.

Ein Geschenkgutschein von Taco Hut?

Sie lächelte. »Ich hoffe, du bist wirklich ein Fan von Cellulitis, denn wenn du so weitermachst, wirst du davon bald sehr viel mehr zu sehen bekommen.«

»Gut so – ich mag Frauen mit Kurven.«

»Na fein – demnächst pass ich nicht mehr durch die Tür.«

»Und jetzt das dritte Geschenk«, sagte er.

Er nahm die größte Schachtel und setzte sie ihr auf den Schoß. Sie fragte sich, welchen Scherz er sich noch ausgedacht hatte. Jedenfalls war die Schachtel größer und schwerer als ihre beiden Vorgänger. Sie packte sie aus und erwartete, wieder etwas Lustiges zu erblicken, doch als sie sah, was darin war, verging ihr alle Albernheit.

Schlittschuhe?

Eine geschlagene Minute lang saß sie wie angewurzelt da und mochte nicht glauben, was sie sah: wunderschöne Schlittschuhe mit blendend weißen Stiefeln und silbern funkelnden Kufen – der Wirklichkeit gewordene Traum eines neunjährigen Mädchens. Tränen traten ihr in die Augen, und kurzfristig versagte ihr die Stimme. Sie starrte nur auf die Schlittschuhe, und alle möglichen Gefühle wirbelten in ihr herum.

John hatte es nicht vergessen.

Kein einziges Geschenk von Warren hatte etwas bedeutet. Er hatte ihr stets nur weitere teure Arm- oder Halsbänder geschenkt, die sie zum Tand ihres Schmuckkästchens hatte legen können – oder einen neuen Wagen, wenn sie Bedarf angemeldet hatte. Und Jeremy glaubte, je mehr Geld er für sie ausgäbe, desto beeindruckter wäre sie. Doch nichts von alldem hatte sie je so bewegt wie die Schlittschuhe und die scherzhaft gemeinten Geschenke, die nur für sie beide von Bedeutung waren und sie zum Lachen gebracht und eine Vertrautheit zwischen ihnen geweckt hatte, mit der sie nie gerechnet hätte.

»Stimmt was nicht?«, fragte er.

Doch nach wie vor fehlten ihr die Worte. Schließlich legte sie die Schlittschuhe beiseite, schlang ihm die Arme um den Hals und schaffte es, ihm »Danke« ins Ohr zu wispern. Sie küsste ihn auf die Wange, rückte wieder von ihm ab, schniefte ein wenig und wischte eine Träne unter dem Auge weg.

»Soll das heißen, dass du mich zum Schlittschuhlaufen mitnimmst?«, fragte sie.

John erstarrte, und sein Lächeln verschwand. »Äh … für mich hab ich keine gekauft.«

»Dann leihst du dir welche. Morgen ist Sonntag. Wir können auf die Eisbahn von ›Galleria Dallas‹ gehen.«

»Aber ich kann nicht Schlittschuh laufen.«

»Ich auch nicht. Also fallen wir gemeinsam auf den Hintern.«

Sie legte den Kopf schief und sah ihn bittend an. Seine Miene bekam etwas Berechnendes.

»Wir widmen uns morgen deinem Erholungssport«, sagte er, »sofern wir uns heute meinem Erholungssport widmen.«

Das war ein Vorschlag, bei dem es nur Gewinner gab.

Nach Kuchen, Eis und einem Glas Champagner fand Darcy es nicht mehr ganz so schlimm, vierzig geworden zu sein, und als sie sich ins Schlafzimmer zurückzogen, um Johns Erholungssport zu frönen, vergaß sie ihr Alter ganz und gar. Hinterher ging sie ins Bad, und als sie zurückkam, lag John bäuchlings im Bett, hatte sich das Laken bis zur Taille hochgezogen und war fest eingeschlafen.

Darcy, die selbst vor Wonne ganz schläfrig war, setzte sich zu ihm auf die Matratze, lehnte sich ans Kopfende des Bettes und beobachtete ihn eine geraume Zeit beim Schlafen.

Es war ihr beinahe unbegreiflich, dass John derselbe Mann war, der an dem Tag, da ihre Welt zerbrach, aufgetaucht war, um ihr Auto abzuholen. Damals hätte sie nicht gedacht, dass er ihr Arbeit geben, einen Türriegel besorgen, Schlittschuhe schenken und zudem eine körperliche Befriedigung verschaffen würde, die ihre wildesten Träume hinter sich ließ. Oder dass er sie in den Armen halten und wie die einzige Frau auf Erden anschauen würde. Reich zu werden allerdings, gehörte nicht zu seinen zehn wichtigsten Vorsätzen. Wie hatte sie sich also in einen Mann wie ihn verlieben können, da sie ihr altes Leben noch immer so vermisste?

Oder vermisste sie es etwa nicht mehr?

Ihr Herz hüpfte ein wenig. Sie schluckte, und ihre Wangen wurden heiß.

Vielleicht ja nicht.

Er hob schlaftrunken den Kopf. »Darcy?«

»Ja?«

»Was ist los?«

»Nichts.«

»Du siehst aus, als müsstest du dich übergeben.«

»Äh … schätzungsweise nein.«

»Gut. Darauf kann ich derzeit auch gerne verzichten. Komm zu mir.«

Sie legte sich neben ihn. Er drehte sich auf ihre Seite, nahm sie in die Arme und schloss die Augen wieder.

»Jeremy Bridges wollte mich heute nach San Antonio zum Abendessen einladen.«

John riss die Augen auf. »Was wollte er?«

»Mit neuem Abendkleid und Privatjet: das volle Programm.«

»Dieser Mistkerl. Du weißt doch, was er vorhat, Darcy? Wenn er dir so teure Geschenke macht –«

»Ich weiß – früher oder später erwartet er etwas dafür.«

Sie schwiegen lange. Darcy hörte nur die Grillen zirpen und die Klimaanlage vor dem Schlafzimmerfenster leise surren.

»Hast du erwogen, Ja zu sagen?«, fragte John.

Vielleicht zum ersten Mal klang seine Stimme gedämpft und unsicher.

»Keine Sekunde lang«, antwortete sie fest.

Er küsste sie auf den Kopf und umarmte sie fester. Darcy konnte sich in diesem Moment nicht vorstellen, anderswo als in seinen Armen zu sein.

Nachdem John sich eine Stunde lang am Geländer der Eisbahn entlanggehangelt hatte, beschloss er, Schlittschuhlaufen sei der dümmste Sport, der je erfunden worden sei. Wie sollte man sich auf Kufen halten, die kaum breiter als sechs Millimeter waren, noch dazu auf *Eis*? Er wollte sein kaputtes Knie für seine Ungeschicklichkeit verantwortlich machen, doch es war ein Problem der Balance. Mit anderen Worten: Er konnte das Gleichgewicht nicht halten.

Ein Mädchen von vielleicht drei Jahren zischte vorbei, und ein kaum älterer Junge glitt rückwärts an ihm entlang. Und in der Mitte der Eisfläche waren weitere Kinder, sprangen, rotierten um die eigene Achse und trotzten der Schwerkraft auf unfassbare Weise. Er war froh, aufrecht zu stehen, und diese Kinder fegten herum wie ein Wirbelsturm.

»Das ist verrückt«, brummte er, als er sich zum x-ten Mal vom Eis aufrappelte.

»Halt dich einfach am Geländer fest«, sagte Darcy.

»Das hab ich doch getan.«

»Und trotzdem bist du gestürzt?«

Er kam keuchend auf die Beine. »Nimm bitte zur Kenntnis, dass ich mich nicht vor aller Welt zum Affen machen werde.«

Sie sah lächelnd zu ihm auf. »Setz doch ein paar Runden lang aus und erhol dich ein wenig. Danach kannst du es wieder versuchen.«

»Das ist eine wirklich gute Idee.«

Er zog sich Hand über Hand am Geländer entlang zum Ausgang und ließ sich mit einem Seufzer der Erleichterung auf einen Stuhl fallen. So viel er auch übers Schlittschuhlaufen gemeckert hatte, war es doch jeden Sturz, jeden blauen Fleck wert, Darcys Gesicht in ungetrübter Freude leuchten zu sehen. Vermutlich war sie zum ersten Mal in der »Galleria«, ohne nebenher ans Einkaufen zu denken.

»Stimmt, Amy. Es hat sich wirklich gelohnt, herzukommen.«

John fuhr herum und stellte erstaunt fest, dass Tony und Amy hinter ihm standen. Was machten die zwei denn hier?

Amy ließ sich auf den Sitz rechts von John fallen. »Darcy hat mich heute Morgen angerufen und mir erzählt, dass du sie zum Schlittschuhlaufen ausführst.«

»Und Amy hat es mir erzählt«, sagte Tony und ließ sich links neben John nieder. »John Stark auf Schlittschuhen.« Er grinste. »Das wollte ich mir auf keinen Fall entgehen lassen.«

John funkelte Amy zornig an. »Du Klatschbase.«

»Mhm.«

»Wie lange seid ihr schon hier?«, fragte John.

»Lange genug, um dich ein Dutzend Mal auf den Hintern fallen zu sehen«, gab Tony zurück.

John knüpfte die Schnürbänder seiner Schlittschuhe auf. »Das ist der dämlichste Sport auf Erden.«

»Ist Darcy noch auf dem Eis?«, fragte Amy.

»Ja – die reinste Masochistin.«

»Ich weiß nicht«, sagte Amy und zeigte aufs Eis. »Ich finde, sie kommt ziemlich gut klar.«

John sah hoch. Als er Darcy entdeckte, erstarrte er und beobachtete, wie sie flitzte, wobei ihr dunkles Haar einen strahlenden Kontrast zur weißen Eisfläche bildete. Sie war atemberaubend schön. Er hatte das unheimliche Gefühl, er würde auch unter zehntausend Menschen allein nur sie sehen.

»Schlittschuhe«, brummte Tony kopfschüttelnd. »Bist du wahnsinnig geworden? Du hättest doch wissen müssen, dass du sofort geliefert bist, wenn du ihr so ein Geschenk machst.«

»Hör nicht auf ihn«, sagte Amy. »Das war sehr nett von dir. Darcy ist restlos begeistert.«

John zuckte nur die Achseln, obwohl er Darcys Miene beim Öffnen der Schachtel sein Leben lang nicht vergessen würde.

»Also, John«, fragte Tony, »kaufst du dir jetzt einen getigerten Gymnastikanzug? Die sind unter Schlittschuhläufern im Moment total in Mode.«

John funkelte ihn an, zog einen Schlittschuh aus und fuhr vor Schmerz zusammen. Verflixte Blasen!

»Jedenfalls brauchst du so einen Anzug, wenn du beim Schaulaufen mitmachen willst«, fuhr Tony fort.

John hob den eben ausgezogenen Schlittschuh. »Diese Kufe ist schärfer als du denkst. Bring mich nicht dazu, sie als Waffe einzusetzen.«

Tony lachte und konzentrierte sich auf zwei Frauen – Twens in kriminell kurz geschnittenen Eislaufröckchen. Er winkte ein wenig und warf ihnen ein strahlendes Lächeln zu, das sie nicht minder begeistert erwiderten.

»Hoppla«, sagte Amy. »Darcy ist wieder gestürzt.«

John drehte sich um und sah, wie sie sich zum x-ten Mal aufrappelte. Diesmal allerdings wurde sie von zwei kleinen Mädchen, die neun oder zehn Jahre alt sein mochten, bei den Händen genommen. Die Kinder führten sie über die Eisfläche und zeigten ihr, wie sie die Füße bewegen sollte. Als sie Darcy schließlich losließen, waren ihre Bewegungen etwas flüssiger geworden, und sie schaffte tatsächlich ein paar Runden, ohne zu stürzen. John hatte alle Mühe, das dümmliche Lächeln zu unterdrücken, das sich beharrlich auf seiner Miene ausbreiten wollte. War es nicht unglaublich, dass Darcy zugleich rasend unbeholfen wirken und umwerfend schön aussehen konnte?

»Sie ist es, nicht wahr?«, fragte Amy leise.

John öffnete den Mund, merkte aber, dass die Antwort, die er reflexartig geben wollte – die Behauptung nämlich, ihre Beziehung sei nur ganz flüchtig –, so fern der Wahrheit war, dass er sie nicht auszusprechen vermochte.

Doch wie war das möglich? Er kannte sie erst seit wenigen Wochen, und doch …

Normalerweise juckte es ihn rasch, Frauen, mit denen er sich regelmäßig traf, wieder loszuwerden, damit ja keine feste Beziehung daraus wurde. Nach Darcy dagegen sehnte er sich täglich mehr. Sie war eingebildet, lästig, streitsüchtig und mitunter so anstrengend, dass er sich jedes Haar einzeln ausrupfen wollte, doch er hatte noch nie für eine Frau so empfunden wie für sie. Sie war weit zäher und unverwüstlicher, als ihr bewusst war, und das bewunderte er ungeheuer. Und wunderschön war sie – egal, wie sehr sie über ihr Alter und ihre eingebildeten körperlichen Mängel jammerte.

Er hatte ihr gesagt, zwischen ihnen sei mehr als nur Sex, obwohl ihm nicht recht klar gewesen war, was er damit gemeint hatte. Er wusste es noch immer nicht. Doch je mehr Zeit er mit ihr verbrachte, desto deutlicher sah er sie als Teil seiner Zukunft.

Schließlich verließ Darcy das Eis, zockelte zu den dreien und warf ihnen ein strahlendes Lächeln zu. »Amy! Tony! Was macht ihr denn hier?«

»Wir sind rein zufällig da«, sagte Tony. »Wirklich ein Ding, euch hier getroffen zu haben!«

»O ja«, brummte John und wandte sich Darcy zu. »Tony dachte, es wäre saukomisch, mich auf Schlittschuhen zu sehen. Wir sollten ihm zwei Kufen unterschnallen und abwarten, was passiert.«

»Keine schlechte Idee«, sagte Tony. »Wenn ich oft genug auf den Hintern gefallen bin, werden sich die beiden hübschen Frauen dort sicher meiner erbarmen.«

John sah ihn fassungslos an. »Du schreckst wohl vor gar nichts zurück, um Frauen aufzureißen?«

Er überlegte und schüttelte dann den Kopf. »Nein.«

Amy rollte die Augen. »Komm, Freundchen. Der Spaß ist vorbei. Wir verschwinden.«

Tony wandte sich an John. »Mensch, sie hat dich zum Schlittschuhlaufen gebracht! Was kommt jetzt? Häkelt ihr demnächst Spitzendeckchen?« Er beugte sich vor und flüsterte unüberhörbar: »Hör auf meinen Rat – verdrück dich, solange du noch kannst.«

Er drehte sich um und zwinkerte Darcy zu. Amy nahm Tony am Arm und zog ihn weiter.

»Gut«, sagte Darcy, kam ums Geländer herum und setzte sich neben John. »Für heute bin ich bedient. Ich glaube, ich hab überall blaue Flecken.«

Sie zog ihre Schlittschuhe aus und packte sie ein, und John gab sein Paar am Mietschalter zurück. Kurz darauf verließen sie das Einkaufszentrum, und noch um diese Zeit, nämlich acht Uhr, blies ihnen der starke Abendwind – jedenfalls im Vergleich zur kühlen Luft drinnen – glutheiß ins Gesicht.

»Weißt du, was jetzt lecker wäre?«, fragte Darcy.

»Was denn?«

»Eiskaffee. Ein Stück die Straße entlang ist ein Starbucks. Lass uns dort halten.«

»Koffein um acht Uhr abends?«

»Wir bestellen koffeinfrei.«

»Ich hasse Starbucks.«

»Bevor du diesen Laden hassen kannst, musst du wenigstens mal dort gewesen sein.«

Er zog ein finsteres Gesicht.

Sie zog einen Geschenkgutschein aus der Brieftasche und hielt ihn hoch. »Jeremy Bridges spendiert.«

»Dann müssen wir dort natürlich Kaffee trinken.«

Wenige Minuten später betraten sie Starbucks. Dort gab es nur zwei Gäste: Ein Müsli in abgerissenen Klamotten saß auf einem Sofa und las Zeitung, und in einer Ecke hockte ein Junge wie gebannt vor einem Laptop und telefonierte dabei.

Darcy ging zum Tresen. »Zwei Mocha Frappuccino. Grande.«

»Grande?«, fragte John.

»Das ist die mittlere Größe.«

»Hört sich groß an.«

»Groß ist *venti*.«

»*Venti*? Warum heißen die Dinger nicht einfach *mittel* und *groß*?«

»Wahrscheinlich, weil dann auch von *klein* die Rede wäre, und das würde sich … klein anhören. Die Leute könnten auf die Idee kommen, sie bekämen nicht viel.«

»Und wie heißt der kleine Becher stattdessen?«

»Tall.«

»*Tall* soll klein sein?«

Darcy lächelte. »Genau.«

John schüttelte den Kopf. »Ich wusste, dass ich diesen Laden nicht grundlos gemieden habe.«

Kurz darauf setzten sie sich mit ihren Getränken ans Fenster.

»Warum gefällt es dir hier so gut?«, fragte John.

»Wegen der Atmosphäre – wegen der Musik, den Leuten, den Gerüchen. Und wegen des Gebäcks!« Sie seufzte. »Wenn es ginge, würde ich gleich neben der Kuchenvitrine mit dir schlafen.«

»Ich hab dich immer für pervers gehalten. Erregt dich die Vorstellung, an einem allgemein zugänglichen Ort ertappt zu werden?«

»Nein. Mich erregt die Vorstellung, das Erlebnis des Brownie-Essens durch einen Orgasmus zu steigern.«

John rückte näher heran. »Weißt du was, Süße? Du

isst den Brownie …« – er schob ihr unterm Tisch die Hand den Schenkel hinauf – »… und ich kümmere mich um den Rest.«

Nie hatte ein Mann sie so angesehen: John schien sie auf einen Satz verschlingen zu wollen. Sie dachte daran, dass sie später mit ihm allein sein würde, und ein wohliges Lustgefühl erfüllte sie.

Sie lächelte in sich hinein. *Warum warten?*

Sie zückte erneut den Geschenkgutschein, ging ein zweites Mal zum Tresen, kaufte ein paar Brownies, kam zurück und nahm ihren Kaffee. John sah fragend zu ihr auf.

»Ich hab den Kuchen«, sagte sie. »Was wartest du noch?«

20

Wenn er auf dem Rückweg zu Darcys Wohnung knapp zwanzig Kilometer über dem Tempolimit fuhr, überlegte John, dann lag die Chance, geschnappt zu werden, bei vielleicht eins zu zwanzig. Überdies betrug die Wahrscheinlichkeit, von einem Polizisten angehalten zu werden, mit dem er früher Dienst geschoben hatte und der ihn deswegen nur mündlich verwarnen würde, eins zu zwei. Mit einem solchen Risiko konnte er leben – zumal Darcy ihm die Fahrt über den Schenkel rauf und runter strich und ständig nur ein Wort wiederholte.

»Beeilung.«

Eine Viertelstunde später standen sie vor ihrer Wohnungstür. Der Wind wehte ihr die Haare so stürmisch ins Gesicht, dass sie Schwierigkeiten mit dem Aufsperren hatte. Also kümmerte John sich darum, schloss auf, zog sie ins Apartment und umschlang sie, um ihr einen Kuss zu geben. Sie griff nach der Klinke, um die Tür zu schließen, doch der Wind blies sie wieder auf. John warf die Tür mit der einen Hand ins Schloss und fuhr ihr dabei mit der anderen Hand unter den Rock, packte sie am Hintern und zog sie zu sich heran. Er hörte die Tüte Brownies mit leisem, dumpfem Geräusch auf dem Boden landen. Als Darcy im nächsten Moment den Reißverschluss seiner Hose öffnete, schien alles ringsum zu verschwimmen, und er dachte nur noch an das eine.

Auf dem Weg ins Schlafzimmer hinterließen sie eine Spur von Kleidungsstücken und fielen dann ins Bett. Darcy schlang ihm den Arm um den Hals und dirigierte seinen Mund an die Lippen. Als er mit der Hand zwischen ihre Beine glitt und merkte, wie feucht sie war, vermochte er sich kaum noch zu beherrschen.

Nein, nicht hetzen. Immer mit der Ruhe. Lass dir Zeit. Es soll schön für sie sein.

Er streichelte sie unaufhörlich, glitt in sie hinein und wieder heraus, um sie alsdann erneut am ganzen Körper zu erregen. Er küsste ihre Lippen und ihre Brüste und flüsterte ihr kleine, schmutzige Nichtigkeiten ins Ohr. Sie wand sich unter ihm vor Lust, entzog sich aber plötzlich und schüttelte ihn ab.

»Darcy?«

»Jetzt.«

»Nein«, sagte er. »Das ist zu früh.«

»*Jetzt*, hab ich gesagt!« Sie packte ihn am Arm, doch er befreite sich.

»Nein«, sagte er. »Das geht nicht. Lass mich erst –«

»Verflixt!« Sie drehte ihn auf den Rücken, setzte sich rittlings auf ihn und zeigte auf ihn herunter.

»Nicht bewegen!«

Sie griff in die Schublade ihres Nachtschränkchens, zog ein Kondom heraus, zog es ihm über, brachte sein Glied in Stellung und ließ sich energisch darauf nieder, sodass es tief in sie hineinglitt.

John kniff die Augen zu und biss bei dem plötzlichen,

unbeschreiblichen Gefühl, tief in ihr drin zu sein, die Zähne zusammen. Sie nahm seine Hände und schob sie ihm über den Kopf. Bevor er begriff, wie ihm geschah, schlang sie ihre Finger um die seinen und drückte ihn auf die Matratze. Dann ritt sie auf ihm, wobei ihr warmer Atem über seinen Hals strich und ihre Nippel über seinen Brustkorb glitten.

Heiliger Bimbam.

»Du bist ein furchtbarer Besserwisser«, keuchte sie und fand zu einem erregten, aber gleichmäßigen Rhythmus. »Ein sturer Besserwisser, der nie auf andere hört. Hab ich dir das schon gesagt?«

Er ging mit jeder ihrer Bewegungen mit und war erstaunt, wie schnell die Erregung zunahm. »Mehrfach.«

»Dann sage ich es dir noch mal.« Ihre Finger rieben gegen die seinen, und ihr Gesicht war vor Leidenschaft angespannt. »Von nun an, John, gilt: Wenn ich *jetzt* sage, meine ich nicht nächste Woche.«

»Jawohl, Ma'am.«

Sie küsste ihm den Hals und flüsterte: »Du bist also ganz Ohr?«

»Oh, Süße«, sagte er mit zusammengebissenen Zähnen, »ich hänge an jedem deiner Worte.«

Doch dann bewegte sie sich schneller und fordernder, und ihre Worte blieben auf der Strecke. Er hob den Oberkörper, um ihr näher zu sein, denn er wollte alles, was sie ihm zu geben hatte, auf jede von ihr für gut befundene Weise bekommen.

Sie stöhnte leise. Dann schnappte sie kurz nach Luft und warf den Kopf zurück. Sekunden nach ihrem Schrei war auch er so weit, packte ihre Hände so fest, dass er fürchtete, ihr die Knochen zu brechen, und stöhnte, als eine Hitzewoge ihn durchflutete.

Sie ließ sich auf ihn fallen. Er befreite seine Hände aus den ihren, umarmte sie und streichelte ihren Rücken. Er hatte das Gefühl, von einem Vorschlaghammer getroffen worden zu sein. Es tat allerdings nicht weh, sondern war so lustvoll, dass es beinahe unerträglich war.

Schließlich rollte Darcy von ihm herunter und fiel wie eine losgelassene Marionette auf den Rücken. Sie atmete tief durch, stützte sich auf den Ellbogen, kramte in der Schublade ihres Nachtschränkchens und zog ihren Vibrator heraus. Mit scharfer Rückhand warf sie ihn in eine Zimmerecke. Das Gerät prallte an die Wand und landete mit befriedigendem Knall im Mülleimer. Sie schmiegte sich wieder an John, legte den Kopf an seine Schulter und schob ihre Beine zwischen die seinen.

John lächelte in sich hinein. Welchem Mann würde es nicht schmeicheln, einen Vibrator in den Schatten zu stellen?

Darcy legte ihre Hand auf die seine, und er schlang seine Finger darum. Sie sah ihn an, und ihre Augen glitzerten im Halbdunkel.

»Weißt du was?«

»Was?«

»Jeder hat Supertage im Leben.«

»Das denke ich auch.«

»Heute ist einer meiner Supertage gewesen.«

Ihre Worte flossen wie warmer Honig auf ihn nieder.

So verrückt es auch schien – John konnte sich nicht vorstellen, je wieder ohne sie zu leben.

Sie lagen noch ein wenig im Bett. Dann stand er auf und ging ins Bad. Als er wieder herauskam, wollte er die Brownies holen, um sie bis zum letzten Krümel an Darcy zu verfüttern und dabei jedem Quadratzentimeter ihres Körpers auf unaussprechlich lustvolle Weise zuzusetzen.

Als er um die Ecke bog, stellte er erstaunt fest, dass die Wohnungstür offen stand. Er dachte, er habe sie zugemacht, doch offenbar hatte er sie nicht fest genug ins Schloss geworfen, und der Wind hatte sie wieder aufgeweht.

Dann wurde ihm langsam bewusst, dass Pepé nirgendwo zu sehen war.

Darcys Herz klopfte vor Sorge, als sie mit John über die Wege der Wohnanlage eilte und nach ihrem Hund rief.

»Ich kann nicht glauben, dass die Tür die ganze Zeit über offen stand«, sagte Darcy. »Ich bin mir völlig sicher, dass wir sie zugemacht haben.«

»Ich auch.«

»Wahrscheinlich ist er total verängstigt.«

»Er hat Anhänger am Halsband«, erwiderte John. »Wenn jemand ihn findet, wird er sich bei dir melden.«

»Sofern Pepé nicht vorher aus lauter Angst etwas Dummes tut und beispielsweise vor ein Auto rennt.«

»Keine Panik – den finden wir schon.«

»Wie lange waren wir im Schlafzimmer? Wie weit mag er inzwischen gekommen sein?«

»Ich weiß es nicht. Er wird sicher in der Nähe bleiben, oder?«

»John, ich habe meinen Hund schrecklich gern, aber ich fürchte, besonders schlau ist er nicht. Ich hab solche Angst, dass er –«

»Da ist er!«

»Wo?«

Ihr Blick folgte Johns Finger. Und tatsächlich: Hinter einem Strauch kauerte Pepé an einer Mauer. Sie hetzte zu ihm und nahm ihn in die Arme.

»Er ist ganz verängstigt. Sieh mal, wie er zittert!« Sie küsste seinen kleinen Wuschelkopf. »Wir müssen in Zukunft mit der Tür vorsichtiger sein.«

»Stimmt.« John kratzte sich am Kopf. »Donnerwetter, der zittert wirklich sehr.«

»Armer Kleiner«, sagte Darcy und drückte ihn noch fester an sich. »Die Welt ist böse und gemein, nicht wahr? Man muss aufpassen, dass einem nicht alle möglichen blöden –«

»Ist das ein Hund?«

Darcy fuhr herum und konnte kaum fassen, wer hinter ihr stand. *Verflixt.* Ob es schon zu spät war, Pepé in die Tasche zu schieben?

Sie seufzte. »Nein, Charmin, das ist ein Elefant.«

»Du hast keine Kaution für dieses Vieh hinterlegt.«

»Das wollte ich ja, aber ich war etwas knapp bei Kasse, und –«

»Du schuldest mir dreihundert Dollar.«

»Aber, Charmin! Die meisten Hamster sind größer als er!«

»Egal. Wer einen Hund hat, zahlt Kaution.«

»Schon gut! Ich zahle ja! Aber du musst mir etwas Zeit lassen.«

»Du hast vierundzwanzig Stunden.«

Darcy schrak zurück. »Vierundzwanzig Stunden? In so kurzer Zeit kann ich doch nicht so viel Geld auftreiben!«

»Entweder du zahlst, oder der Hund verschwindet.«

Charmin warf ihr einen letzten pampigen Blick zu und bedachte zur Sicherheit auch John damit. Die meisten Menschen hätten nicht gewagt, einen Mann wie ihn zu reizen, doch sie war zu bösartig, als dass sie sich von ihm hätte einschüchtern lassen.

»Was soll ich tun?«, fragte Darcy, als Charmin um die Ecke verschwunden war. »Ich besitze keine dreihundert Dollar! Ich habe kaum noch genug Geld, um bis zum nächsten Zahltag über die Runden zu kommen! Kann sie mich wirklich zwingen, meinen Hund aufzugeben?«

»Sie könnte eine Verfügung erwirken, ja.«

»Und das wird sie, wie ich sie kenne. Dreihundert Dollar? Es könnten genauso gut dreitausend sein.« Sie presste die Hand an die Stirn, denn ihr war schwindlig. »Weißt du, dass ich mit Warren oft genug für bald dreihundert Dollar im Country-Club zu Abend gegessen habe?«

»Das bezweifle ich nicht. Was für eine Verschwendung.«

»Vielleicht war das dumm, aber für niemanden sollten lausige dreihundert Dollar derart wichtig sein.«

In der Ferne hörte sie die Tür ihres Nachbarapartments aufgehen. Einer der vielen verwahrlosten Bewohner kam heraus, schloss die Tür ab und ging zum Parkplatz, wobei ihm der heiße Abendwind das Zottelhaar um den Kopf wirbelte.

»Schau dir den Kerl an«, sagte Darcy halblaut. »Alle, die hier wohnen, sehen aus wie drogensüchtige Serienmörder. Sofern sie keine als Nutten arbeitenden Transvestiten sind. Allzu bieder geht's hier nicht gerade zu, stimmt's?«

John schwieg, denn sie hatte den Nagel auf den Kopf getroffen, und er wusste nicht, was er dazu noch sagen sollte. Darcy hasste das. Sie hasste es, an diesem miesen Ort zu wohnen, ein mieses Auto zu fahren und jeden Dollar dreimal umdrehen zu müssen. Sie *hasste* das.

»John?«, sagte sie. »Ich weiß, dass es viel verlangt ist, aber ich kann Pepé unmöglich aufgeben. Meinst du …« Sie atmete aus. »Meinst du, du kannst mir dreihundert Dollar leihen?«

Er seufzte. »Ich glaube, das ist keine gute Idee.«

»Aber ich zahl sie dir zurück.«

»Das weiß ich. Es ist nur so, dass –«

»Was?«

»Du musst mit dieser Situation allein klarkommen.«

»Allein?«, fragte sie ungläubig. »Wie soll ich binnen vierundzwanzig Stunden dreihundert Dollar auftreiben?«

»Weißt du was?«, schlug John vor. »Warum lässt du deinen Killer nicht bei mir wohnen, bis du die Kaution zusammenhast? Er hat sich an mich gewohnt, und für ihn wird es wie Ferien sein. Er läuft bestimmt gern bei mir hinterm Haus herum.«

Sie schüttelte den Kopf. »Nein – ich hätte das Gefühl, ihn weggegeben zu haben.«

»Es wäre doch nur vorübergehend.«

»Vorübergehend ist ein sehr dehnbarer Begriff.«

»Traust du mir zu, mich um Pepé zu kümmern?«

»Natürlich, aber –«

»Dann behalte ich ihn, solange es nötig ist.«

»Das ist für diesmal prima. Aber wie sieht es nächstes Mal aus?«

»Wie meinst du das?«

»Was glaubst du wohl, wie ich das meine? Ohne mein Monatsgehalt säße ich sofort auf der Straße!«

Sie sprach lauter als beabsichtigt, und Pepé wand sich in ihren Armen. Sie drückte ihn fester an sich und redete leiser, doch bei jedem Wort klang durch, wie frustriert sie war.

»Gertie kann jederzeit kaputtgehen«, begann sie. »Die Steuerbehörde könnte mich mit Zahlungsforderungen überziehen. Mag sein, dass meine Stromrechnung nächsten Monat noch höher ausfällt. Solange ich von Gehalt zu Gehalt lebe, wird *immer* etwas sein.«

»Und es wird immer einen Ausweg geben. Du wirst ihn diesmal finden – und das nächste Mal auch.«

»Das alles wäre nicht so wild, wenn du mir beibringen würdest, wie man Autos einsackt.«

John schloss mit einem schroffen Seufzer die Augen. »Du weißt, wie ich darüber denke.«

»Du willst mir kein Geld leihen, mir aber auch nicht die Möglichkeit geben, mehr zu verdienen?«

»Du verdienst genug. Du musst bloß lernen, damit auszukommen.«

»Hörst du *endlich* auf, mich zu bevormunden?«

»Du steigerst dich zu sehr in diese Sache hinein.«

»Begreifst du denn nicht? Wenn eine lausige Kaution von dreihundert Dollar meine Finanzen ins Trudeln bringt, wie soll ich dann jemals –«

Ein ohrenbetäubender Knall drang durch die Nacht, als wäre wenige Meter neben ihnen der Blitz eingeschlagen. John packte Darcy, riss sie herum und schirmte sie mit seinem Körper ab, während ein Trümmerregen niederging.

Mit klingenden Ohren sah Darcy an Johns Schulter vorbei und versuchte herauszufinden, was geschehen war. Als ihr das gelungen war, ergriff sie eine entsetzliche Furcht.

Die Tür ihrer Nachbarwohnung war aus den Angeln gerissen, die Fensterscheiben waren zersplittert.

Und das Gebäude brannte.

Kurz darauf herrschte überall Hektik. Mieter kamen aus ihren Wohnungen gelaufen, um zu sehen, von wo die Explosion gekommen war. Kaum war die Feuerwehr angelangt, blitzte die roten und blauen Lichter der Rettungswagen. Die Sonne war am Horizont versunken, und der orangerote Himmel hinter dem brennenden Gebäude erweckte den Eindruck, die ganze Gegend sei zur Hölle gefahren.

Zum Glück war niemand in der Wohnung gewesen, in der sich die Explosion ereignet hatte, und auch die übrigen Bewohner des Gebäudes hatten keine Verletzungen davongetragen. Kaum war die Polizei eingetroffen, dirigierte sie alle Mieter, die vor dem brennenden Haus standen, zum Eingang der Wohnanlage, damit Löschzüge und Feuerwehrleute nicht weiter behindert wurden. Mitarbeiter der lokalen Nachrichtensender, die den Polizeifunk abgehört hatten, hatten ihre Übertragungswagen schon vor der Wohnanlage geparkt, und Reporter und Kameraleute berichteten live von den Ereignissen auf dem Gelände. Im Durcheinander der Journalisten hörte Darcy einen Reporter zu einem anderen sagen, man solle die ganze Bruchbude doch abbrennen lassen. Vermutlich hatte er recht, und doch ging ihr diese Bemerkung nah. Eine Wohnung an diesem furchtbaren Ort war das Beste, was sie sich hatte leisten können, und nun hatte sie selbst diese Bleibe verloren. Sie konnte nur neben John stehen und zusehen, wie das Feuer alles verschlang, was sie besaß – von einer Klapperkiste namens Gertie, einem völlig verschreckten Hund und den Sachen abgesehen, die sie am Leib trug.

»Sieht so aus, als hätten deine Nachbarn tatsächlich ein Methamphetamin-Labor gehabt, was?«

Darcy drehte sich um, sah Charmin auf sich zukommen und hätte fast laut aufgestöhnt. Diese Frau konnte sie im Moment *wirklich* nicht brauchen.

»Ja«, sagte sie. »Das war wohl mehr als ein Gerücht.«

John bekam große Augen. »Haben Sie gerade von einem Methamphetamin-Labor gesprochen?«

»Was sonst könnte so eine Explosion bewirken?«, erwiderte Charmin und schnaufte empört. »Das wird anstrengend werden – der Eigentümer wird toben vor Wut.«

»Es ist mir ziemlich egal, was für *dich* anstrengend

wird«, entgegnete Darcy. »Jedenfalls, solange ich nicht mal mehr eine Wohnung habe.«

»Kopf hoch, Darcy«, sagte Charmin. »Denk an die Kaution, die du mir schuldest.« Sie lachte. »Sieht aus, als bräuchtest du die nicht mehr zu zahlen.« Sie sah sich zu dem brennenden Gebäude um. »Und Miete dürfte auch nicht mehr fällig werden.«

Sie verschwand, und Darcy biss die Zähne zusammen. »Hab ich dir schon gesagt, dass ich diese Frau *hasse*?«

»Du wusstest von dem Labor in der Nachbarwohnung und hast mir nichts davon gesagt?«, fragte John.

»Niemand hat das mit Bestimmtheit gewusst.«

»Aber du hättest es mir trotzdem sagen sollen! Ich hätte dafür gesorgt, dass sich die Polizei die ganze Wohnanlage vornimmt!«

»John –«

»Ich hätte es wissen müssen! Ich hab hier alle möglichen Leute Tag und Nacht kommen und gehen sehen. Ich hätte es *wissen* müssen. Ich hätte –«

»John! Es ist vorbei! Das blöde Labor ist in die Luft geflogen! Warum reden wir noch darüber? Es kommt ohnehin nicht darauf an. Wenn es nicht das Labor gewesen wäre, dann wäre es etwas anderes gewesen.«

»Wie meinst du das?«

»Crazy Bob hätte eine Zigarette brennen lassen, oder es hätte einen Kurzschluss gegeben, oder der Eigentümer hätte die Anlage angezündet, um die Versicherungssumme zu kassieren. An so einem Ort muss man ständig mit solchen Sachen rechnen!«

»Jetzt reg dich nicht auf, Darcy«, sagte John. »Alles wird gut. Du hast doch eine Hausratversicherung, oder?«

»Eine Hausratversicherung? Du machst wohl Witze.«

»Soll das heißen, du hast keine –«

»Nein, ich habe keine! Wovon hätte ich mir die denn leisten sollen? Von meinem frei verfügbaren Einkommen?«

»Vergiss es. Das ist nicht wichtig. Du kannst von vorn anfangen.«

Sie sah ihn ungläubig an. »Vor einer halben Stunde konnte ich nicht mal eine lausige Hundekaution auftreiben, und jetzt soll ich noch mal *von vorn* anfangen?«

John nahm sie bei den Schultern. »Die Lage ist nicht so schlecht, wie du denkst. Wir werden uns ansehen, wie du finanziell dastehst, und einen Plan entwickeln, um dich wieder auf die Füße zu bringen. Von da aus können wir dann weitermachen. Alles wird gut.«

»Hörst du bitte *endlich* mit diesem Spruch auf?«, fuhr Darcy ihn an und entzog sich ihm. »*Nichts* wird gut! Wie oft soll ich noch alles verlieren, bevor ich es effektiv nicht mehr aushalte?«

Als John sich mit einem resignierten Seufzer abwandte, wusste sie die Wahrheit. Er glaubte gar nicht an das, was er ihr sagte. Sooft sie auch geglaubt hatte, auf dem Tiefpunkt zu sein, hatte sich dies als Irrtum herausgestellt. Nun aber konnte es wirklich nicht mehr schlimmer kommen, und sie sah keinen Ausweg aus der Misere.

Plötzlich war John wieder aufmerksam. Er hob das Kinn und fasste etwas in Darcys Rücken ins Auge.

»Dieser Mistkerl«, brummte er.

Darcy drehte sich um und sah eine elegante schwarze Limousine vor der Einfahrt zur Wohnanlage halten. Die hintere Tür ging auf, und Jeremy Bridges stieg aus.

21

John fasste Darcy fester am Arm. »Was hat der denn hier zu suchen?«

Jeremy kam auf sie zu, blickte aber allein Darcy an und ignorierte John völlig. »Ich habe aus dem Radio erfahren, dass es hier brennt. Hat das Feuer Ihre Wohnung zerstört?«

»Ja.«

»Ganz und gar?«

Sie nickte.

»Verschwinden Sie, Bridges«, sagte John. »Sie sind hier überflüssig.«

»Mund halten, Stark. Ich rede mit Darcy.« Er wandte sich an sie. »Was Sie eingebüßt haben, war nicht der Rede wert. Der Verlust ist so bedeutungs- wie folgenlos. Verstehen Sie?«

»Darcy«, sagte John, »gehen wir.«

Jeremy wandte sich an John. »Wohin? In die erbärmliche Bude, die Sie Ihr Zuhause nennen? Wollen Sie sie dorthin bringen?«

»Sie wissen doch gar nicht, wo ich wohne.«

»In der Caldwell Street vierundvierzig siebzehn – denken Sie, ich hätte Darcy aus den Augen gelassen?« Er wandte sich wieder an sie. »Es ist Zeit, das Arme-Leute-Leben aufzugeben und in ihr vertrautes Dasein zurückzukehren. Sehen Sie sich um. Wenn Sie bei ihm bleiben, werden Sie immer in solchen Verhältnissen leben. Wollen Sie das?«

Tränen traten ihr in die Augen. Nein, das wollte sie wirklich nicht. Sie wollte, dass die Dinge wieder so wurden, wie sie gewesen waren. Sie wollte morgens aufwachen und sich darüber Gedanken machen, wo sie mit ihren Freundinnen zu Mittag essen oder was sie am Abend in den Club anziehen sollte – und nicht darüber, ob sie finanziell bis zum nächsten Gehalt über die Runden kommen würde.

»Wir fahren heute Abend zu mir«, sagte Jeremy mit leiser, hypnotisierender Stimme. »Und morgen gehen wir einkaufen. Danach können wir auf Reisen gehen. Wohin möchten Sie? Nach New York? London? Paris? Morgen um diese Zeit können wir in egal welcher Metropole in einem Fünf-Sterne-Hotel sein.«

John rückte näher an Darcy heran. »Hör nicht auf ihn.«

»Ich kann Sie von alldem erlösen«, sagte Jeremy. »Dieses Leben wird im Handumdrehen nur noch eine schlechte Erinnerung für Sie sein.«

»Bridges –«

»Sie wissen selbst, dass Sie im Luxus leben wollen. Seit Warren Ihnen alles genommen hat, haben Sie sich danach zurückgesehnt. Kommen Sie mit, und Sie bekommen, was Sie sich wünschen.«

»Hauen Sie ab, Bridges.«

»Sie brauchen nur Ja zu sagen.«

»*Hauen Sie ab*, hab ich gesagt!«

Jeremy reagierte auf Johns wütenden Blick mit einem

kalten, gleichgültigen Starren, und die Männer standen sich einige Sekunden lang reglos gegenüber. Schließlich wich Jeremy zurück.

»Ich bin im Auto. Aber Sie sollten sich bald entscheiden. Ich werde nicht den ganzen Abend warten.«

Er ging zu seiner Limousine zurück, stieg ein und verschwand hinter den geschwärzten Scheiben.

»Hör mal, Darcy«, sagte John. »Er ist ein charakterloser Mistkerl. Merkst du, was er vorhat? Er weiß, wie verzweifelt du dich jetzt fühlen musst, und versucht, dich auszunutzen.«

»Mich auszunutzen? Ein Mann bietet mir an, in einer Villa zu leben, und will mich ausstatten, mir Geld geben und mir einen Privatjet zur Verfügung stellen – und du sagst, er wolle mich *ausnutzen*?«

»Ja, und du wirst merken, wann du die Rechnung bekommst – auch wenn sie sich nicht auf Dollar und Cent beläuft. Du wirst bezahlen, Darcy – so oder so.«

»Das ist mir egal!«

John fuhr zurück. »Was soll das heißen?«

»Er hat recht. Ich habe hier nichts eingebüßt, weil es nichts zu verlieren gab. Ich will *mehr* als das!«

»Du kannst mehr haben – was du willst. Du musst nur bereit sein, dafür zu schuften. Du hast im Büro gute Arbeit geleistet und dich weit besser geschlagen als erwartet. Du hast eine Gehaltserhöhung verdient und sollst sie bekommen.«

»Toll. Statt des Mindestlohns werde ich also ein paar Cent über dem Mindestlohn verdienen.«

»Mehr kann ich im Moment nicht für dich tun. In ein paar Monaten vielleicht –«

»Begreifst du nicht, John? So viel ich auch schufte: Ich kann mir *nie* das Leben erarbeiten, das ich führen will!«

Sein Blick wurde hart. »Schließlich wurdest du nicht mit einem goldenen Löffel im Mund geboren – es wird dich nicht umbringen, ein paar Jahre lang zu kämpfen.«

»Ich bin nicht zum Kämpfen geschaffen!«

Sie war erschrocken, sich Jeremys Worte sagen zu hören, doch plötzlich klangen sie so wahr, dass diese Erkenntnis sie zittern ließ. Heiße Tränen liefen ihr über die Wangen, und sie wischte sie mit den Fingerspitzen weg.

»Ich halte das nicht mehr aus, John. Ich kann nicht der Mensch sein, der ich deiner Ansicht nach sein sollte: jemand, der auf dem Tiefpunkt ist, sich aber wieder nach oben arbeitet – ich kann das einfach nicht!«

»Du bist stärker, als du denkst.«

»Nein, ich bin alles andere als stark.«

»Hör auf, dein Licht unter den Scheffel zu stellen!«

»Hör du lieber auf, mich in jemanden verwandeln zu wollen, der ich nicht bin!«

John wollte darauf antworten, sah dann aber mit einem enttäuschten Seufzer weg. Darcy warf einen Blick auf den lodernden Brand und stellte sich vor, dass ihre wenigen Habseligkeiten inzwischen nur noch Asche waren. Sie überflog die Menschen, die traubenweise herumstanden und von denen die Hälfte Kriminelle oder Versager waren. Dann blickte sie sich nach der glänzenden schwarzen Limousine um. Sie musste nur eines tun, um all dieser Hässlichkeit zu entfliehen.

Sie musste einsteigen.

Kaum merkte John, dass ihr Blick auf der Limousine ruhte, packte er sie am Arm und zwang sie, ihn anzusehen. »Darcy – du erwägst doch nicht ernsthaft, mit dem Kerl zu verschwinden?«

Als sie keine Antwort gab, wurden seine Augen bedrohlich schmal. »Ich habe dir nie etwas bedeutet, nicht wahr? Du hast dir nur mit mir die Zeit vertrieben, bis du Bridges am Haken hattest.«

»Nein, so war es nicht.«

»Genau so sieht es für mich jetzt aber aus!«

Vielleicht hatte John recht. Vielleicht hatte sie sich nur vorgemacht, auch ohne Reichtum glücklich sein zu können. Vielleicht war er wirklich bloß ein Lückenbüßer gewesen, jemand, mit dem sie den richtigen Zeitpunkt hatte abwarten können, bis sie wieder einen reichen Mann getroffen hatte – denn ohne Geld würde in ihrem Leben nie mehr etwas richtig sein. Wie war sie bloß auf die Idee gekommen, ihren Unterhalt selbst bestreiten zu können? Keine Arbeit, die sie auszuüben vermochte, würde ihr je die Art von Sicherheit geben, die sie brauchte.

Sie dachte an Johns Haus. Es war alt, klein und beengt, hatte zwanzig Jahre alte Möbel und eine kaputte Spülmaschine. Sein Geschäft ging pausenlos auf und ab, und er vermochte nicht zu sagen, wie gut es in einem Jahr dastehen würde. Einmal hatte sie ihn seine Rechnungen stirnrunzelnd zahlen sehen und daraus geschlossen, auch er lebe vermutlich mitunter von der Hand in den Mund. Selbst wenn er ihr beibringen würde, wie man Autos einsackte, würde sie nie mehr besitzen als er.

Und plötzlich war das einfach nicht genug.

»Ich möchte wieder schöne Sachen haben«, sagte sie. »Ich möchte an einem Ort schlafen, wo ich kein Pfefferspray unterm Kissen aufbewahren muss. Ich möchte aufhören, mir jede Sekunde eines jeden Tages Sorgen darüber zu machen, wie ich mein Essen bezahlen soll. Ich möchte mich wieder *sicher* fühlen!«

»Er kann dir keine Sicherheit geben, Darcy. Jedenfalls nicht so, wie du sie brauchst.«

»Ach nein? Du solltest sein Haus sehen. Erzähl mir bloß nicht, ich würde mich dort nicht sicher fühlen!«

»Hast du das wirklich vor? Willst du ohne jede Würde leben?«

»Würdest du mir bitte verraten, was es mit Würde zu tun haben soll, wenn man hungert? Oder eine Schrottkiste fährt? Oder in einem Elendsviertel haust? Was hat das mit Würde zu tun?«

»Dann ist es also würdiger, von einem wie Bridges teures Spielzeug hingeworfen zu bekommen? Du bist schlimmer als Pepé, wenn er um Hundekuchen bettelt.«

Sie wurde wütend. »Du bist so verdammt selbstgerecht. Du glaubst, es gebe nur eine Art zu leben – nämlich *deine* Art!«

»Wenigstens besitze ich Selbstachtung – du dagegen verlierst jedes Mal mehr davon, wenn du den Mund aufmachst.«

Wütend fuhr Darcy herum und wollte zur Limousine gehen, doch John griff sie am Arm und zog sie zurück. »Ich warne dich. Wenn du heute Abend mit ihm wegfährst, kannst du *nie mehr* zu mir zurückkehren!«

John wirkte auf einmal wie ein Fremder auf sie – ein großer, gut aussehender, zorniger Fremder, der nicht die leiseste Ahnung hatte, wer sie wirklich war.

»Warum sollte ich?«, fragte sie. »Bei alldem, was er mir zu bieten hat?«

Sie entzog sich seinem Griff, drückte Pepé an ihre Brust und ging auf die Limousine zu.

John rief ihr wütend nach: »Geh doch! Verschwinde von hier! Du und dieser Mistkerl – ihr habt einander *verdient*!«

Diese Worte setzten ihr bei jedem Schritt zu, doch es gab keine Umkehr, denn es war genauso, wie sie es anfangs erwartet hatte. Sie und John waren wie Öl und Wasser, wie Feuer und Eis, wie Tag und Nacht, wie eine uneinnehmbare Festung und eine unwiderstehliche Kraft – zwei ganz unterschiedliche Menschen, die einander das Leben zur Hölle machen würden. Jetzt wusste sie, für welches Leben sie bestimmt war, und es war kein Leben an seiner Seite. Sie war dumm gewesen, dies auch nur eine Sekunde in Erwägung gezogen zu haben.

Jeremy stieg aus und hielt ihr die Tür auf, und sie schlüpfte hinein. Als auch er eingestiegen war und die Tür hinter ihnen geschlossen hatte, war die Stille überwältigend. Bernie saß auf dem Beifahrersitz, starrte blicklos geradeaus und schien gar nicht gemerkt zu haben, dass Darcy eingestiegen war. Darcy hatte das Gefühl, Bernies Missbilligung schlage ihr so wuchtig entgegen wie mittägliche Sommerhitze.

Jeremy klopfte an die Plastiktrennscheibe. »Nach Hause.«

Als die Limousine abfuhr, umarmte Darcy ihren zitternden Hund und unterdrückte das Bedürfnis, sich nach John umzusehen. Sie hatte nicht damit gerechnet, dass Jeremy ihr tatsächlich einen Luxus anbieten würde, der ihre wildesten Wunschträume überstieg. Nun aber, da er es getan hatte, würde sie diese Gelegenheit nicht versäumen.

Auf dem Rückweg sagte Jeremy kein Wort. Kaum hatten sie das Haus betreten, ging Bernie in die Küche, und Jeremy teilte Darcy mit, er schicke jemanden für Pepé Hundefutter kaufen. Dann gab er sie in die Obhut seiner Haushälterin, die sie – wie er sagte – hinauf in ein Gästezimmer führen werde, wo sie sich duschen und erholen könne. Mit diesen Worten zog er sich zurück.

Sie wusste nicht, welches Verhalten sie von ihm erwartet hatte, aber sicher nicht dieses. Doch sie war dennoch dankbar, denn sie wollte einfach nur schlafen, so tun, als habe es diesen Tag nie gegeben, und am nächsten Morgen rundum sorglos erwachen.

Ruhe überkam sie, eine tiefe Erleichterung darüber, nicht länger kämpfen zu müssen. Es gab Schlimmeres auf Erden, als von einem außergewöhnlich reichen Mann verwöhnt zu werden, und Darcy wollte sich das Gefühl nicht eingestehen, etwas Falsches zu tun. Jeremy war ungewöhnlich, aber nicht unattraktiv, und sie würde es schon schaffen, ihn genug zu mögen, um das Leben lohnenswert zu finden.

Sie folgte der Haushälterin die geschwungene Treppe hinauf in eine atemberaubende Gästesuite mit Panoramafenstern, Kamin und einem herrlichen Walnussbett in Schlittenausführung. Pepé lief unruhig umher, bis er es sich auf dem Teppich vor dem Kamin mit einem kleinen Hundeseufzer bequem machte. Er schien noch erschöpfter zu sein als sein Frauchen.

Darcy ging nach nebenan ins Bad und stellte fest, dass es so prächtig war wie das Schlafzimmer: Möbel aus Walnussholz, indirekte Beleuchtung, eine als Whirlpool nutzbare Badewanne für zwei und Badetücher, die so dick und flauschig waren, dass sie darin verloren gehen konnte. Dann zeigte die Haushälterin ihr einen Wandschrank mit zwölf Nachthemden, einer Auswahl an Pumps und einer Schublade voller Unterwäsche.

Jeremy hatte offensichtlich nicht zum ersten Mal einen Übernachtungsgast.

Darcy nahm ein langes, köstliches Bad. Als sie wieder ins Schlafzimmer kam, waren ihre Sachen verschwunden. Sicher hatte die Haushälterin sie genommen, um sie reinigen und am Morgen in den Wandschrank hängen zu lassen. So viele Haushaltshilfen sie während des Zusammenlebens mit Warren auch beschäftigt hatte: Über einen so luxuriösen Service hatte sie nicht verfügt.

Sie schlüpfte in ein elegantes, smaragdgrünes Nachthemd. Dabei dachte sie flüchtig an einen grellrosafarbenen, sündhaft hässlichen Fummel mit gefiedertem Saum, kniff aber die Augen zu und verscheuchte diese Erinnerung schnell wieder.

Schlafen war alles, was sie wollte. Nur schlafen.

Doch gerade als sie das Deckbett aufschlug, klopfte

es. Sie öffnete die Tür einen Spalt weit, spähte in den Flur und sah die Haushälterin vor sich.

»Ja?«

»Mr Bridges möchte Sie sehen.«

Ihr stockte das Herz. »Jetzt? Was will er denn?«

»Das müssen Sie ihn selber fragen.«

Sie dachte an das Nachthemd, das sie anhatte. Es war wunderschön. Elegant. Und so geschnitten, dass all ihre Reize sichtbar waren.

»Sie haben nicht zufällig irgendwo einen Morgenmantel herumliegen?«, fragte Darcy.

»Nein, Ma'am.«

Darcys Herz begann zu hämmern. Vielleicht wollte er sich bloß davon überzeugen, dass sie sich wohl fühlte.

Das jedenfalls sagte sie sich.

Sie trat auf den Flur. Die Haushälterin wies mit dem Kopf auf die große Flügeltür am Ende des Gangs, drehte sich um und ging die Treppe hinunter. Darcy starrte auf die Flügeltür und wusste, was dahinter lag.

Jeremys Schlafzimmer.

John hockte bei McMillan's mit einem Bier an der Theke, um sich Vergessen anzutrinken, was natürlich ein hoffnungsloses Unterfangen war. So viel er auch trinken würde – er würde das furchtbare Gefühl nicht loswerden, zum Narren gehalten worden zu sein. Unfassbar, dass die Frau, die ihm so wichtig war, sich so wenig aus ihm gemacht hatte! Kaum zu glauben, dass die verrückten Pläne, die er insgeheim zu schmieden begonnen hatte und die einer gemeinsamen Zukunft mit Darcy galten, schlicht zerplatzt waren.

Er trank sein Bier aus und bestellte ein neues, ohne auf die Leute ringsum zu achten. Weil Sonntagabend war, gab es nur wenige Gäste. Das Lokal würde sicher bald schließen. Also müsste er allein in ein viel zu stilles Haus zurückkehren, dessen Wände ihm sicher bedrohlich auf den Leib rücken würden. Trotz aller Einsamkeit der letzten Jahre war ihm erst kürzlich aufgegangen, wie herrlich es wäre, das Haus mit einem anderen Menschen zu teilen.

Selbstverständlich würde Darcy nie mehr ins Büro kommen. Warum sollte sie für einen Hungerlohn arbeiten, wenn ein Mann wie Bridges ihr eine Hand voll unbegrenzt gedeckter Kreditkarten gab? Sie würde in seinem protzigen, viel zu teuren Mausoleum bleiben und so lange jeden Krümel nehmen, den sie ihm abluchsen konnte, bis er sich nichts mehr abluchsen ließe. Warum erkannte sie nicht, wie wenig dieser Mann sie achtete? Wenn sie es aber erkannt haben sollte, warum machte es ihr dann nichts aus?

Persönliche Beziehungen bedeuteten ihr offenbar herzlich wenig und dienten ihr nur dazu, all die Dinge zu bekommen, ohne die sie nicht leben zu können glaubte. Dennoch hatte John sie an diesem Abend einen verrückten Moment lang packen und ihr sagen wollen, dass er einen Weg finden würde, ihr zu verschaffen, was immer sie wollte – und wenn er dafür lügen, betrügen, stehlen oder noch Schlimmeres tun müsse. Wie verblendet war er da gewesen!

Er dachte an den Tag, da sie sich im Bad eingeschlossen und bitter geweint hatte, bevor sie dann bis zum Abend im Bett geblieben waren. Endlose Stunden lang hatte sie seinen Körper als eine Spielwiese betrachtet, die allein für sie geschaffen war. Er spürte noch, wie ihre Hände ihn überall streichelten und wie ihre Lippen über den seinen schwebten, und er hörte noch das leise Seufzen und Stöhnen, das ihm die Echtheit ihrer Empfindungen gezeigt hatte. Es war, wie Darcy gesagt hatte: Jeder hatte Supertage im Leben.

Der Tag damals war einer davon gewesen.

Drei Hocker entfernt, fiel ihm eine blonde Frau auf. Sie spielte kurz mit dem Strohhalm ihres Cocktails, warf ihm dann ein aufreizendes Lächeln zu und hoffte offenkundig, dass er darauf einginge. Er wandte sich ab und nahm einen weiteren Schluck Bier. Er konnte sich nicht einmal vorstellen, mit einer anderen Frau zusammen zu sein, solange die Erinnerung an Darcy noch derart gegenwärtig war.

Aber nun ist sie mit Bridges zusammen. Und du weißt, was sie jetzt treiben.

John rieb sich die Augen, stieß einen schweren Seufzer aus und tat sein Möglichstes, diesen Gedanken zu verdrängen. Darcy hatte sich klar und deutlich entschieden. Also sollte er endlich aufhören, den Gang der Dinge zu betrauern, und sich stattdessen sagen: Ein Glück, dass ich diese Frau los bin.

22

Darcy stand mit klopfenden Schläfen und feuchten Händen vor der Flügeltür. Sie hob die Rechte, zögerte und klopfte schließlich zweimal leise an.

Jeremy rief sie herein. Sie schloss die Augen, holte tief Luft und öffnete die Tür.

Das Zimmer war so prunkvoll eingerichtet wie das ganze Haus, doch nichts an der Ausstattung fiel ihr weiter auf. Sie sah allein Jeremy mit einem Glas Wein auf dem Sofa am Kamin sitzen. An der Wand dahinter stand ein breites Himmelbett.

Die Bettdecke war aufgeschlagen.

»Du siehst wundervoll aus«, sagte Jeremy leise und verführerisch. »Aber das weißt du ja. Du hast immer gewusst, wie wunderschön du bist.« Er wies mit dem Kopf zur Tür. »Mach sie zu.«

»Ich bin wirklich müde, Jeremy. Nach allem, was geschehen ist, würde ich nur gern schlafen.«

»Fängst du jetzt schon zu handeln an?«, fragte er. »Das hatte ich mir gedacht.« Er stellte sein Glas ab, schloss die Tür selbst und wandte sich ihr wieder zu. »Aber diese Nacht ist nicht verhandelbar.«

Darcy konnte es kaum glauben. Er verlor wirklich keine Zeit.

»Möchtest du etwas trinken?«, fragte Jeremy, nahm

ein zweites Weinglas aus der Bar und griff nach einer offenen Flasche.

»Sie trinken Wein? Ich dachte, Bier sei mehr Ihr Stil.«

»Das ist ein Merlot aus Chile. Unverschämt teuer. Ich hab sechs Kisten davon als Geldanlage gekauft, doch nach allem, was heute Abend passiert ist … hab ich einen davon geköpft.«

Teure Weine auch nur zu erwähnen, hatte Darcy früher aufs Heftigste entzückt, doch nun schien es, als habe sie seine Worte überhaupt nicht gehört oder als würde die Erwähnung edler Produkte bei ihr keine Glocken mehr klingen lassen.

Oder vielleicht hatte sich ihre Vorstellung von »edel« gewandelt.

»Nein, danke«, sagte sie.

Jeremy machte kurz ein erstauntes Gesicht, stellte das Glas auf den Tresen und kam erneut auf sie zu. Wieder klang seine Stimme weich und verführerisch.

»Wo soll es morgen hingehen? Nach Paris? Nach London? Du hast die Wahl.«

Darcys Herz pochte so stark, dass sie glaubte, er müsse es hämmern hören. Doch es war nicht die Vorstellung eines herrlichen Aufenthalts in einem Luxushotel, die ihr Herz so klopfen ließ, sondern sein Gesichtsausdruck. Sie hatte das Gefühl, genau den bekämen seine Gegner zu sehen, wenn er sie über den Tisch eines Konferenzraums hinweg ansah, um ihre Stärken einzuschätzen und sich auf ihre Schwächen zu stürzen.

Er kam näher und legte die Rechte auf ihren Handrücken. Sie fuhr ein wenig zusammen, und als seine

Hand ihren Arm hinaufglitt, schloss sie die Augen und erstarrte unter seiner Berührung.

»Entspann dich«, raunte er. »Ich habe alle möglichen Herrlichkeiten für dich in petto. Der heutige Abend ist nur der Anfang.«

Mach einfach mit. Gib ihm, was er will, und du bekommst alles, was du willst.

Seine Hand glitt zu ihrer Schulter hoch. Er schlang einen Finger um den schmalen Träger ihres Nachthemds, spielte einen Moment damit und schob ihn ihr langsam von der Schulter.

Darcy nahm sich vor, reglos zu bleiben, doch als der Träger von der Schulter rutschte, zog sie ihn so unwillkürlich wie nonchalant wieder hoch.

Jeremy runzelte die Stirn. »Hör auf, die schwer zu Erobernde zu spielen. Wir wissen beide, warum du hier bist.«

»Nein. Ich will nicht –«

»Was willst du nicht? Schöne Sachen? Eine Brieftasche voller Kreditkarten? Eine Europareise? Was davon möchtest du nicht?«

»Jeremy –«

»Du hast Warren vierzehn Jahre lang gegeben, was er wollte – als Gegenleistung für einen Lebensstil, den ich mittelmäßig finde. Ich biete dir weit mehr als nur Mittelmaß.«

Darcys Haut kribbelte unbehaglich, denn sie verabscheute den Klang, den seine Stimme angenommen hatte. Er kam noch näher, legte ihr die Hand auf die Schulter und strich ihr mit dem Daumen übers Schlüsselbein, während er ihren Körper mit größter Wertschätzung betrachtete. Vor gar nicht langer Zeit hätte diese Art Musterung ihr das Gefühl gegeben, mächtig zu sein, als habe sie einen Mann um den kleinen Finger gewickelt. Nun aber erkannte sie die Wahrheit.

Sie hatte ganz und gar keine Macht.

Dieser Mann hatte alle Trümpfe in der Hand, und in diesem Moment verlangte er Vorkasse für alles, was sie ihm aus den Rippen würde leiern können. Unvermittelt tönten Johns Worte durch ihren Kopf: *Du wirst bezahlen, Darcy – so oder so.*

Er hatte recht. In dem Augenblick, in dem sie diesem Mann etwas geben und erwarten würde, dafür etwas zurückzuerhalten, würde sie bestätigen, dass sie genau die Art Frau war, für die er sie hielt – die Art nämlich, die sie viele Jahre lang gewesen war. Plötzlich erschienen ihr all die Dinge, die sie für so wichtig gehalten hatte, unbedeutend wie Hausstaub.

Jeremy rückte noch näher. Seine Hand kroch über ihre Schulter, bis sie ihre Wange berührte. Alles in ihr schrie lautlos, er möge endlich aufhören.

Er kann dir keine Sicherheit geben, Darcy. Jedenfalls nicht so, wie du sie brauchst.

John hatte recht. Das hier hatte nichts mit Sicherheit zu tun. Sie verkaufte sich Stück für Stück für die Accessoires eines luxuriösen Lebens. Glich sie damit nicht einem Kind, das mit Süßigkeiten ruhiggestellt wurde? Sie brauchte den Luxus nicht, wollte ihn auch nicht haben und beschloss in diesem Moment sogar, sich erst wieder um Luxus zu scheren, wenn sie ihn sich mit selbst verdientem Geld gönnen könnte.

»Jeremy … nicht.«

Er rückte noch näher.

»Jeremy –«

Er beugte sich vor, um sie zu küssen, doch ehe seine Lippen die ihren erreichten, legte sie die Hände an seine Schultern und schob ihn weg. »Ich habe Nein gesagt.«

Mit völlig überraschter Miene stolperte er zwei Schritte zurück. »Was soll das?«

»Leben Sie wohl, Jeremy.«

Sie fuhr herum und ging zur Tür. Er eilte ihr nach.

»He!«, rief er. »Du kannst doch nicht einfach abhauen!«

»Ach nein? Warum denn nicht?«

Er packte sie am Arm und zog sie zu sich herum. »Ich dachte, wir hätten eine Abmachung.«

»Ich hatte nichts begriffen, bevor ich heute Abend zu Ihnen kam. Ich hatte gedacht, das Schlimmste sei, alles zu verlieren, was man besitzt, aber das stimmt nicht. Das Schlimmste ist, von einem Mann, der glaubt, er könne jeden Menschen kaufen, wie eine Edelnutte behandelt zu werden.«

Jeremy blickte ehrlich erstaunt drein, doch ihr war klar, dass dies nicht an dem lag, was sie gesagt hatte, sondern daran, dass sie den Mut gehabt hatte, es zu äußern.

»Das ist eine recht schroffe Beschreibung«, sagte er.

»Vor allem ist es eine recht *genaue* Beschreibung. Und ich will mit einem wie Ihnen nichts zu tun haben.«

»Hast du eine Vorstellung davon, wie viele Frauen über Leichen gehen würden, um mit dir zu tauschen?«

»Nein, aber den vielen Nachthemden im Wandschrank nach zu urteilen, dürften es schon eine Menge Frauen gewesen sein.«

Seine Miene straffte sich vor Ärger. »Du hast keine Vorstellung davon, was du ausschlägst.«

»O doch. Aber ich will Ihr Geld nicht, Jeremy. Und ich möchte auch nicht unter solchen Bedingungen leben.«

»Falls du glauben solltest, dass ich dir je wieder ein so gutes Angebot mache –«

»Damit rechne ich allerdings, denn Sie ertragen es nicht zu verlieren.«

»Du wirst schon noch nachgeben.«

»Eher erwirke ich eine Verbotsverfügung gegen Sie.«

Seine Augen weiteten sich, und sie spürte geradezu, wie sein Gehirn arbeitete und er einen Weg zu finden versuchte, um aus dieser Auseinandersetzung siegreich hervorzugehen. Dann aber nahm er den Blick von ihr und seufzte geschlagen.

»Eine Verbotsverfügung«, wiederholte er angeekelt. »Aber, Darcy – musst du die Dinge wirklich so dramatisieren?«

»Müssen Sie wirklich so unermüdlich sein?«

»Ich nahm an, dich zu kennen.«

»Glauben Sie mir: Niemand ist über diese Entwicklung erstaunter als ich.«

»Ich vermute, du wirst zu Stark zurückkehren?«

Darcy wollte antworten, doch ehe sie auch nur ein Wort herausbrachte, versagte ihre Stimme, und Tränen traten ihr in die Augen. Bei dem Gedanken, John womöglich nie wiederzusehen, überkam sie eine beinahe erstickende Sehnsucht nach ihm.

Wie konnte ich nur so blind sein?

»Nach allem, was geschehen ist«, erwiderte sie, »zweifele ich sehr daran, dass er mich zurückhaben will.«

Jeremy zuckte lässig die Achseln. »Umso besser. Er ist nicht der Richtige. Du müsstest bis an dein Lebensende bei Wal-Mart einkaufen. Eine Frau wie du will mehr.«

Ja, er hatte recht. Sie wollte mehr – mehr von John. Doch ihr war klar, dass er sie nach dem, was sie an diesem Abend getan hatte, nie wieder würde sehen wollen. Immerhin aber hatte er ihr wenigstens eine wichtige Sache beigebracht: dass ein Luxusleben, das ein anderer ihr ermöglichte, gegenüber einem bescheidenen Leben verblasste, das sie sich selbst erarbeitete.

»Das stimmt, Jeremy. Ich will tatsächlich mehr. Und ich werde es bekommen. Immerhin besitze ich noch ein Auto mit vier guten Reifen, einen neurotischen Hund und einen Zwanzig-Dollar-Schein, mit dem ich das Taxi zu meinen Eltern bezahlen kann – das genügt fürs Erste.«

»Du glaubst also, du wirst allein klarkommen?«

»Allerdings.«

Er lächelte nachsichtig, als wäre sie eine Fünfjährige, die eben verkündet hatte, sie werde davonlaufen. Doch das war Darcy egal. Sie wusste nicht, wie sie es schaffen würde. Sie wusste nicht, wie sie ihre Rechnungen bezahlen oder welche Arbeit sie ausüben würde. Sie wusste nur, dass sie irgendwie überleben würde – und zwar so, dass sie mit sich zufrieden sein könnte. Und ganz gleich, wie oft man ihr das Leben unter den Füßen wegziehen würde: Sie würde sich aufrappeln und von Neuem beginnen. Vermutlich würde sie noch ein-, zweimal auf die Nase fallen, bevor sie endlich ihre Nische gefunden hätte, aber sie würde es schaffen.

Vielleicht wäre sie dann die Art Frau, die einen Mann wie John verdiente.

Sie ging zur Tür.

»Vielleicht täuschst du dich in der Annahme, Stark wolle dich nicht zurückhaben«, sagte Jeremy.

Darcy drehte sich um und spürte Hoffnung in sich keimen, verbot sich aber, diesem Gefühl zu trauen. »Nein. Er hat mir angekündigt, wenn ich mit Ihnen ginge, könnte ich nie mehr zu ihm zurückkehren – und er meint, was er sagt.«

»Männer sagen alles Mögliche, wenn sie wütend sind.«

Manche Männer eventuell, aber nicht John. Darcy hatte nie einen Mann kennengelernt, der sich so vollkommen unter Kontrolle gehabt und stets genau gewusst hatte, was er tat und sagte. Und John war keiner von denen, die einen solchen Schlag ins Gesicht, wie sie ihn ihm an diesem Abend versetzt hatte, hinnehmen würden.

»Er ist zu stolz«, sagte Darcy. »Glauben Sie mir. Er will mich nie mehr sehen.«

»Darauf würde ich an deiner Stelle nicht wetten.«

Doch Darcy kannte die Wahrheit. Der bloße Gedanke daran, das Beste, was ihr je widerfahren war, zerstört zu haben, deprimierte sie über alle Maßen. Sollte sie John noch mal sehen, würde er ihr nur sagen, wie verdorben, halsstarrig und ahnungslos sie sei, und ihr obendrein unter die Nase reiben, sie habe die Gelegenheit, das Richtige zu tun, ungenutzt verstreichen lassen.

Möglicherweise würde er auch gar nichts sagen, und das wäre der denkbar schlimmste Schlag.

»Ich brauche meine Sachen zurück«, sagte Darcy.

»Ich gebe meiner Haushälterin Bescheid.«

Sie nickte.

»Den Zwanzig-Dollar-Schein«, sagte Jeremy, »solltest du nicht für ein Taxi ausgeben. Er könnte dir noch sehr gelegen kommen.«

»Soll ich stattdessen einen Ihrer Wagen stehlen?«

»Autodiebstahl ist diesmal nicht nötig. Zieh dich um und warte einfach unten in der Eingangshalle. Ich lasse in Kürze jemanden dorthin kommen, der dich fahren wird, wohin immer du willst.«

»Nicht nötig.«

»Ich weiß.« Er wandte sich zum Fenster und starrte in die Nacht. »Sieh das einfach als meinen Beitrag zur Unterstützung der alleinstehenden Frauen unseres Landes, die sich mühsam genug durchs Leben schlagen müssen.«

Seine Worte klangen unbekümmert, doch ein Blick auf sein Spiegelbild in der dunklen Scheibe zeigte ihr, dass seine Miene überhaupt nicht unbekümmert war. Auch seine Ausstrahlung stimmte so gar nicht mit der Selbstsicherheit überein, die er sonst bei jedem Atemzug verbreitete. Plötzlich sah sie keinen erfolgreichen Multimillionär, der ständig lukrative Geschäfte abschloss und jede Menge Geld verschwenden konnte.

Sie sah einen einsamen Mann, der sich verloren fühlte.

Nach wie vor wusste sie nicht, was sie von ihm halten sollte. Doch eines war ihr nun klar: Vielleicht vermisste er genau das, was auch sie vermisst hatte – genau das, was sie fortgeworfen hatte, als bedeute es ihr nichts, obwohl es doch alles auf Erden bedeutete.

»Leben Sie wohl, Jeremy.«

»Leb wohl, Darcy. Und viel Glück.«

John bemühte sich nicht einmal, das zweite Bier auszutrinken, das er vor einiger Zeit bestellt hatte. Wozu auch? Er könnte ein ganzes Fass davon schlucken, bekäme doch nur einen furchtbaren Kater und würde am nächsten Morgen einige Aspirin nehmen. Darcy aber wäre noch immer verschwunden.

Er winkte dem Barkeeper, um zu zahlen. Als er gerade nach dem Portemonnaie greifen wollte, klingelte sein Handy. Er zog es aus der Tasche und sah aufs Display. Jeremy Bridges?

Helle Wut stieg in ihm auf. Was bildete dieser Mann sich ein? Wollte er ihn verhöhnen?

Mistkerl.

»Bridges? Was wollen Sie?«

»Hören Sie gut zu, denn ich wiederhole mich nie. Es geht um zwei Dinge.«

John wurde neugierig.

»Erstens: Darcy McDaniel ist ernstlich auf Abwegen. Ich habe ihr mehr oder weniger alles angeboten, was ihr kleines Herz begehrt, und kaum eine Gegenleistung verlangt. Doch seltsamerweise hat sich herausgestellt, dass sie doch nicht ausgehalten werden will. Sie erwartet mehr vom Leben, aber offenbar bin ich nicht derjenige, der ihr das zu geben vermag.« Er hielt inne. »Sie scheint der Meinung zu sein, Sie seien derjenige, der ihr das geben kann.«

John drückte das Handy fester ans Ohr. Diese blöde Musik. Hatte er Bridges wirklich richtig verstanden?

»Zweitens«, fuhr Jeremy fort, »steht diese ernstlich auf Abwege geratene Frau im Moment bei mir in der Eingangshalle und wartet auf das Taxi, das ich ihr zu rufen versprochen habe. Sie ist davon überzeugt, dass Sie nichts mehr mit ihr zu tun haben wollen, und vielleicht stimmt das ja. Aber die Entscheidung liegt bei Ihnen. Sie können bei Ihrer Meinung bleiben und ihr ein zweites Mal sagen, dass sie nie wieder zu Ihnen zurückkehren kann, nachdem sie mit mir weggefahren ist. Oder Sie springen über den mächtigen Schatten Ihres selbstverliebten Egos, fahren hierher und nehmen sie mit zu sich, wo sie hingehört. Also – wie sieht's aus?«

John saß nur da und war so fassungslos, dass er kein Wort hervorbrachte. Er sollte zu Bridges fahren und Darcy dort abholen? Hatte dieser Mann völlig den Verstand verloren?

Eigentlich war nicht Bridges das Problem, sondern Darcy. John hatte den Eindruck, sie habe sich in sein Oberstübchen eingeschlichen und seinen Verstand so durcheinandergebracht, dass er nicht mehr in der Lage war, zwei zusammenhängende Gedanken zu fassen.

Er musste vernünftig über diesen Vorschlag nachdenken. Er durfte nicht einfach nachgeben. Er durfte sich von ihr nicht so herumzerren lassen. Schließlich hatte er seinen Stolz. Und was war mit seiner so gut entwickelten Selbstbeherrschung? Auf keinen Fall würde er sich von ihr derart mitspielen lassen. Auf gar keinen Fall. Nach dem, was sie ihm an diesem Abend angetan hatte …

Als dieser Gedanke abklang, schloss er mit einem schweren Seufzer die Augen. *Was mach ich mir da eigentlich vor?*

»Ich bin in einer Viertelstunde da.«

23

Darcy saß völlig übermüdet in der Eingangshalle von Jeremys Haus auf einer Bank. Pepé kauerte in der Nähe am Fuß einer Topfpflanze, und seine verrückten Äuglein sprangen nervös hin und her. Armer Kleiner. Erst hatte er sich verlaufen, dann kam die Explosion, dann hatte sie ihn in ein fremdes Haus gebracht – und nun würden sie wieder zu Darcys Eltern zurückkehren, wo es ein Kapitalverbrechen war, auf den Teppich zu pinkeln.

Auf ihren Ruf hin trottete er herbei und sprang ihr auf den Schoß. Sie drückte ihn an sich. Sein warmer, haariger Körper tröstete sie. Hoffentlich würde er sich einigermaßen normal verhalten, bis sie sich den Hundepsychiater leisten konnte, den er so dringend brauchte.

Weitere Minuten vergingen, und Darcy fragte sich, wie lange sie schon wartete. Wann würde Jeremys Chauffeur endlich antanzen?

Als sie schon überlegte, ob sie die zwanzig Dollar doch für ein Taxi ausgeben sollte, sah sie Scheinwerfer durchs Dunkel kommen. Von der Straße her näherte sich ein Wagen.

Sie stand auf, ging ans Fenster und dachte zunächst, Jeremy habe ein Taxi gerufen, obwohl das keinen Sinn ergab. Doch als der Wagen das Haus fast erreicht hatte, begriff sie, dass es sich ganz und gar nicht um ein Taxi handelte.

Sondern um Johns Komfort-Geländewagen.

Während sie die Haustür öffnete und auf die Veranda trat, brachte John den Wagen mit einem Ruck zum Stehen, schaltete den Motor ab und stieg aus.

Darcy blinzelte stumm und glaubte, eine Erscheinung vor sich zu haben. Eine Ausgeburt ihrer Fantasie. Einen Ausdruck ihres Wunschdenkens. Es war, als habe sie sich so sehr nach ihm gesehnt, dass er aufgetaucht war. In ihrer Vorstellung allerdings hatte John gelächelt.

Und das tat er jetzt nicht.

»John?«, fragte sie. »Was machst du hier?«

Er gab keine Antwort, sondern schloss nur die Autotür, umrundete den Wagen und betrat den Weg zur Veranda hinauf. Er wirkte gelassen. Gefühle jedenfalls waren ihm nicht anzusehen. Mit jedem Schritt, den er auf sie zukam, wurde sie unruhiger.

»Ich habe heute Abend den größten Blödsinn gemacht«, sagte sie, als er schon recht nah war.

»Ja«, sagte John, »das stimmt.«

»Den *aller*größten Blödsinn.«

»Dem kann ich nicht widersprechen.«

»Ich will nicht hierbleiben. Ich habe Jeremy gesagt –«

»Ich weiß«, sagte er und kam weiter auf sie zu.

»Das weißt du? Aber woher –«

»Kein Mann, der einigermaßen bei Sinnen ist, würde etwas mit dir zu tun haben wollen. Das ist dir klar, oder?«

Sie trat einen Schritt zurück und stieß an die Haustür. »John, ich weiß, dass du wütend bist, aber bitte hör mir jetzt zu. Ich muss dir sagen –«

Doch ehe sie fortfahren konnte, packte er sie am Handgelenk, drehte sich um, ging den Weg zu seinem Wagen zurück und zog sie mit. Pepé hatte sie kurzfristig auf den Boden gesetzt, und er lief nun eifrig neben ihr her. John hob ihn vom Boden auf, ohne seinen Schritt zu verlangsamen. Als sie am Auto waren, öffnete er die Beifahrertür, setzte Darcy auf den Sitz, legte ihr Pepé auf den Schoß und schloss die Tür. Dann hetzte er auf die Fahrerseite und sprang so rasch ans Steuer, dass Pepé sich erschrak und unter die Rückbank kroch.

»Das versteh ich nicht«, begann Darcy. »Du hast gesagt, kein Mann, der einigermaßen bei Sinnen sei –«

»Genau. Seit ich dich getroffen habe, bin ich nicht mehr bei Sinnen.«

»Warum bist du eigentlich gekommen?«

»Ich hörte, du brauchst jemanden, der dich ein Stück fährt.«

»Woher weißt du das?«

»Von Bridges.«

Darcy bekam große Augen. »Er hat dich angerufen?«

»Er hat mich angerufen, ja.«

Sie sah ihn ungläubig an. »Und du bist gekommen?«

»Ja, zum Teufel! Ich hab doch gesagt, dass ich nicht mehr bei Sinnen bin.« Er rammte den Autoschlüssel in die Zündung.

»Entschuldige, John«, sagte sie. »Was ich getan habe, tut mir sehr leid. Ich will weder Jeremy noch sein Haus oder sein Geld. Ich will nichts von alldem.«

»Und ich weiß nicht, ob ich dir das glauben kann.«

Er wollte den Wagen anlassen, aber Darcy ergriff seine Hand. »Du musst es wohl glauben – sonst wärst du nicht gekommen, oder?«

Er antwortete nicht.

»Das muss doch etwas zu bedeuten haben?«

Er schwieg weiterhin.

»Du bist sofort gekommen, als Jeremy angerufen hat – ein Mann immerhin, den du verabscheust. Warum hast du das getan?«

John schloss die Augen, und seine Hand ballte sich unter der ihren.

»Ich meine, du bist nicht gerade der Typ Mann, der vergibt und vergisst, und deshalb weiß ich nicht, warum –«

»Weil ich dich liebe!«

Zehn Sekunden lang herrschte völlige Ruhe im Wagen. Johns Worte schienen die Welt angehalten zu haben. Deshalb also war er ständig unruhig herumgerannt, hatte geschimpft und gebrüllt und all die anderen Dinge getan, die er eben tat, wenn er nicht das Gefühl hatte, Herr der Lage zu sein?

Weil er sie liebte?

Darcy war verblüfft. Sie hatte immer geglaubt, Liebe sei etwas, das nur wenigen, auserwählten Menschen mit gesegnetem Karma widerfuhr und zu ihrer Wirklichkeit keinen Bezug hatte. Doch als sie John nun ansah, begriff sie, dass die Liebe wirklicher war, als sie es je für möglich gehalten hätte.

Sie beugte sich über die Mittelkonsole, strich ihm über die Wange und drehte sein Gesicht ihr zu. Dann küsste sie ihn sanft. »Ich liebe dich auch.«

John blinzelte und schluckte. Als er dann etwas sagte, waren seine Worte kaum mehr als ein Flüstern im Dunkeln.

»Warum hast du mich dann heute Abend verlassen?«

All seine Wut war verschwunden, und stattdessen kam das ganze Ausmaß seiner Verletztheit zum Vorschein, das ihr fast das Herz brach. Wie hatte sie ihm das antun können?

»Ich weiß es nicht«, sagte sie. »Ich schätze, wenn man so lange die falschen Prioritäten gesetzt hat wie ich, ist es nicht leicht, sich umzustellen.«

»Sag mir bitte noch mal, dass du nicht an Bridges interessiert bist.«

»Ich bin an Bridges nicht interessiert.«

»Sag mir, dass du nie wieder zu ihm gehen wirst.«

»Nie wieder«, antwortete sie und hatte erneut Tränen in den Augen. »Du bist es, den ich brauche, John. Ich mag den Menschen nicht, der ich ohne dich gewesen bin. Und egal, wie hart es wird – dieser Mensch werde ich nie mehr sein.«

»Bist du dir da sicher?«

»Ja, John – dieser Mensch werde ich nie mehr sein.«

»Was auch geschieht?«

»Was auch geschieht.«

»Das wird nicht leicht werden.«

»Ich weiß. Aber es ist die Sache wert, nicht wahr?«

Er lächelte sanft. »Oh, Liebste, du hast ja keine Ahnung, wie sehr.«

Er legte ihr die Hand an die Wange, streichelte sie sanft mit dem Daumen und gab ihr einen langen, liebenden Kuss. Als er sich schließlich behutsam zurückzog, sah er sie so bewundernd an, dass ihr Herz schmolz.

»Ich hatte nicht gedacht, dass du mich noch würdest haben wollen«, sagte Darcy. »Ich hatte solche Angst –«

John strich ihr das Haar aus dem Gesicht und gab ihr noch einen Kuss – so sanft, dass sie seine Lippen kaum spürte. »Gib dir keine Mühe, das zu begreifen. Was zwischen uns passiert, hat sich von Anfang an dem Verständnis entzogen. Ich weiß nur eins: Als Bridges mich vorhin anrief und ich eine winzige Möglichkeit sah, dass es zwischen uns nicht vorbei sein könnte …«

»Was?«

»Ich habe gegen alle Regeln der Straßenverkehrsordnung verstoßen, um möglichst rasch hierherzukommen.«

Zum x-ten Mal an diesem Abend traten Darcy Tränen in die Augen. »Oh, John. Ich hatte mich furchtbar getäuscht. Es tut mir so leid!«

»Das ist vorbei. Lass uns einfach nach Hause fahren, ja?«

Sie dachte an sein winziges Haus in der baumbestandenen Straße mit den rissigen Gehsteigen, an das Geißblatt, das über den Zaun wucherte, und an die Dachrinnen, zu deren Reinigung John nie gekommen war, und konnte sich nichts Schöneres denken. Das freilich lag daran, dass sie endlich durch die Oberfläche hindurch ins Herz des Hauses sah und den Mann erkannte, der ihr das alles anbot. Allein ihre vorgefassten Meinungen hatten sie blind sein lassen, sodass sie es nicht hatte wahrnehmen können.

Sie wollte jeden Moment mit ihm teilen. Sie wollte ihn seiner Sturheit und Überheblichkeit wegen verfluchen und sehnte sich danach, alsdann von ihm zurückgehalten und davon überzeugt zu werden, dass sich bei John Stärke, begleitet von Zartgefühl, nicht ausschlossen. Sie wollte, dass er ihr einmal mehr sagte, wie unerträglich er verwöhnte Frauen fand, und sie danach eine volle Stunde lang wie eine Prinzessin verhätschelte. Sie wollte die wilde Erregung im Bett spüren und den langsamen, zärtlichen Übergang in jene Art des Zusammenseins, die sie von innen her erglühen ließ.

Plötzlich zog sich ihr die Kehle zusammen, ihre Augen begannen zu brennen, und alle Tränen, die sie in den letzten Minuten zurückgehalten hatte, liefen ihr über die Wangen, als sei ein Damm gebrochen.

»O weh«, sagte John erschrocken. »Was ist los?«

»Nichts«, erwiderte sie und wischte sich die Augen.

»Warum weinst du dann?«

Sie zuckte hilflos die Achseln. »Ich weiß nicht.«

»Alles ist gut.«

»Ich weiß.«

»Ist es mal wieder wie damals, als du im Bad geweint hast, obwohl alles in bester Ordnung war?«

»Ich glaube ja.«

Mit einem schweren Seufzer nahm John sie fest in

die Arme. Darcy legte die Wange an seine Schulter, und er flüsterte ihr ins Ohr: »Weißt du, wie man sich fühlt, wenn man zum ersten Mal verliebt ist?«

»Ja«, sagte Darcy unter Tränen. »Das weiß ich. Glaub mir, das weiß ich.«

Er hielt sie in den Armen, bis sie sich beruhigte. Die ganze Zeit über hatte sie das stetige Klopfen seines Herzens gespürt, das sie an eine Uhr hatte denken lassen, die die Sekunden und Minuten zählte – und bald auch die Stunden und Tage des Lebens, das sie zusammen verbringen würden.

Ehe sie am nächsten Morgen ins Büro fuhren, brachte John Darcy zu ihrer Wohnung, damit sie Gertie mitnehmen konnte. Immerhin brauchte sie einen fahrbaren Untersatz – auch wenn die Reifen das Wertvollste daran waren.

Bereits im Abstand mehrerer hundert Meter lag der durchdringende Geruch ausgebrannter Gebäude in der Luft. Als sie die Wohnanlage erreichten, war Darcy erstaunt darüber, wie schlimm die Bauten bei Tageslicht aussahen. Nur die Wände des Trakts, in dem ihre Wohnung lag, waren – wenn auch von den Flammen verrußt – stehen geblieben. Zwei Männer stocherten in den Trümmern herum.

»Wer sind die beiden?«, fragte Darcy.

John hielt hinter Gertie. »Brandermittler. Sie versuchen, die Ursache des Feuers aufzuspüren und hieb- und stichfeste Beweise dafür zu finden.«

Dass all ihre Habe in Flammen aufgegangen war, hatte Darcy am Vorabend noch zugesetzt. Inzwischen aber dachte sie nur noch: *Ein Glück, das ganze Zeug los zu sein.*

»Wir sehen uns im Büro«, sagte sie zu John, beugte sich über die Mittelkonsole und gab ihm einen Kuss. Sie wollte schon aussteigen, als ihr am anderen Ende des Parkplatzes etwas auffiel. »John – sieh mal da drüben.«

»Was denn?«

»Ich glaube, das ist das Auto von Larry Howard.«

John sah in die Richtung, in die Darcy gezeigt hatte. »Möglich – es ist eine rote Corvette.«

Dann sah sie, vor wessen Wohnung der Wagen geparkt war, und jeder Zweifel, ob er tatsächlich Larry gehören mochte, war verschwunden.

Offenkundig stattete er Georgette einen Besuch ab.

Bei seiner Vorliebe für billige Nutten war es klar, für welche Art von Massage er gekommen war. War es nicht ein Witz, dass er sein Auto gut sichtbar geparkt hatte, weil er keinen Schimmer davon hatte, dass Darcy in dieser Wohnanlage lebte?

»Es ist sein Wagen«, sagte Darcy. »Ganz sicher.«

Sie schaltete den Motor aus und zog den Schlüssel aus dem Zündschloss.

»He«, rief er, »was soll das?«

Sie stieg aus, ging zum Kofferraum, öffnete ihn, wühlte in Johns Werkzeugkiste und fischte sich einen Schraubenzieher. Als er zu ihr trat, um zu sehen, was sie trieb, warf sie ihm seine Schlüssel zu.

»Gertie holen wir später ab«, sagte sie.

»Wohin gehst du?«

»Bleib hier.«

»Darcy! Nein! Du bleibst von der Corvette weg!«

Sie drehte sich zu ihm um und legte ihm die Hand auf die Brust. »John, bleib hier.«

»Darcy –«

»Bitte! Und sei nicht so laut!«

Sie ging zur Corvette, öffnete die Fahrertür, setzte sich ans Steuer und warf einen raschen Blick auf Georgettes Wohnung, um sich zu vergewissern, dass die Luft rein war.

Mit dem Schraubenzieher stemmte sie rasch ein Stück Plastikverkleidung von der Lenksäule und brachte die Zündkabel zum Vorschein. Sie sahen aus wie bunte Spaghetti.

Oha! Was nun? Denk nach, Darcy. Denk nach!

Als ihr Vater ihr gezeigt hatte, wie man einen Wagen anspringen lässt, hatte er zwei rote Kabel kurzgeschlossen. Hier aber gab es keine zwei roten Kabel.

Sie warf erneut einen kurzen Blick auf Georgettes Wohnung. *Bitte, Larry – lass die Hosen noch ein paar Minuten lang unten.*

Moment … jetzt fiel es ihr wieder ein. Ihr Vater hatte nicht gesagt, beide Kabel müssten rot sein. Sie mussten nur farblich übereinstimmen, und hier gab es zwei blaue Kabel.

Sie sah rasch zu John rüber, der ungeduldig neben seinem Wagen stand und dessen Miene zeigte, dass er mit dem, was sie tat, ganz und gar nicht einverstanden war. Immerhin mischte er sich nicht ein.

Sie musste es schaffen.

Sie rupfte die beiden blauen Kabel heraus und wickelte ihre kupfernen Enden umeinander. Dabei zitterten ihre Hände wie verrückt, und sie dachte an die Warnung ihres Vaters: *Wenn du es richtig machst, springt der Wagen an – wenn nicht, ist wahrscheinlich die ganze Elektrik ruiniert.* Sie hielt den Atem an und hielt ein drittes Ende an die verbundenen blauen Kabel.

Der Motor sprang an.

Sie hätte am liebsten die Arme hochgerissen und einen Freudenschrei ausgestoßen, doch das wäre unprofessionell gewesen, und ihr Chef sah zu.

Sie legte den Rückwärtsgang ein, löste die Handbremse, trat sanft aufs Gas und setzte routiniert aus der Parkbucht. Diesmal würde sie nichts aufhalten. Keine abgeschlossene Garage. Keine Gangschaltung. *Gar nichts.*

»Was, zum Teufel, machst du da?«

Darcy fuhr herum und sah Larry in Georgettes offener Wohnungstür stehen. Im ersten Moment überkam sie eine leichte Panik, doch als er – nur mit babyblauen Boxershorts und schwarzen Strümpfen bekleidet – auf den Parkplatz gelaufen kam, war es schwer, in ihm eine Gefahr zu sehen.

Er kam zur Fahrertür gerannt. »Steig aus meinem Wagen!«

»Tut mir leid, Larry – diesmal nicht.«

»Bist du wahnsinnig?«

Sie warf einen Blick auf Larrys Boxershorts, deren Ausbeulung nur zu deutlich verriet, wobei er gestört worden war. »Ja, Larry, ich bin wahnsinnig.«

»Du wirst mir meinen Wagen nicht wegnehmen! Du weißt gar nicht, wie man ihn fährt! Du ruinierst mir nur das Getriebe!«

»Dem Getriebe wird kein Haar gekrümmt«, entgegnete Darcy und griff zum Schaltknüppel.

»Warte!«, sagte Larry. »Steig aus, und ich schwöre, dass ich sofort zur Bank gehen und die Sache in Ordnung bringen werde. Wirklich!«

»So geht das leider nicht. Du bekommst den Wagen erst zurück, wenn du die ausstehenden Raten bezahlt hast.« Sie legte den ersten Gang ein.

»Das kannst du mir nicht antun!«, schrie Larry.

»Natürlich kann ich das. Und Larry?«

»Was?«, stieß er hervor.

»Deine Freundin da drin?«

»Ja?«

Darcy beugte sich zu ihm vor und sagte leise: »Georgette war früher ein *George*.«

Larry fuhr herum und sah Georgette in der Wohnungstür stehen. Sie strich mit der Hand den Türrahmen entlang, und ihr violettes Negligee flatterte im Wind.

»Komm wieder rein, Süßer«, flötete sie und warf ihm ein verheißungsvolles Lächeln zu. »Wir sind noch nicht fertig.«

Larrys eben noch erstaunte Miene machte einem tief verschreckten Gesichtsausdruck Platz. Er wandte sich erneut Darcy zu, die gerade davonfahren wollte, und rief: »Du kannst mich doch hier nicht so sitzen lassen! Nimm mich mit!«

»Tut mir leid, Larry. Ich bin im Repo-Geschäft und keine Taxifahrerin.«

Sie trat aufs Gaspedal. Larry brüllte noch immer, als sie hundert Meter weiter neben Johns Wagen hielt. Sie hatte es geschafft. Ganz allein. Und wenn sie es einmal geschafft hatte, konnte sie es auch wieder tun.

»Ich schätze, du schuldest mir die Gebühr für diesen Wagen«, sagte sie.

John schüttelte ungläubig den Kopf. »Wo hast du gelernt, Autos kurzzuschließen?«

»Bei meinem Vater.«

»Die wenigsten Väter bringen ihren Töchtern bei, wie man Autos stiehlt.«

»Die wenigsten Väter haben Töchter, die es im Repo-Geschäft zu etwas bringen wollen. Er ist ziemlich stolz auf mich.«

»Und wie steht deine Mutter dazu?«

»Sie weiß noch nichts davon. Aber sie wird es natürlich verabscheuen. Vielleicht kann ich ihr ja weismachen, mit dieser Begabung könne ich es mal zur Mrs Amerika bringen.«

John schüttelte erneut den Kopf, beugte sich in den Wagen hinein und gab Darcy einen Kuss. »Du bist wirklich toll, weißt du das?«

»Also bist du damit einverstanden, dass ich mir diesen Wagen gegriffen habe?«

Er seufzte ergeben. »Sieht so aus, als könnte ich dich ohnehin nicht aufhalten.«

Sie lächelte. »Dann zeigst du mir jetzt, wie es geht?«

»Ja, ich werde dich in alles einweihen. In ein paar Wochen sackst du jedes Auto ein, das du einsacken willst – sofern ich mir sicher bin, dass es gefahrlos einzuheimsen ist.« Er schloss die Augen. »Wie ich das hasse!«

»Ich weiß«, sagte sie lächelnd. »Aber ich verspreche dir, vorsichtig zu sein.«

»Versuch einfach, möglichst selten mit brachialen Mitteln zu Werke zu gehen – ich kann es mir nämlich nicht leisten, dich gegen Kaution aus dem Gefängnis zu holen.«

»Wie du meinst, John.«

Er rollte die Augen. »Na fein.«

Darcy blickte sich um. »Hoppla, da kommt Larry.«

Als er angelaufen kam, richtete John sich langsam auf, verschränkte die Arme vor der Brust und funkelte ihn zornig an. Larry blieb unvermittelt stehen, und sein erschrockener Blick wanderte aufwärts. Und höher, Und noch etwas höher.

»Darcy?«, sagte John.

»Ja?«

»Gib Gas.«

Darcy warf ihm ein strahlendes Lächeln zu, trat die Kupplung, legte den ersten Gang ein und verließ den Parkplatz.

»Hältst du das wirklich für eine gute Idee?«, fragte John eine Woche später, als er mit Darcy die Stufen zur Haustür ihrer Eltern hochstieg. »Vielleicht könnte ich nur mit ihr am Telefon reden oder so?«

»Nein. Wer meine Mutter kennenlernen will, springt am besten kopfüber ins eisige Wasser – wer nur den dicken Zeh hineinhält, merkt, wie kalt es ist, und schafft es nie«, sagte Darcy und fügte lächelnd hinzu: »Du bist nervös, stimmt's?«

»Nervös?«

»John – du hältst meine Hand wie ein Schraubstock.«

Er ließ ihre Rechte los und wischte sich die verschwitzte Linke an der Hose ab. Darcy spürte einen Schauer reinen Entzückens. Wenn er sie nicht liebte, würde er dieser Visite keine solche Bedeutung beimessen. Dabei war es eine bloße Formsache – ganz gleich, was ihre Mutter dachte: Darcy würde ihn trotzdem lieben.

Als sie ihrer Mutter ein paar Tage zuvor gesagt hatte, Jeremy Bridges sei endgültig von der Bildfläche verschwunden, hatte sie befürchtet, Lyla werde verzweifelt zusammenbrechen. Und als Darcy ihr dann noch erzählt hatte, zufällig sei sie in einen anderen Mann verliebt, der finanziell nicht ganz so gut dastehe wie Warrens früherer Chef, hatte Lyla auf jede nur denkbare Weise versucht, Darcy zu der Einsicht zu bringen, sich falsch zu verhalten. Sie hatte ihr gut zugeredet. Sie hatte gejammert. Sie hatte sogar ein wenig herumgekreischt, als sie – zu Recht – den Eindruck hatte, Darcy nehme sie nicht ernst. Binnen einer halben Stunde hatte sie alle erdenklichen Argumente abgespult und dazu eine halbe Packung ihrer dünnen Zigaretten geraucht und drei Gläschen Bourbon gekippt.

Schließlich hatte ihr Vater von seinem Ruhesessel im Wohnzimmer her verkündet: »Lyla, lad den Mann zum Essen ein.«

»Das werde ich nicht tun. Es ist Unsinn, so etwas zusätzlich zu begünstigen.«

»Darcy«, hatte sich ihr Vater eingeschaltet, »du und John, ihr kommt am Samstagabend um sieben zu uns.«

Nun war es Samstag, und John sah aus, als gehe er zu seiner Hinrichtung.

Darcys Vater begrüßte die beiden an der Haustür. Er schüttelte John die Hand und führte sie in die Küche, wo ihre Mutter über den Backofen gebeugt stand. Sie schloss die Herdklappe, richtete sich auf und wischte sich die Hände an einem Geschirrtuch ab. Lylas gemäßigt frostiger Miene nach zu urteilen, hatte ihr Vater seiner Frau recht deutlich zu verstehen gegeben, wie sie sich an diesem Abend zu verhalten habe.

»Mr Stark«, sprach sie mit eisigem Lächeln. »Wie schön, Sie kennenzulernen.«

Sie schüttelte seine Hand mit der Begeisterung einer Leiche.

»Das Essen riecht wirklich gut«, erklärte John.

»Es ist gleich fertig. Ich hoffe, Sie mögen Quiche.«

Johns Lächeln ließ etwas nach. »Nichts lieber als das.«

Soso. Und das sagte ein Mann, der ein mächtiges Stück Rindfleisch vertilgen und dann fragen konnte, wann es endlich etwas zu essen gab.

»Gemüsequiche«, fuhr Lyla fort. »Mit Eisbergsalat und Cocktailtomaten. Sie mögen sicher fettarme Salatsoßen, oder?«

»Äh … klingt großartig.«

Darcy rollte die Augen. Ablehnung durch die Blume – in dem Fall durch das Essen – auszudrücken, war entsetzlich unschön, doch da ihr Vater ihre Mutter davor gewarnt zu haben schien, John ihre Ablehnung offen zu zeigen, war ihr keine andere Waffe geblieben.

»Es wäre mir eine Freude, Ihnen beiden etwas zu trinken anzubieten. Mr Stark? Was möchten Sie?«

»Ich heiße John. Und, äh … ein Bier wäre prima.«

»Natürlich, Mr Stark.«

John begann Darcys Hand schon wieder in den Schraubstock zu nehmen. *Will sie sich den ganzen Abend über so aufführen?*

»Darcy? Was hättest du gern? Soll ich die herrliche Flasche Wein aufmachen, die du bei deinem Auszug hiergelassen hast?«

Sie wies mit dem Kopf auf den Shiraz, den Darcy ganz vergessen hatte.

»Nein, ich trinke Flaschenbier – so mache ich kein Glas schmutzig.«

Lyla zog vor Widerwillen die Nase kraus, lächelte aber noch immer. Darcy hatte selten eine so lustige Mimik gesehen. John dagegen schien das Witzige daran nicht zu bemerken und sah ihre Mutter an, als rechnete er damit, sie werde ihm jeden Moment den Kopf abrupfen.

Als Lyla sich abwandte, flüsterte Darcy ihm zu: »Lass dich von ihrer Show nicht ins Bockshorn jagen. Normalerweise trinkt sie Wild Turkey mit Cola Light.«

Lyla öffnete den Kühlschrank, nahm zwei Flaschen Bier heraus und wollte sie auf den Tresen stellen, hielt aber in der Bewegung inne.

»Nein«, sagte sie.

»Was gibt's?«, fragte Darcy.

Lyla tat die Flaschen wieder in den Kühlschrank und warf die Tür zu. »Nein! Ich kann das einfach nicht!«

Clayton zog eine Braue hoch. »Lyla …«

»Unsere Tochter ist verrückt geworden. Sie hätte einen Millionär haben können und gibt sich mit einem Repo-Mann zufrieden?«

Auf Johns Gesicht machte sich kaum verhohlener Schrecken breit. Er hatte achtzehn Jahre lang als Polizist der Gefahr ins Auge geblickt und nie geblinzelt, aber drei Minuten mit Lyla Dumphries hatten ihm eine Heidenangst eingejagt.

Darcy lächelte ihn an. »Geld ist nicht alles, Mom.«

»Das sagen nur Leute, die viel davon haben, und zu denen gehörst du gewiss nicht.«

»Es ist Liebe«, sagte Darcy. »*Liebe* – verstehst du?«

»Liebe? Ich bitte dich! Versuch mal, dich davon zu ernähren.«

Clayton seufzte. »Lyla, nicht jetzt.«

»Doch, *jetzt*. Mir geht es ums Prinzip.«

»Darcy auch.«

»Darcy weiß nicht, was gut für sie ist.«

»Sie weiß sehr genau, was gut für sie ist.«

»Versuch mal, eine Hypothek mit Liebe zurückzuzahlen«, keifte Lyla. »Viel Erfolg dabei.«

»Lyla …«

»Oder die Stromrechnung.«

»Lyla!«

»Früher oder später wirst du frierend da –«

Plötzlich packte Clayton sie, zog sie an sich heran und bog sie rückwärts über seinen Arm. *O weh*, dachte Darcy. *Jetzt ist es so weit – nach vierzig Jahren aufgestauter Frustration beißt er ihr die Halsschlagader durch.*

Stattdessen küsste er sie.

Darcys Augen weiteten sich vor Staunen, denn es

war ein so leidenschaftlicher Kuss, dass sie sich fragte, warum seine Funken den Trailer nicht in Brand setzten. Clayton brachte Lyla schließlich wieder auf die Füße, und sie sah ihn völlig verblüfft an.

»Also, was sagtest du gerade?«, fragte Clayton.

Lyla stand mit glasigen Augen da und starrte ihren Mann an. »Äh … nichts.«

»Eine gute Antwort.« Clayton griff in seine Brieftasche, zog zwei Zwanziger heraus und gab sie John. »Geht bitte auf meine Kosten essen. Lyla und ich müssen heute Abend allein sein.«

»Müssen wir das?«

»Ist dir das etwa nicht recht?«

Sie schluckte. »Doch, doch.«

»Äh … gut«, sagte John und sah so verwirrt drein, dass Darcy beinahe laut gelacht hätte. »Tja, ich schätze, wir gehen dann mal. Es war nett, Sie beide kennengelernt zu haben.«

»Ja«, sagte Lyla und starrte Clayton weiter sprachlos an. »Nett.«

John und Darcy verließen den Trailer und schlossen die Tür. John wirkte noch immer etwas benommen, und sie fürchtete kurz, er werde die Stufen hinunterfallen.

»Was, zum Teufel, ist da drin eben passiert?«, fragte er.

»Etwas, das vor gut dreißig Jahren hätte passiert sein sollen.« Sie lächelte ihn an. »Willkommen in meiner Familie.«

Darcy wollte bei Taco Hut zu Abend essen, wo sie zehn Dollar hätten ausgeben und den Rest hätten sparen können, doch John stellte sich quer und sagte, sie solle nicht immer so geizig sein. Nach einem hübschen Essen in einem kleinen Restaurant in Plano-Ost, wo es Gerichte aus vieler Herren Länder gab, kamen sie nach Hause, machten es sich auf dem Sofa gemütlich und sahen sich den Rest des Spiels der Texas Rangers an. Darcy konnte sich nicht vorstellen, Baseball je schätzen zu lernen, doch da sie drei Viertel von Johns Schlafzimmerschrank, die meisten seiner Kommodenschubladen und praktisch allen Platz im Bad in Beschlag genommen hatte, war sie sicher, dass er ihr die Hand abschlagen würde, wenn sie es wagen sollte, nach der Fernbedienung zu greifen.

Als die Rangers endlich gewonnen hatten, ging Darcy ins Schlafzimmer und zog sich etwas an, das sie im Laufe des Tages gekauft hatte. Sie schlich durch den Flur zurück, und die Federn am Saum kitzelten an ihren Schenkeln. Sie trat auf die Wohnzimmerschwelle und nahm eine aufreizende Stellung ein.

Kaum hatte John sich ihr zugewandt, fiel ihm die Kinnlade herunter.

»Es ist pink«, sagte sie. »Meine Lieblingsfarbe. Und es war im Angebot. Sieben neunundneunzig. Ein Mordsschnäppchen.«

Er starrte sie mindestens zehn Sekunden lang an, und sein Mund schloss sich dabei langsam wieder.

»Wunderschön«, murmelte er.

»Du sagtest mal, du hättest es für hässlich gehalten.«

»Ich spreche nicht vom Nachthemd. Komm her.«

Mit einem Schauer des Entzückens durchquerte Darcy das Wohnzimmer, und John zog sie auf den

Schoß. Er schob die Hand unter den Federsaum, streichelte ihren Schenkel und beugte sich vor, um ihren Hals zu küssen. Dann unterbrach er sich plötzlich, und umspannte ihren Schenkel.

»Warte. Es gibt da etwas, das ich dich fragen wollte.«

»Nämlich?«

Er zuckte ein wenig zusammen, als ängstigte er sich vor seiner Frage. »Wer war der erste Mensch auf dem Mond?«

Darcy fuhr zurück. »Das weißt du nicht?«

»Natürlich weiß ich das. Aber weißt du es?«

»Sicher – Neil Armstrong.«

Er seufzte tief. »Gott sei Dank.«

»Was hat das damit zu tun, dass –«

»Vergiss es.«

Doch als er ihr einen weiteren Kuss geben wollte, sprang Pepé aufs Sofa und schob John die Schnauze unter den Arm.

»Was gibt's, Killer? Bist du eifersüchtig?«

Er nahm ihn und ließ ihn auf Darcys Schoß fallen. Sie legte den Kopf an Johns Schulter, streichelte Pepés Ohren und seufzte zufrieden.

»Ich hab mal einen Liebesroman gelesen, in dem die Heldin sich in einen armen Mann verschossen hat«, sagte sie.

»Ach ja?«

»Ja. Sie hat auf ihre Erbschaft verzichtet, um ihn zu heiraten, dann aber festgestellt, dass er ein verkleideter Prinz war und Millionen von Dollar besaß.«

»Die Glückliche.«

»Äh … ich nehme nicht an …«

»Nein.«

Darcy seufzte dramatisch. »Dann muss ich wohl auf Liebe statt auf Geld setzen.«

Sie lächelte verstohlen, kuschelte sich enger an John und konnte nicht fassen, dass sie ein halbes Menschenalter gebraucht hatte, um herauszufinden, dass es im Leben allein darum ging.

Danksagung

Ich möchte meiner Lektorin Michele Bidelspach für die Begeisterung, die sie meinem Schreiben entgegenbringt, und für den enormen Sachverstand danken, mit dem sie sich meinen Manuskripten widmet; Beth de Guzman dafür, dass sie mich in der Ansicht bestärkt hat, die Leser würden eine verrückte Geschichte über die gut aussehende Frau eines erfolgreichen älteren Mannes mögen, die in einer Inkassofirma besonderer Art landet; den Füchsinnen dafür, dass sie so witzige und begabte Frauen sind, mit denen ich gern Zeit verbringe; meinem Mann Brian und meiner Tochter Charlotte für ihre unermüdliche Unterstützung; und meiner süßen Katze Isabel dafür, dass sie mir beim Schreiben so wunderbar den Schoß wärmt.